KB143852

모자에서 튀어나온 죽음

옮긴이 장경현

서울대 국어국문학과에서 국어의미론과 문체론으로 박사학위를 받고 서울대, 이화여
대 등에서 강의를 해왔으며 현재 서울대학교 기초교육원 강의교수로 재직 중이다. 어
린 시절부터 추리소설을 탐독해 오다가 2001년 개설한 싸이월드 화요추리클럽의 운영
자로 본격적으로 추리소설의 세계에서 활동하게 되었다. 레이먼드 챈들러 전집의 해설
을 집필하며 추리소설 평론가로서의 경력을 시작하였다.
「퍼즐 미스터리 소설의 텍스트 구조」, 「하드보일드 탐정소설의 텍스트 구조」등의 논문
과 저서로 『국어 문장 종결부의 문체』가 있다.

DEATH FROM A TOP HAT by Clayton Rawson
Copyright © 1938 by Clayton Rawson
All rights reserved.
This Korean edition was published by Finis Africae in 2012 by arrangement with Hugh
Rawson c/o Curtis Brown Ltd, New York through KCC(Korea Copyright Center Inc.), Seoul.

이 책의 한국어판 저작권은 KCC(Korea Copyright Center Inc.)를 통해 Hugh Rawson c/o
Curtis Brown Ltd.와 독점계약한 **피니스 아프리카**에 있습니다. 저작권법에 의하여 한국
내에서 보호를 받는 저작물이므로 무단 전재와 복제를 금합니다.

이 도서의 국립중앙도서관 출판시도서목록(CIP)은 e-CIP 홈페이지(http://www.nl.go.kr/ecip)
와 국가자료공동목록시스템(http://www.nl.go.kr/kolisnet)에서 이용하실 수 있습니다.
CIP제어번호: CIP2012003705

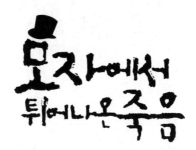

모자에서 튀어나온 죽음

클레이튼 로슨 지음 | 장경현 옮김

피니스
아프리카에

Contents

서문‥9

01. 복도에서 들려오는 목소리‥12

02. 주술사의 죽음‥23

03. 어둠 속의 용의자들‥34

04. 밀실‥45

05. 슬레이트 오브 핸드‥62

06. 그레이트 멀리니‥77

07. 유령 사냥꾼‥96

08. 호노리우스 교황의 마도서‥110

09. 내게 아무 것도 묻지 말라‥120

10. 흔적도 없이 사라지다‥133

11. 알리바이 구함‥149

12. 단단한 벽을 통과하여‥172

13. 탈출 계획‥187

14. 웃은 남자··198

15. 변장한 시체··209

16. 붉은 머리 처녀··221

17. 이교도 중국인··245

18. 보이지 않는 사나이··258

19. 일그러진 소리··272

20. 수다스러운 유령···295

21. 막다른 골목··307

22. 건망증에 걸린 용의자··325

23. 가장 위험한 마술··357

24. 대단원··379

역자 해설··414

편집 후기··420

캐서린에게

등장인물

호머 개비건 경감	뉴욕시 경찰본부 살인반
멀리니	마술 가게를 경영하는 마술사로 아마추어 탐정
로스 하트	신문기자 출신의 소설가, 이 작품의 화자
세자르 사바트 박사	중세 마술을 믿는 심령학 연구자
허버트 워트러스 대령	심령학 연구가
마담 러푸르트	영매
유진 타로	카드 마술사
알프레드 라클레어	플로어쇼 공연자
젤마 라클레어	알프레드의 아내로 텔레파시 공연자
데이비드 듀발로	탈출왕
주디 바클레이	듀발로의 애인
마빈 에인슬리 존스	시뇨르 에코라는 예명의 마술사
도널드 맥닐	칭웡푸라는 예명의 마술사

서문

추리소설에 빠져 있던 학창 시절에 이 책을 읽고 깊은 감명을 받았다. 어느 정도는 마술에 관심이 있기도 했지만, 문이 안에서 잠겨 있고 열쇠구멍이 막힌 밀실 트릭의 해결이 명쾌했기 때문이다.

클레이튼 로슨의 문학 경력은 예술적인 면에서 시작되었다고도 볼 수 있다. 그는 애거서 크리스티의 『오리엔트 특급 살인』의 첫 미국판 책 표지를 디자인했고 이후 『트루 디텍티브 매거진』의 편집장을 거쳐 7년 동안 『엘러리 퀸 미스터리 매거진』의 편집 주간을 지냈으며, 미국추리작가협회의 창립 멤버이자 영국추리작가협회의 멤버였다. 재능 있고 박식하며 위트가 넘치는 작가 클레이튼 로슨은 고전 추리소설의 황금기에 장, 단편에 능한 작가로서 이름을 날렸고, 스튜어트 타운이라는 필명으로 마술사 돈 디아볼로가 활약하는 중편도 썼으나 그가 창조한 가장 유명한 탐정은 역시 뉴욕의 아마추어 마술사 탐정인 그레이트 멀리니이다.

작가들이 자신들이 아는 세계에 대한 글을 써야 한다면 로슨의 멀리니 시리즈야말로 좋은 본보기이다. 로슨은 마술에 대한 역사적 지식을 바탕으로 마술적 예술에 관한 책과 기사를 써 왔고, 훌륭한 프로 마술사로서 실제 경험도 쌓았다.

타임스스퀘어에서 마술 상점을 경영하는 멀리니는 『모자에서 튀어나온 죽음』(1938), 『천장 위의 발자국The Footprints on the Ceiling』(1939), 『목 없는 여자The Headless Lady』(1940), 『관 없는 시체No Coffin for the Corpse』(1942) 네 편에 등장한다. 이중 두 편은 출간되자마자 할리우드에서 영화로 제작되었는데, 첫 작품이 1939년 MGM 영화사에 의해 「기적을 팝니다Miracles for Sale」라는 제목으로 각색되었다. 세 번째 작품을 영화화한 「죽지 않는 남자The Man Who Wouldn't Die」는 1942년에 20세기폭스사에서 제작했는데, 특이하게도 브렛 헐리데이의 마이크 셰인 시리즈의 초기 영화 시리즈 중 하나로 만들어졌다.

『모자에서 튀어나온 죽음』은 오컬트, 마술, 복화술, 보드빌, 서커스라는 흥미진진한 요소를 담고 있다. 세자르 사바트 박사가 흑마술 의식 중에 살해된 것처럼 보였을 때, 모든 용의자들은 마술사 아니면 나이트클럽 예능인이었고, 그들 중 한 명 역시 세자르 사바트 박사처럼 밀실 안에서 살해당한다. 밀실 트릭은 오랫동안 추리 작가들의 마음을 사로잡아 왔고,(로버트 애디의 『밀실과 불가능 범죄』(1979)에 약 1,500편의 밀실 미스터리 리스트가 실려 있다) 그 중에서도 존 딕슨 카가 유명하다. 존 딕슨 카의 『세 개의 관』에서 기데온 펠 박사가 밀실 트릭에 관해 설명하는 유명한 부분은, 본 작품에서 멀리니가 호머 개비건 경감에게 수사 협조를 하는 과정에서 이해하기 쉽도록 더욱 정교하게 설명한다. 이 작품은 텔레비전의 초창기이자 라디오가 전성기를 누리고 있던 시대에 발표되었다. 20명 이상의 출연진들과 수 톤에 달하는 소품과 공연 장비 및 의상들을 보유한 카르모, 단테, 마스켈라인, 후디니 같은 일급 마술사들의 거대한 순회공연이 성행하던 시절이었고, 나의 부모님이 카지노와 르 투르케에서 정교한 트릭으로 가득 찬 3시간짜리 그레이트 캐링턴 공연을 보여 주던 시절이었다. 이런 공연이 성행하던 당시 후디니의 환상적인 삶을 묘사한 책들이 많이 출간되었지만 텔레비전이 발달함에 따라 화려하고 신비스러운 마술의 매력은 점점 쇠퇴했다.

이 책에서 묘사한 강령술, 서커스 무대 뒤의 묘사, 보드빌클럽의 분위기, 미국 마술쇼의 충격적인 피날레는 독자들에게 당시의 정겨운 기억들을 떠오르게 할 것이다. 작가가 그의 학창 시절을 떠올렸던 것처럼.

존 케네디 멜링

1

복도에서 들려오는 목소리

그러나 보라, 그의 얼굴은 시커멓고 잔뜩 충혈되어 있으며,
안구는 살아있을 때보다 한층 튀어나와 있도다.
목 졸려 죽은 이처럼 창백하게 응시하면서…
셰익스피어, 『헨리 왕』 6막 2장

'살해된 마술사들' 사건에 대한 수사가 진행되는 동안 마술을 대하는 뉴욕 경찰국의 공적인 태도가 영 적절치 못한 때가 있었다. 이로 인해 짜증스럽게도, 우리는 아무런 설명도 듣지 못한 채 방치되었던 것이다.

이 사건의 증거 몇 가지는 금단의 땅 티베트에서나 마법과 수수께끼 따위 믿기 힘든 이야기의 또 다른 본고장인 인도에서 보고된 것이었다면 훨씬 더 어울려 보였을 것이다. 그러나 벽돌과 회반죽으로 만든 단단한 벽을 통과하고 공중에 두둥실 뜬 채 2층 창문을 지나 범죄 현장을 빠져나가는 살인자란 라사티베트의 수도나 하이데라바드인도 안드라프라데시 주(州)의 주도(州都)에서도 충분히 기이한 존재일 것이다. 현대의 맨해튼에서라면 한층 더 믿기 어려우며 훨씬 더 두려운 존재가 된다.

250년 전까지만 해도 경찰 당국은 피비린내 나는 악명 높은 도

구들, 즉 펜치와 몸을 비트는 고문대를 범죄 수사에 도입하여 사건을 종결시키고, 사건에 연루되었던 죄 없는 구경꾼에게서 마법 행위를 했다는 자백을 얻어냈을 것이다. 그러나 그런 손쉬운 방법을 쓸 수는 없었으므로, 오로지 논리만으로 무장한 채 이성과는 무관한 악마의 형상들과 전투를 벌일 수밖에 없었던 것이다…….

멀리니가 마침내 악령을 내쫓고, 한 가지만 빼고는 만족스러운 해답을 내놓을 때까지, 평상시에는 유쾌하고 확신에 찬 개비건 경감의 파란 눈은 화가 나고 걱정스러운 빛을 띠고 있었다. 그 한 가지란, 경감이 어째서 자신이 그때까지 그 사실을 눈치채지 못했는지 이해할 수 없다는 것이었다. 나는 그가 어떤 기분이었는지 정확히 알고 있었다. 나도 같은 배를 타고 있었던 것이다. 멀리니가 지적했듯이, 우리에게 필요했던 것은, 모든 용의자가 공통적으로 갖고 있는 한 가지가 무엇이었는가, 그리고 그들 중 한 명만이 할 수 있었고 다른 사람은 아무도 할 수 없었던 두 가지가 무엇이었는가를 정확하게 깨닫는 일이었다.

살인자가 사전에 마무리한 몇 가지 일을 제외하면, 그 사건은 월요일 저녁에 시작되었다. 나는 프리랜서로, 그레이바 빌딩에 위치한 블랜턴, 던롭 앤드 하트윅이라는 광고회사에서 주말 내내 밤새워 일하고 월요일 새벽 5시에야 퇴근을 했다

이들의 VIP 고객은 일주일 내내 고통스러운 망설임으로 일관한 끝에 금요일 오후 4시 30분에서야, 서드젝스 조각 비누의 전국 광고안이 형편없다고 결정을 내렸다. 그 고객은 광고가 뭐가 잘못됐는지 알지 못했지만—고객은 절대로 모른다— 그의 아내가 자기라면 그 광고를 보고 조각 비누를 사지 않을 것이라고 한 데다가, 그

의 비서는 일러스트를 마음에 들지 않아했다. 따라서 블랜턴, 던롭 앤드 하트윅사는 기꺼이 그에게 월요일 아침에 새로운 레이아웃을 보여주기로 했다.

내가 폴 던롭의 전화를 받은 것은 저녁 데이트에 가려고 옷을 입고 있던 때였는데, 그는 내게 일을 맡기기 위해 보수를 두 배로 올려야 했다. 이렇게 믿기 어려울 정도로 빡빡하고 잠잘 틈조차 없는 일을 하나 끝낸 다음엔 늘 이번이 마지막이라고 스스로에게 다짐하곤 하지만, 어떻게 된 노릇인지 결국에는 그만한 돈으로 할 수 있는 일들이 떠오르기 마련이었다.

내가 에이전시를 나올 때는 흐리멍덩한 눈빛의 레이아웃 담당자들과 미술 담당자들이 여전히 남아서 그놈의 광고에 잡다한 것들을 쑤셔 넣고 있었다. 이번에는, 대개는 기피하는 아이템인 부엌 싱크대마저도 포함되었다. 밤샘 영업을 하는 카페테리아에서 토스트와 커피를 먹고 난 후 나는 동東 40번가에 있는 아파트까지 몇 블록을 걸어가서 따뜻한 물로 샤워를 하고 새벽의 첫 미명이 들어오는 것을 막기 위해 블라인드를 내리고 잠자리에 들었다.

잠이 깨자 나를 비난하듯 노려보고 있는 알람시계가 눈에 들어왔다. 아래로 내려간 시계의 양 입꼬리가 5시 40분을 가리키고 있었다. 팔을 뻗어 블라인드를 걷어올리고 나는 잠시 침대의 온기를 즐기며 누워 있었다. 창가에 스며드는 차가운 공기를 마주하는 게 영 내키지 않았다. 건너편 어두컴컴한 아파트의 사각형 유리창에 반사된 노란색 빛이 따스하게 느껴졌고 맨해튼과 롱아일랜드의 반짝이는 벌판 사이를 흐르는 어둡고 고요한 강에서 무적霧笛의 깊은 탄식이 들려왔다. 북서쪽 하늘에 낮게 드리운 구름이 타임스스퀘어의 네온 빛을 받아 붉은 기를 띠었다.

마침내 나는 몸을 일으켜 샤워와 면도를 하고 옷을 입은 다음, 길모퉁이 식당으로 갔다. 설탕 그릇에 책을 받쳐 놓은 채 느긋하게 식사를 즐기고는 아파트로 돌아와서 큼직한 안락의자에 몸을 웅크리고 다른 일은 아무것도 하지 않고 독서만을 즐기려고 했으나 지난 며칠간 몰아쳐서 일하다가 이렇듯 금방 긴장을 풀 수는 없다는 것을 깨달았다. 책이 따분하고 지루하게 느껴져 결국 책을 던져 버리고 부엌에 가서 스카치 소다를 만들었다.

다시 거실에 와서 책상 위의 전등을 켜고 타이프라이터 옆 컵받침에 잔을 올려놓은 다음 새 원고지 묶음을 뜯어 타이프라이터에 종이 한 장을 밀어 넣고 담배에 불을 붙였다. 맨 위 서랍에서 작은 루스리프 공책을 꺼내고는 잡지 기사를 끼적여 놓았던 여섯 장의 종이를 빼냈다. 지난 주 그린북의 편집자 데이브 머튼과 함께 오찬을 하던 중 현대 추리소설의 현황에 대한 2천 단어의 원고를 의뢰받았던 것이다. 원고의 맨 위에 가제목을 타이핑했다. '휴가를 얻은 죽음'이라고 썼다가 지워 버리고 또 두 개를 적었다. '살인은 진부한 것'과 '출판사 손바닥 위의 시체'였다. 나는 제목이 좀 더 숙성하도록 내버려 두고 내 주요 논지, 즉 나는 왜 추리소설을 쓰지 않는가에 대한 이유를 타이핑하기 시작했다.

추리소설은 독특한 문학 형식이다. 복잡한 직소퍼즐이고, 집필된다기보다 오히려 구성되는 것으로 이것은 거의 수학적이라고 할 만한 공식들에 따라 쓰인다. 이는 독자와 작가 간의 지적 경쟁으로서 지난 세월 동안 나름의 규칙을 발전시켜 왔다. 이제는 모든 추리소설 애호가에게 너무나 익숙한 규칙이기에 작가가 작은 규칙을 어기기만 해도 다음 책 매출이 줄어든다.

이러한 규칙들은 추리소설이 규정의 주물에서 주조되고 표준의 패턴에 따라 빚어지기를 요구한다. 이러한 패턴은 한때 만화경 같은 현란한 변주가 가능한 것처럼 보였으나, 이제는 서글플 정도로 닳아 버렸다.

필수적인 퍼즐 조각은 다음과 같은 것들이다. 탐정, 살인 수법, 단서, 뜻밖의 결말. 이러한 요소들은 소수이고, 이 요소들이 각각 조합되는 순열은 무한수에는 훨씬 못 미친다. 탐정소설은 많은 작가들에게 금광이 되어 왔으나, 최근 10여 년간의 꾸준한 수요는 주요 광맥을 '완전히'라고 해도 좋을 만큼 고갈시켰다. 좋은 플롯이 모조리 사용되었고 모든 변화가 이루어졌으며 모든 기법이 진부해진 시기에 뭐하러 탐정소설을 쓴단 말인가?

예로서, 탐정을 들어 보자. 대략 연대순으로 뒤팽, 버킷 경감[1]★, 커프 경사[2]★, 르콕, 에버니저 그라이스[3]★, 셜록 홈스, 마틴 휴잇, 손다이크 박사, 바이올렛 스트레인지[4]★, 크레이그 케네디[5]★, F. X. 반 두젠 교수, 브라운 신부, 프리스틀리 박사[6]★, 레지널드 포튠 박사, 외젠 발몽, 에르큘 푸아로, 아노, 고어 대령[7]★, 맥스 캐러더

1★ 찰스 디킨스의 1853년 작 『황폐한 집』에 등장하는 형사. 영국 문학 최초의 탐정 중 하나로 평가된다.

2★ 영국 최초의 장편 추리소설로 꼽히는 윌키 콜린스의 1868년 작 『월장석』에 나오는 주인공 형사.

3★ 애너 캐서린 그린의 『리븐워스 사건』에 처음 등장하여 수 편의 작품에서 활약한 시리즈 탐정.

4★ 애너 캐서린 그린의 또 다른 탐정으로, '소녀 탐정'의 효시가 되었다.

5★ 아서 B. 리브스의 1910년 작 『헬렌 본드 사건』에 처음 등장한 학자 탐정. 화학과 정신분석학 지식을 이용해서 사건을 수사한다.

6★ 존 로드가 창조한 탐정. 1925년 『패딩턴 미스터리』에서 데뷔한, 손다이크 박사와 같은 유형의 과학자 탐정으로, 1960년대까지 수많은 작품에 등장했다.

7★ 린 브룩의 탐정. 1926년 『고어 대령의 추리』로 데뷔했다.

스, 구석의 노인, 프랭크 스파르고[8]★, 도슨, 룰르타비유, 엉클 애브너, 아르센 뤼팽, 파일로 밴스, 피터 윔지 경, 앤서니 길링엄, 필립 트렌트, 파글리올리, 미스터 톨프리[9]★, 페리 메이슨, 미스터 J. G. 리더[10]★, 프렌치 경감, 윌슨 총경, 엘러리 퀸, 찰리 챈, 앤서니 게스린[11]★, 로저 셰링엄, 펠 박사, 새처 콜트[12]★, 샘 스페이드, 발쿠르 반장[13]★, 힐데가르데 위더스[14]★, 헨리 메리베일, 미스터 핑커튼[15]★, 네로 울프 등등의 캐릭터가 있다. 이제 비현실적인 기벽(공식에서는 그런 것이 필요하다고 한다)을 갖고 있지 않으면서도 개성적인 탐정, 추론 방식이 독창적이며 신선한 사립탐정을 창조해 보라.

나는 잠깐 작업을 멈추고, 마실 것을 손에 든 채 내가 적은 유명 탐정들의 목록을 검토했다. 여백에다가 연필로 닉 찰스, 막시밀리안 폰 카츠 남작, 드루리 레인을 추가하고 새 담배에 불을 붙였다. 그리고 작업을 계속했다.

살인 수법을 살펴보자. 살인의 모든 유형이 공개되어 버렸다. 저

8★ J. S. 플레처의 1919년 작 『중세 성당의 살인』의 주인공. 신문기자이자 편집자로 우연히 사건에 뛰어든다.

9★ R. A. J. 월링이 창조한 사립탐정으로, 1932년 작 『운명의 5분』으로 데뷔하여 22편의 시리즈에 등장했다.

10★ 에드거 월레스의 단편집 『J. G. 리더 씨의 정신』의 탐정. 범죄자의 정신을 가진 경찰이다.

11★ 필립 맥도널드의 시리즈 탐정. 전직 영국 비밀정보부원이자 기자이다.

12★ 앤서니 애벗의 시리즈 탐정으로, 현직 경시총감이다. 경찰 최고 직위에 있으나 문학 애호가이며 개인적으로 탐정 역할을 하는 독특한 인물이다.

13★ 루퍼스 킹의 시리즈 탐정. 밴 다인과 비슷한 시기의 작품으로 깊은 심리 묘사가 독특하다.

14★ 스튜어트 파머가 창조한 탐정. 노처녀 교사로 크리스티의 미스 마플과 비슷한 유형이다. 1931년 『펭귄 풀 살인』으로 데뷔하였으며 수차례 영화화되었다.

15★ 데이비드 프롬이 창조한 탐정.

격, 척살, 구타, 익사, 질식사, 가스 중독, 교살, 독살, 참수, 추락사. 죽음을 다루는 이런 기초적인 방법의 변용은 환상의 경지에까지 이르렀다. 고드름 단도, 암염 탄환, 혈관에 공기 주사, 공기총으로 발사하는 단검, 치약 속에 숨겨진 파상풍 균, 그리고 그 모든 자동 장치가 거대한 산을 이루고 있었다. 이 중 몇 가지를 단순히 기술하는 것만으로도 사람에게 공포감을 주어 죽음에 이르게 할 수 있다—실제로 이 방법 역시 사용되었다!

그리고 단서. 작가는 이 요소를 가지고 더 많은 변화를 줄 수 있다. 왜냐하면 단서는 시각, 장소, 주변 상황에 따라 다양해지기 때문이다. 가스통 마개와 사라진 버슬과거 스커트의 뒷부분을 불룩하게 만들기 위해 착용했던 허리받이 같은 단서는 전기 라이터와 도둑맞은 브래지어로 대체되었다. 그러나 이때껏 삶에 유익하게 기여해 왔지만 이제는 평화롭게 은퇴해야 할 단서의 목록은 충격적이다. 짖어대는 개, 벽난로 속의 시가 꽁초, 담배에 묻은 립스틱, 타 버린 문서, 암호 편지, 사라진 바지 단추(더 많은 예를 모을 것) 등의 단서들이 그것이다…….

고갈된 단서의 숲을 조사할 때는 작가의 독창성이 쭈뼛거리는 것은 용서받을 수 있을 테지만, 의외의 결말에 관해서라면—지독하게 골치가 아프다. 문제는, 독자가 야바위에 돈을 잃은 것 같은 느낌을 갖지 않도록 하면서 성공적으로 의외의 결말을 제시하기가 쉽지 않다는 것이다. 7, 8명의 용의자—그 이상은 안 된다—가 허용되며 이들은 모두 한 번쯤 좋지 않은 행위를 한 적이 있다. 의지할 데 없어 보이는 동안의 금발 여인, 솔직담백한 곱슬머리 젊은 영웅, 예의범절에 엄격한 피해자의 노처녀 고모, 의사, 변호사, 상인, 사장, 심지어 아득한 옛날부터 마비 환자였던 할머니까지도 포함되며, 아홉 살짜리 에슬린다나 독이 묻은 발톱을 가진 애완용 아기 고양이는 말할 것도 없다.

이런 이들이 모두 범인이 되어 왔다. 저마다 또는 함께. 그리고 독자도 그 사실을 알고 있다. 이렇듯 많은 작가들이 소재의 고갈이라는 딜레마에서 탈출하려 애쓰다가, 교활하게도 통상적인 용의자 리스트 바깥에서 범인을 만들려 시도하여 그 악역을 탐정과 지방검사, 배심원, 배심원 대표에게 맡기다 보니 결국에는 참신함을 추구하는 마지막 절박한 시도로 서술자 자신에게까지 이르게 되었다. 이제 남은 것이 거의 없어 보인다. 남은 것이라고는—만약 가능하다면 말이지만—책의 출판업자나— 독자뿐이다!

내가 보기에 이제 남은 것은…….

나는 흠칫 손을 멈추고 이맛살을 찌푸리며 타이프라이터에서 고개를 들었다. 바깥 복도에서 누군가가 맞은편 집 현관문을 쾅쾅 두들기고 있었다. 간혹 초인종의 낮은 진동음도 들을 수 있었다. 두세 명의 목소리가 혼란스럽고 흥분된 대화 속에 뒤섞여 내 집 현관문을 꿰뚫고 들려 왔다. 나는 하릴없이 뒤로 기대어 앉아 그 사람들이 포기하고 떠나기만을 기다렸다. 예전에 신문 일을 할 때는 온갖 소음 속에서도 글을 쓸 수 있었다. 뉴스 편집실에 울리는 리드미컬하게 찰칵거리는 소리는 어쩐지 일의 능률을 높여 주었다. 그러나 이 소란은 그저 짜증스러울 뿐이었다.

누군가 나와 같은 3층에 거주하는 세입자를 보고 싶어한다는 것은 알 수 있었으나, 그 이유에 대해서는 도무지 상상력이 미치지 않았다. 그 세입자는 성마르고 비사교적인 나이 먹은 괴짜로, 내가 아는 한에서 누군가를 보고 반가워하는 일이 절대로 없어 보였다. 언젠가 머뭇거리면서 '안녕하세요'라고 했다가 그가 증오에 찬 시선으로 노려보는 바람에 그 이후로는, 정다운 이웃처럼 구는 일은 포기했다. 하긴 뉴욕은 그런 일에 어울리는 동네가 아니다. 그리고 이 사람은 대도시 전체를 통틀어 붙임성 없는 사람의 표본이나 다름없을 것이다.

그는 키가 크고 카시우스고대 로마의 장군으로, 율리우스 카이사르 암살의 주모자처럼 야위고 굶주린 듯한 모습이었다. 잘 정돈된 검은 머리카락이 넓은 이마 위로 뾰족한 브이 자를 그리고 있었고, 곤충의 눈처럼 축축하고 윤기가 도는 검은 눈이 비누를 깎아 만든 것만 같은 얼굴에서 차갑게 두드러졌다. 이 모든 것에도 불구하고 꼿꼿한 몸가짐과 정교하게 깎아낸 듯이 균형 잡힌 얼굴 때문에 기묘하고 낯선 느낌의 미남자라고 해도 좋을 정도였다. 그는 내가 어두운 복도에서 자신을 지나칠 때면 어깨 너머로 의심스럽게 쳐다보는 불쾌한 버릇이 있었는데, 그런 모습은 내게 드라큘라 백작을 떠올리게 했다. 어쩐지 그 남자는 좀 지나치게 비현실적이었다. 그리고 초인종에 달린 문패에서 본 이름도 마찬가지로 괴상했다. 그 이름은 세자르 사바트 박사였다.

나는 갑자기 의자에 앉은 채 몸을 홱 돌렸다. 바깥의 목소리들이 흥분을 드러내기 시작하며 더욱 빠른 템포로 들려왔기 때문이다— 그중 하나는 여성의 목소리로, 다른 목소리들보다 높았다. 묘하게 생기 없는 목소리였는데, 히스테리와 서서히 최면을 거는 듯한 긴장감과 기이하게도 세밀하게 계획된 공포처럼 들리는 무언가로 충만해 있었다. 여섯 마디의 어절이 침묵을 헤치고 튀어나와 잠깐 동안 내 책상 위 공중에 걸린 채 파르르 떨었다.

"저 방 안에 죽은 사람이 있도다!"

이건 너무 심하다. 나는 얼굴을 잔뜩 찌푸리고 일어서서 문을 홱 잡아당겨 열었다.

"이게 뭡니까?" 나는 항의했다. "무슨 게임인가요?"

경찰 발견 당시 세계로 서비스 박사의 아파트

2

주술사의 죽음

북쪽의 공기를 맞으며
세 번 그는 루믹의 운율을 따라 읽었다.
세 번 두려움을 담아 불렀다.
죽은 자를 깨우는 무시무시한 노래를……

새문드의 에다

홀의 침침한 불빛 속에 세 사람이 보였다. 남자 하나와 여자 하
나가 내게 등을 돌리고 서서, 사바트의 방문 앞에 무릎을 꿇고 열
쇠구멍을 들여다보는 또 다른 남자의 어깨 너머를 기웃거리고 있
었다. 내가 소리를 내자 그들은 군무를 하는 무용수처럼 다 함께
몸을 휙 돌렸다. 웅크리고 있던 남자의 오른쪽 눈에서 외알안경이
굴러떨어지더니 검정색 끈에 매달려 두 번 출렁거렸다. 남자는 즉
시 그것을 코 위에 다시 얹었다.

얼마간 아무도 입을 열지 않았다. 외알안경의 사내는 나를 면밀
히 훑어보았는데, 냉정하게 조사하는 그 눈빛이 어쩐지 거슬렸다.

그는 이처럼 느긋하고도 무례한 탐색을 마치더니 경멸감을 담아 등을 돌리고는 또 다시 열쇠구멍에 눈을 가져갔다.

"어서 꺼지시지!" 그가 말했다. 목소리에 실린 신랄함 때문에 속에서 짜증이 부글부글 끓어올라 분노로 변했다.

"댁이 딱 내가 할 말을 그대로 했군." 나는 감정을 실어 대꾸했다. 뭐라고 한 마디 더 하려고 하는데 옆에서 기침소리가 들려왔다. 그러더니 다른 사내가 모자를 손에 들고 외교적인 미소를 띤 채 내 앞으로 슬금슬금 다가왔다.

"실례합니다." 그는 매끄러운 웅변조로 말했다. "나는 허버트 워트러스 대령입니다. 우리는 여기서 사바트 박사와 만나기로 약속했습니다. 그분이 안에 계신지 혹시 아시는지요?"

내 방에서 새어 나오는 불빛이 그의 얼굴을 비추도록 뒤로 물러서자 그의 모습이 똑똑히 보였다. 그는 자그마하고 머리가 희끗희끗한 남자였는데, 넓고 근육이 발달한 어깨에 비해 짧은 다리가 기묘한 부조화를 이루었다. 통통한 얼굴의 정중앙에는 짧게 자른 콧수염이 자리 잡고 있었고, 가벼운 금 사슬과 연결된 코안경이 콧등에 걸려 있었는데, 금 사슬은 한쪽 귀에 걸린 채 그의 움직임에 따라 불규칙하게 흔들거렸다. 맞춤하니 몸에 딱 맞는 검은색 오버코트 속으로 단정히 밀어넣은 하얀 머플러 위에서 그의 턱이 움직이고 있었다.

나는 명백히 예의에 어긋나는 호기심을 품고 이 예상치 못했던 인물의 등장을 바라보았다. 이때까지 이 사람은 일요판 특집기사의 필자들이 꾸며 낸 인물일 거라고 반쯤 믿고 있었던 것이다. 나는 약간 관심을 갖고, '미국 최고의 심령학자'가 여기서 사바트의 문을 두드리며 무엇을 하려는 것일까 의아해하기 시작했다.

"처음 뵙겠습니다." 나는 최소한의 공손함을 갖추어 화답했다.

"저는 귀하의 친구 사바트 씨가 안에 계신지 안 계신지 모릅니다. 댁들이 내는 소음을 고려하면 후자 쪽으로 보이는군요. 자, 그럼 여러분께서는 배려심을 발휘하여 조용히 떠나 주시면 안 될까요? 나는 일을 해야 합니다."

"우리가 방해했다면 죄송합니다." 그는 산책용 지팡이의 상아로 만든 머리 부분을 만지작거리며 말했다.

"그렇지만 우리는…… 아…… 그렇지, 사바트 박사는 우리가 오기를 기다리고 있었습니다. 그래서 어쩐지 좀 이상하군요. 심지어는……." 그는 주저하며 초조하게 여자 쪽으로 시선을 던졌다. 그 여자는 그의 옆에 서 있었는데 내게는 부자연스러울 정도로 고지식하게 제자리를 지키고 있는 것으로 보였다.

"두렵기까지 합니다!" 대령은 갑작스럽게 말을 끝맺었다. "우리를 초대한 사람은 우리가 6시 반을 넘기면 안 된다고 퍽 고집스럽게 굴었거든요."

그는 확인을 구하듯 다른 사내를 향해 몸을 돌렸으나 아무 대답이 없자 이어서 말했다. "그 사람이 외출했으리라고는 전혀……,"

여자의 몸이 뻣뻣하게 흔들렸고 워트러스는 민첩한 동작으로 그녀의 팔을 잡았다. 그는 여자를 걱정스럽게 보느라 말을 끝맺는 것을 잊어버린 듯했다. 여자는 여전히 일종의 최면 상태와 침묵에 빠져 있었다.

시간을 벌기 위해, 그리고 복도에 있는 이 그룹을 둘러싼 기묘한 분위기를 헤아리고자 애쓰면서 나는 다소 요점 없는 질문을 하며 대화를 이어갔다. "어쨌거나 사바트 박사는 뭐 하는 사람입니까, 화학자인가요?"

대령은 여전히 눈길을 여자에게 고정시킨 채 멍하니 내 말을 반복했다. "화학자냐고요?" 그러더니 잠시 침묵한 끝에 다시 내게로 주의를 돌렸다.

"화학자냐고요?" 그는 반복해서 말했다. "아뇨, 아닙니다…… 절대로요. 왜 그런 질문을 하십니까?"

"그냥 의문이 들어서요. 종종 냄새가 나거든요." 나는 이 말을 하면서 지금도 복도에서 그런 냄새가 난다는 사실을 깨달았다.

워트러스는 희미한 미소를 지었다. "연금술은," 그는 반쯤은 자기 자신에게 말했다. "냄새가 수반되는 작업이죠." 그리고 좀 더 직설적으로 말했다. "박사의 전공 분야는 인류학입니다. 원시 마술과 종교에 특별히 중점을 두지요. 그는 신비철학 이론에 대한 권위자일 뿐 아니라 연금술, 점성술 등 많은 오컬트 과학을 실제로 실험하는 연구가입니다. 게다가……."

"게다가," 무릎을 꿇고 있던 남자가 조용히 말했다. "당신은 심하게 말이 많소."

그는 일어서서 우리와 마주 보았다. 그를 자세히 살펴보기에는 복도의 불빛이 너무 어둑어둑한데다 그는 내 방에서 나오는 부가적인 빛을 피하는 것처럼 보였다. 그러나 나는 이 남자를 좀 더 똑똑히 볼 수 있었다. 경탄할 정도로 균형이 잡힌 몸에는 긴장감과 유연함이 뚜렷이 드러나 있었고, 몸놀림에는 운동으로 단련된 조화로움이 엿보였다. 나는 그 사내가 누구이고 무슨 일을 하는 사람인지 알기 전까지 그가 입고 있는 옷 때문에 혼란스러웠다. 그가 쓴 실크해트는 광고에서나 볼 수 있는 것처럼 번쩍거렸고, 어깨에 걸친 오페라 케이프가 본드 가에서 샀을 게 분명한 야회복 위로 늘 어져 있었으며, 외알안경 때문에 비웃는 듯한 각도로 뒤틀려 있는 남자의 얼굴에는 팽팽한 긴장감이 흘렀다. 왼쪽 아래턱을 따라 비스듬히 붙어 있는 반창고가 흠잡을 데 없는 외모와 부조화를 이루었다.

워트러스는 순간적으로 입을 다물고 얼굴을 찌푸렸으나, 곧 아무 일도 없었던 것처럼 매우 쾌활하게 말을 이어갔다.

"유진 타로 씨를 소개해 드리겠습니다. 이 사람에 대해서는 틀림없이 들어보셨을 겁니다. 타로 씨, 이분은……." 그는 내 방문에 붙어 있는 이름표를 슬쩍 보았다. "하트 씨입니다, 아마도."

나는 냉담하게 고개를 끄덕였다. 위대한 타로―들은 적은 있다―는 워트러스 대령을 쏘아보는 데 바빠서 냉담하게 고개를 끄덕이는 수고조차 하지 않았다. 언론이 상당히 떠들어댔기 때문에 그가 '카드의 왕'이자, 세련되고 탁월한 슬레이트 오브 핸드_{손 기술을 이용하는 공연 마술공연자}라는 사실을 알고 있었다. 타로는 교묘하게 카드를 다루는 솜씨 때문에 극장 예매율의 톱을 차지하고 있을 뿐더러, 매일 밤 방송되는 라디오 드라마 '마법사 재너두'의 주인공을 맡아 두둑한 보수를 챙기고 있었다. 그가 기획한 이 드라마는 매스컴의 주목을 받고 있었고, 부유한 자동차 회사를 스폰서로 두고 있었다.

워트러스는 붙임성 있게 말을 이었다. "그리고 이쪽은 마담 러푸르트입니다. 감히 말씀드린다면, 우리 시대에 가장 위대한 심령술사로서 막 이름이 알려지고 있지요. 신문에서도 최근에는 부인에게 호의적인 기사를 쓰고 있는데 응당 그래야지요. 선생도 아마 읽으셨을……,"

사이드쇼 호객꾼의 선전처럼 들리는 대령의 소개가 계속 이어져서 흥미를 잃어버렸다. 그 여자의 이름은 반쯤 예상했었다. 마담 러푸르트는 대령이 발굴한 인물이자 그의 제자였으며, 유럽 사회에서 적지 않은 과학적인 논란과 언론의 대단한 호들갑을 불러일으킨 영매였다. 그녀가 이 나라에 도착한 지난 두 주 동안 신문들은 이 두 사람에게 대체로 호의적인 관심을 퍼부었는데, 기사 한 줄당 돈으로 따지면 상당한 액수에 이르렀을 것이다. 내가 보기에 이런 현상은, 한편으로는 화려한 뉴스가 눈에 띄게 부족하다는 사실에 기인할뿐더러 또 다른 한편으로는 똑똑한 언론 홍보 담당자 덕분이 아닌가 의심스러웠다. 나중에 그런 주목을 이끌어내기 위해 애쓴 사람이 바로 워트러스라는 사실을 알고, 나는 그의 타고난 쇼맨십에 존경심마저 갖게 되었다.

그가 언론에 제공한 정보에 따르면 마담 러푸르트는 헝가리인이었다. 가무잡잡한 남자 같은 외모에 덩치가 크고 몸집이 단단한 여자로, 옆에 서 있는 짤막한 대령 위로 우뚝 솟아 있다시피 했다. 둔해 보이지만 그런대로 잘생긴 그녀의 얼굴에 눈이 마치 두 개의 검은 구멍처럼 자리잡고 있었고, 각각의 중심에는 미세한 불꽃이 격렬하게 타오르고 있었으며, 엄청나게 풍성한 칠흑 같은 머리카락은 놀라운 생명력을 품고 있어, 느릿하고 매끄럽게 눈앞에서 자라고 있는 것처럼 보일 정도였다. 그녀는 검은 야회용 겉옷을 걸치고 있었는데, 춥기라도 한 듯이 거북할 정도로 단단하게 감아쥐고 있었다.

내 방문을 뚫고 들어와 죽은 사람에 대해 말했던 묘하게 홀린 듯한 목소리의 주인은 그녀가 틀림없었다.

타로는 대령의 거침없는 웅변을 단순명쾌하게 끊었다. 내가 눈치채지 못한 사이에 그는 다시 열쇠 구멍 앞에 무릎을 꿇고 각진 금속 조각들이 여러 개 걸려 있는 열쇠고리를 들고 있었다.

"약장수 같은 짓은 집어치우고 가서 부엌문이 잠겨 있는지나 봐요." 그가 끼어들었다.

대령은 더듬거리더니 곧바로 지시받은 대로 복도 반대편 6미터 떨어진 곳에 있는 다른 문으로 향했다. 타로는 자신의 손에 든 도구를 보고 놀란 표정을 하고 있는 나를 보았다.

"당신은 사바트가 외출중이라고 생각하겠지. 난 아니오."

"나도 아니에요!" 마담 러푸르트가 말했을 때 나는 그녀를 똑바로 쳐다보았다. 그녀의 입술은 움직이지도 않았다.

"저 우유병 말인데," 타로는 문가에 놓인 반 리터들이 우유병을 가리켰다. "짐작건대 오늘 아침 일찍부터 저기 있었던 거요. 지금은 오후 6시 30분이오. 그는 오늘 문 밖으로 나오지 않았고, 게다가……,"

그는 뒤로 물러나 앉으며 침착한 어조로 선언했다. "이 열쇠구멍은 안쪽에서 무엇인가로 막혀 있소!"

나는 마담 러푸르트의 입가에 보일 듯 말 듯 희미한 미소가 떠오르는 것을 보았다.

워트러스가 큰 소리로 외쳤다. "뭐라고!" 그리고 부엌문을 시끄럽게 두들기기 시작했다.

"여기, 이거 받아요." 타로는 고리에서 자물쇠 따는 도구 하나를 빼서 워트러스를 향해 던졌다. 그것은 바닥 위에서 짤랑거리며 굴렀다.

"그쪽 열쇠구멍도 막혔는지 확인해 봐요." 타로는 다시 도구를 가지고 자물쇠를 검사했는데, 그것은 문에서 흔히 볼 수 있는 것으로 커다란 열쇠 구멍이 있는 자물쇠였다.

나는 나도 모르게 코를 킁킁거리다가 다시금 희미한 실험실 냄새를 느끼고 경찰을 부르는 게 좋겠다고 말하며 돌아섰다.

타로가 나를 향해 휙 몸을 돌렸다.

"그런 짓은 하면 안 돼—아직은!" 그는 위협적으로 말했다. "워트러스!"

"이 자물쇠도 뭔가로 막혀 있어!" 워트러스가 외쳤다. 벨벳 같은 부드러움이 사라지고 거의 꽥꽥거리고 있었다. "그렇지만 내가 밀어서 빼낼 수 있을 것 같은데."

그는 자물쇠를 더듬거리며 찾았다.

"해 봐요." 타로가 얼굴을 찌푸리더니 재빨리 덧붙였다. "젠장, 안 돼요! 바보처럼 굴지 말아요. 박사가 열쇠구멍을 막았다면 십중팔구 이 문들에 달린 빗장을 질러 놓았을 겁니다. 자물쇠를 여는 것은 우리에게 아무런 소용이 없어요. 부수고 들어가야 해요."

워트러스는 우리가 서 있는 자리로 달려왔다. 그의 얼굴은 자줏빛을 띠고 있었다. "아마 여기 계신 하트 씨한테 문짝을 부술 만한 도구가 있을 거요." 그는 헐떡거리며 떨리는 목소리로 말하면서 나를 쳐다보았다.

나는 거들먹거리는 타로를 여전히 성난 눈으로 노려보고 대답없이 돌아서서 내 아파트 방으로 들어가 갖고 있는 장작 중 가장 묵직한 것을 집었다. 돌아와서는 타로가 뻗은 손을 무시하고 워트러스에게 건네주었다. 그런 다음 방으로 돌아와 전화로 교환을 불렀다.

'망할 놈의 타로, 나한테 이래라 저래라 하다니.'

나는 교환에게 지체 없이 경찰본부를 연결해 달라고 했다.

내가 다소 따분해 하는 말투의 경찰에게 동 40번가의 742번지에서 어떤 사람이 가스로 자살한 것 같다고 설명하고 있을 때 밖에서는 나무를 두들기는 소리가 들려왔다. 복도로 돌아가 보니 워트러스가 문의 판자 하나를 부수는 데 성공한 참이었다. 다시 한 번 힘차게 일격을 가하자 문짝이 부서지며 벌어졌고 진하고 역겨운 냄새가 새어 나왔다.

"빗장에 손이 닿소?" 타로가 말했다.

워트러스는 벌어진 틈으로 팔 전체를 비틀어 넣었고, 곧이어 쇠붙이가 미끄러지는 소리가 들렸다. 그리고 잠시 동안 손을 바쁘게 움직이더니 이윽고 팔을 빼냈다.

"이것이 열쇠구멍 속에 있었소." 그는 사각형의 구깃구깃한 파란 천을 들어 올리고는 다소 머뭇거리면서 그 천을 바라보았다. 나는 팔을 뻗어 그에게서 그 물건을 건네받았다. 그것은 찢어진 남성용 리넨 손수건의 일부였다.

그 동안 타로는 자물쇠를 여는 도구로 문을 따기 시작했는데, 단한 번의 시도에 걸쇠가 짤깍하는 소리가 들렸다. 나는 천 조각을 바지 주머니에 쑤셔 넣고 앞으로 나아갔다. 타로는 문손잡이를 잡고 문을 밀어대고 있었다. 문이 3센티미터쯤 열리다가 뭔가 무거운 물체에 막힌 듯 멈춰 버렸다. 타로가 어깨로 밀자 문이 천천히 움직였다. 안쪽 마루에 뭔가 긁히는 소리가 나더니 문이 안쪽으로 열리고 들어가기에 충분한 공간이 생겼다. 타로가 비집고 들어가자 깜빡이는 누르스름한 빛 때문에 실루엣이 생겼다.

"에바, 당신은 여기 남아 있는 것이 좋겠소." 워트러스가 여자에게 말하고 타로의 뒤를 따라 사라졌고 나도 그 뒤를 따랐다. 마담 러푸르트는 긴장한 채 벽에 기대서서 기대에 찬 눈으로 지켜보더니 이윽고 따라 들어왔다.

문을 막고 있던 소파를 피해 방 안으로 1, 2미터쯤 들어가 보니 소파는 벽에서 비스듬히 움직여 방 안쪽으로 밀려나 있었다. 그들은 방 안에서 미동도 없이 서서 나의 왼편을 뚫어져라 보았다.

나는 그쪽으로 고개를 돌렸다.

주위는 연기 때문에 흐릿했다. 타원형으로 타고 있는 네 개의 촛불이 희부연 연기 속에서 긴 꼬리를 남기며 흔들리고 있었다. 그 빛은 연철로 만든 육중한 촛대에 꽂힌 검은색의 두꺼운 양초 위에서 아슬아슬하게 균형을 유지하고 있었다. 이 양초들은 마룻바닥 한가운데에 원을 그리고 늘어서 있었는데, 다섯 번째 촛대 위에 작아진 양초의 불이 까물거리다가 꺼졌다. 어둠은 이들의 가물거리는 빛으로 인해 다가오지 못하고 벽을 따라 두텁게 깔리고 방구석마다 쌓여 있었다.

내가 처음 본 광경이 이것이었다. 그때 타로가 방 안쪽으로 재빨리 움직였고, 내 뒤에서 마담 러푸르트가 숨 막히는 듯한 기묘한 소리를 내었다. 윤을 낸 마룻바닥 위에 잠옷과 가운을 걸친 남자의 시체가 있었다. 붓고 충혈된 입술이 벌어져 돌출된 이가 튀어나와 찌푸린 표정을 짓고 있는 것 같았다. 눈구멍에서 흉측하게 튀어나온 눈알은 물고기를 연상시켰고 강렬한 시선을 천장에 고정시킨 채였다. 푸르뎅뎅하니 부어오른 얼굴은 인간적인 표정이라고는 조금도 담고 있지 않은 그로테스크한 가면처럼 일그러져 있었다. 나는 간신히 세자르 사바트를 알아보았다.

그는 대칭을 이루며 활개를 펴고 마룻바닥 위에 분필로 그려진 커다란 별 모양의 중앙에서 머리, 팔, 다리를 꼭짓점을 향해 똑바로 뻗치고 있었다. 각각의 꼭짓점 끝에는 초가 하나씩 놓여 있었으며, 이 비현실적인 광경을 에워싸고 역시 분필로 휘갈겨 쓴 이상한 단어들이 경계선을 그리고 있었다.

테트라그라마톤…… 테트라그라마톤…… 테트라그라마톤—이스마엘…… 아도나이…… 이후아—수르가트여 오라…… 수르가트여 오라……수르가트여 오라!

타로 옆의 촛대 밑바닥까지 타들어간 촛불이 마지막 명멸의 춤을 추다가 사그라들고, 벽에 기대어 있던 어둠이 가까이 다가왔다.

3

어둠 속의 용의자들

파우스투스는 악마에게 자기 자신을 팔았네.
손목을 베어 피로 글을 쓰며
악의 왕자에게 자신의 영혼을 저당 잡혀.
연로한 파우스투스 박사,
무뢰한 파우스투스 박사,
선善으로부터 고개를 돌렸구나.
조지 스틸 세이머: 파우스투스

우리가 그 자리에 멍하니 서 있는 동안 시간이 늘어지는 느낌을 참을 수 없었다. 열린 문으로 들어온 한 줄기 바람이 촛불을 낚아채자 시체의 그림자가 바닥을 기어 다녀 마치 시체가 움직이는 것처럼 보였다. 마침내 워트러스 대령이 팽팽하게 긴장된 침묵을 깨뜨렸다.

"사바트!"

이제 그의 목소리는 거칠고 갈라져 있었으며 손이 떨리고 있었다. 아무도 입을 열지 않았다.

나는 바지에 손바닥을 문질러 축축한 땀을 닦아 내고는 재빨리 방을 둘러보았다. 왼쪽, 사바트의 발치 너머에는 육중한 대리석 벽난로가 방의 구석을 독차지하며 우뚝 솟아 있었다. 벽난로 위로 구릿빛의 둔탁한 반사광이 거대한 둥근 명판의 튀어나온 부분을 드러내며, 서로 교차하는 원들과 낯선 기호들로 이루어진 복잡한 디자인을 따라 윤곽선을 노출시켰다. 난로의 오른쪽에는 접이식 칸막이가 있어 반짝거리는 유리 기구가 여기저기 놓여 있는 작업대를 반쯤 가리고 있었다.

내가 서 있는 근처의 바닥에는 소파가 있었고, 소파 다리께에 검은색 카펫이 말끔하게 말린 채 놓여 있었다. 현관문 맞은편 방 옆의 커다란 스튜디오 창문에는 검은 커튼이 천장에서 바닥까지 빈틈없이 내려져 있었고, 방의 오른쪽 반을 꽉 채운 책장들이 어깨 높이로 줄지어 있었다. 눈이 없는 흉측한 제식용 가면 여섯 개가 벽에 걸려 있었는데 흥분으로 얼굴이 일그러진 모습을 하고 있었고 이것은 사무적인 느낌이 나는 책상과 구석에 놓인 철제 파일링 캐비닛과 강한 대조를 이루었다. 이 밖에 의자 몇 개와 낮은 테이블, 플로어 스탠드 등이 방에 있는 가구의 전부였다. 오른편 벽 중앙에, 선반들로 이루어진 아치 모양의 어두운 입구가 보였는데, 내 짐작으로는 내 방과 마찬가지로 간이 부엌, 침실, 화장실 입구로 통하는 짧은 안쪽 복도와 연결되어 있는 것이 분명했다.

워트러스가 의심스럽다는 듯이 물었다. "그, 그는 죽었나?"

타로는 시체에서 눈을 들더니 대령을 향해 눈을 가늘게 떴다. 그의 목소리에는 날카롭게 비꼬는 말투 외에 아무 감정도 담겨 있지 않았다.

"당신 생각은 어떻소? 자기에는 참으로 웃기는 장소 아니오!"

"그렇지만, 난," 워트러스가 고개를 돌렸다. "난…… 이해할 수가 없소. 가스 냄새도 나지 않는데."

"가스?" 타로는 어리둥절한 것 같았다.

"그래. 열쇠구멍이 막혀 있었잖소. 이 냄새는 향로에서 나는 냄새요." 그는 맨틀피스_{벽난로 위의} 선반 위에 있는 땅딸막한 청동제 물건을 가리켰다. "저건,"

"이봐요, 눈은 두었다 뭐하시오!" 타로가 쏘아붙였다. "저 얼굴을 봐요. 질식사요. 하지만 가스가 아니라 목이 졸린 거요."

그 말을 듣고서야 떠오른 것이긴 했지만 그런 생각은 나의 머리에도 떠올랐었다. 마담 러푸르트가 움직여서 나의 주의를 끌었다. 굳은 몸이 풀리고 고통스러운 호흡이 사라졌다는 사실을 알 수 있었다. 그녀는 앞으로 몸을 굽히고 신경을 바짝 곤두세운 채, 검은 자위 아래로 흰자위가 드러날 만큼 눈을 크게 뜨고 있었다.

내가 말했다. "목에 뭔가 흔적이 있지 않을까요?"

타로는 분필로 그린 원을 넘어 시체에 가까이 다가가서 내려다보았다. "있어야 하는데, 없군. 그렇다고 해도 이상하지 않아." 그는 무릎을 꿇으려고 했다.

"건드리지 않는 편이 좋을 거요." 내가 주의를 주었다. "경찰이 오고 있거든요."

타로는 몸을 곧게 폈다. 짜증나는 그의 엄청난 자신감에 어쩐지 내가 흠집을 낸 것 같은 느낌이었다. 그의 외알안경이 나를 향해 번득였다.

"우리가 문을 부수고 있는 동안에 말이오, 응?"

나는 그를 노려보면서 고개를 끄덕였다.

"그러니까," 워트러스가 의심스러운 듯 말했다. "당신들은 사바트가······,"

"살해당했다는 거요!" 타로가 말을 받았다. "게다가 이 창들은 곧장 강을 향해 나 있기 때문에 범인은 아직 집 안에······,"

그는 목소리를 낮추었고 심사숙고하는 기색이었다. 자기 생각을 이야기하다 만 채로, 이제는 으스스해진 안쪽 통로의 어둠을 향해 돌아섰다. 그와 동시에 매끄러운 동작으로 주머니에 손을 넣더니 번쩍이는 푸른색의 금속 물체를 꺼냈다. 그는 총신이 네모난 자동 권총을 들고 있었다.

"누가 불 좀 켜요! 문 옆에 저 스위치요."

나는 스위치를 향해 한걸음에 달려가 엄지손가락으로 스위치를 올렸다. 한 번, 두 번······. 가냘픈 금속성이 들렸으나, 그것이 전부였다. 타로는 촛대에서 양초 하나를 낚아채고는 깜깜한 홀을 향해 나아갔다. 나는 두 번째로 가장 가까이 있는 양초를 움켜쥐고 그의 뒤를 따랐다. 그는 돌아보더니 바로 발을 멈추고 몸을 홱 돌렸다. 손에 들린 총이 나를 겨냥하는 것처럼 보였다.

"당신은 거기 그대로 있어!"

나는 멈추지 않았다. 타로의 독단적인 리더십이 마음에 안 들어서이기도 했고, 한편으로는 그가 약간 과장된 행동을 하고 있다는 느낌 때문이었다. 범죄 현장에서 숨어 있는 살인자를 발견할 가능성은 거의 없었다.

"그럼 좋을 대로 해요, 바보 같으니라고!" 그가 말했다. "침실을 맡아요."

그는 내 앞에서 입구로 들어가 오른쪽으로 돌더니 스윙도어를 지나 부엌으로 사라졌다. 나는 몇 걸음 나아가다가 왼편 외짝문 앞에 멈춰섰다. 문을 발로 차서 열고는 촛불을 높이 들고 스위치를 찾아 안쪽을 더듬거렸다. 스위치는 찾았지만 그것도 찰칵하는 공허하는 소리만 낼 뿐 불은 켜지지 않았다. 나는 어둠의 문턱에서 잠시 망설이다가 불쑥 발을 내디뎠다.

빠른 움직임 때문에 촛불이 위태롭게 잦아드는 바람에 조심스럽게 속도를 늦추었다. 방에는 침대 하나, 화장대, 의자가 있었고 침대는 잘 정돈되어 있었다. 나는 침대 밑을 살펴본 다음 옷장을 조사했다. 그것으로 범인이 숨을 만한 곳은 다 살펴본 셈이었다. 창문은 두 개 있었는데 하나는 옆 아파트의 아무것도 없는 뒷벽에 면해 있었고, 창 아래로는 돌투성이의 황량한 안뜰이 내려다보였다. 강 쪽으로 난 다른 창은 물을 향해 수직으로 떨어지게 되어 있었으며 양쪽 다 단단히 잠겨 있었다.

"타로!"

창문 걸쇠를 살펴보고 있는데 워트러스의 고함이 들려 급히 움직이는 바람에 촛불이 꺼져 버렸다. 한달음에 문을 지나 복도로 나왔다가, 욕실에서 총알처럼 튀어나오던 타로와 부딪치고 말았다. 우리는 둘 다 욕지거리를 내뱉었다.

워트러스가 달려오더니 흥분하여 소리쳤다. "그녀가 기절했어! 그거 이리 주게." 그는 기적적으로 꺼지지 않은 타로의 초를 낚아채더니 부엌으로 뛰어갔다. 우리가 거실로 서둘러 돌아갔을 때 싱크대에 수돗물이 튀는 소리가 들렸다.

두 개의 촛불만이 남아 어둠이 위협적으로 밀려든 가운데 마담 러푸르트가 마룻바닥 위에 축 늘어져 있었다. 우리가 그녀를 들어올려 큼직한 안락의자에 눕히자 그녀의 고개가 돌아가면서 입이 벌어졌다. 워트러스는 물을 한 잔 들고 와 마담 러푸르트의 창백한 입술에 잔을 기울였고, 타로는 몸을 앞으로 숙이고 영매의 머리를 받쳐 주었다. 물이 그녀의 옆얼굴과 목을 타고 흘러내리자, 여자는 컥컥거리면서 정신을 차리기 시작했다.

러푸르트는 가볍게 탄식하고는 흐릿하고 불분명한 목소리로 알 아들을 수 없게 우물거리더니 이윽고 눈꺼풀이 파르르 떨리더니 눈을 뜨고 대령을 쳐다보았다. 그는 잔을 옆으로 치우고 몸을 굽혀 서툴게 그녀의 손목을 문질렀다.

"금방 괜찮아질 거예요." 그녀가 가냘프게 말했다. "집에 데려 다 줘요."

워트러스가 고개를 끄덕이고 무언가 말을 하려고 했다.

타로가 먼저 말을 꺼냈다. "당신도 알겠지만, 하트 씨의 친구인 경찰은 그러는 걸 좋아하지 않을 거요, 워트러스."

나는 그 조롱을 흘려버리고 워트러스에게 말했다. "부인을 불을 켤 수 있는 내 방으로 데려가는 게 좋겠군요. 거기엔 이런 것도 없 으니까." 나는 시체를 향해 몸짓을 해 보였다.

"그게 좋겠군요." 그는 찬성했지만 한 발자국도 움직이지 않았 다. 그리고 생각에 잠겨 이맛살을 찌푸리더니 안쪽 복도 쪽으로 고 개를 기울였다. "저 안에서 아무것도 발견하지 못했습니까?"

나는 고개를 저었다. 타로는 총을 주머니에 도로 넣으며 말했 다. "그래요."

워트러스는 고개를 끄덕이고 한 손으로 러푸르트의 팔을 잡은 채 시체를 보았다. "실망했나 보군. 알겠지만, 나는 이 사건에 흥 미를 느끼기 시작했소. 전문가들은 모두 영혼을 불러내는 의식 중에 매우 정확하고 적절한 예방을 취하지 않으면 악마가 강령술사를 공격해서 목을 비틀어 버릴 수도 있다고 하오. 그런 사례가 상당수 기록되어 있소. 근래에 검증된 사례를 하나도 찾지 못했지만 경찰이 그런 것을 직접 찾아낼지도 모른다는 생각이 드는군."

"너무 앞질러 나가는군요, 대령." 타로가 시니컬하게 말했다. "당신의 상상력이 또 과열되고 있군. 어쩌면 죽은 사람이 돌아와서 테이블을 흔들고 트럼펫을 불 수도 있겠지만, 내 생각에는 자기들도 그런 짓을 하는 게 무척 바보 같다고 느낄 거요. 그러나 당신이 모종의 악마가 사바트의 목을 비틀었다고 암시한다면…… 그것이 허풍이란 말이오! 당신도 아실 텐데."

그것은 대령의 신경을 건드리는 말이었다. "하지만 여기에는 아무도 없고, 문은 모두 잠겨 있고, 창문이……,"

나는 걸어가서 벨벳 커튼을 젖혔다. 희미한 달빛이 스며들었다. 나는 창문의 잠금장치를 살펴보았다. "다른 방 창문과 이곳의 창문은 모두 잠겨 있습니다."

"그거 봐요." 워트러스가 말했다. "달리 무슨……,"

"당장은 달리 무슨 답이 있는지 모르겠소." 타로가 콧방귀를 뀌었다. "하지만 여기서 빠져나갈 방법이 뭔가 있소. 듀발로라면……," 그는 생각에 잠겨 말을 멈추었다.

"듀발로!" 워트러스가 부르짖었다. "왜 그 사람이 늦는지 모르겠군. 지금쯤이면 여기 있어야 하는데."

"그게 이상합니다." 타로는 소맷단을 올리고 은제 손목시계를 힐끗 보았다. "6시 45분입니다."

"그 '듀발로'가 오기로 되어 있나요?" 나는 살짝 충격을 받아 물었다.

워트러스가 고개를 끄덕였다. "여기서 우리와 만나기로 했소."

이건 그야말로 '점입가경'인데. 곧 정족수를 구성하고도 남을 미국 마술사 협회 회원이 모일 것이다.

워트러스의 도움을 받아 러푸르트가 일어섰다. 그가 여자를 데리고 문을 향해 발걸음을 옮기려는 참에 목소리 하나가 들려왔다.

"안녕, 친구들. 무슨 일인가? 왜 온통 침침한 종교의식 조명뿐이지? 사바트가 강령술 모임이라도 열고 있나?"

야회복 차림에 톱코트를 팔에 걸치고 모자를 잔뜩 뒤로 젖혀 쓴 한 남자가 현관 바로 안쪽 소파 끝에 서 있었고 여자가 그의 곁에 있었다. 그녀는 빛을 받아 은은히 빛나는 이브닝 가운과 깃이 높은 하얀 털 재킷을 입고 있었다. 그들의 얼굴에 떠오른 어딘지 멍청해 보이는 미소는 둘 다 거나하게 취했음을 보여 주었다. 여자는 조금 비틀거리며 동반자의 팔에 바짝 매달렸다.

"라클레어!" 워트러스가 새된 소리로 말했다. "여기서 뭐하는 건가!"

"뭐, 어때요? 우리는, 음, 칵테일이 있을지도 모른다고 생각했어요." 라클레어의 눈이 불안정하게 방을 둘러보며 방황했다. "사바트는 어디 있지?"

그때 그가 바닥에 있는 물체를 보고 목소리가 잦아들었다. 경악에 찬 멍한 표정이 그의 얼굴에서 술 취한 웃음을 말끔히 지워버렸다. 여자는 "아!" 하고 짧은 신음과 함께 목구멍에서 꿀꺽하는 소리를 냈다.

"목이 졸렸어!" 워트러스가 재치라곤 눈곱만큼도 찾을 수 없는

투로 말했다. 이들이 그 자리에서 멍하니 서 있는 동안, 그는 우리
가 문을 부수고 들어간 이야기를 요약해서 빠르게 지껄였다. 타로
는 창문으로 걸어가 우리에게 등을 돌리고 밖을 내다보았다. 그의
손가락이 창유리를 초조하게 두들겼다. 러푸르트는 앉아 있던 의
자로 돌아갔다. 나도 몰랐던 내 안의 영적인 기운이 방의 공기 속
에서 어렴풋이 느껴지는 뭔가 새로운 것에 반응하여 불편한 전율
을 불러일으켰다. 위험이 가까이에서 때를 기다리는 듯한 으스스
한 느낌이었다.

나는 새로운 방문자들을 살펴보았다. 여자는 백금색으로 머리를
탈색했고, 속눈썹이 긴 검은 눈을 동그랗게 치켜뜨고 있었다. 남자
의 초록 눈과 금발 머리는 기묘한 조화를 이루었으며 초조하게 턱
을 문지르는 오른손에는 집게손가락이 없었고 나머지 손가락도 괴
상하게 비틀려 있었다. 남자가 몸을 돌리자 지금까지 그에게서 보
이던 불안한 태도가 사라지고 없었다.

"이리 와, 젤마. 여기서 빨리 나가자고."

그러나 젤마는 이 광경을 보고 반대로 행동했다. 손으로 입을 막
은 채 화장실을 향해 급히 달려간 것이다. 얼굴은 핼쑥해지고 아픈
빛을 띠었다. 라클레어는 이해한다는 듯 그녀를 보며 눈을 깜박거
리더니 뒤를 따랐다.

"여기에는 전등이 하나도 없나?" 그의 목소리가 들려왔다.

"고장 났네." 워트러스가 대답했다. 화장실 문을 더듬거리는
소리가 들리더니 문이 쾅 하고 닫혔다.

"남아 있는 게 좋을 걸세, 알프레드." 라클레어가 방으로 돌아
오자 워트러스가 말을 꺼냈다. "여기 있는 하트 씨가 경찰을 불렀

거든."

"하트 씨?" 알프레드 라클레어는 나를 의심스러운 눈으로 쏘아보며 말했다.

"하트 씨, 이쪽은 라클레어 씨요." 대령이 사회자 역을 맡았다. 에티켓에 집착하는 그는 불이 나도 사람들을 소개하며 돌아다닐 거라는 생각이 들었다.

"하트 씨는 복도 건너편 집에 사신다네." 그리고 나를 향해, "라클레어 부부는 '라디오 마인드 여인'이라는 공연을 하고 있는데 부인은 그 공연을 통해서 매우 흥미로운 정신 마술 기법을 보여 줍니다. 투시 마술 공연에 있어 그 어떤 누구든, 설령 얀치히 부부[19세기 말에서 20세기 초까지 활동한 덴마크 출신 부부 마술사, 독심술 등 정신감응 마법 기법을 창안했다]일지라도 그 정도의 고난도 기술을 익혔을지 의심스러울 정도요."

대령은 타고난 홍보 전문가였다. 나는 이 일단의 선전을 듣고 속으로 신음했다. 또 다른 마술사 한 쌍이로군! 만약 듀발로가 나타나면 곡예사 한 쌍과 톱날 위에서 유모레스크를 연주할 수 있는 남자를 데리고 올지도 모르겠군. 그러면 우리는 완벽한 이브닝쇼 프로그램을 가지고 시내로 나갈 수 있겠는 걸. 나는 성냥개비 마술을 부릴 수 있겠지.

"이보세요," 라클레어가 워트러스에게 말했다. "아무래도 우리는 돌아가야겠어요. 오늘 밤에 정기공연이 있는데 경찰이 여기 오면……,"

그 소리는 우리 모두의 귀에 들렸다. 거리 저 멀리에서 들려오는 사이렌의 소리 죽인 울음 소리였다.

"뭐, 이것으로 끝이군." 라클레어는 체념했다. 잠시 후 계단을 급히 올라오는 발소리가 들렸고 우리는 문을 주시했다. 추위로 얼굴이 벌겋게 된 경관 두 명이 문을 열고 들어왔다. 차가운 공기 냄새가 아직도 그들의 제복에 달라붙어 있었다. 그들은 문가에 서서 우리를 쳐다보았다. 그들의 배지와 단추가 촛불 속에서 별처럼 반짝거렸다.

두 번째 사이렌이 들려왔다. 다가올수록 음조가 높아졌다.

4

밀실

불알과 유령들에게서
다리 긴 짐승들에게서
밤에 출몰하는 것들에게서
신께서 우리를 구원해 주시도다.

옛 스코틀랜드 기도문

찰칵하는 작은 소리가 났고, 우리는 얼굴에 쏟아지는 플래시 불빛에 바보처럼 눈을 깜빡였다. 플래시를 들고 있는 경관은 아무 말도 하지 않고 천천히 플래시로 원을 그리며 빛으로 벽을 씻어냈다. 벽에 걸린 가면들이 매우 선명하게 보이면서 회화화된 윤곽선, 형태, 색채의 세세한 부분을 드러냈다. 가면과 함께 중세 시대 상상화인 피테르 브뢰겔의 「성난 메그」와 히에로니무스 보슈의 「지옥의 입구」 복제화가 걸려 있었는데, 어떤 정신과의사라도 멈춰 서서 거듭 생각하게 할 만큼 편치 않은 그림이었다. 플래시 불빛이 티베트인들의 빛바랜 기도 깃발을 지나 황금 십자가상을 비추었다. 거꾸로 세워 놓은 황금 십자가상이 매우 불길하게 느껴졌다.

불빛은 바닥에 이르러 순간적으로 움찔하더니 멈추었다. 극장 조명 같은 밝은 원 한가운데에 놓인 뒤틀리고 생명 없는 얼굴은 벽에서 떨어진 가면 같았다.

경관은 재빨리 달려가서 시체 곁에 무릎을 꿇고 뺨을 만져 보았다. 그는 다시 우리에게로 플래시 불빛을 돌렸다.

"전등에 무슨 문제가 있습니까?" 그가 말했다.

대령은 살짝 떨면서 그답지 않게 절제된 태도를 취하더니 전등이 고장 난 것 같다고 설명했다. 그는 말을 시작한 김에 무슨 일이 일어났는지 설명하려고 했지만 인공호흡기를 들고 나타난 흰 옷을 입은 인턴 때문에 중단되고 말았다. 밖에서는 또 다른 사이렌이 귀에 거슬리는 비명 소리를 내고 있었다.

플래시를 가진 사내가 일어섰다. "의사 선생께서는 할 일이 없어요. 너무 늦게 오셨군요. 검시관이 이 일을 처리할 겁니다. 조, 자네는 뛰어 내려가서 방금 몰려온 친구들 중 한 명에게 문을 지키고 있으라고 말하게. 본부의 살인반에 연락하고. 그러고 나서 이 전등 좀 살펴보게."

"알겠습니다, 스티브." 조 형사가 대답하고 자리를 떴다.

스티브 형사가 말을 이었다. "여러분은 자리를 뜨지 마세요. 그리고 선생," 그는 창가 어두운 그늘 속에 서 있는 타로를 향해 손가락을 내밀었다. "이쪽으로 와요." 타로는 마지못해 그 말에 따랐다. 스티브 형사는 잠시 석연치 않은 태도로 우리를 바라보더니 플래시를 책상 끝에 올려놓았다. 플래시의 동그란 전구가 분위기에 어울리지 않는 유쾌한 눈으로 우리를 지켜보았다.

"본부에 전화한 분이 누구십니까?" 마침내 스티브 형사가 코트

단추를 풀고 수첩과 연필을 꺼내며 물었다.

내가 그 범인임을 인정하고 서둘러 나머지 이야기를 그에게 들려주었다. 스티브 형사는 몇 차례 끼어들어 질문을 했고, 내가 이야기를 마쳤을 때 조 형사가 돌아와서 바쁘게 전화를 했다. 그의 뒤를 따라 제복을 입은 세 번째 사내가 들어왔다. 그를 향해 스티브 형사가 말했다.

"배전반 좀 찾아보게, 닉." 그런 다음, 수첩을 준비하고 연필로 러푸르트를 가리키며 덧붙였다. "이제 여러분의 이름을 말해 주십시오."

마담 러푸르트가 대답하기 전에, 닉 형사의 목소리가 방금 전 사라졌던 안쪽 복도에서 들려왔다. 그의 목소리는 딱딱하고 날카로웠다. "총을 겨누고 있다!⋯⋯손 들고 나와." 닉이 말을 마치기도 전에 스티브 형사가 홀스터에서 총을 꺼냈다. 그의 눈길이 우리를 지나쳐 복도 안쪽을 향했다. 그의 눈썹은 추켜올라가 있었다.

닉 형사가 씩 웃으면서 나왔다. "제가 무엇을 찾았는지 보세요! 금발 여자입니다!"

젤마 라클레어가 손을 반쯤 올린 채 그의 뒤를 따라 나왔다. "이봐요," 그녀가 말했다. "숙녀가 화장실에도 못 가⋯⋯,"

"거기 얼마나 오래 있었나요?" 스티브 형사가 말을 가로챘다.

알프레드 라클레어가 대답했다. "저 사람은 내 아내입니다, 경관님. 우리는 초대를 받고 왔습니다. 경관님께서 도착하기 바로 전에요. 그리고 음, 우리는 갔다가 나중에 돌아와 질문에 대답해 드리겠습니다. 라룸바의 플로어쇼에 가지 않으면⋯⋯,"

"안 됩니다, 선생." 스티브 형사가 가로막았다. "여러분은 살인반이 여기 올 때까지 머물러야 합니다. 경감님이 오면 직접 이야기하십시오."

알프레드는 주저앉았고, 닉 형사는 이번에는 총을 든 채로 다시 조사를 시작했다. 조 형사는 전화를 끝내고 와서 전기회사에서 사람이 올 거라고 보고하고는 부엌에 있는 닉 형사와 합류했다. 그곳에서 전기미터기를 손보는 소리가 희미하게 들려왔다.

스티브 형사는 연필 끝에 침을 묻히고 다시 이름과 주소를 적기 시작했다. 나는 나와 같이 발이 묶인 사람들을 살펴보았다. 마담 러푸르트가 고개를 저었기 때문에 워트러스가 자신과 마담 러푸르트에 대한 대답을 했다. 관련 없는 정보도 끼워 넣으려 했으나 스티브 형사는 조용히 무시해 버렸다. 알프레드 라클레어는 참을성 있게 자신과 아내에 대해 말했다. 화장실에 갔다 온 뒤부터 어느 정도 안정을 찾은 젤마는 등을 책장에 기대고 서서 매료된 것처럼 뚫어지게 시체를 보고 있었다. 마치 시체가 움직이기를 기대하기라도 하는 것처럼.

타로는 담배를 피우고 있었는데, 그가 허공에서 이미 불붙은 담배를 만들어 냈는지 아니면 그저 여느 인간과 마찬가지로 꾸깃꾸깃한 담뱃갑에서 더듬어 꺼낸 것인지 궁금했다. 그는 짤막하게 자기 이름과 주소를 댔는데, 그 목소리는 낮았지만 비위에 거슬리는 정중함으로 가득 차 있었다. 이 모든 것은 그래 봐야 스티브 형사에게는 전혀 통하지 않았다.

느닷없이, 사이렌도 울리지 않았는데 밖에서 발소리가 들리더니 두 남자가 들어오고 그들 뒤로 세 사람이 따라 오고 있었다. 이런 불완전한 조명 속에서조차 그들에게는 자신들이 수사관임을 말해 주는, 뭐라 하기 어려운 무언가가 있었다―그것은 어쩌면 민간인답지 않게 각진 어깨나 성큼성큼 걸어 들어올 때의 매우 자신감 넘치는 태도 때문인지도 모르겠다.

나는 그들 중 한 사람을 알아보았다. 벨트 달린 코트를 깃을 세워 걸치고 말쑥하고 산뜻한 모자를 썼으며 갈색 트위드 양복을 입고 있었다. 꽉 다문 입꼬리에 난 인용부호 같은 수염 때문에 유머 감각이 있을 것 같다는 느낌을 주었고, 각진 턱의 강한 느낌을 부드럽게 해 주었다. 그리고 두툼한 눈썹이 서릿발 같은 푸른 눈에 음영을 드리우고 있었다. 그는 호머 개비건 경감[16]으로, 부서에서 빛을 발하는 수사관이었다.

스티브 형사가 말했다. "안녕하세요, 경감님. 이번 사건은 대단해 보이는데요. 저기 시체가 있습니다."

개비건은 고개를 끄덕였지만, 그의 날카로운 눈은 바쁘게 움직였고 흥미로워 보였다.

"전등은?" 그가 물었다.

"헌터 경관과 포렐리 경관이 지금 고치고 있습니다, 경감님. 그리고 에디슨사에서 사람을 보내 줄 겁니다."

"좋아. 그들과 함께 체크해 주겠나? 오래 걸릴 것 같으면 임시 조명을 설치하겠네. 말로이, 플래시를 준비하게."

형사 한 명이 커다란 검정 슈트케이스를 소파에 올려놓고 그것을 열더니 큼직한 플래시를 꺼내 경감에게 넘겨주었다. 경감이 불

16★ 미국 경찰 계급은 지역마다 조금씩 차이가 난다. 원문에서 개비건은 Inspector인데 이것은 뉴욕에서 여러 개의 분서를 지휘하는 경찰청 분과의 책임자이고, 말로이는 Captain으로, 뉴욕에서는 Inspector보다 두 계급 낮은, 분서의 책임자이다. 여기서는 편의상 개비건은 경감으로, 말로이는 경위로 번역했다.

을 켜자, 시체가 다시금 둥그런 불빛에 둘러싸였다. 형사들은 둘러서서 시체를 내려다보았다.

스티브 형사가 돌아와 보고했다. "포렐리 말로는 퓨즈가 나간 것뿐이라 금방 고칠 수 있답니다."

개비건이 고개를 끄덕였다. "그런데 이 사람들은 누구인가?"

스티브 형사가 수첩을 건넸다. "명단입니다. 이 중 네 사람이 문을 부수고 들어와서 시체를 발견했습니다. 다른 두 명은 그 직후에 나타났고요. 저희가 도착했을 때 모두 여기 있었습니다."

스티브 형사는 이어서 자신이 발견한 것과 내가 그에게 이야기한 것을 빠르게 요약하여 말하기 시작했다. 삼중으로 봉인된 문에 대해 언급하고 책상 위에 놓여 있던 찢어진 파란 천을 보여 주자 개비건 경감은 다가가서 그것을 들여다보았다.

"문이 더 있나?"

"부엌에 하나가 있는 것 같은데 시간이 없어서 아직 살펴보지 못했습니다."

"브래디, 자네가 할 일이 생겼네."

슈트케이스를 들고 왔던 형사가 부엌으로 간 순간 마루의 램프가 잠깐 깜박거렸고 부엌에서 헌터의 목소리가 들렸다. "닉, 난 자네가 전에 전기기사였다고 말한 것으로 아는데."

복도에서 경관 한 명이 들어와 보고했다. "에디슨사 직원이 왔습니다, 경감님."

"들여보내게." 말로이 형사가 말했다. "저 친구들, 골치를 썩이고 있는 모양이니 말이야."

수리기사가 들어와 부엌으로 가다가 때마침 브래디 형사가 나오자 옆으로 비켜 주었다. 브래디 형사의 얼굴에는 '최종판 대박 뉴스'의 표정이 떠올라 있었다.

"부엌문은 안에서 빗장이 걸려 있고 다른 문처럼 열쇠구멍 안에 파란 천이 들어 있습니다!"

개비건 경감은 코트를 벗어 소파 위로 던졌다. "일거리인 모양이군, 말로이." 그가 말했다. 그러고는 나를 쳐다보았다. "당신은 이미 당신 신문사에 쏜살같이 전화했겠군, 하트?"

나는 이 말에 적잖이 놀랐다. 겨우 한두 번의 합동 인터뷰 외에는 그와 이야기해 본 적이 없었던 것이다. 전설적인 수석 웨이터의 기억력을 가졌다는 그의 명성은 확실히 근거가 있는 것이었다.

나는 경감을 안심시켰다. "아닙니다, 지금은 전직 기자일 뿐입니다. 허스트 씨와 나는 의견이 맞지 않았거든요. 지금은 잡지에 기고하고 있습니다. 그것도 권말 페이지에 광고 문구 같은 것을 쓰고 있어요. '내가 벽난로 장식을 먹어치우자 그들은 웃어댔다', '8기통 자동차를 타는 것이 당신의 엉덩이를 생각하는 겁니다'. 뭐, 이런 것들이지요."

"아, 더 잘 나가는 것 같군." 그가 실상도 모르고 말했다. "음, 만약 편집 기자에게 전화하고 싶어 몸이 근질근질하게 되더라도— 내가 허락할 때까지 참아 주면 좋겠소만?"

나는 그 말을 수락하고 급히 조건을 덧붙였다. "경감께서 뭐랄까, 계속 나에게 정보를 알려 준다면요."

그는 씩 웃었다. "협박이군!" 그리고 고개를 끄덕였다. "좋소, 하지만 얌전히 있어야 하오. 자, 괜찮다면, 이 사람들 중 몇 명을 당신의 아파트에 잠시 묶어 두고 싶은데."

"좋습니다. 당장 그렇게 하세요."

그는 말로이 형사를 돌아보았다. "경위, 저 사람들을 복도 건너편으로 데리고 가고 오코너도 데려가게."

알프레드 라클레어가 목소리를 높였다. "경감님, 내 아내와 나는 셰리든스퀘어에 있는 라룸바로 플로어쇼를 하러 가야 합니다. 우리를 가게 해 주시면 나중에 다시 와서……."

"미안합니다. 그건 불가능하오. 오코너 형사가 클럽에 대신 전화해서 늦을 거라고 이야기해 줄 거요. 그리고 말로이, 나가는 길에 아무도 저 소파나 문을 건드리지 못하게 하게. 이상." 그는 돌아섰고 말로이 형사와 오코너 형사는 사람들을 밖으로 몰아내기 시작했다.

개비건 경감이 나의 주의를 환기시켰다. "당신은 가지 말고 있어요." 그러고는 목소리를 높였다. "이 전등은 안 고치고 뭐 하는 거야?"

닉 형사가 나왔다. "헛일입니다. 새 퓨즈로 갈자마자 나가 버립니다. 전기기사 말로는 어딘가에서 합선이 생긴 것 같다는데 시간이 좀 걸릴지도 모른답니다."

"음, 우리는 올빼미가 아니란 말이야. 그 사람보고 우선 여기로 오라고 해. 하트의 아파트에서 연장선을 연결해서 이 거실 램프 두 개에 연결하라고. 헌터에게 나가서 문을 지키게 하고 자네는 가서 이 건물에 또 누가 사는지, 그리고 그 사람들이 뭐든 아는 게 있는지 조사하게. 검시관이……."

개비건은 말을 멈췄다. 그는 구석의 책상 쪽을 쳐다보더니 말했다. "좋아, 포렐리, 가 보게."

닉 형사가 뒤로 돌아 있는 동안 경감이 짜증이 나는 듯 타로를 노려보았다. 타로는 다른 이들과 함께 떠나지 않고 책상 가장자리에 걸터앉아 있었던 것이다. 그는 여유롭게 앉아서 한쪽 다리를 흔들고 있었다. 머릿수를 세어 보고는 한 사람이 부족한 것을 알아차린 스티브 형사가 문에서 고개를 들이밀고는 기분 나쁜 어조로 말했다. "퍼레이드는 '이쪽' 방향이오, 선생."

타로는 꾸민 듯한 태도로 그 말을 무시하고는 잽싸게 말했다. "이곳에서 한 가지 작은 불빛이 드러나는 것처럼 보이는군요, 경감님. 여러 가지 면에서요. 내가 경감님을 도울 수 있으리라 생각합니다만, 내가 떠나기 전에 이야기를 듣고 싶으시다면 지금 들으셔야 할 겁니다. 나는 일주일에 닷새 밤은 WJZ에서 전국 네트워크 방송을 하거든요. 그건 내 일의 일부일 뿐입니다. 「재너두」 프로그램은 10시에 방송되고 그 앞 시간은 리허설에 할당되어 있습니다. 그리고 거기까지 가는 데 10분이 걸립니다. 알프레드의 나이트클럽 공연처럼 가볍게 무시할 수는 없지요." 그는 손목시계를 힐끗 보았다. "15분 드리지요."

개비건은 주머니에 양손을 찔러 넣었다. 그는 돌아보지도 않고 말했다. "내가 이 건을 처리하지, 오코너. 가서 사람들에게 눈을 떼지 말게."

오코너가 떠났다. 개비건은 잠시 동안 타로가 쇼윈도 안의 무엇이라도 되는 양 눈길을 던졌다. 방의 반대편 끝에서 소리가 들려와 우리의 주의를 끌었다. 난로 앞에 브래디 형사의 뒷모습이 보였다. 그는 무릎을 꿇고 앉아서 상반신을 벽난로 속으로 밀어 넣고 플래시를 굴뚝 속으로 들이밀고 있었다.

"브래디, 뭘 하고 있나?" 개비건이 무뚝뚝하게 물었다. "굴뚝 새라도 찾나?"

형사는 가려졌던 상반신을 드러내고 몸을 곧게 폈다. 그의 콧잔 등을 가로질러 검댕 얼룩이 묻어 있었다.

"P. T. 바넘1810~1891. 미국의 전설적인 서커스 흥행업자이자 쇼맨 서커스단의 '출구는 이쪽' 이라는 표지라도 찾을 수 있지 않을까 기대했습니 다." 그는 손을 털었다. "그런 행운은 없군요. 이 집의 창문은 모 두 깎아지른 벽으로 나 있습니다. 그 중 둘은 바로 강에 면해 있습 니다. 지붕에서 밧줄을 늘어뜨리거나 개인 요트로 사다리를 갖다 대는 방법을 말씀하신다면 입만 아플 뿐입니다. 첫째, 창문은 전부 안에서 빗장이 걸려 있습니다. 둘째, 없어지거나 새 것으로 바뀐 유리창은 없습니다—유리를 창틀에 끼울 때 바르는 퍼티가 모두 오래되고 갈라져 있습니다. 셋째, 빗장이 너무 빡빡해서 빗장을 느 슨하게 하려면 해머가 필요할 정도입니다. 고인故人은 환기에 관해 서는 별종이었던 것 같습니다."

"그랬습니다." 타로가 말했다. "그는 외출하기 전에 심해 잠 수부처럼 몸을 꽁꽁 싸매곤 했습니다. 아주 드물게만 외출했고요. 그는 언젠가 하녀 한 명을 쫓아냈는데 그 하녀가 깔개를 털기 위해 창문을 열려고 했기 때문이지요. 이것은 그의 수많은 비정상적인 사고방식 중 하나일 뿐입니다."

브래디 형사가 이야기를 마저 했다. "고양이라면 이 굴뚝으로 빠져나갈 수 있을지 모르지만, 고양이보다 큰 것은 불가능합니다. 이곳에서 나갈 방법이라곤 하나밖에 없었습니다. 저기를 통해서 지요."

그는 플래시로 판자가 쪼개진 복도 쪽 문을 가리켰다. "만약 저 문도 잠겨 있었다면 두 손 들어야지요. 자물쇠 내부를 들여다보았습니다. 자물쇠 따개 때문에 난 흠집들이 보이던데 하트 씨의 말대로 문을 부수고 들어왔다는 이야기와 일치합니다. 그 밖에 다른 것은 아직 발견하지 못했습니다."[17☆]

그때 거실 램프 중 하나가 빛을 발했고, 전기기사가 두 번째 램프를 향해 걸어갔다.

경감이 말했다. "브래디, 지문 감식 도구를 가지고 가서 건너편에 있는 치들한테 지문을 얻어 와. 여기서 먼지를 털고 다녀 봤자 불빛이 더 있기 전에는 소용이 없네. 그리고 퀸, 자네는 연필을 꺼내는 것이 좋겠어."

브래디는 자리를 떠났고 퀸 형사는 램프 밑에 있는 의자 쪽으로 걸어가서 속기장을 무릎에 펼쳤다. 헌터 형사의 목소리가 문 밖에서 들려왔다. "안녕하십니까, 박사님. 안으로 들어가세요."

유난히 구부정한 어깨의 난쟁이 요정을 닮은 남자가 큼지막한 시가를 들고 들어왔다.

"언제 오는지 궁금해하던 참이네, 헤스." 경감이 그를 맞았다. "시작하게, 자네가 뭐든 볼 수 있다면 말이지만. 자네가 할 일에는 빛이 거의 비치지 않거든."

검시관은 마치 이런 환경에 익숙한 것처럼 지겹다는 듯한 미소를 지었다. 이런 환경에는 경감의 농담도 포함되어 있었다. 그는

17☆ 자물쇠를 떼어내지 않고 그 내부를 조사하는 일은 방광 내시경 기구의 도움을 받아 가능하다. 이것은 끝에 작은 전구와 거울이 달린 관찰용 튜브로 구성되어 있다. 자물쇠 따는 도구나 결쇠가 탐색할 때 나타나는 불규칙적인 움직임은 일반적으로 자물쇠 구조에서 볼 수 있는 오일과 그리스 코팅에 흔적을 남긴다.

코트를 벗고 말로이 형사가 소파에 두고 간 플래시를 집어 들더니 마룻바닥에 분필로 그려진 도안을 조심스럽게 넘어 시체를 향해 다가갔다.

"최대한 빨리 사망 시각을 추정해 줬으면 좋겠네." 개비건은 이렇게 말하고 다시 한 번 타로에게 고개를 돌렸다.

검시관이 웅얼거렸다. "자네에게 누누이 이야기하네만…… 아, 그래!"

문가에 있던 헌터가 보고했다. "감식반이 도착했습니다."

"사진 담당을 들여보내게. 다른 사람들은 기다리게 해. 그리고 지방검사 본인이 아니면 다른 사람은 아무도 들여보내지 마."

경감은 타로에게 말했다. "오늘 밤 당신과 다른 분들이 어떻게 해서 여기에 들르게 된 것인지부터 말씀해 주시는 게 좋겠소."

"제 알리바이부터 시작하는 게 어떨까요, 경감님." 타로가 대꾸했다. "경감님께서는 늦든 빠르든 그걸 물어보실 것 아닙니까. 그렇다면 해치워 버리는 게 차라리 낫겠죠."

개비건은 그를 찬찬이 살펴보며 고개를 끄덕였다.

"어젯밤 라디오 방송국을 떠난 다음, 나는 곧장 동 96번가 566번지의 놀턴 부부 집에서 열린 파티에 갔습니다. 그곳에는 라디오와 극장 관계자들이 꽤 많이 왔었는데 대부분은 내가 아는 사람들이었습니다. 그날 밤 내내 그 사람들이 나에게 카드 마술을 하도록 시켰으니 증인이라면 차고도 넘치는 셈이지요."

말로이 경위가 눈에 띄지 않게 전화를 걸러 밖으로 나가는 모습이 언뜻 눈에 들어왔다.

"그것 참 흥미롭군요, 타로 씨." 개비건이 건조한 목소리로 말했다. "나에게 알리바이를 들이댈 때에는 대체로 그 속에 숨은 동기가 있다는 의미거든요. 선생의 것은 무엇이오?"

타로는 미소 지었다. "경감님 말씀의 요점을 알겠습니다. 규칙에는 반드시 예외가 있다고 하는데 제 경우가 그 예외에 해당됩니다. 나에게는 사바트를 살해할 동기가 전혀 없습니다. 그가 좋은 친구였던 것처럼 나 역시 그에게 좋은 친구였다고 생각합니다."

"그런데 왜 선생께서는 가슴속에서 그 알리바이를 꺼내 놓고 싶어한 거요?"

"그저 일의 속도를 높이도록 도움이 되고 싶은 욕망 때문입니다. 나도 일을 하러 가야 하거든요. 쓸데없이 나선 것 같군요. 어쨌든 당신들은 쉽게 의심하니까요."

개비건은 보디블로를 연이어 날렸다. "어쩌면요. 아닐 수도 있고. 선생은 사바트가 선생의 알리바이가 성립되는 시간 동안에 살해되었는지 어떻게 아시오?"

타로는 노엘 카워드영국의 배우, 드라마 작가풍의 야회복 차림 인물들이 나오는 드라마의 주연을 맡기라도 한 듯 연기했다. "초보적인 거라네, 친애하는 왓슨. 나는 어젯밤 내 프로그램을 마친 직후 사바트와 통화했습니다. 파티에 가려고 나서기 전이었지요. 그래서 그가 11시까지는 살아 있었다는 사실을 알고 있는 겁니다. 시체는 파자마와 가운을 입고 있고, 아침에 배달되는 우유가 여전히 복도에 남아 있는데다가…… 아, 하트 씨, 침실을 보았지요. 침대에 잔 흔적이 있던가요?"

나는 고개를 저었다. "아니요."

"아시겠죠. 그는 11시 이후, 잠자리에 들기 직전에 살해되었습니다. 오늘 아침 6시 정도가 아닐까 하는데요, 내가 파티를 떠난 시간입니다. 그리고 이 전등은—만약 고의에 의한 고장이라면…… 글쎄요, 대낮에 그럴 필요가 있을까요?"

개비건은 그 주장에 대답하는 대신 이렇게 물었다. "그게 나에게 하고 싶었던 이야기입니까?"

"아뇨." 타로가 일어섰다. "한두 가지 일을 제안하고 싶었습니다. 이를테면 라클레어 부부 말씀인데요. 나라면 그 사람들을 조사하느라 많은 시간을 낭비하지 않겠습니다. 알프레드의 등 뒤에서 젤마와 사바트가 재미를 보고 있었다는 사실을 금세 알아내실 겁니다. 젤마는 그런 식이죠. 남자와 함께 있을 때는 누운 자세가 더 익숙한 여자라고 할까요. 이 모든 것이 알프레드에게 일급의 동기를 부여하지요. 그렇지만 이것은 그가 해 낼 수 있는 종류의 살인은 아니라고 봅니다. 이 친구는 워낙 직설적인 사람이라, 분명히 사바트에게 뚜벅뚜벅 걸어가서 그의 가계를 모욕한 다음 한 대 후려치고는 잡혀갈 겁니다. 난 왜 이 친구가 이전에 그렇게 하지 않았는지 의문입니다."

타로는 담배를 카펫 위에 떨어뜨리고 발뒤꿈치로 밟아 비볐다.

"대령은," 그는 이어서 말했다. "군인은 대개 총을 쓰려고 한다는 점만 빼면 가능성이 있지요. 그리고 마담 러푸르트는…… 음…… 그녀는 다크호스입니다. 교살은 여자가 저지르는 범죄가 아니지요. 나는 그렇게 생각하지 않지만, 경감님은 잘 아시겠죠. 그녀가 보여 줄지도 모르는 트랜스_{영매가 외부의 영혼을 받아들일 수 있게 무아지경의 최면 상태에 빠지는 일} 상태에 대해서는 전혀 관심을 주지 말라고 하고 싶습니다. 어쨌든 그런 건 잘라 버리세요. 거짓말이거든요."

"타로 씨는 상당한 아마추어 탐정이시군요. 그래서 어쨌다는 거요?"

"아무것도요. 그저 여러분이 갖고 있는 범인에 대한 단서가 명약관화하다는 것뿐입니다. 그 단서는 경감님 코앞에 있습니다. 아니, 적어도 나에게는 확실히 보입니다. 하도 명백해서 뭐……. 그래서 범인은 자기가 빠져나갈 수 있다고 생각하는 거겠지요. 그렇더라도 나는 그 테크닉을 선호하지 않습니다만."

또 다른 불빛이 번쩍 터지면서 타로의 말에 화려한 감탄부호를 찍었다. 감식반원이 말했다. "됐습니다, 박사님. 이제 옮기지요."

헤스 박사가 개비건을 쳐다보았고 개비건이 고개를 끄덕이자, 박사와 감식반원이 시체를 들어 올리더니 바닥에 분필로 쓰인 글귀를 조심스럽게 넘어서 소파로 옮겨 놓았다. 개비건은 몸을 굽혀 시체가 누워 있던 바닥의 한 지점에서 작고 하얀 직사각형 물체를 주웠다. 그는 그 물체를 보고 깜짝 놀라 눈을 깜빡거리더니 한참 동안 그것을 주시하던 끝에 말했다.

"계속해 보시오, 타로 씨. 뭐가 그렇게 명백하다는 거요? 바닥의 원들, 향촉香燭들, 주술적인 설정 말이오?"

타로는 콧방귀를 뀌었다. "아뇨. 그것들은 사바트가 지옥에서 악마를 불러냈다는 것과 그 귀신이 화가 나서 사바트의 목을 졸랐다는 사실을 말해 주는 거지요. 이야기책에나 나오는 이야기 아닙니까! 아마도 사바트는 오컬트 게임을 하고 있었을 겁니다. 그는 그런 것을 했어요. 아니면 살인범이 이런 식의 무대를 꾸몄겠지요, 잘 모르겠지만. 그건 중요하지 않습니다. 밀실이라는 것이 경감님께 주어진 단서입니다. 경감님이 해야 할 유일한 일은 문이 안에서 잠긴 채로 이 아파트를 빠져나갈 수 있었던 누군가를 찾는 일입니다. 이 사실은 범인을 선별할 수 있는 폭을 대폭적으로 좁혀 줍니다. 마술사라면 누구나 자물쇠와 수갑 푸는 기술과 밧줄 결박, 못질한 상자, 봉인된 관에서 탈출하는 법을 조금씩은 알고 있습니다. 나도 키스 순회공연 시절 우유통 탈출 마술을 하곤 했지요. 그러나 이 묘기를 보니 짐작 가는 바가 있습니다. 아직 확실하지 않고 또한 그 사실을 인정하고 싶지 않지만요."

"짐작건대, 요는 선생께서 이런 일을 할 수 있는 사람을 알고 있다는 거요?"

타로는 고개를 끄덕였다. "대충 그런 셈입니다."

"그럼, 말해 주시오." 개비건이 재촉했다.

타로는 어깨를 으쓱했다. "신문 안 읽으시나요? 내가 충분히 이야기하지 않았나요?"

경감은 잠시 기다렸으나, 타로는 입을 다문 채였다. 그러자 개비건이 고개를 끄덕였다. "그렇소, 선생은 충분히 이야기했소."

그는 타로가 여전히 기대어 있는 책상으로 다가갔다. 그는 그 위에다가 지금껏 쥐고 있던 작은 명함을 올려놓았다. 타로와 나는 몸을 굽혀 그것을 보았다. 명함에는 이렇게 적혀 있었다.

데이비드 듀발로
탈출의 제왕

예약 사무실
1765 브로드웨이

거주지
반 네스 소로小路 36번지

5

슬레이트 오브 핸드

손은 눈보다 빠르지 않다. 그러나 더 똑똑하다.
멀리니, 『속임수의 심리학』

"이것으로," 타로가 느릿느릿 말했다. "다 끝난 것 같군."

경감은 그를 뚫어지게 주시하며 넌지시 말했다. "선생은 그를 싫어하는군?"

"반대로, 우린 서로 상대의 장점을 인정합니다. 그렇지만 그 친구가 돌아다니며 사람들을 목 졸라 죽이려 한다면……." 타로는 어쩔 수 없다는 몸짓을 해 보였다. "사바트가 자초한 일이라고 해도 말입니다."

"그게 무슨 뜻이오?"

타로는 헤스 박사가 검시하고 있는 소파 쪽에 슬쩍 눈길을 던졌다. "사바트는 요양원에 가야 할 사람이었습니다. 내가 만나 본 사람 중 가장 지독한 정신병자였죠. 그의 피해망상증은 애교였어요.

그는 항상 친구들이 자신을 적대한다는 내용의 황당하기 짝이 없는 이야기를 만들어 비난하고 다녔습니다. 자연히 친구들이 줄었는데 그게 더 상황을 악화시켰지요."

"그의 친구들은 누구였소?"

"당연히 젤마하고, 접니다. 그는 비록 미쳤지만 실제로 명석한 구석이 있었고 매우 능란하게 대화를 할 수 있었기 때문에 나의 관심을 끌었습니다. 최근에 데이브를 그에게 소개해 주었는데, 데이브는 사바트의 부두 마술 트릭의 내막을 조금이라도 알아내고자 그 늙은 친구를 조금 캐고 다녔습니다. 내 생각에 워트러스는 그를 알 겁니다. 그리고 알프레드는, 비록 두 사람이 그다지 친하게 지내진 않았지만 당연히 알죠. 사바트의 정신병에는 소위 음란증이라는 것이 포함되는 것 같습니다. 그러니 몇몇 금발 여자들을 조사하셔야 할 겁니다. 아시겠지만, 경감님, 신문들은 이 사건을 가지고 '로마인의 휴일[18]★'을 즐기려 할 겁니다. 여기에는 모든 것이 들어 있으니까요. 요술과 마법으로 장식된 불가능 범죄인데다, 헤드라인에서 바로 끄집어 낸 듯한 캐릭터들이 출연하지요. 그리고 카사노바 사바트 박사의 성생활이 공개되기만 하면—지역 신문 편집자 앞에 이 얼마나 대단한 정찬이 차려진 겁니까!"

"그 여자들에 대해 아는 바가 있소?"

"아뇨. 나는 그냥 아마추어 탐정일 뿐이라서요." 타로는 씩 웃으며 담배에 불을 붙였다. 나는 이번에는 똑똑히 보았다. 그가 담배를 허공에서 만들어 내지 않고 금담뱃갑에서 꺼낸 것을.

18★ 고대 로마인이 노예나 포로에게 무기를 주어 싸우게 하고 그것을 보고 즐긴 데에서 나온 말로, 남의 희생을 즐기는 오락이라는 뜻으로 쓰인다.

"그럼 선생께서는 듀발로가 사바트를 죽였고, 명함이 그 사실을 뒷받침한다고 생각하는 거로군요. 동기는 무엇인가요?"

타로는 고개를 저었다. "모르겠습니다. 아무리 봐도 탈출 전문가의 소행처럼 보이는 상황인데 데이브의 명함이 나왔단 말입니다. 그렇지만 위대한 듀발로가 어째서 그토록 서툰 짓을 해야 했는지 이해가 되지 않습니다. 그는 견고하게 못질한 상자에 넣어져 바다에 던져져도 빠져나오는 자입니다. 그런 사람이 여기서는 겨우 문 하나에 애를 먹고 있다니요. 전혀 그답지 않군요. 그렇지 않습니까?"

나는 타로가 그저 떠벌리기 좋아하는 건지 아니면 '명탐정'을 연기할 수 있는 이 흔치 않은 기회를 거부할 수 없어서 저러는 건지 판단할 수 없었다. 나도 후자 쪽에 충동을 느꼈지만, 그렇게 하기 위해서는 먼저 밀실 상태를 설명해야 하는데 아무래도 그것에 대해서는 그다지 자신이 없었다.

개비건은 타로가 말을 다 끝내도록 내버려 두었다. 그런 다음 다시 출발점으로 돌아왔다.

"당신과 워트러스 대령과 러푸르트 부인이 여기에 모인 것은 무슨 일 때문이었는지 말해 주시오, 타로 씨."

"아, 네, 물론이죠. 사바트는 자기가 생각을 사진으로 찍을 수 있으니 러푸르트가 트랜스 상태에 있을 때 시험해 보았으면 한다고 말했습니다. 이것이 모이게 된 직접적인 이유겠지요."

바로 그때 말로이 형사가 돌아왔다. 나는 그가 타로의 뒤에서 야구 심판이 '세이프'라고 신호하듯이 손을 펼쳐 보이는 것을 보았다. 타로의 알리바이를 확인해 본 결과 부족한 부분이 없었다는 뜻인 것 같았다.

타로가 말을 이어갔다. "데이브와 나는 토요일 밤에 여기 있었습니다. 사바트가 마담 러푸르트를 언급했지요. 그는 워트러스 대령이 심령학지에 발표한 마담 러푸르트의 영매 능력에 대한 보고서를 읽은 참이었어요. 데이브는 마담 러푸르트와 워트러스 대령을 알고 있었기 때문에 박사는 데이브에게 이 두 사람을 만나게 해달라고 했습니다. 데이브의 말로는……,"

개비건이 끼어들었다. "당신은 워트러스 대령과 사바트가 서로 아는 사이였다고 하신 것 같은데요."

"네, 하지만 두 사람은 지난 10여 년 동안 서로 말 안 하고 지낸 것으로 알고 있습니다. 이유는 모르겠습니다. 사바트는 듀발로에게 마담 러푸르트를 만나기 위해서는 기꺼이 화해하겠다고 말했고, 듀발로는 그 초대를 전달하겠노라고 약속했습니다. 오늘 오후 듀발로가 전화해서 그들이 초대를 수락했지만 자신은 불가피한 사정으로 늦을 거라며 저보고 사바트의 집으로 그들을 데려가 달라고 하더군요. 사정이 허락하는 한 최대한 빨리 뒤쫓아 오겠다고요. 이 사람들이 저녁까지 같이 먹을 약속이 되어 있었다는 것도 그때서야 알았습니다. 나는 내 방송이 끝날 때까지는 여기에 올 생각은 없었습니다. 하지만 듀발로에게 부탁을 받아서, 나가서 워트러스 대령과 마담 러푸르트에게 내 소개를 하고 이 두 사람을 여기까지 데려와서 함께 식사를 하고 그러고 나서 방송국으로 갔다가 엉터리 심령술에 늦지 않게 돌아올 생각이었습니다. 이제 보니 식사도 못했네요."

"듀발로는 무슨 일로 지체된 건가요?"

"모릅니다. 굉장히 바쁜 것처럼 굴면서 우리를 만나면 설명해 주겠다고 했습니다."

"잰슨," 개비건이 형사 중 한 명을 돌아보며 말했다. "본부에 말해서 조사하라고 하게. 당장 그를 만나 봐야겠어. 그의 집, 사무실, 린디스에 가 보라고 하고, 기차역에 사람을 배치하라고 해."

"주의하라고 하셔야 할 겁니다." 타로가 빙글거리면서 참견했다. "탈출 전문가에게 농락당하게 될 테니까요. 그리고 수갑은 무의미하다고."

잰슨 형사는 부지런히 전화를 걸었다. 헌터 형사가 문에서 고개를 들이밀어 개비건과 머리를 맞대고 쑥덕거렸다. 헌터의 몸짓과 개비건이 보이는 뚜렷한 흥미로 보아 뭔가 진전이 있음이 틀림없었다. 마침내 경감이 헌터 형사를 보내고 방으로 돌아왔을 때, 나는 속에 있는 말을 털어놓을 기회를 잡았다. 적절한 서두를 위해 초조하게 기다려 왔는데 지금이 절호의 기회인 듯했다.

"경감님, 내가 한 말씀 드려도 괜찮겠습니까?"

그가 고개를 끄덕이자 나는 과감하게 행동에 옮겼다.

"내가 당신에게 사건 수사하는 법을 가르치려 한다고 생각하지 않았으면 합니다. 음…… 당신은 직접 마술을 하지는 않지요? 취미로도요?"

"그렇소. 지금 여기에도 마술사는 충분히 많지 않소?"

"바로 그겁니다. 지나치게 많아요. 그래서 나는 한 명을 더 부르자고 제안하는 겁니다. 독은 독으로 제압해야 하는 법이지요." 나는 반대 의견이 나오기 전에 재빨리 말을 이었다. "지금까지의 용의자들은 모두 한 가지 이상의 특기를 가진 마술사입니다. 마담 러푸르트는 그중에서 최악이지요. 그녀는 정말로 자신이 진짜배기라고 주장하거든요. 초자연적인 힘을 지닌, 글자 그대로의 마술사, 즉 20세기의 마녀라는 겁니다.

워트러스가 교묘한 슬레이트 오브 핸드를 연마했는지 어떤지 잘 모릅니다만, 그도 방법은 알고 있습니다, 그것도 많이. 언젠가 릴리데일에서 있었던 영적 집단에 대한 기사를 쓴 적이 있었는데, 배경 조사를 위해 『사기성 강령술의 방법』이라는 제목의 400쪽짜리 사기법 총정리를 독파한 적이 있습니다. 워트러스가 쓴 책이지요. 나는 당신이나 살인반의 능력을 폄하하려는 것이 아닙니다. 하지만 이 업종의 모든 트릭을 알고 있는 기술적인 전문가가 아주 쓸모 있으리라는 데 내기를 걸겠습니다. 당신이 잃을 것은 없을 것이고 또 당신은……,"

"염두에 두고 있는 사람이 있소?" 개비건이 물었다.

"네. 멀리니입니다."

타로가 말했다. "당신은 그 친구가 나보다 낫다고 생각하는군요, 하트 씨?" 그의 목소리는 냉랭했다. 한마디 한마디가 딱딱하고 싸늘한 얼음 조각 같았다.

나는 그 말을 직접 반박하는 대신 개비건을 향해 덧붙였다. "내 생각에는, 우리에게 필요한 사람은 객관적인 입장의 전문가입니다. 이 사건에 엮이지 않은 인물이어야 하지요."

타로의 성난 눈빛을 보니 나는 이 공격이 꽤 만족스러웠다.

"나도 그 친구를 압니다, 경감님." 그가 항변했다. "그래서 반대되는 충고를 하고 싶습니다. 그 친구가 이 일과 연관이 없는지 어떻게 압니까? 그 친구는 이 사람들을 모두 알고 있습니다. 그러니 그 친구에게도 동기가 있을 가능성이 매우……,"

내가 보기에, 타로가 아마추어 탐정인 척하며 으스대는 꼴에 경감은 완전히 질려 있었다. 타로의 반대는 개비건의 아일랜드인다운 기질을 솟구치게 만들었고 타로 자신에게 부메랑이 되어 돌아왔다.

"우연히도 나 역시 그 사람을 알고 있소." 개비건이 말했다. "그래서 나는 하트의 말에 동의합니다. 그가 여기 있는 사람을 모두 알고 있다면 그것도 그를 불러올 좋은 이유가 되지요."

나는 경감의 뒤에 서서 타로의 찡그린 표정을 보고 웃는 시늉을 해 보였고 개비건은 여전히 말을 하고 있었다.

"사건이 일어났을 때 나는 이미 그 생각을 했소. 멀리니는 몇 년 전에 경찰대학에서 카드 사기 도박사와 사기꾼에 대한 강의와 시연을 했소. 그는 자기 분야에 있어 전문가요. 말로이, 한번 그에게 전화해 보게."

타로는 이 주제를 무시해 버리고 말했다. "난 가 봐야 합니다. 듀발로가 당도하는 자리에 저도 무척이나 있고 싶습니다만, 만약 온다면 말이지만요. 저 명함에 대해 뭐라고 설명하는지 듣고 싶고, 어째서 그가 그렇게 서툴게 일을 엉망으로 만들었는지 알고 싶습니다. 아시겠지만, 사람들을 기만하는 일은 사실 그렇게 어렵지 않지요, 그게 경찰일지라도."

"오, 그런가요?" 개비건이 차갑게 말했다.

"그렇습니다. 잘 보세요."

그는 우리를 향해 왼쪽으로 돌아서더니 여전히 장갑을 끼고 있는 오른손을 치켜들었다. 그는 손을 뒤집어 손바닥과 손등을 보여

주었다. 다음 순간, 빠르고 날랜 동작으로 마치 공중에서 끄집어낸 것처럼 12장의 트럼프를 부채처럼 펼쳐 보이더니 카드들을 왼손으로 옮겨 네모나게 쌓았다. 이제 그의 얼굴에는 프로의 미소가 떠올라 있었다. 상대를 무장해제시키는 미소로서, 보기에는 너무나 온화하기 때문에 관객은 속았다고 느낄 수도 있는 분한 마음에 당의(糖衣)가 입혀지는 것이다. 이는 마술사가 관객에 대해 우월감을 내비칠 때의 자만심을 지우기 위한 관습적인 미소이기도 했다. 냉소적인 표정을 짓고 있던 타로에게서 그 미소는 놀랄 만한 변신이었다. 조금 전 그토록 잡아먹을 듯이 나를 쏘아보던 사람과 동일한 인물이라고 생각하기 힘들었다.

우리가 지켜보는 가운데 그는 또 다른 카드들을 한 손 가득 만들어 내어 깔끔한 부채 모양으로 펼쳤고, 카드 세트를 모두 손에 쥘 때까지 쉽고 정확하게 이 동작을 두 번 더 반복했다. 능숙한 퍼포먼스였다. 다만 그가 장갑을 꼈다는 사실이 흠이었다. 멀리니는 언젠가 내게, 이러한 변용은 원래 카디니(현대 마술의 최고 거장으로 꼽히는 인물)에게서 비롯된 것이며, 그것을 훔쳐서 사용하는 몇몇 조무래기들은 자신들에게 독창성이 없다는 사실을 인정하는 것밖에 안 된다고 말한 적이 있다. 나는 어째서 타로 같은 정상급 카드 마술사가 그런 짓을 해서 위신을 떨어뜨리는지 의아했다.

내가 보기에, 개비건은 입을 헤벌리고 정신없이 보고 싶은 것을 애써 자제하는 것 같았다. 그는 속임수에 당하는 일을 싫어하는 유형의 사람이 아닌가 싶었는데, 이런 이들은 언제나 "아, 뭐, 당연히 무대 바닥에 비밀 문이 숭숭 뚫려 있잖아." 하고 투덜거리다가도, 마술사가 코앞에 나타나서 아무런 비밀 문 없이 자신을 속이면 약간 충격을 받는 것이다.

타로는 개비건의 코앞에 카드를 부채처럼 펼치고 마술사의 상투적인 요청을 했다. "카드 한 장을 뽑아 주세요."

경감은 반쯤 최면에 빠진 것처럼 손을 내밀다가 다음 순간 이맛살을 찌푸리며 손을 거두었다.

"이런 젠장," 그는 버럭 소리를 질렀다. "마술쇼를 할 때가 아니잖소!"

타로는 어깨를 으쓱해 보이고 카드를 주머니에 넣었다.

"미안합니다!" 그가 말했다. "어쨌든 가봐야 합니다. 이제 늦었네요."

그는 문을 향해 갔다.

"서두르지 마시오!" 개비건이 급히 말했다. "카드를 뽑지는 않겠지만 받을 게 있소. 자물쇠 따는 도구를 주시겠소."

그는 손을 내밀었다.

타로는 발을 멈추고 씩 웃었다. 그리고 열쇠고리를 꺼내 경감을 향해 던져 주었다. 짤랑거리는 열쇠고리는 빛을 받아 반짝였다.

"꽤 전문적인 도구로군. 이것에 대해 설명을 좀 들어 봅시다."

"불쌍한 데이브에게는 상황마저 불리하게 돌아가는군요. 이것은 그 친구의 물건입니다. 토요일 밤에 트렁크 열쇠를 잃어버려서 그에게 이것을 빌렸었지요. 오늘 밤 돌려주려고 했습니다. 경감님이 돌려주시면 되겠군요."

"어찌 됐건 그는 이 도구를 보게 될 거요. 그럼 이제 총을 주시지요."

"허가증을 받았습니다, 경감님."

"그것 좀 봅시다."

"호텔에 있는데요."

"좋소. 어쨌든 총을 주셔야겠소." 개비건은 다시 손을 내밀었다. "허가증을 보여주면 돌려주겠소."

타로는 어깨를 으쓱하고는 총을 내밀었다. "잔돈은 좀 남겨 주셨으면 좋겠네요, 경감님. 차비가 필요하거든요. 또 다른 건 없습니까?"

아무 대꾸 없이, 경감은 총의 방아쇠울에 새끼손가락을 걸어 대롱대롱 매단 채 방을 가로질러 가서 책상의 압지 묶음 위에 조심스럽게 올려놓았다.

"있소." 그가 대답했다. "나가는 길에 복도 맞은편에 있는 브래디 형사에게 지문을 남겨 놓으시오. 방송이 끝나면 돌아오기 바랍니다. 오는 길에는 쇼윈도를 구경하느라 멈춰서는 일이 없도록 하시오. 아시겠소? 헌터," 개비건이 목소리를 높였다. "아래층에 내려가서 타로 씨가 나가시도록 조치해 주게."

헌터 형사의 목소리가 밖에서 들려왔다. "알겠습니다." 그가 내려가는 소리가 들렸다.

타로는 고개를 끄덕였다. "좋습니다, 경감님. 행운을 빕니다." 그는 가볍게 고개를 숙이더니 잽싸게 문을 빠져나갔다. 그리고 등 뒤로 문을 당겼다.

개비건은 타로가 있던 자리를 노려보며 말했다. "아무튼 고약한 녀석이로군! 일부러 그랬나 몰라."

나는 처음에 무슨 뜻인지 몰랐으나 타로의 면전에서 개비건이 문을 건드리지 말라고 지시한 것이 기억났다.

"잰슨," 개비건이 명령했다. "저 친구를 미행하게. 완전하고 상세한 보고서가 필요하네. 놓치면 각오해야 할 걸세."

"네, 경감님." 잰슨 형사는 전속력으로 출발했다. 그러다가 경감의 경고를 듣고 우뚝 멈춰섰다. "손잡이 조심해!"

형사는 손잡이의 자루 부분을 집게손가락과 엄지손가락으로 잡고 조심스럽게 돌렸다.

"자, 박사," 개비건이 말하기 시작했다. "무엇이……,"

그는 별안간 누군가 자신의 입을 손으로 찰싹 때리기라도 한 것처럼 말을 멈췄다. 이때까지 나는 경감이 자신의 놀란 표정을 감추는 모습도 보았고, 그렇지 않은 모습도 보았다. 그러나 그의 턱이 문자 그대로 허공에 매달려 있는 모습을 본 것은 이때가 유일했다. 갑작스럽게 턱 근육이 끊어진 것처럼 턱이 축 늘어진 것이다. 경감의 시선이 머문 곳을 보자 이해가 되었다. 사바트의 시체가 소파에 있고 헤스 박사가 그 곁에 서 있었는데, 박사는 오른손 검지와 엄지로 트럼프의 스페이드 에이스 카드를 잡고 있었다. 그것을 열심히 들여다보다가, 재빨리 던지는 몸짓을 하자 카드가 사라졌고 아무것도 없는 손바닥을 쫙 펼쳤다. 그는 아래로 손을 뻗쳐서 자신의 오른쪽 무릎 뒤에서 카드를 끄집어냈다. 심각하게 집중한 채 박사는 이 동작을 두 번 더 반복했다.

개비건이 고함쳤다. "헤스 박사! 도대체 뭘 하고 있는 건가?"

박사는 오른쪽 오금에서 카드를 꺼내다가 깜짝 놀라 그것을 바닥에 떨어뜨렸다. 헤스 박사는 멍하니 건너다 보며 말했다. "뭐라고 했지?"

경감은 더 할 말을 찾지 못했지만, 헤스는 경감의 아연실색한 표정을 알아차리고 그 이유를 깨달았다.

"미안하네, 경감." 그는 다소 겸연쩍은 얼굴로 말했다. "머릿속에 선명하게 기억이 남아 있을 때 연습해 보고 싶어 어디 참을 수가 있어야지. 타로가 그 카드를 만들어 낼 때 바로 뒤에 서 있었기 때문에 자네가 보지 못한 것을 좀 볼 수 있었거든. 그자는 저 매니퓰레이션무대마술에서, 마술사의 동선, 조명, 무대 시설 등을 종합적으로 이용하여 연출하는 마술을 지칭하는 용어 시리즈에서 사용되는 기본 슬레이트 오브 핸드를 독창적으로 변형한 기술을 갖고 있다더군. 표준 서스턴 기법'카드의 제왕'으로 불리던 마술사 하워드 서스턴이 처음으로 개발한 카드 던지기 기법을 발전시킨 걸세. 하도 단순해서 왜 내가 그 생각을 하지 못했는지 이해가 안 되는군……."

"하지만 그 카드는…… 뭐지…… 어디 있던 건가?"

"아, 난 늘 주머니 속에 카드 한 벌을 넣고 다닌다네. 슬레이트 오브 핸드가 내 취미라네. 이런 게 드문 일은 아니지. 아마추어 마술사들 중에는 의사가 다른 어떤 직업보다 많다고. 의사들이 어떤 직업군보다 많이 미국 마술사 협회에 이름을 올리고 있다네. 내 생각인데, 외과수술 훈련 때문에 우리가 손재간을 쓰는 취미에 빠지는 경향이 있는 것 같아."

개비건은 정신을 차리기 시작했다. "아, 수술이 술수로 이어진다 이거지?" 그는 신음소리를 내었다. "자네가 안다니까 말인데, 타로는 어떻게 아무것도 없는 데서 그 카드들을 꺼냈지? 그리고 자네는 어떻게……,"

헤스 박사는 싱긋 웃으며 고개를 저었다. "아마추어라 할지라도 마술사는 호기심거리나 찾아다니는 사람에게 비밀을 누설하지는

않는다네. 물론, 만약 자네가 진지하게 기술 습득에 관심을 가지고
있다면야⋯⋯."

"천만에! 게다가, 개비건 부인께서는 집 안에 토끼가 뛰어다니
는 것을 용납하지 않으실 거라네." 개비건은 덧붙였다. "어쩌면
자네는 사바트를 알고 있었겠군, 아니면 우리가 모아 놓은 목격자
들 중 몇몇을 알든지. 타로, 라클레어 부부, 워트러스 대령, 마담
러푸르트, 듀발로인데?"

"흐음. 그것 참 대단한 출연자들이로군. 워트러스와 러푸르트
는 몰라. 다른 이들은 S.A.M.미국 마술사 협회 모임에서 만나서 조금 알
지. 그렇지만 난 꼬박꼬박 참석하지는 않네. 이 도시의 살인사건
발생률이 나를 한가롭게 놔두지 않는군."

"그래, 자네가 이들에 대해 알고 있는 것은 나중에 들려주고 검
시 결과부터 알려 주게."

헤스 박사는 스페이드 에이스 카드를 집어 겉옷 주머니에 넣었
다. "사인은 질식이네. 통상적인 흔적이 희미하게 나타나 있어.
가까이서 보면 피하출혈이 있는 부분에 희미한 홈이 보일 거야. 이
것은 여성용 스타킹이나 목욕 타월 같은 부드러운 천을 사용했다
는 것을 나타내는 것이지. 뭐든 그런 종류의 물건이 있었나?"

"아니. 사체는 자네가 본 그대로였네."

"그렇다면 당연히 살인이지. 하지만 거 이상하군."

"뭐가?"

"사체에 타박상이 전혀 없어. 목이 졸리면 저항을 하기 때문에
어떤 흔적을 남기게 마련이지. 타박상은 보통 등에 생겨. 이런 흔
적이 없는 것으로 보아 목이 졸리기 전에 수면제를 먹었거나 기절

했을 수도 있지만 어쨌든 겉으로 보기에 그런 징후는 없네. 부검을 해 봐야지."

"사망 시각은?" 개비건이 질문했다.

헤스 박사는 한숨을 쉬었다. "사투를 벌일 때 피해자의 시계가 깨져서 멈추는 일이 의무화되었으면 좋겠네. 그러면 아주 간단해질 텐데."

"제발, 시간 끌지 말고, 박사. 자네의 추정은 꽤 정확하잖나."

"음, 사후경직이 거의 완료되었고 아직 부패의 징후는 없네. 그리고 사체 내부의 온도는, 글쎄, 오차 범위를 고려하면 오늘 새벽 3시경이라고 해야겠군. 됐나?"

개비건이 고개를 끄덕이고 사바트의 가운 주머니를 조사하기 시작했다. 열쇠 다발, 분필 조각, 지워지지 않는 연필 하나를 꺼냈다. 그리고 말로이 형사가 방에 막 들어왔을 때, 테두리가 파란색으로 수놓인 손수건의 찢어진 반 조각을 꺼냈다.

"이 건물에서 뭐라도 들은 사람은 스펜스라는 사람뿐이었습니다." 말로이가 보고했다. "아래층의 늙은 하녀는 보청기를 끼고 있는데 볼링장 바로 아래에서 살아도 위층에 볼링장이 있다는 사실을 모를 겁니다. 형사 열 명에게 이 동네 탐문 수사를 지시했습니다. 멀리니는 오는 중이고…… 아, 네. 타로의 알리바이는 거듭 확인했습니다. 놀턴 부부는 대여섯 명의 이름을 알려 주었는데 그 사람들은 모두 타로가 내내 파티의 스타였다고 확언합니다. 타로에 관해서는 의문의 여지가 없어 보입니다……,"

브래디 형사가 지문 채취 도구를 가지고 들어왔다. "지문 채취를 끝냈습니다, 한 사람만 빼고요……." 그는 깜짝 놀란 듯 주위를 둘러보았다. "외알안경을 낀 그 멋쟁이는 어디 있습니까?"

개비건은 목이 잠겨 말이 제대로 나오지 않았다. "어디 있느냐고…… 그자가 그쪽으로 가서 지문을 뜨지 않았나?"

브래디는 입을 딱 벌린 채 아니라고 대답했다.

개비건 경감에게서 불경스러운 욕설이 네온 색의 강력한 분수처럼 뿜어져 나왔다. 말로이 형사는 복도로 달려 나갔다. 그가 한 번에 두 계단씩 내려가는 소리가 들렸다.

6

그레이트 멀리니

……눈에 보이게 된 미지의 세계와의 초월적인 친밀 관계가
소수의 특권층에게만 부여되었다. 선택받은 이들은 법을 초월한다.
영적인 힘과 융합한 그들은 지구인인 양 하는 모든 어둠의 세력을
그저 공상의 산물로 만들기도 하고, 무자비한 공포로 쪼그라든
그들의 영혼과 나약한 그들의 마음을 지배하는
아바돈의 기적을 가능하게 하기도 한다.

세자르 사바트 박사, 『비밀의 이단들』

말로이 경위가 돌아와, 타로가 택시를 타고 북쪽으로 간 것이 마
지막으로 목격되었고 잰슨 형사가 그의 뒤를 밟고 있다고 보고했
을 때, 개비건 경감은 본부와 통화하면서 여전히 분노를 터뜨리고
있었다.

개비건은 전화기에 대고 고래고래 소리질렀다. "당장 NBC에 두
명을 보내서 유진 타로라는 이름의 남자를 잡으라고. 그자는 10시
프로그램을 맡고 있는 모양인데, 그자의 프로그램을 기다리는 사
람들이 수백만 명이든 뭐든 관심 없으니 당장 잡아 오라고! 곧장
여기로 데려오란 말이야. 빨리!"

그는 수화기를 쾅 내려놓았다. "말로이, 본부에서 인원을 더 보낼 거네. 그들을 옆방에 있는 사람들에 대한 데이터를 수집하는 일에 투입해. 퀸, 자네는 책상과 파일링 캐비닛을 샅샅이 뒤져 보게. 피해자에 대해 더 많은 것을 알고 싶네."

말로이는 밖으로 나갔고 헤스 박사가 그 뒤를 따랐다. 그리고 개비건은 브래디에게 따라오라는 신호를 보내고 부엌으로 향했다. "다른 문을 직접 보고 싶네."

나는 담배에 불을 붙이고 얼마간 창가에 서서 무적 소리에 귀를 기울이며, 강의 공허한 어둠을 가로지르며 느릿느릿 움직이는 페리 선의 반짝이는 윤곽을 내려다보았다. 등 뒤에서 발소리가 들려 돌아보니 키가 훤칠한 인물이 문을 통과하여 소파 가장자리를 돌아 나를 향해 다가오고 있었다. 그때, 무대 감독의 신호를 받기라도 한 듯, 천장의 조명과 초록 갓을 씌운 책상 램프가 켜져 마침내 방의 구석구석에 머물던 어둠을 몰아내고 방을 밝히면서 멀리니의 등장을 멋지게 연출했다. 그가 그 자리에 서서 불빛에 눈을 깜빡거릴 때, 나는 그가 절을 한 다음 공중에 흰 장갑을 던져 그것을 비둘기로 만들고, 그 비둘기가 원을 그리다가 날갯짓을 하며 사라지게 하는 오프닝을 하지 않을까 반쯤 기대했다.

멀리니의 무대 밖 모습은 마술사로서는 드물게도 유별나지 않았다. 굽실거리는 콧수염과 숱 많은 머리털 따위는 만화가의 상상 속에서나 있는 것이지 오늘날에는 거의 존재하지 않는다. 멀리니의 얼굴은 말끔히 면도되어 있었고 머리 모양 역시 평범했다.

사람들은 그가 쇼비지니스와 어떠한 관계가 있으리라고 처음에는 생각하지 못한다. 하지만 '말 타는 멀리니'는 다섯 세대에 걸쳐 국내외 서커스계의 정상급 승마 묘기 집안으로 이름을 떨쳤다. 미국 서커스의 아버지라고 불리는 피니스 T. 바넘이 멀리니의 대부였다는 사실과 그가 일리노이 주 센트렐리아와 피오리아 사이 어딘가를 달리던 서커스 차 안에서 태어났다는 사실, 그리고 멀리니가 처음 무대에 오른 것은 그의 나이 세 살 때로 코르크를 태워 몸을 까맣게 칠하고 어린 누비아인 역을 맡아 불사의 점보P. T. 바넘의 서커스에서 인기가 높았던 커다란 코끼리의 이름 등 위에 실려 무대를 돌면서 하우다코끼리나 낙타 등에 얹는 2인용 좌석의 가장자리에 필사적으로 매달려 있었다는 사실도 전혀 상상하지 못할 것이다.

사람들은 멀리니가 입을 여는 순간 그의 직업에 대해 품고 있던 의심이 사라질 것이다. 그의 목소리는 극장에 안성맞춤이었다. 풍부한 울림을 갖고 있으며 보기 드문 깊이와 톤의 폭을 드러낸다. 멀리니는 종종 자신을 드러내지 않다가 갑자기 입을 뗄 때가 있는데 그 순간 모든 사람의 시선을 완벽하게 사로잡는다. 마술로 속임수를 쓸 때면 간단히 관객의 주위를 옆으로 돌리고 일순간에 현혹시켜 버리는 것이다. 늘 천연덕스럽고 아이러니하며 유머러스한 그의 언변은, 때때로 눈치채지 못하는 사이에 최면술이나 다름없는 설득력 있는 말투로 바뀌곤 한다. 멀리니가 진지한 태도를 취하고 있는 때와 마술 준비 과정으로 수다를 떨고 있는 때를 구별하기란 전적으로 불가능하다. 그는 사람들에게 어떤 것이든 팔 수 있다. 그는 불가능을 파는 것이다.

멀리니의 얼굴은 비대칭이지만 개성이 강하다. 한쪽 귀는 다른 쪽 귀에 비해 훨씬 튀어나와 있고 머리카락과 눈은 검은색이다. 그리고 눈은 강렬한 호기심으로 빛을 발한다. 씩 웃을 때마다 입가에 나타나는 잔주름은 유쾌해 보이고 훤칠하고 늘씬한 몸은 자신만만해 보인다. 큼지막한 손은 가만히 있을 때는 어색한 듯 보이지만 움직일 때면 오랜 훈련을 쌓은 마술사답게 우아하고 섬세하며 절제된 동작을 보여 준다.

옷차림은 예측할 수가 없다. 가끔씩은 무대 밖 옷차림도 무대 위에서처럼 흠잡을 데 없지만 평상시는 흉내 낼 수 없을 만큼 느슨한 옷차림을 하는데 그런 차림이 편해 보일 때가 있다. 주머니에는 늘 자기 직업에 필요한 소품들인 카드, 골무, 비단 손수건 등이 가득한데 아마 비밀스러운 소품들이 더 있을 것이다.

멀리니가 좋아하는 것은 파도타기, 탁구, 퍼즐, 타임스스퀘어, 그리고 아내이며 반경 150킬로미터 이내에서 서커스가 열린다면 금세 알아채고 그 즉시 달려간다. 멀리니가 좋아하지 않는 것은 지하철, 맥주, 무기력함, 그랜드오페라, 골프이다. 그도 잠은 자겠지만, 나는 한 번도 그가 자는 모습을 본 적이 없다. 그는 세 권의 책을 저술했는데 『손의 마술사』, 『속임수의 심리학』, 『대수롭지 않은 흔적』이 그 제목이다. 그는 마술사들에게 마술 도구를 파는 상점도 갖고 있다.

불이 들어오자 멀리니는 나를 바라보며 입을 열었다. 그때 바닥에 그려진 어지러운 단어들과 원들이 그의 눈에 들어왔다. 그의 눈썹이 눈에 띄지 않을 정도로 살짝 치켜 올라갔다가 내려가며 찡그린 얼굴이 되었다. 멀리니는 재빨리 방을 둘러보고는 다시 분필로 그린 도해圖解로 시선을 돌리더니 말했다.

"도대체 자네가 어째서, 아니, 그보다 자네는 도대체 무슨 일을 하고 있던 건가, 로스?"

"일단 방 안으로 들어오려고 문을 부쉈고, 그 다음 시체를 발견했지."

이 말은 그의 주의를 끌었다.

"그 말은 농담처럼 들리지 않는군."

"농담이 아닐세. 뒤를 보게."

그는 돌아서서 소파 위에 가운으로 덮어 놓은 형체를 보았다.

"저 신사의 이름은 세자르 사바트라네, 아니 사바트였다고 해야 하나. 그는……,"

"누구라고?" 멀리니의 한결같던 침착함 속에 가벼운 동요가 보였다.

"세자르 사바트. 이 사람을 아는가?"

멀리니는 두 걸음 만에 시체에 다가가 가운의 한 끝을 들어올리고 잠시 그 얼굴을 들여다보았다.

"그래, 하지만," 그는 신중하게 나를 건너다보았다. "저 얼굴을 보니 편히 죽은 것 같지 않은데. 그리고 밖에 있는 형사의 숫자로 가늠해 보건대 정상적인 죽음과는 거리가 먼 것 같군."

"그는 교살당했네." 내가 설명했다. "그리고 올가미 비슷한 것이라곤 찾아볼 수 없으니 스스로 목을 맨 것은 아니야."

"게다가 억지로 문을 따고 들어와야 했다는 말이지." 그는 부서진 문짝에 시선을 던졌다. "이것은 흥미로운 모순인데. 특히 가운이 불완전한 상태이니 말일세."

"가운이라, 뭐가 잘못됐다는 건가?"

"가운의 양쪽에 고리가 달려 있잖나. 가운데서 여미도록 된 거지. 끈이 보이지 않는군. 그건 그렇고, 나는 왜 불려 온 거지?"

나는 가운을 응시하며 답했다. "살인사건 때문은 아니야, 뭐 아직까지는. 내 생각에 살인반의 개비건 경감은 자네의 '벽을 통과하는 트릭'을 듣고 싶어하는 것 같아. 사바트를 죽인 범인은 그 답을 알았던 것 같거든. 지금까지 형사들은 이 아파트에서 빠져나가는 다른 길을 발견하지 못했네. 문은 두 개 모두 안쪽에서 자물쇠와 빗장으로 잠겨 있었고 열쇠구멍이 막혀 있었네. 창문은 수개월 동안 열린 적도 없었고."

"훌륭한 출발이군, 로스. 계속하게."

일부러 침착한 태도를 꾸미면서 나는 또 다른 폭탄을 터뜨렸다. "더군다나, 여기 모인 목격자들 모두가 자네의 고객으로 보인단 말이지. 이곳에 어슬렁거리는 마술사들이 너무 많아서 자네는 아주 골치 아프겠군."

"한 명만 있어도 그 친구들은 골치 아프네." 멀리니는 냉담하게 대답하더니, 이번에는 애원조로 말했다. "하트, 제발 그렇게 셰에라자드처럼 질질 끌지 말고 무슨 일이 일어났는지 말해 주지 않겠나? 그리고 클라이맥스를 처음부터 이야기하는 것은 서툰 연극에서나 하는 짓일세. 어쨌거나, 벌써 정신을 못 차리겠네."

"벌써 포기하는 거요?" 방에 들어오는 모습이 보이기도 전에 개비건 경감의 목소리가 먼저 들려왔다. 두 사람이 악수를 하고 나서 경감은 말했다.

"시체를 보았소?"

"네." 멀리니가 대답했다. "로스가 그런 영광을 베풀어 주었습니다. 하지만 저 사람은 전부터 알던 사람입니다. 10년 전쯤부터 말이오. 그는 마술과 원시종교 계열의 인류학자로서 정상급으로 평가받았소. 그 후 홀연히 종적을 감췄길래 자신의 사후세계 연구를 계속하려고 연구의 원천에 더 가까이 간 게 틀림없다고 생각하기까지 했소."

"갑자기 사라진 이유가 뭐요?" 개비건이 흥미로운 듯 물었다.

"자신의 연구 대상에 끌려간 셈이오. 그는 뱀파이어, 늑대인간을—그리고 내가 아는 한 아마 픽시귀가 뾰족한 요정까지도— 진지하게 받아들이기 시작했소. 심지어 뱀파이어 예방책으로 문에다 칼과 마늘 가지를 걸어 놓기까지 했소. 그건 우습지, 그 자신이 약간 뱀파이어처럼 보였으니까 말이오. 그에게는 론 채니나 보리스 칼로프옛날 미국 공포영화의 단골 주인공들 같은 느낌이 있었소. 언제든 한 쌍의 누런 송곳니를 드러내고 위협을 할 것만 같았지. 마지막으로 이야기를 나누었을 때는 스스로 현대 연금술이라고 부르는 새로운 실험 몇 가지에 몰두하고 있었소."

멀리니는 방 건너편 구석에 있는 작업대와 약병들이 놓인 선반을 향해 손짓을 했다. "여전하군. 그러다가 동료 학자들이 인정할 수 없을 만한 책을 쓰기 시작했소. 그중에 『오늘날의 늑대인간』과 『비밀의 이단들』이라는 제목이 기억나는군. 두 번째 책은 염력, 투시, 유체이탈을 입증된 사실로 다루었소. 과학 저널의 편집자들이 반론을 제기하기 시작했고 학자로서의 그의 명망은 바닥을 치기 시작했소."[19☆]

"그렇다고 해도 세상에서 모습을 감춰 버린 것은 무슨 이유 때

[19☆] 그의 책 가운데 좀 더 과학적으로 받아들일 만한 것은 다음과 같다. 『헤카테의 딸들』, 『엔도르로 가는 길—예언의 역사』, 『미신의 연구』. 마지막 책은 백과사전과 맞먹는 6권짜리 저작으로 해당 주제에서 권위를 인정받았다.

문이오? 무슨 일을 저지른 겁니까. 삐쳐서 사라지기라도 한 거요?" 개비건이 참지 못하고 물었다.

"그는 끔찍한 사람이었습니다. 학술회의장에서 어떤 저명한 독일 고고학자의 우산을 빼앗고는 그것을 곤봉 삼아 그를 마구 내리친 적이 있습니다. 하마터면 죽일 뻔했소. 사바트는 그 노인에게 피라미돌로지피라미드를 신비주의 관점에서 연구하는 학문가 정밀과학임을 납득시키려고 했거든. 그 독일 박사 양반이 경찰에 신고한 바람에 사바트가 줄행랑을 친 거요. 그 뒤로 어디로 갔는지 아무도 몰랐소."

"피라미드 어쩌고는 내 기억으로 학교에서 배운 적이 없는데, 그건 뭐요?"

멀리니는 자신의 외투를 허물 벗듯 벗어 가까이에 있는 의자 위에 모자와 함께 놓았다.

"그것은 한층 복잡한 점술 체계로, 케오프스의 대★피라미드에 대한 모종의 측정법에 기반하고 있는데, 특히 1864년 스코틀랜드 왕실 천문학자 피아지 스미스가 만든 측정법이 쓰이고 있습니다. 오컬티스트들은 이 피라미드가 현존하는 건축물 가운데 세상에서 가장 오래된 것이며, 10만 년 전에 아틀란티스인들이 지식의 보관소이자 숙련자의 입문을 위한 사원으로서 대륙이 가라앉기 직전 세웠다고 말합니다. 전문가들의 의견이 일치하지 않습니다만, 그와 유사한 사원들이 브라질이나 유카탄 지역에 탐험된 적 없는— 앞으로도 그렇겠지만—어딘가에 세워졌다고 합니다. 같은 사원이 티베트에도 있다고 하는데, 그곳에서는 히말라야 대백색단이 오늘날 활동하는 유일한 사제단으로 생각되고 있소.[20]★ 그들의 이론은,

---

20★ 사라진 뮤 대륙에서 온 레무리아인 1천명의 거주지가 샤스타 산 산등성이에 존재한다고 1932년에 보고되었다. 이곳은 사람이나 산불의 접근을 막는 보이지 않는 힘의 벽으로 둘러싸여 있다고 한다!

1피라미드 인치―그들이 고안해 낸 단위입니다―가 우리 시간의 1년으로 간주된다면, 피라미드 내부 통로의 경로로 세계 역사와 문명의 경로를 예측할 수 있다는 것입니다. 그 이론에 따르면, 세계는 1936년 9월 16일 오전 4시에 종말을 맞이했소. 알겠소?"

"사바트가," 경감이 마침내 끼어들었다. "독일인 교수를 그런 이론으로 설득시키려 했다는 거요?"

멀리니는 고개를 끄덕였다.

"음," 개비건이 힘을 주어 말했다. "그러면 우리는 한 가지 사실을 알게 되었군. 사바트도 저 피라미드 학자들처럼 제정신이 아니었다는 사실을. 그렇다면 이 방의 여러 가지 물건들이 이해가 가는구먼." 그는 벽에 걸린 발리 섬의 악마 가면을 노려보았다. 바니시칠을 한 분노의 가면은 빛을 받아 반짝거리며 그 가면의 주인이 흉물스러운 물건에 대해 상당히 뛰어난 감식안을 갖추고 있었다는 것을 나타내고 있었다.

"그런 결론에 이의를 제기하는 사람들도 있소, 경감. 20세기에도 이런 것들을 굳게 신봉하는 자들이 상당히 많습니다. 정신병원에만 있는 것이 아닙니다. 캘리포니아 남부는 그런 자들로 가득 차 있소. 나는 당신에게 비교적 명망 있는 출판사에서 최근에 출간한 책 제목을 대여섯 편은 댈 수 있습니다. 이 책의 저자들은 순간이동에서 공중부양, 늑대인간에서 밴시죽음을 예고하는 요정까지, 온갖 종류의 흑마술에 대한 믿음을 표명하고 있습니다. 올리버 로지 경, 윌리엄 크룩스, 젤리너 교수는 강신술의 진실성을 확신했소. 코난 도일은 날개 달린 요정들 사진을 찍었고, 영국 의학협회의 집행위원인 알렉산더 캐넌 박사는 인간의 사고를 물질적인 것으로 변화시킬 수 있다면서 사례들을 제시하고 있습니다. 마담 블라바츠키^{러시아 귀족 가문 출신으로, 영매로서 명성이 높았다는}는 여전히 추종자를 거느리고 있으며, 이반젤린 애덤스의 영원히 반복되는 주제, 점술 체계와 점성술에 대한 저작은 여전히 베스트셀러입니다. 최근 뉴저지의 트렌턴에서 개최된 전국 점술가 협회 컨벤션에서는 협회에 등록되어 있지 않은 찻잎 점술가^{찻잔 바닥에 남은 찻잎의 모양을 보고 앞날을 점치는 사람}를 찻집에서 고용하지 못하도록 엄중히 감시하겠다고 결의했습니다. 그들은 또한 세상 사람들에게 새로운 점술 또는 어떤 물건을 매개로 예언하는 방식을 소개했는데, 그것은 바로 맥주 거품 읽기입니다. 펜실베이니아에는 아직 마녀가 있고 악마에 씌운 자에게 행하는 엑소시즘 의식은 완전히 폐지되지 않았소. 그리고 사탄에 대한 미사는 여전히……," [21☆]

개비건은 넘쳐나는 정보를 저지하기 위해 손을 올리며 말했다. "그래, 그래, 알겠소. 내 조카딸은 산타클로스를 믿고 있고, 아기를 물어다 주는 황새에 대해 나름의 이론도 갖고 있소. 그래서 어쨌다는 거요? 난 아직도 박사가 미쳤다고 생각하오."

경감은 서둘러 멀리니의 말을 일축하고 내게 말했다. "하트, 옆방의 보드빌 공연자들을 여기로 들여보내 심문하기 전에 내가 몇 가지 자질구레한 일들을 처리할 동안 당신은 멀리니에게 지금 상황을 알려 주시오."

21☆ 다음을 참고하라. Montague Summers, The Vampire in Europe, Dutton, 1929와 A Popular History of Witchcraft, 1937; Alexander Cannon, Powers That be, Dutton, 1936; Hamlin Garland, Forty Years of Psychic Research, Macmillan, 1934; Charles Fort, Wild Talents, Kendall, 1932; Maurice Magre, Magicians, Seers and Mystics, Dutton, 1932; etc.
만약 여러분이 본격적으로 알고 싶다면 다음을 참고하라. Harry Price, Short-title Catalogue of the Research Library from 1472 A.D. to the present day, University of London, Council for Psychical Investigation, 1935.

86

내가 동의하자, 그는 돌아서서 사무적인 어조로 지시 사항을 밀물처럼 쏟아냈다. 브래디는 지문을 채취하느라 정신없이 알루미늄 분말을 뿌려대며 방을 지저분하게 만들고 있었다. 개비건은 방을 공들여 조사하기 시작했는데 엎드려 기어 다닐 때가 많았다. 멀리니는 귀를 쫑긋 세우고 사건을 요약하여 지껄이는 내 이야기를 듣고 있었다.

내가 전등 문제를 언급했을 때, 개비건이 주석을 달았다.

"전기기사가 퓨즈가 몽땅 나간 것을 발견했는데 새것으로 갈자마자 또 나가 버렸소. 기사가 합선인 것 같다고 해서 전등 소켓을 조사했더니 동전 하나가 발견됐는데 그걸 제거한 후에도 퓨즈 몇 개가 나가서 조사해 봤소. 결국 다섯 개의 소켓 안에 동전이 각각 들어 있더군. 그 사실을 알아내느라 퓨즈 네 세트가량을 날렸소. 이 정보를 듣고 뭐든 떠오르는 게 있소들?"

"사실대로 말하자면, 그다지 참고가 될 것 같지는 않습니다." 멀리니가 말했다. "로스, 더 자세하게 이야기해 보게."

내 장황한 설명이 이어짐에 따라, 그의 눈은 마치 처음으로 자전거를 산 어린 소년의 눈처럼 빛을 발했다. 그의 기민한 태도는 속에서 흥분이 끓어오르고 있음을 말해 주고 있었지만, 무미건조한 표정에서는 눈을 제외하면 아무것도 읽어낼 수가 없었다. 내 이야기는 살인반이 도착하는 데까지 이르렀고, 그 지점에서 개비건이 다시 합류하여 이후의 사건들에 대한 간단한 요약을 덧붙였다. 멀리니는 듀발로의 명함과 찢어진 손수건 조각을 조사했는데, 그것은 개비건이 부엌에서 가져온 것이었다.

"열 수 있는 벽의 널판이나 비밀 출구 따위는 아무것도 없소."

개비건은 결론을 맺었다. "이 아파트는 3면이 바깥으로 면해 있소. 저 복도에 면한 네 번째 벽은 양면에 회반죽을 발라 놓았고 그런 벽에는 문을 숨길 수 없소. 그래도 어쨌든 확실히 하기 위해서 살펴보았는데 천장도 마찬가지요. 바닥으로 말하자면, 당신들도 보는 바와 같이 카펫이 한쪽에 말려 있는데다가, 말로이 이야기로는 만약 바닥에 낙하식 문이 있다면, 빌어먹을 비명을 질러댈 게 뻔한 아래층의 노처녀 침실로 곧장 떨어질 거라고 하더군. 도대체 왜 이런 식으로 복잡하게 살인을 했는지 이해가 가지 않아. 이건 가장 지독한……,"

"훌륭한 알리바이잖습니까?" 멀리니가 말했다. "누가 범인인지 알 수 있을지는 몰라도 어떻게 저질러진 일인지 설명할 수 없다면 유죄 선고를 할 수 없소. 그자가 현장에 있는 모습을 본 10여 명의 목격자가 있다고 칩시다. 하지만 그가 실제로 이 방에 있거나 나가는 모습이 목격되지 않은 한, 그는 매우 안전합니다—물론 이 불가능하게 보이는 상황이 깨진다면 이야기는 달라지겠지만 말이오. 그자는 타인에 대한 배려심이 있는 살인자라 무고한 사람이 죄를 뒤집어쓰는 것을 원하지 않을 수도 있겠지. 사건 자체가 불가능해 보이는 한, 우리는 무고한 사람을 의심할 수조차 없습니다. 아니면 범행 시각에 다른 장소에 있었다는 증거를 만들어 내기 어려웠을 수도 있습니다. 살인이 일어난 시간에 그가 이 근처에서 목격됐을지도 모르오. 하지만 범인의 살인이 불가능하게 보이면 그런 것은 하나도 걱정할 게 없겠지."

"확실히 그렇소. 그러니 이것이 당신이 할 일이오. 불가능을 깨시오. 누군가가 어떻게 이 방에서 빠져나갔는지 알려 주시오. 그러면 십중팔구 그게 누구였는지 알게 될 거요."

"몸을 풀 시간을 좀 주겠소? 나는 밀실이라면 자신이 있고 직업상 족쇄, 납으로 만든 관, 구속복 등등에서 탈출해 본 적도 있지만, 글쎄, 이 상황은 뭔가 흥미로운 면이 있군. 통상적인 밀실 장치에다 새로운 한 가지가 더해져 있소. 그게 골치 아플 것 같군. 저 열쇠구멍들은……," 그는 이맛살을 찌푸리며 생각에 잠긴 채 문을 노려보다가 입을 다물었다가 말을 이었다. "경감, 당신이 토르케마다^{에스파냐의 초대 종교재판소장으로 2천여 명을 화형에 처하고 유대인을 박해했다} 역을 맡는 모습을 보도록 하지요. 보고서를 제출하기 전에, 저 증인들이 자기변호를 위해 하는 말을 듣고 싶습니다."

"일리 있는 이야기로군." 개비건이 말했다. "브래디, 마담 러푸르트부터 시작하지. 들여보내게."

브래디 형사가 물러나자, 경감이 말로이 경위와 함께 귓속말로 무언가를 빠르게 의논했다. 의논을 끝낸 말로이 경위가 문을 나서다가 문가에서 마담 러푸르트를 위해 살짝 옆으로 물러섰다. 그녀는 옷으로 덮어 놓은 형체를 힐끔 보더니 급히 경감에게 시선을 돌렸다. 전보다는 안정을 되찾긴 했으나, 여전히 뻣뻣하게 긴장한 상태였으며 시선은 불안정했다. 멀리니는 그녀가 들어오자 갑자기 뒤로 물러나 책장을 훑어보기 시작했다.

"앉으시오." 개비건이 의자 하나를 밀어주며 말했다. 마담 러푸르트는 고갯짓으로 거절하고 서서 기다렸다.

"사바트 박사를 안 지는 얼마나 됐습니까?" 경감이 심문을 시작했다.

내 뒤쪽 책상에서 퀸 형사가 속기를 했다.

러푸르트의 목소리는 깊고 남성적이라고 할 만했지만, 묘하게 기분 좋은 음성이었다.

"전 그 사람을 한 번도 만나본 적이 없어요." 그녀는 영어를 모국어로 쓰지 않는 사람답게 어색할 정도로 또박또박 말했다. "우리는 오늘 밤 처음으로 만날 예정이었어요."

"그에 대해 알고는 있었습니까?"

그녀는 고개를 끄덕였다. "네, 그 사람이 쓴 글 몇 가지를 읽어보았어요."

"워트러스 대령은 그 사람을 알고 있었나요?"

"네."

"사바트 씨가 부인을 여기로 초대한 이유를 아십니까?"

"저의 최면 상태를 연구하고 싶어했던 것으로 알고 있어요."

"알겠습니다." 개비건은 이 말을 마치 정말로 알았다는 듯 말했다. "어쩌면 부인께서는 사바트 씨를 죽이고 싶어했을 만한 사람을 아시겠군요."

"아뇨, 몰라요."

"지난 밤 10시부터 지금까지의 이동 경로를 자세히 말씀해 주시면 고맙겠습니다."

러푸르트는 냉담하게, 그리고 망설임 없이 대답했다. "어제 저녁 10시에는 코모도어 호텔의 제 방에 있었어요. 워트러스 대령을 포함해서 몇 사람과 함께요. 이들은 3시 이후까지 머물렀어요. 저는 오늘 새벽 늦게 잠이 들었고 여기 오기까지 한 발짝도 나가지 않았습니다. 오늘 오후 4시에 워트러스 대령님이 도착했고 바로 뒤이어 타로 씨가 우리를 데리러 왔습니다."

"어젯밤 워트러스 대령 말고 누가 있었습니까?"

"꼭 대답해야 하나요?"

"그렇습니다." 개비건은 정중했지만 단호했다.

마담 러푸르트는 살짝 주저하다가 마치 상점에서 주문 내용을 반복하는 것처럼 심드렁한 어조로, 콜럼비아 대학 교수 두 명, 저명한 물리학자 한 명, 잘 알려진 연합언론 논설위원 한 명과 라디오 뉴스 해설가 한 명의 이름을 댔다.

"강령술 모임을 하고 계셨군요?"

"한 가지 실험을 하고 있었어요."

"무엇에 관한 건가요?"

"영적 복제에 대해서요."

개비건은 자기도 모르게 한숨을 쉬었다. "그게 뭡니까?"

"설명을 해 드려도 알아들으실지 모르겠군요." 그녀의 말투는 설명할 자신이 없다기보다 설명할 생각이 없는 것처럼 들렸다.

"좋소. 어쨌든 나도 그다지 들을 생각이 없소. 그렇지만 그 교수들이나 대령에 대해 질문할 수는 있겠지요."

그녀가 이에 대해서 아무 대답도 하지 않자, 개비건의 심문은 급하게 방향을 바꾸었다.

"오늘 밤 이 방에 들어오기 전에 여기서 살인이 일어났는지 어떻게 아셨지요?"

러푸르트는 두 눈을 감았다. "느낌이 왔어요."

"투시력이겠지요, 아마도?"

그녀는 살짝 눈살을 찌푸리더니 마치 경감이 그 단어를 말하는 방식이 마음에 들지 않는다는 듯 고개를 까딱거렸다.

"지금 그 능력을 조금 발휘해서 누가 사바트를 죽였는지 말씀해 주실 수 있소?"

처음으로 마담 러푸르트의 목소리에 심드렁하고 무미건조한 느낌이 아닌 다른 감정이 느껴졌다. 그녀가 입을 열었을 때 목소리에 분노의 기색이 깃들어 있었다.

"제가 바보처럼 보입니까, 경감님?"

"할 수는 있지만 하지 않겠다는 뜻이오?"

"제가 투시력으로 얻은 어떤 정보도 믿지 않으실 거라는 뜻입니다. 마담 블라바츠키는 러시아 경찰을 위해 살인범을 찾아내는 데 자신의 오컬트 능력을 사용한 적이 있어요. 그들은 그녀를 종범從犯으로 체포하는 방식으로 고마움을 표시했지요."

"거기에는 뭔가 내막이 있는 것 같소." 경감은 인정했다. "그런데 만약 면책특권을 약속한다면?"

마담 러푸르트는 고개를 가로저었다. "경감님을 못 믿겠어요."

개비건은 그녀에게 가까이 다가갔다. "물론 아시겠지만," 그는 위협적으로 말했다. "나는 강령술 모임 건으로 부인을 체포할 수도 있소. 하지만 범인이 누구인지 말해 준다면……,"

"전 범인에 대해서는 아무것도 모릅니다." 러푸르트의 반짝이는 검은 눈이 분노의 빛을 발했다. "떠보시는 건가요. 저는 보수를 받지 않아요."

"그렇겠지요. 그러나 어떤 식으로든 부인은 자신을 곤경에 빠뜨리고 있소. 그러니 이제부터 부인에게 감시의 눈이 따라다닐 것이라는 사실을 잊지 말아야 할 거요. 어제 저녁 부인의 손님들은 강령술 모임에서 부인이 처음부터 끝까지 있었다는 사실에 대해

맹세할 수 있을까?'

그녀는 처음으로 연습한 것이 아닌, 꾸밈없는 미소를 지었다. 잠시 망설이더니 즐겁다는 듯이 차갑게 말했다. "그날 저녁 마지막 두 시간 동안 전 깊은 트랜스 상태에 빠져 있었어요."

"부인께서 잠자면서 걸어 다니지 않았다는 사실을 내가 어떻게 알 수 있소?'

"제 손님들이 경감님께 이야기해 줄 테지만, 저는 커다란 캔버스 자루 속에 앉아 있었어요. 자루 입구는 제 목을 둘러싸고 단단히 조여졌고 졸라매고 남은 끈으로 제가 앉은 의자 뒤에 여러 번 매듭을 지어 묶었어요. 매듭은 바늘과 실로 박아 버린데다 봉인용 밀랍으로 덮여 있었지요. 자루 바깥으로 나온 다리와 몸뚱이는 밧줄로 의자에 묶어 놓았어요. 의자는 영매용 캐비닛 바닥에 나사로 고정되었고, 캐비닛 문에는 삼중으로 자물쇠가 걸리고 참석자들이 그 열쇠를 갖고 있었어요."

경감의 입가에 편도염을 앓고 있는 듯한 표정이 희미하게 떠올랐다. 그는 눈에 보이게 마음을 추스르고 입을 열었으나, 마담 러푸르트의 말은 아직 끝나지 않았다.

"테이프로 두 손목을 묶고 테이프의 끄트머리는 자루에 있는 두 개의 작은 구멍과 캐비닛의 통풍구를 통해 빼 내어 실험자들이 내내 쥐고 있었답니다."

개비건 경감은 멀리니의 등에 속절없는 눈길을 보냈지만 멀리니는 마담 러푸르트의 이야기를 듣고 있지도 않은 듯 했다. 경감은 보다 효과적인 수사 방법을 생각해 보았다. 그리고 러푸르트에게 사나운 어조로 말했다. "바닥에 개발새발 적어 놓은 이 흔적은 뭐요?"

"그건 소환 양식임이 분명해요. 사바트는 흑마술사였던 것 같 군요."

"이것 말고 또 어떤 종류가 있소?"

"흑마술은 악을 위해 사용되는 초자연적 힘인 반면 백마술은 선을 위해 사용되는 초자연적 힘입니다. 맨리 P. 홀에 의하면 회색 마술과 황색 마술도 존재한다고 해요. 회색 마술은 무의식적으로 왜곡된……,"

이미 그런 것들에 대해 충분히 들은 경감은 마담 러푸르트의 말을 가로막았다. "수르가트는 누굽니까?"

"그건 모르겠어요. 악마의 종류가 많거든요."

개비건은 멀리니를 향해 돌아서서 얼굴을 찌푸려 보였다. "당신은 아시오?"

멀리니는 먼지 쌓인 2절판 책을 원래 있던 자리에 놓았다.

"모르오." 그는 대답하며 우리를 향해 돌아섰다. 그의 눈은 마담 러푸르트에게 고정되어 있었다.

"하지만 여기서 그 내용을 찾지 못한다면 이 자료실은 내가 생각한 만큼 완벽하지 않은 것이겠지. 마담 러푸르트에게 질문 한 가지 해도 되겠습니까?"

내가 볼 때, 이것이야말로 경감이 바라는 일이었다. 경감은 고개를 끄덕였다.

멀리니는 러푸르트를 향해 악의 없는 웃음을 지어 보이고 질문했다. "부인의 강령술은—실례했습니다— 부인의 실험은 그런 유형의 현상을 만들어 낼 때 으레 그렇듯 어둠 속에서 수행됩니까?"

그가 말을 반 정도밖에 마치지 못했을 때 마담 러푸르트가 이상하게 행동하기 시작했다. 눈꺼풀이 내려와 감기더니 갑작스럽게 팔을 위로 획 올리고 손등으로 자신의 이마를 눌렀다. 그녀의 몸이 앞뒤로 흔들렸다. 뻣뻣하게, 그리고 지나치게 큰 폭으로.

그녀가 쓰러지는 순간 개비건이 그녀를 붙들었다.

7

유령 사냥꾼

사악한 마법은 죽지 않았다.
사탄의 날개 돋친 군대 또한 신화의 연옥 속으로
영원히 유배되지 않았다. 심령 현상은 여러 시대를 거치는 동안
미신, 정신 착란, 종교와 지나치게 얽혀 버렸고,
협잡꾼, 부패한 돌팔이, 편견을 가진 마술사들의
어설픈 설명 때문에 쟁점이 워낙 흐려진 탓에,
현대 물리학의 신비주의에 몰두하며 영리적인 화학의 소파 위에서
몸을 파는 과학은 이에 대한 조사를 거부한다.
물질주의적인 철학이 설명할 수 없는
어떤 빛나는 진실이 드러날까 봐 두려워하는 것이다.
허버트 워트러스 대령: 『심령학 연구를 위한 탄원』

경감은 마담 러푸르트를 안락의자에 눕혔다. 퀸 형사는 잘 훈련
된 용수철 인형처럼 의자에서 튀어 오르더니 재빨리 경찰 검정 슈
트케이스에서 암모니아 앰플 하나를 가져와서 마담의 코밑에 대고
유리를 깼다. 멀리니는 그녀의 옆에 무릎을 꿇고 손목을 문지르기
시작했다. 잠시 후 그녀의 눈꺼풀이 파르르 떨리고, 러푸르트는 희
미한 신음 소리를 내었다.

경감은 문으로 가서 그 자리에 선 채 밖으로 나가려는 말로이 경위에게 낮은 목소리로 이야기를 시작했다. 나는 러푸르트를 지켜보는 척하면서, 그들의 이야기를 엿듣기에 충분히 가까운 곳까지 뒷걸음질 쳤다.

개비건은 큰 기대 없이 물었다. "그래서?"

말로이가 말했다. "아무것도요. 자신은 그렇게 생각하지 않습니다만, 그렇다고 확실하게 말할 수 있는 것도 별로 없습니다. 형편없는 증인입니다. 지나치게 조심스러운 타입이죠."

경감에게 숨겨 놓은 한 장의 카드가 있는 듯했지만, 자신은 그것이 에이스 카드인지 아닌지 모르고 있음이 분명했다.

러푸르트는 회복의 징후를 보였는데, 그 순간 그녀의 몸이 긴장했다. 머리가 갑작스럽게 움직이더니 눈꺼풀이 다시 떨리며 흰자위를 드러냈다. 동공은 보이지 않았고 악문 잇새로 길게 휘파람을 불듯 숨을 쉬었다.

퀸 형사가 알렸다. "이런, 반장님. 여자가 발작을 일으키려고 합니다!"

멀리니가 마담 러푸르트를 자세히 들여다보면서 말했다. "내 생각에는 강직성 트랜스 상태에 들어가고 있는 것 같소, 경감. 신선한 공기가 필요합니다. 바깥으로 내보내는 것이 좋겠소."

개비건은 처음에는 호기심을 가지고 그녀의 기이한 행동을 지켜보다가 호기심이 불안감으로 바뀌었다. "좋소, 조처하게, 말로이. 부인을 택시에 태우고 두 사람을 붙여 호텔로 데려다주도록. 만일 그때까지도 그 상태에서 헤어나지 못하면 의사를 부르게."

말로이와 브래디가 그녀를 데리고 나갔다.

그들이 가버리자 개비건은 멀리니에게 가늠하는 듯한 시선을 보내더니 이윽고 으르렁거리기 시작했다. "어쨌거나 그놈의 트랜스라는 것은 뭐요?"

"내 생각에는 마담이 더 이상의 질문에 대답하고 싶지 않았던 것 같소. 혼수상태를 잘 연기하던데. 안 그렇습니까?"

"아, 그저 연기였을 뿐이라고?"

"그렇게 생각합니다. 손목을 비비면서 맥박을 잴 기회가 있었소. 맥박이 느려지기는커녕 흥분해 있더군."

"그렇다면 나더러 마담 러푸르트를 여기서 내보내라고 해서 저 여자의 행동을 방조한 것은 대체 무슨 생각에서였소?"

멀리니는 양손을 활짝 벌려 보였다. "저런 여자를 데리고 달리 무엇을 할 수 있겠습니까? 아무튼, 당신은 저 여자에 대한 심문을 끝낸 것 같았고, 저 여자는 내 질문에 대답하고 싶어하지 않는 것처럼 보였소."

"왜? 그 질문에 내가 모르는 심령적인 의미라도 있소?"

"워트러스 대령이나 아니면 강령술 모임에 참석했던 다른 사람에게서 대답을 들으면 그 점을 알게 될 겁니다. 그 질문을 한 주된 의도는 저 여자가 나를 알아보는지 확인하려는 것이었습니다."

"만약 저 소동이 저 여자가 당신을 알아보았기 때문이라면, 여성에게 미치는 당신의 영향력은 대단히 파괴적이로군. 본인이 직접 설명해 보시오."

멀리니는 담뱃갑을 열더니 경감에게 그것을 내밀었다. "당신은 마담 러푸르트가 들어왔을 때 내가 무대 구석으로 가서 책 속에 코를 박고 있었던 것을 눈치챘을 거요. 나는 저 숙녀를 예전에 만난 적이 있소. 많이 바뀌어서 그녀가 말을 하기 전까지는 확신할 수 없었소. 그렇지만 저 목소리를 놓칠 리가 없소. 1915년에 그녀는 런던에 있었고 이름은 슈보보더였소."

"전쟁 중에 말이오? 그때는 위저보드혼령과 대화를 나눌 수 있는 문자판 사업을 활발하게 했을 거라고 생각하는데?"

"위저보드는 아니오, 경감. 마담 러푸르트는 그보다는 훨씬 독창적이오. 그녀는 상당수의 전사자 영혼을 그들의 친지들을 위해 불러냈소. 러푸르트는 누가 봐도 영국인이 아니었으므로 군 정보부가 의심의 눈으로 지켜보기 시작했소. 나는 팔라디움 극장에서 공연 중이었는데, 정보부 사람이 나에게 그녀를 조사해 달라고 부탁했소. 그들은 마담 러푸르트의 강령술 모임이 스파이들의 정보 교환 장소일 수도 있다고 생각했지. 외국 정보부원들이 참석한 후 돌아가서 그녀의 영적 메시지를 해독한다는 거요. '천국은 그저 너무나 아름다울 뿐이에요. 멋진 시간을 보내고 있어요. 당신도 여기 있으면 좋을 텐데. 사랑해요. 세실.'은 '수송대가 금요일 자정에 리버풀에서 승선한다'를 뜻한다는 식처럼 말이오."

"비밀 첩보원 슈보보더라," 내가 말했다. "삼류 소설처럼 들리는데."

"나도 같은 생각이었네." 멀리니가 답했다. "만약 마담 러푸르트가 스파이였다면, 자네는 그녀가 그런 이름으로 스파이짓을 하리라고는 생각 못 했을 거네. 하지만 M.I.D.군 정보부는 만반에 신중을 기하고 있었거든."

"그래서," 개비건이 물었다. "뭐요? 러푸르트가 그런 일을 하고 있었다는 거요?"

"모르오. 런던 심령협회의 조사위원회에 몇 번 참석했던 것 때문에 나는 예상했던 것보다 영매들에게 얼굴이 많이 팔렸소. 나는 선글라스를 쓰고 맹인으로 소개되었지만 더 정성들여 변장했어야 했소. 마담 러푸르트가 나를 알아보는 바람에 강령술 모임은 완전히 얼어붙어 버렸소. 초자연적인 현상도 사기의 도움도 필요 없는 평범한 모임이었지. 그러니 그녀는 스파이였을 수도 있고 아니면 단순히 마술사에게 적의를 품고 있던 건지도 모르오. 나는 그것을 알아낼 수 없었소. 그날 밤 호텔로 돌아오는 길에 나는 런던에서 체펠린 비행선이 떨어뜨린 폭탄에 제대로 맞은 몇 안 되는 사람 중 한 명이었고 팔에 파편을 맞는 바람에 계약이 끝나 첫 배를 타고 고향으로 돌아왔소."

"그 일에 대해 런던에 확인해 봐야겠군. 요즘 러푸르트가 주선하는 강령술 모임은 어떻소?" 개비건이 말했다.

"모르겠소. 직접 봐야 알겠군. 워트러스 대령이 최근에 이곳으로 마담 러푸르트를 데려 왔고, 그녀는 아직까지 어떤 공개적인 활동도 하지 않았소. 그렇지만 만일 그녀가 사기꾼이고 워트러스 대령을 속인 것이라면, 상당히 잘해 낸 거요. 워트러스는 때때로 바보 같은 말을 하지만 보기보다 똑똑한 사람이오. 문제는, 그가 진짜 심령 현상을 보고 싶어한다는 거요. 그가 그걸 자각하지 못하고 있기 때문에 그건 그에게 있어 약점이오. 워트러스는 아직 확실한 심령현상을 접한 적이 없고 그가 승인한 소수의 영매도 여전히 논란거리요."

"이번에는 내가 그를 승인해야 할지 말아야 할지 결정할 차례군. 오코너! 워트러스 대령을 이리로 들여보내게."

대령은 흥분과 분노에 휩싸인 채 들어왔다. 그는 양손을 내저었다. 경감의 무정한 눈길을 마주하더니, 자신을 추스르고 외알안경을 불룩한 코 위에 단단히 고쳐 쓰고 그릉그릉 헛기침을 하며 목을 가다듬었다.

"마담 러푸르트는 어디 있소?" 그는 불쑥 내뱉었다. "부인에게 무슨 짓을 한 거요? 어째서 당신들은…… 당신들이 알아야 할 게 있는데……,"

"그만하시오, 대령." 개비건이 명령조로 말했다. "대령이 아셔야 할 것이 있소. 이것은 살인사건이며, 내가 이 사건을 맡게 되었으므로 질문은 내가 할 거요. 대령은 그 질문에 대답을 하면 되는 거요. 마담 러푸르트는 우리에게 몇 가지 대답을 했고 이제 대령 차례요. 당신은 어젯밤 강령술 모임에 참석했습니까?"

탄산거품처럼 씩씩거리는 소리를 내던 대령이 갑자기 조용해지고 벌리고 있던 입이 닫혔다. 그러고 나서 잠시 후, 다시 입을 열었다. "나는 마담 러푸르트의 아파트에 10시에서 대략 오전 3시 반까지 있었소. 그렇지만 뭔가……,"

"누가 부인을 그 자루 속에 결박했습니까?"

"왜…… 아, 우리 모두가 그랬소…… 그러나 부인이 무엇을…… 그게 무슨 의미가……,"

"질문은 그만하시오! 당신들이 부인을 결박한 뒤에 무슨 일이 일어났소? 어서요, 이야기해요!"

워트러스는 비둘기처럼 가슴을 부풀렸다. "어제 저녁 우리의 실험과 여기서 일어난 통탄스러운 비극 사이에 어떤 연관성이 존재하는지 알 수가 없군."

"그건 나도 모르오. 하지만 내가 모른다고 해서 두 일에 연관성이 전혀 없다고는 말할 수 없소. 내 일은 진실을 알아내는 것이오. 지금 내가 아는 것은 부인의 전문 분야가 초자연 현상이라는 사실뿐이오. 그리고 이 사건에는 여느 사건보다 심령적인 분위기가 더 많이 있소……."

워트러스는 이해한 것처럼 보였다. 그는 안경을 벗어 신경질적으로 톡톡 두드렸다. "지금 내게는 어젯밤 우리의 실험 결과에 대해서 어떠한 진술도 할 수 있는 자유가 없소."

"강령술 모임은 어둠 속에서 행해졌소?"

워트러스는 혼란스러워 보였으나 고개를 끄덕였다.

"그렇습니다, 왜요?"

개비건은 멀리니가 있던 자리에 눈길을 던졌으나 멀리니가 또다시 책장에 몰두해 있는 것을 보았을 뿐이었다. 경감은 다시 대령에게 주의를 돌렸다.

"그럼 대령이 내내 아파트에 있었다는 것을 증언할 사람이 아무도 없다는 겁니까?"

안경을 두드리던 손이 이제 멈췄다. "반대로," 워트러스의 어조는 노기를 띠었다. "최소한 두 사람은 내가 내내 그곳에 있었다고 맹세할 수 있을 거요. 불이 꺼진 시간 동안 우리는 일반적인 심령원 안에 있었고, 사람들은 서로의 손을 잡고 있었소. 아시겠지만, 완전한 접촉을 위해서지요."

개비건 경감의 인내심이 조금 약해진 것처럼 보였다. 그는 지금까지 세 명의 용의자를 조사했는데 깨뜨릴 수 없는 알리바이 셋을 확인한 것이다. 그는 일단 이 정도 선에서 그치기로 했다.

"수르가트는 누굽니까?" 그는 워트러스에게 거칠게 질문을 던졌다.

"모르겠소." 워트러스가 대답했다. "내가 한 연구 중에 어디에선가 그 이름을 본 적이 있소만⋯⋯," 그는 생각에 잠겨 얼굴을 찡그린 채 분필로 쓴 주문을 보며 고개를 저었다.

"슈보보더라는 이름에서 생각나는 것이 있습니까?"

워트러스는 이 질문에 대해서도 보기에도 혼란스럽게 느껴지는 모습으로 부정했다.

"대령은 오늘 새벽 3시 반에 강령술 모임을 떠났다고 주장하는데, 그러고 나서 무엇을 했소?"

"택시를 타고 집에 간 다음 잤소. 11시에 일어나서 오후 내내 일지에 실험에 대한 기록을 했습니다. 식사는 방에서 했고. 4시가 되기 직전에 마담 러푸르트의 숙소를 향해 출발했소."

"대령님과 사바트 박사와의 관계는 어땠소?"

"적어도 10년간은 아무 관계도 아니었소. 그 전에는 꽤 좋은 친구 사이였지요. 그러나 1925년에 사바트 박사가⋯⋯ 그러니까⋯⋯ 『오컬트 월드』 잡지에 기고한 영적 복제에 관해 쓴 칼럼을 보고 그가 범한 상당히 심각한 오류를 언젠가 지적하고 세인의 주의를 환기시킬 필요가 있다고 생각했소. 난 인도에서 몇 년 동안 체류하고, 그랜비 탐험대와 함께 티베트를 횡단했기 때문에, 그런 종류의 심령 현상에 관한 경험적 지식을 갖고 있다고 다소 자부하고 있습니다. 그렇지만, 사바트는 동방을 광범위하게 여행하긴 했지만 충분하지 못한 동양 방언에 대한 지식이 핸디캡으로 작용했지요. 그는 특정한 개인과 상관없는 순수한 나의 비판을 직접적인 인신공격으로 받아들여, 심지어 신체적 위해를 가하겠다고 나를 위협하는 지경에까지 이르렀소. 그는 그런 위협을 충분히 실행에 옮길 만한 사람인지라 나는 그를 기피했소. 그때 이후 오늘 밤까지 한번도 그를 만난 적이 없습니다."

"이 만남은 어떻게 해서 이루어진 거요?"

"데이비드 듀발로 씨가 나에게 자신이 최근 사바트 씨를 만났다고 알려 주었습니다. 그리고 토요일에, 아마 그때였을 거요. 그의 말로는 세자르가 마담 러푸르트를 몹시 만나고 싶어하는데 우리의 오래전 논쟁은 잊었다고 하더군요. 다른 상황이었다면 그런 괴로운 교제를 되살리길 꺼렸을 테지만, 그가 작성하고 있었던 어떤 오컬트 실험에 대한 보고서들이 상당히 나의 흥미를 끌었소."

"그것은 당신이 기대한 만큼 흥미 있었습니까?"

개비건은 오컬트 현상이란 코니아일랜드의 기괴한 쇼나 다름없다고 생각하는 완고한 회의론자 치고 인내심이 매우 강한 사람이었다.

"내가 듣기로는," 워트러스가 말했다. "그는 저 대단한, 그리고 여전히 설명되지 않는 D. D. 홈의 실험에 필적하는 공중부양술을 해냈다고 주장했습니다. 나는 적어도 조사해 볼 만한 가치가 있다고 생각했소. 마지막으로 만났을 때 세자르는 불가능해 보이는 것을 찾으려고 애쓰고 있었소. 투명인간을 만들 수 있는 잃어버린 공식과 만물용해액 같은 것 말이오.[22] 난 다소 회의적이었지만 과학자들 사이에서의 선험적 회의주의는 너무나 오랫동안 심령과학

22☆ 만물 용해액은 연금술사의 이상적인 용제로, 모든 것에 작용하는 초강력 플루오르화 수소산이다. 이것이 발견된다면 어떤 종류의 용기에 담을 수 있을지에 대해서는 아직 결론이 나지 않았다.

을 미발달 상태에 묶어 두었기 때문에, 나는 그다지………."

경감은 이 문제에 대해서 필요하다 싶은 것은 전부 들었기 때문에 공격의 진로를 바꾸었다.

"라클레어 부부는 어디서부터 이 이야기에 등장하는 겁니까?"

"모르겠소. 그 사람들은 오늘 저녁 이곳에서의 모임에 초대받지 않았습니다. 내가 아는 한은 말이오."

"그 사람들을 잘 아십니까?"

"알프레드의 아버지가 인도에 있을 때 내 연대에서 복무했소."

"사바트 박사와 라클레어 부인에 대해서 아는 게 있습니까?"

"뭐라고요?" 워트러스가 물었다. "무슨 말인지 이해가 안 되는군요."

"두 사람이 불륜 관계였나요?"

워트러스는 거드름을 피우고 위엄을 부리며 대답했다.

"사바트 씨가 숙녀들과 관련해서 불미스러운 명성을 얻었다는 것은 들은 적이 있지만 사바트 씨의…… 어, 그러니까…… 애정 생활에 관해서는 자세히 아는 바가 없습니다."

"대령님과 마담 러푸르트는 어젯밤 어둠 속에서 손을 잡고 했던 일의 결과물은 언제쯤 공표하실 예정입니까?"

"우리가 바로 경감 같은 회의론자들에게 적극적으로 논박할 수 있는 위치에 있게 될 때요, 경감."

"대령이 생각하시는 것보다 더 빨리 공표하셔야 할지도 모릅니다—만약 내가 정보를 필요로 하게 된다면 말이오. 내가 이해하는 바로는, 그러면 대령은 마담 러푸르트가 진실하다는 것을 전적으로 믿으시는 거요?"

워트러스는 살짝 얼굴을 붉히고는 딱딱한 어조로 말했다. "연구자로서 나의 진실성에 대해서는 어떠한 수준급 비평가도 의문을 제기한 적이 없소. 내 책을 읽은 독자라면 누구나 알겠지만, 나는 물질적 논거로는 설명할 수 없는 심령현상의 순수한 사례를 몇 가지 발견했소. 마담 러푸르트에 대해서는, 만약 그녀의 영매 능력이 사기의 결과라면 부인은 내가 만나 본 사기꾼 중 가장 머리 좋은 사기꾼이라고 단언할 수 있으리라 생각하오. 또한 만약 부인이 진짜라면, 현대 과학은 무시할 수 없는 어떤 것에 직면하리라는 말씀을 추가할 수 있겠지요. 특히, 부인의 염력은 매우 주목할 만큼……,"

"대령은," 개비건은 조바심을 내며 말을 잘랐다. "누가 사바트를 죽였다고 생각하시오?"

워트러스는 천천히 대답했다. "경감은 '누군가' 그를 죽였다고 확신하는 거요?"

"자살은 아닌 것 같으니까요."

"네, 압니다. 나 또한 1903년 데븐셔에서 일어난 비슷한 사건 하나를 알고 있는데, 많은 연구자들이 이를 설명할 수 있는 유일한 가설은, 에테르 진동을 악용한 피해자의 적이……,"

"진동에 의해 목을 졸렸다는 거요?"

"더 기이한 일들이 존재해 왔소, 경감."

개비건은 콧방귀를 뀌고는 돌연히 말했다. "좋소, 가서도 좋소. 하지만 가까운 곳에 머무르셔야 합니다. 다시 당신을 부르게 될 겁니다."

대령은 외알안경을 코에 단단히 올려놓고 경감을 잠시 쳐다보다가 홱 돌아서서 성큼성큼 걸어 나갔다. 나는 그의 콧수염 아래 희미한 미소가 떠오른 것을 본 듯한 느낌이 들었다.

그가 떠나자 개비건이 말했다. "저 늙은 얼간이가 혼자 나다니게 두면 안 돼. 그에게는 간호사와 정신 분석가가 필요하다고."

멀리니가 먼지 앉은 두꺼운 책 사이에 책갈피 대신 손가락을 끼우고 서가에서 다가왔다.

"대령을 너무 성급하게 판단하지 마시오. 마지막에는 저 사람이 경감을 조금 흉내 내며 놀린 것 같다는 느낌이 들었습니다. 아시겠지만, 저 사람이 서툰 연기자일 리가 없잖소. 그의 아버지는 유명한 셰익스피어 배우 허버트 위트러스 경이었소. 게다가 그가 말하는 몇 가지는 어리석게 들리지만 조금만 자세히 들여다보면 달라질 거요. 과학이 심령학을 좀 더 진지하게 받아들여야 한다는 대령의 말은 옳습니다. 소수의 사람들이 그 연구를 시작하고 있소. 듀크 대학에서 행한 라인 교수의 초심리학에 대한 실험은 미심쩍지만 텔레파시 비슷한 어떤 것이 존재할 수 있음을 매우 잘 실증했습니다. 그리고 J. W. 던의 저서 『시간의 실험』은 들여다볼 때마다 소름이 끼칩니다. 그렇긴 해도 죽은 자가 돌아올 수 있다는 것은 믿기가 어렵더군. 특히 죽은 자가 돌아올 때 바보 같은 행동을 한다는 것 때문에 말이오. 육신을 떠난 영혼이 마술사에게 트럼프 에이스와 스페이드를 가르쳐 주는 것이 실제로 그렇게 어려울 리 없겠지. 비술을 행하는 사람들에 대해서 말하자면, 만약 그들이 어둠을 버리고 그들이 내세우는 사대 정령 중 하나라도 좋으니 대낮의 빛 속으로 끌어내 준다면야……,"

"당신과 러푸르트와 워트러스가 빌어먹을 전문적인 이야기를 그만 두었으면 좋겠소. 이 숲을 헤쳐 나가려면 나를 위한 오컬트 사전이 있어야 하겠군. 대관절 정령이라는 게 뭐요?"

멀리니가 웃었다. "정령은 말이오, 경감, 그렇게 어려운 것이 아니오. 정령에는 진, 지니, 샐러맨더, 운디네, 이프리트, 폴터가이스트 같은 많은 종류가 있습니다. 힌두교 전문가들은 이 정령을 환생 체계의 일부로 이해하여 육체를 떠나 환생을 기다리는 영혼으로 봅니다. 대령이 언급했던 마담 블라바츠키는 정령들을 주변에 두곤 했습니다. 한번은 작은 놈 하나가 스커트를 잡아당기며 성가시게 하자, 그녀는 그놈이 뭔가 할 일을 원한다고 말했소. 접신론 협회 회장이자 마담 블라바츠키의 멘토였던 올컷이 그녀에게 그 요정을 시켜서 자기가 구입한 타월의 단을 만들게 해 보라고 권유했소. 마담은 그 직물을 책 상자에 넣고 실과 바늘로 봉했고, 20분 뒤에 이들은 쥐가 찍찍대는 듯한 소리를 들었소. 그녀는 일이 완료되었다는 뜻으로 해석했소. 올컷은 상자를 열고는 타월에 단이 만들어져 있음을 확인했소. 그렇지만 그의 말처럼, '유아 재봉반에서 가장 어린 아이라도 부끄러워할 수준'이었소."

"말하자면," 개비건이 거의 무심한 어조로 웃음기라곤 없이 느릿느릿 말했다. "감침질이 초보 수준elementary 정령이 영어로 'elemental' 임을 이용한 농담이었다는 것이군."

멀리니는 나를 향해 놀란 듯한 눈길을 보냈고, 개비건이 창문을 향해 멀어지자 윙크하며 속삭였다. "말장난하는 경관이라니! 저 양반은 범죄 수사의 규율과 전통에 반항하는군!"

"나는 이제 무슨 일이 일어나도 놀라지 않을 것 같네." 나는 작은 소리로 대꾸했다. "경쟁상대가 생기면 자네는 무섭게 말이 많아지니 말일세."

경감은 창가에 서서 밖을 내다보며 생각에 잠겨 있었다. 그는 반쯤은 자기 자신을 향해 말했다. "저 러푸르트라는 여자에게는 완전히 당했군. 이때까지 물샐틈없이 교묘한 알리바이를 많이 들어왔지만 저 여자 앞에서는 왠지 맥이 빠지는 기분이야. 게다가 워트러스도 그 여자에 필적한다고! 세 명의 용의자를 심문해서 세 개의 알리바이를 얻었지만 하도 번지르르해서 쓸모라곤 없군! 이렇게 높은 타율은 본 적이 없어. 모든 면에서……."

그의 독백이 잦아들었다. 멀리니는 이제 자리에 앉아 다시 책에 빠져들었다.

개비건은 녹초가 되어 고개를 흔들며 돌아서서 말했다. "멀리니, 충분히 오랫동안 그놈의 책들에 코를 박고 있었으니 그 신비로운 수르가트, 아무도 모르는 악마에 대해 뭔가 발견했겠지. 좀 들어봅시다."

멀리니가 고개를 끄덕였다. "그렇소, 이것의 정체를 밝힐 시간이 되었습니다. 이것 좀 들어 보시오."

그는 무릎 위에 펼친 책을 훑어 내려가더니 읽기 시작했다.

8

호노리우스 교황의 마도서[23]★

한 줄기 외로운 길 위에 있는 이처럼
공포와 두려움 속에 걷네.
그리고 한 번 돌아보고는 계속 걸어가네.
그리고 더 이상 고개를 돌리지 않네.
무시무시한 악령이 자신의 뒤에 바싹 붙어
발을 내디디고 있음을 알기 때문이라네.

콜리지, 「늙은 선원의 노래」

책을 읽는 멀리니의 얼굴은 엄숙해 보였고, 목소리는 낮고 진지했다. "플리니우스는 말린 늑대 주둥이가 마법을 푸는데 효과적이며 댕기물떼새의 깃털로 만든 향수가 도깨비를 쫓는다고 했다." 그는 우리를 올려다보며 씩 웃었다.

경감이 말했다. "물론이오. 그리고 멍청이의 뇌로 만든 스튜는 그것을 유발하는 것이오. 그 책은 그런 것들로 가득 차 있소?"

"그렇소, 여기에는 그런 종류의 것이 상당히 많소. 그리고 좀

---

[23]★ 호노리우스 3세(1148~1227). 『호노리우스의 마도서』는 역사상 가장 악명 높은 흑마술 서적로, 주로 인신공양에 대해 다루고 있다. 이 책은 특히 악령을 불러내어 노예로 부리는 방법을 기술하고 있어 유명하다.

더 진지한 것도 있소. 예를 들어 저 책은," 그는 곰팡내 날 것 같은 커다란 책 한 권을 끄집어냈다. "스프렌거와 크레머의 『마녀의 망치』인데, 마법에 대한 가장 중요한 자료집 중 하나입니다. 마녀 재판의 심문관이 사용하는 지침서이며 종교 재판관의 유용한 매뉴얼이오. 그리고 이 책은 상상력이 풍부한 사람들에게 경건한 공포감을 불러일으킬 거요. 피와 고문과 사디즘의 악취가 하늘을 찌를 듯하거든. 이것은 1489년 판으로, 인피로 제본되었소. 이런 책의 희소가치는 거의 전적으로 출간 시기에 달려 있소. 이런 주제에 관한 책 상당수가 이런 식으로 제본되었소."

그는 책장 선반에 책을 도로 올려놓고 옆에 있는 책을 가리켰다. 빛바랜 붉은 가죽으로 제본된 작은 책이었다. "제임스 1세의 『악마학』으로, 직업 마녀사냥꾼의 필수 편람입니다. 이 마녀사냥꾼들은 17세기에 합법적인 살인업에 종사하여 마을에서 마을로 돌아다니며 두당 얼마씩 받고 아무런 해도 끼치지 않는 늙은 여자들을 불길 속에 처넣었소―한 번에 여러 사람일 경우에는 할인도 해 줬다는군."

그의 손가락이 책장을 따라 움직였다. "골의 『마가스트로맨서와 당황스럽고 어리둥절한 마술―점성학적 예언자』, 에들렝의 『사티로스, 야수, 괴물 그리고 악마들』, 생테뱅의 『사탄의 예배』, 줄 들라수스의 『인큐버스와 서큐버스』, 코튼 마더스의 『보이지 않는 세계 드러나다』―사바트는 티아나의 아폴로니우스에서 엘리파스 레비, 아서 에드윈 웨이트, 맨리 P. 홀, 몬태규 서머스에 이르기까지 전부 소장하고 있군 그래."

경감은 이맛살을 찌푸렸다. 멀리니가 어떤 결론으로 이끌고 있는지 도통 알 수가 없었던 것이다. 그는 조용히 기다렸다. 자기도 모르게 얼마간 흥미를 느꼈던 모양이다.

"이 섹션은," 멀리니가 이동하면서 말했다. "연금술사에 할당되어 있군. 니콜라스 플라멜, 생제르맹, 알토타스, 로저 베이컨, 알베르투스 마그누스, 그리고 알랭 드릴. 알랭 드릴은 실제로 생명수를 발견했다고 알려져 있소. 110세까지 살았거든. 여기 레이먼드 룰리의 전기가 있군. 이 사람은 1312년경 웨스트민스터 애비 구역에 연금술 실험실을 갖고 있었는데 그 자리에서 세월이 흐른 뒤에 꽤 많은 양의 금가루가 발견됐소. 이 책의 면지에 엘리자베스 여왕의 점성술사였던 존 디 박사의 서명이 있군. 이 책과 나란히 고풍스러운 제목을 붙인 박사의 저작도 있군. 『존 디 박사와 영혼들의 수년 동안 지속된 진실되고 충실한 관계』. 좀 더 제정신이던 인류학 저자들도 있소—프레이저, 브리스티드, 버지, 머레이, 손다이크 등등."

"오, 오!" 그는 또 다른 책을 움켜잡았다. "이것은 좀 어울리지 않는데. 『마술사의 비밀』이오. 이 책도 물론 마술에 관한 책이긴 하지만, 이것은 필사본이오. 게다가 서가 번호를 보면 대영제국 박물관 장서가 분명하오. 당신이 맡는 것이 좋을 듯하군."

"좀 서둘러 줬으면 좋겠소." 개비건이 말했다. 그는 참을성의 한계에까지 이르렀던 것이다. "난 책 도둑이 아니라 살인범을 쫓고 있소. 이런 책에 대한 잡담이 뭔가 도움이 되리라고는 생각되지 않는데."

멀리니는 경감의 말을 듣고 있는 것 같지 않았다. 그는 책상 뒤쪽 구석에 있는 책장으로 가서 노란색 종이로 묶인 소책자 한 뭉치를 가리키며 설명했다. "이것은 영국 팸플릿 인쇄물의 실로 대단한 컬렉션이오. 사람들은 어떻게 이런 것을 팔 수 있는지 모르겠소. 이런 책의 저자들은 기사 거의 전체를 표지에 써 놓는 신문기자들과 다를 바가 없었소. 이 제목을 들어 보시오.

3년 동안 악마와 맹약을 맺고 나쁜 짓을 저지른 서포크의 불가사의, 이제는 매일 문 열린 집에 침입하여 강도짓을 한다……. 총으로 쏠 수도, 체포할 수도 없으며 5미터 높이의 담을 뛰어넘고 15분 만에 9, 10킬로미터를 달리며, 그를 쫓는 군중 한가운데에서 사라지기도 한다. 신실한 사람에게서 온 편지 속에 충실히 적혀 있는데, 그리 오래되지 않은 날짜로 템플바 근처 조선소의 친구에게 보내온 것이다. 수백 가지 건으로 체포될 예정이다……런던, 1677."

멀리니는 계속 읽을 기세였으나, 개비건이 단호하게 막았다.
"하트," 그가 말했다. "멀리니는 책 수집가의 카탈로그처럼 떠들어대는 일이 자주 있소? 파일로 밴스보다 더 심하군!"
나는 고개를 저었다. "내 생각에는 멀리니가 낫습니다. 저 친구는 최소한 『바가바드 기타』힌두교 3대 경전의 하나로 꼽히는 철학서를 산스크리트 어 원문으로 인용해서 우리를 괴롭히지는 않잖습니까."
멀리니는 다소 멋쩍게 웃으며 약속했다. "주의하겠소, 경감. 하지만 나 같은 책벌레를 이런 취향의 책장에 풀어 놓는 것이야말로……," 그는 서가를 향해 손짓을 하고는 어쩔 수 없다는 듯 어깨를 으쓱해 보였다. "그렇지만, 우리는 사바트의 친구들이 할 수 있는 어떤 설명보다도 더 많이 사바트의 본모습을 그려 내고 있소."

"상당히 멋진 그림일 거요." 개비건이 신랄하게 덧붙였다.

"이 서가에는 오컬티즘과 관련된 온갖 책이 있습니다. 헬레나 블라바츠키의 접신론에 관한 책부터 처치워드가 쓴 책 대부분, 스펜스의 뮤 대륙과 아틀란티스 대륙에 관한 책이 가득합니다. 창가에 있는 책꽂이에서는 현대 마법, 강신술에 대한 중요한 저작들을 볼 수 있습니다. 리셰, 포드모어, 로지, 도일, 플라마리온, 젤너, 크룩스, 프라이스, 캐링턴의 책 전부, 게다가 『심령학 연구회 회의록』 합본까지 훌륭한 상태로 있습니다. 워트러스라면 서가에서 피크닉을 했을 거요."

그는 서가를 향해 두 팔을 벌렸다. "모두 완벽하오. 에스키모, 마오리 토홍가, 니그로 부두교, 아이슬란드의 베르세르키르, 인도 샤머니즘에 대해 뭐든 알고 싶다면, 여기에 답이 있습니다. 사바트는 젊은 시절 이 서재를 만드는 데 틀림없이 많은 돈을 썼을 거요. 설마 이 책들을 전부 훔치지는 않았을 테고, 이중 몇 가지는 대단한 희귀본이오."

개비건 경감은 다시 안절부절못하고 있었다. 멀리니는 이를 눈치채고 더 빠르게 말했다.

"우리의 목적에 맞는 중요한 책은 이것들이오." 그는 책상 왼쪽 가장 가까이에 있는 섹션을 가리켰다. "이것들은 흑서黑書라고 불리는 악마의 비밀 의식에 관한 책으로, 14세기에 쓰인 것이오. 내용은 부적인 펜타클오각형의 별. 오망성. 펜타그램, 기도와 주술, 거기에 악마의 연기 등등 외에 주문과 예언에 필요한 도구를 설명하고 도해한 것입니다."

그는 손가락으로 제목들을 훑어갔다. "『솔로몬의 열쇠』, 『레그메게톤 또는 작은 열쇠』, 『코르넬리우스 아그리파의 서』, 『알바나의 피터가 쓴 것으로 추정되는 마법 원리』, 『마법사 아브라멜린의 신성한 마법』. 이 다섯 권은 백마법과 흑마법의 제식에 관한 것이오. 그리고 이것들, 유명한 『진정한 마도서』, 『대大마도서』, 그리고 『호노리우스 교황의 마도서』는 전적으로 흑마술을 위한 제식서이오. 만약 흥미가 있다면 마녀들이 1년에 한 번, 한밤중에 열리는 사바스악마의 연회에 참석하기 위해 하늘을 날아갈 때, 자신들의 몸에 바르는 비행 연고의 제조법을 여기서 볼 수 있소.[24] 그리고 루시퍼와 계약을 맺으려 할 때 사용하는 서명용 잉크를 만드는 공식도.[25] 지금 이 순간 더 중요한 것은, 여기에서 악마에 대한 설명이 담긴 기록을 찾게 될 거라는 사실이오. 그것은 지옥 계급 구성원의 이름과 지위를 열거하고 개별적인 인장을 그림으로 보여 줄 것이오. 유럽 왕실과 귀족의 족보를 기록한 고타 연감 같은 지옥의 귀족 연감이오. 수르가트는 그 목록에 있을 테니 수르가트를 추적하느라 많은 시간을 허비하지 않아도 될 거요. 『교황의 마도서』가 제자리에 꽂혀 있지 않군." 그는 책꽂이의 다른 곳과 달리 비어 있는 부분을 가리켰다. "테이블 위에 있군." 우리는 그의 눈길을 따라 문가의 안락의자에 반쯤 가려진 나지막한 커피 테이블을 보

24☆ 웨이어에 의해 알려진 두 가지 공식은 다음과 같다. 1. 독미나리, 창포, 양지꽃, 박쥐의 피, 벨라도나, 기름. 2. 아기의 지방질, 독미나리 즙, 바꽃, 양지꽃, 벨라도나, 검댕. D. J. 클라크 교수의 흥미로운 견해에 의하면 바꽃과 벨라도나를 연고로 사용하는 것으로 하늘을 비행하는 느낌을 낼 수 있다고 한다.

25☆ 악마대왕과 계약을 맺고 계약서에 서명할 때, 물론 당신은 자신의 피로 서명할 것이다. 하지만 그 계약서에는 특별한 잉크가 필요하다. 아서 에드워드 웨이트의 『제식 마법의 서』에는 몰식자(沒食子) 300그램, 황산구리 또는 녹반(綠礬) 100그램, 명반석(明礬石) 또는 아라비아 고무 100그램의 분말들을 칠이 된 도기 주전자를 사용하여 강물에 녹인 다음, 성 요한 축일 전날에 모은 양치식물의 잔가지와 3월에 만월 아래에서 꺾은 포도나무 가지를 쌓고 양피지로 지핀 불 위에서 끓이라는 공식이 나와 있다.

왔다. 그리고 그쪽으로 다가가 테이블 위에 놓인 커다란 책을 보았다. 책 상태는 괜찮은 편이었다. 표지는 홈집이 나 있었고 지면은 습기 때문에 주름져 있었지만 난해한 무늬의 금박과 고서의 그윽한 멋이 이 책에 신비스러운 위엄을 부여하고 있었다.

"어쩌면," 멀리니가 말을 이었다. "누군가 친절하게 이 책을 바깥에 놔둔 것일지도 모르겠군—우리가 놓치지 않고 볼 수 있도록 말이야."

그가 그 책을 집으려고 허리를 굽히자, 개비건이 경고했다. "조심하시오. 지문이 있을지도 모르오."

멀리니는 고개를 끄덕였다. "그럴지도 모르지만 만약 우리가 악마와 맞서야 한다면, 악마의 지문이 우리에게 크게 도움이 될지 의심스럽군. 물론 악마가 예전에 경범죄로 체포된 적이 있다면 이야기가 달라지겠지만. 그리고 살인자가 사람이라면 거기에 남아 있는 지문은 다른 누군가의 것이라고 장담하오."

그는 조심스럽게 책을 들어 올리더니 펼친 면이 우리 쪽을 향하도록 돌렸다.

우리는 허리를 굽히고 펼친 면을 들여다보았다. 그때 멀리니가 말했다. "누군지 몰라도 배려심이 매우 깊군. 보시오."

그는 왼쪽 페이지를 가리키더니 이름의 목록을 손가락으로 훑어 내려갔다.

루시퍼—제왕
벨제뷔트—군주
아스타로스—대공

루키페르주 로칼—총리대신

사타나키아—최고 사령관

아팔리아렙트—부사령관

플뢰레츠—육군 중장

사르가타나스—육군 준장

네비로스—육군 원수이자 군사 감찰관

17인의 하위 정령들

프루치시에르—죽은 자에게 생명을 주는 자

트리마셸—화학과 손기술을 가르치는 자

세드라고삼—여자들을 알몸으로 춤추게 하는 자

휴모츠—그대를 즐겁게 하기 위해 온갖 종류의 책을 운반해 주는 자

다음 이름에서 그의 손가락이 멈췄다. 그 부분은 다음과 같았다.

수르가트—모든 자물쇠를 여는 자

각 하위 정령들의 이름 다음에 있는 것은 지옥의 심연으로부터 악마를 소환할 수 있는 주문이었다. 수르가트의 이름은 그 페이지 거의 마지막에 있었는데 멀리니가 큰 목소리로 그것을 읽었다.

"일요일에, 수르가트(또는 아키엘에게)…… 이 실험은 밤 11시에서 1시까지 행해져야 한다. 그는 당신의 머리카락 한 올을 요구

할 것이나, 그에게 여우의 털 한 올을 주고 그것을 받아들이는지 보라."

개비건의 태도는 불경스러웠다. "여우들은 빨갛잖아. 머리가 하얗게 센 마술사는 어떻게 하지?"

멀리니는 경감의 회의에 찬 말을 무시하고 주문을 계속 읽어 나갔다. 즐겁다는 듯이 음절 하나하나를 음미하고, 신실한 대주교 같은 엄숙한 위엄을 한껏 담아.

"오 수르가트여, 이 책에 적힌 모든 이름으로 그대에게 마법을 거나니, 여기 내 앞에 그대 자신을 드러내라. 즉각, 지체 없이, 그대는 기꺼이⋯⋯." 멀리니는 중단했다.

경감이 재촉했다. "들어봅시다. 우린 모두 성인이잖소."

멀리니는 책의 가운데를 가리켰는데 한 장이 거칠게 찢겨 나가 남아 있는 것이라곤 너덜너덜한 테두리가 전부였다. 그 페이지는 누렇게 바래 있었지만 찢어진 부분의 톱니 모양 모서리는 하얗고 새것 같았다.

개비건 경감은 폭죽처럼 폭발했다. 그의 의견에 따르면, 이 빌어먹을 사건 전체가 꽉 찬 별 네 개짜리 허튼수작이라는 것이었다.

봇물처럼 쏟아지던 경감의 독설은 문가에서 얼굴을 내민 말로이의 말 때문에 중단되었다.

"듀발로 씨가 아래층에 막 도착했습니다, 경감님. 여기로 올려 보낼까요?"

수르가트
실물을 보고 그린 그림

9

내게 아무것도 묻지 말라

파우스투스는 쾌락의 삶을 살았다.
트로이 처녀의 입술에 입 맞추었고
헤아릴 수 없는 부와 권력을 누렸다.
사악한 파우스투스 박사여,
실성한 파우스투스 박사여…….
모든 것이 그가 가지고 즐길 대상이었다.
조지 스틸 시모어, 『파우스투스』

경감은 성을 내며 부르짖던 사실도 깨끗이 잊어버리고 말했다. "그래. 하지만 아직은 아니야. 라클레어를 먼저 만나고 싶네. 그를 들여보내게."

멀리니가 말했다. "여기에 수르가트의 스냅 사진이 있군, 경감. 하지만 지금 당신의 상태를 봐서는 안 보는 편이……."

짜증을 내며 시계추처럼 방 안을 왔다 갔다 하던 개비건의 움직임이 느려지더니 멈추었다. "좋아, 상관없소. 뭐요?"

멀리니가 경감이 보기 편하도록 책을 돌려 보여 주었는데 개비건은 힐끗 보더니 콧방귀를 뀌며 가 버렸다.

내가 보았더니 거기에는 15세기풍 목판화의 복제화 사진이 페이지 가득 인쇄되어 있었다. '수르가트'라는 글자도 보였고, 수르가트 특유의 문장紋章을 구성하는 해석 불가능한 카발라중세 히브리 신비주의 기호의 조합도 보였다. 수르가트는 심술궂은 눈빛을 한 성난 괴물로, 술 취한 사람의 눈에나 보이는 허깨비처럼 생겼다. 벌름거리는 코와 퉁방울눈, 아래로 길게 뻗은 굽은 송곳니는 여러 동물이 그려진 조각 그림을 뒤섞어 놓은 것 같았다. 어깨에서 돌출한 거대한 박쥐 날개와 도마뱀 비닐로 뒤덮인 상반신을 제외하면, 몸뚱이는 인간과 같았고 엉덩이에서 시작된 가시 돋친 굽은 꼬리는 앉기에 불편해 보였다. 그 흉물은 털투성이의 빈약한 두 다리로 서 있었는데, 발끝에는 새처럼 네 갈래진 긴 발톱이 있었다. 기이하게 비틀린 한쪽 손에는 커다란 열쇠를 움켜잡고 있었다. 좋게 봐줘도 이 화가는 틀림없이 알코올 금단 현상을 겪고 있는 약쟁이 초현실주의자였을 것이다. 수르가트의 이름 아래에 깜짝 놀랄 만한 문구가 쓰여 있었기 때문이다. '실물을 보고 그린 그림'.

개비건의 빈정거림이 심해졌다. "이것으로 사건은 해결된 것 같구먼! '현상수배, 생사는 묻지 않음'이라고 설명을 달아서 그 사진을 신문사에 넘기고 그놈이 타임스스퀘어에서 지하철을 타고 있다거나 센트럴파크에서 아이들에게 '왁' 하고 소리 질렀다는 제보를 기다리는 거요. 어쩌면 그놈이 디트마스 박사미국의 동물 연구가로 특히 파충류 연구의 권위자에게 넘겨질 경우를 생각해서 동물원에 전화해 두는 게 좋겠군. 하하하!"

멀리니는 웃지 않으려고 애쓰며 대답했다. "그런 일이 없기를 바라야지요, 경감. 당신이 중남미 독사, 흡혈박쥐, 오리 주둥이 바실리스크 같은 파충류를 한 우리에 가득 찰 만큼 갖다 준다고 해도 디트마스 박사가 그런 전시물을 순순히 포기할 것 같지 않소."

그러더니 다시 책으로 주의를 돌리고는 큰 소리로 중얼거렸다. "사라진 페이지에 대해―그리고 저 주문의 나머지 부분에 대해 알아내면 좋을 텐데. 이 책의 또 다른 복사본이 어디 있는지 알 수 있다면…… 어쩌면 로젠바흐나 아니면,"

"나는," 개비건 경감이 한 단어 한 단어를 강조하며 말했다. "더 이상 그런 이야기를 듣고 싶지 않소. 누구라도 도깨비에 대한 이야기를 조금이라도 덧붙인다면 그 누군가의 머리 가죽을 벗겨 버릴 테요."

그때 알프레드 라클레어가 들어왔다. 문에 들어서자마자 멈춰 서더니 손을 주머니에 찌르고 초록색 눈으로 우리를 노려보며 각목처럼 서 있었다. 그는 멀리니를 보고는 살짝 놀라더니 고개를 끄덕여 보였다.

개비건은 그를 향해 돌아서서 일에 착수했다. 그의 입에서 날카롭고 간결한 질문들이 증권 시세 표시기에서 나오는 수신 테이프처럼 쏟아져 나왔다. 퀸은 라클레어의 말을 자신의 수첩에 바쁘게 휘갈겼다. 라클레어는 전날 저녁 여느 때처럼 아내와 함께 라룸바에서 3회의 야간공연을 했다고 진술했다. 프로그램은 20분짜리로, 그들은 9시 30분, 11시 30분, 1시 30분에 출연했다. 그는 마지막 쇼가 끝난 2시경에 라룸바를 떠나 바로 설리번 가에 있는 토니스 플레이스 바로 갔다.

"바의 사장이 두 분을 압니까?" 개비건이 질문했다.

"네."

"그곳에 얼마나 오래 있었습니까?"

"4시까지요. 어떤 바보 같은 녀석이 그때 저를 택시에 태우는 바람에 집까지 오는데 요금이 3달러가 나왔습니다."

"그때 일에 대해서는 좀 기억이 흐릿하겠군요?" 개비건이 넌지시 말했다.

라클레어가 고개를 끄덕였다. "어느 정도는 그렇죠. 스팅거 칵테일을 너무 많이 마셨거든요."

"그럼, 그 택시 넘버를 보거나 운전기사의 이름을 확인하지는 않았겠군요?"

"그러긴 힘들었죠."

"부인에 대해서는 언급하지 않았는데요. 부인은 선생과 함께 있지 않았습니까?"

"네. 클럽에서 헤어졌습니다. 저, 경감님. 사, 사바트 박사가 어젯밤에 살해됐습니까?"

개비건이 말했다. "아마도요. 라클레어 부인은 클럽에서 집으로 곧장 갔습니까?"

알프레드가 대답하기까지 약간 시간이 걸린다는 느낌이 들었다. 그는 천천히 고개를 끄덕였다.

"아내는 집으로 갈 거라고 말하긴 했습니다."

개비건이 그 말에 달려들었다. "그러면 부인은 어디에 갔던 겁니까?"

"제가 집에 갔을 때 아내는 자고 있었습니다."

"알겠소. 선생은 부인이 어디 갔었는지 모른단 말이지요. 선생은 어떻게 생각하시오?"

알프레드는 의자를 향해 걸어갔다. 나는 그의 걸음걸이가 유연하며 조심스럽게 균형을 유지하고 있음을 알아차렸다. 그는 의자 앞에서 몸을 돌려 잠시 경감을 바라보다가 앉았다.

느린, 매우 느린 어조로 그가 말했다. "아내는 이곳에 왔었는지도 모릅니다."

개비건은 유능한 경관답게 침착함을 유지했다. "그것에 대해 들어볼까요."

라클레어가 적당한 말을 찾는 데 어려움을 겪는 것처럼 보이자 개비건이 나서서 도왔다. "부인은 자주 그럽니까?"

라클레어의 얼굴에 여러 가지 표정이 뒤섞여 있어 그의 감정을 분간하기가 쉽지 않았다. "그렇게 생각할 만한 이유가 있습니다. 네, 그렇습니다."

"그럼, 어젯밤은요? 어째서 선생은 부인이 여기 왔다고 생각하는 겁니까?"

알프레드는 경감을 쳐다보았다. 그리고 별안간 빠르게 이야기하기 시작했다. 마치 그 일을 떨쳐 버리려고 애쓰듯이.

"아내가 어젯밤 클럽에서 사바트에게 전화하는 말을 들었지요. 아내는 내가 떠났다고 생각했지만, 나는 문 밖에서 그녀가 이렇게 말하는 것을 들었어요. '세자르, 지금 갈게요'."

"또 다른 것은?"

"그게 답니다. 그것으로 충분했어요. 난 나가서 술에 취해 버렸습니다. 얼마 전부터 그 일에 대해 알고 있었어요. 이제는 전혀 비밀도 아닐 겁니다. 내가 이해할 수 없는 것은 아내가 왜 그런 늙다리하고 놀아나고 싶어하느냐는 겁니다. 아내가 길고양이처럼 밖에서 자야겠다면 적어도……,"

그는 갑자기 앞으로 몸을 숙이더니 목소리에 확신을 담아 말했다. "그러나 아내는 사바트를 죽이지 않았을 겁니다, 경감님. 나는 압니다."

왠지는 모르겠지만, 나는 오히려 그는 자기 아내가 충분히 살인을 저지를 수 있다고 생각한다는 뚜렷한 인상을 받았다.

"그런데도," 개비건이 말했다. "선생은 계속 부인과 함께 사시는군요. 그건 왜죠, 라클레어 씨?"

라클레어는 주머니에 손을 넣어 담배를 찾았으나 아무것도 찾지 못했다. 멀리니가 자기 담뱃갑을 건넸고, 그는 한 개비를 집었다. "고맙네, 멀리니. 자네가 설명 좀 해 주겠나? 자네는 이해하리라 생각하네."

멀리니는 고개를 끄덕이고 나서 억양 없고 애매한 목소리로 경감을 향해 말했다.

"라클레어 부부의 공연은 말이오, 경감, 초감각적 의사소통이 특징이오. 텔레파시라든가 투시력이라든가 또는 양쪽 다인데, 이것은 관객이 어떻게 보느냐에 따라 달라집니다. 이런 종류의 공연은 오랜 연습과 긴밀한 협력의 결과요. 이런 팀의 두 사람은 서로의 행동과 생각을 예측할 수 있을 정도가 될 때까지 손발을 맞출 필요가 있소. 새로운 파트너를 들여와 훈련시키는 것은 시간이 아주 오래 걸리는데다가 매우 도박성이 강한 일이오. 그리고 배우는 동안에는 돈을 벌 수가 없으니 그 동안 수입이 없게 됩니다. 이해가 되시겠지요."

개비건이 말했다. "부인을 들여보내게, 말로이."

라클레어가 황급히 올려다보았다. "잠깐, 난 알아야 합니다. 사바트는 어젯밤에 살해된 건가요?"

개비건은 고개를 끄덕였다. "그렇소."

"언제요?"

"그건 내가 물어야 할 질문 중 하나인데요."

"경감님께서는 내가 한 이야기를 아내에게 하실 건가요?"

"필요하다면 그렇게 할 거요. 부인이 정말로 왔었는지 알아야 하니까."

"그럼 경고해 드리는 게 좋겠군요." 라클레어는 급히 말했다. "나는 그 사실을 부인할 겁니다. 힌트를 얻으셨잖습니까. 그 정보를 어떤 식으로든 좋으실 대로 사용하세요. 하지만 나에게 경감님의 이야기를 뒷받침해 달라고는 하지 말아요. 알겠습니까?"

경감은 책상에 앉아 수첩 위로 고개를 숙이고 있던 퀸 형사 쪽을 힐끗 보았다.

"네," 라클레어가 말했다. "압니다, 기록해 두셨죠. 하지만 난 서명하지 않았습니다. 앞으로도 하지 않을 거고요."

라클레어의 뒤에 있던 멀리니는 엄지손가락을 침실을 향해 휘두르면서 경감에게 필사적으로 신호를 보내고 있었다.

개비건은 얼굴을 찌푸렸다. "브래디, 라클레어 씨를 옆방으로 데려가게."

라클레어가 앉아 있는 의자에서 꼼짝도 하지 않자, 개비건은 덧붙여 말했다. "어서요. 시간 없어요."

그제야 그는 일어서서 나갔다. 브래디는 나가면서 등 뒤로 문을 닫았다.

"도대체 그 엄지손가락은 왜 휘두른 거요?" 개비건이 의심스러운 어조로 물었다.

"비록 사이비라 할지라도 텔레파시 능력자들은 서로 격리된 상태에서 심문하는 것이 원칙입니다. 당신이 염두에 두고 있다고 하더라도 당신은 그들이 신호를 주고받는 방법을 절대 눈치채지 못할 거요. 심지어 한 단락이나 되는 내용이 고스란히 코앞에서 오가고 있는데도 그 자리에서는 눈치채지 못하는 거요. 나도 읽어 낼 수 있을지 자신이 없소. 이들은 모두 자기들만의 신호를 갖고 있어서 말이오……."

말로이 형사의 목소리가 들려왔다. "이쪽으로 오십시오."

멀리니는 말을 멈추고 문을 주시했다.

젤마 라클레어는 필요 이상으로 가슴을 흔들며 자신감에 넘친 모습으로 우리를 향해 걸어왔다. 그녀는 라룸바를 뻔질나게 드나드는 손님들이 열중할 만큼 관능적인 여자였다. 이브닝드레스가 충분히 보기 좋은 몸의 굴곡을 감싸고 있었다. 적어도 내 취향에는 그랬다. 머리칼을 거의 흰색에 가깝게 탈색했고 게다가 핑크빛으로 화장한 얼굴은 부자연스러울 만큼 젊게 보였다. 아이섀도는 지나치게 짙었다. 담뱃재를 바닥에 털 때마다 손톱이 불빛을 받아 핏빛으로 붉게 반짝였다.

개비건은 얼굴에 놀란 빛을 띄웠다. "안녕, 베이브. 당신이 결혼한 줄은 몰랐군."

그녀의 지나치게 가는 검은 눈썹이 내려갔다. "그놈의 베이브소리 꼭 해야겠어요?"

"근래에는 당신을 보지 못했군. 엘리트 벌레스크 극장문을 닫게 한 이후로 말이야. 신사 여러분, 베이브 콜렛을 소개합니다. 스트리퍼의 여왕, 티파니 지스트링스트리퍼의 중요 부위를 가리는 끈 모양의 천의 아가씨. 아니, 그건 선전 문구였던가?"

"그런 건 넘어가시죠, 경감님! 난 지금은 그런 데서 발 뺐다고요. 그러니 그만둬요."

개비건이 의자를 가리키자 그녀는 자리에 앉아 다리를 꼬고 경감을 올려다보았다. 마치 경감이 플래시를 터뜨리려고 준비하는 뉴스 사진기자라도 된다는 듯한 태도였다.

"좋소, 내가 한 말은 잊어버리고 당신 이야기를 들어봅시다."

"내 이야기요?" 파란 눈을 커다랗게 뜨고 젤마가 물었다.

"그렇소. 여기서 당신은 무엇을 하고 있었는지? 사바트가 살해될 때 어디 있었는지? 그런 것들 말이오. 어젯밤 지금 이 시간쯤부터 시작하면 되겠군."

젤마는 알프레드보다는 훨씬 경찰에 익숙한 듯했다. 개비건은 전혀 사정을 봐 주지 않았지만 그녀는 그것을 당연한 것으로 받아들였다. 젤마의 이야기도 시작 부분은 알프레드의 진술 내용과 비슷했다.

"알이 떠난 다음 10분이나 15분쯤 뒤에 지하철을 타고 집에 왔어요. 그리고……,"

"7번가에서 타임스스퀘어로 가서 42번가의 퀸스 행으로 갈아탄 거요?"

"그래요. 3시 조금 전에 집에 도착했어요. 알이 취해서 들어와 옷을 벗는 기척에 새벽 5시에 잠이 깼어요. 난 평상시처럼 11시쯤 일어나서 파마를 하며 오후를 보냈어요. 그리고 5시에 알과 나는 튜더시티에서 열린 칵테일파티에 갔어요. 거기서 나와서 여기에 들른 거예요."

"왜 여기 들렀소?"

무릎 위의 지갑을 쥔 손가락에 살짝 힘이 들어갔다.

"우리는 사바트가 술을 줄지도 모른다고 생각했어요."

"그를 오랫동안 알아왔소?"

그녀는 고개를 가로저었다. "6개월 정도요, 아마도. 유진 타로가 우리를 소개해 줬어요. 사바트는 텔레파시에 관심이 있었거든요. 그 이후 우리는 그와 가끔 만났어요."

"누가 그를 죽인 것 같소?"

"전혀 모르겠어요."

"달리 나한테 하고 싶은 말은 없소?"

젤마 라클레어는 어깨를 으쓱해 보였다. "달리 어떤 것을 알고 싶으신 건가요?"

개비건의 눈빛이 사나워졌다. "어젯밤 클럽을 떠나기 전에 누구와 통화했소?"

그녀가 그 질문에 어떤 반응을 했다고 하더라도 나에게는 아무것도 보이지 않았다.

"내가 누구랑 통화를 했다고요……? 난 무슨 말인지……,"

"좋아, 베이브. 당신은 훌륭한 연기자야. 당신은 언제나 한낱 스트리퍼 이상의 존재였소. 그렇지만 내 앞에서는 연기하려고 들지 마오. 난 그냥 넘겨짚고 있는 게 아니야. 어서 털어놓지 그래."

그녀는 의자에 앉은 채 더욱 꼿꼿이 몸을 세웠다.

"바보같이! 난 시골에서 막 상경한 게 아니라고요. 그런 질문에 대답할 필요가 없어요. 경감님도 잘 알잖아요."

"그러니까, 그게 당신 입장이로군. 좋아, 당신이 누구에게 전화했는지 내가 알고 있다면? 당신이 사바트에게 전화하는 것을 들은 목격자가 있다면? 여기에 대해서는 뭐라고 할 말이 있소?"

젤마는 입을 꽉 다물더니 갑자기 일어서서 물어뜯을 듯이 말했다. "더러운 거짓말로 나를 모함해! 알이 그랬군요, 그렇죠? 난 한 주 동안 사바트에게 전화한 적이 없어요. 나를 곤경에 빠뜨리다니……." 그녀의 말투는 남자 같았다.

그녀의 말이 잦아들자, 개비건이 재빨리 끼어들었다.

"그럼 그 전에는 사바트에게 전화한 적이 있소?"

"네, 하지만 경감님이 상관할 바는 아니에요."

"어젯밤에 그에게 전화하고 있던 게 아니라면, 누구한테 전화한 거요?"

"아무에게도요. 사실이라고요! 알프레드가 그렇게 생각한 것뿐이에요. 왜냐하면……."

이런 장면에서는 으레 방해가 있어야 하지 않겠는가! 나는 그 정도쯤은 예상했어야 했다. 멀리니가 라디오 앞에서 어슬렁거리다가 경찰 통신의 주파수를 무시하고 갑자기 앰프의 볼륨을 올려 스피커에서 트럼펫의 요란한 금속성 소리가 쏟아져 나오는 바람에 라클레어 부인의 말이 끊기고 말았다. 나는 시계를 보았다. 10시 30분이었다. 타로의 프로그램이 방송되는 시간이었다.

아나운서의 상냥한 목소리가 방으로 흘러 들어왔다. 세심하지만 인간미가 느껴지지 않는 목소리였다.

"여러분, 매일 밤 이 시간 에말렌 자동차가 제공하는 '재너두' 시간이 돌아왔습니다. 신비의 타로가 출연하는 스릴 넘치는 비밀과 마법의 새로운 모험을 기대해 주세요."

이제 우리는 모두 라디오를 쳐다보고 있었다. 열중해서.

"마법의 엔진을 부착한 신형 에말렌 에이트를 본 적이 있습니까? 어떤 에말렌 매장이든 방문하셔서 우주를 나는 듯한 주행 성능의 비밀에 대해 설명을 들으십시오. 과학적 마법의 걸작은 더욱 원활한 주행의 스릴 넘치는 모험을 가능하게 합니다!"

트럼펫 신호가 세 번 울리고, 림스키코르사코프의 「셰에라자드」 몇 소절이 낮게 배경으로 깔리면서 아나운서가 말을 이었다.

"어제, 재너두와 우리의 친구들, 톰과 마리안은 그린 굴과 그의 부하들에 의해 유령의 성 지하 창고에 갇혔습니다. 그 방은 치명적인 가스와 독거미로 빠르게 채워지고 있습니다. 재너두의 마법이 그들을 구할 수 있을까요?"

음향효과 담당이 천둥번개와 쉭쉭거리는 가스 소리를 내보냈다. 그러자 재너두가 말했다.

"우리에게는 단 하나의 기회밖에 없어! 문 앞에 있는 라스카가 유리를 통해 우리를 감시하고 있어. 어쩌면 내가 녀석에게 최면을 걸 수 있을 거야! 계속 얼굴을 가리고 필요 이상의 숨은 쉬지 마! 내가 최면을 걸어서 문을 열도록……,"

말이 더 이어졌지만 나는 듣고 있지 않았다. 멀리니는 라디오를 노려보고 있었다. 개비건은 눈을 휘둥그레 뜨고 있었다.

"제기랄!," 그는 외쳤다. "저게 유진 타로라면, 도대체 누가 우리 앞에서 타로 행세를 한 거야? 여기서 카드 트릭을 보여 주던 작자가 저 목소리를 흉내 낸 것이로군. 이런 뻔뻔스러운……,"

"아니." 멀리니가 말했다.

"순서가 바뀌었소, 경감. 저것은 타로의 목소리가 아니오."

나도 같은 생각이었다. 저 목소리는 분명히 외알안경을 쓴 우리의 친구 목소리가 아니었다. 비슷하게 거만한 느낌은 있지만 음색이 달랐으며 말하는 속도도 차이가 있었다.

개비건은 전화를 향해 부리나케 달려갔다. "아니, 그러면 도대체 누가……,"

그는 전화기를 붙잡고 황급히 다이얼을 돌렸다. 마침내 경감이 하는 말을 알아들은 NBC의 누군가와 가까스로 통화할 수 있었다.

"유진 타로가 그 에말렌의 프로그램에서 재너두를 연기하고 있소, 아니오? ……알고 싶다고, 젠장! ……뉴욕 경찰국 살인반의 개비건 경감이오…… 뭐요! ……그렇소…… 그것도 역시 내가 알고 싶은 거요!"

그는 거칠게 수화기를 내려놓았다.

"대역배우였어! 타로는 나타나지 않았소. 저 사람들은 아까부터 미친 듯이 그를 찾고 있었다는 거요."

전화기가 경감의 거친 취급에 항의라도 하듯 날카롭게 울렸다. 처음 벨이 끝나기도 전에 개비건은 수화기를 귀에 갖다 대었다.

"여보세요! 개비건이오…… 더 크게 말하게…… 연결 상태가 엉망이군…… 누가 실종됐다고?"

수화기 속 목소리가 경감의 말을 받았다. 우리는 모두 그 대답을 들을 수 있었다. 희미하게 들렸지만 의심의 여지가 없었다. 그것은 잰슨 형사의 목소리로, 이렇게 말했다.

"타로입니다!"

10

흔적도 없이 사라지다

나는 층계 위의 한 남자를 보았네,
그곳에 없었던 작은 남자라네.
오늘은 또 그곳에 없었네.
그가 멀리 가 버려 돌아오지 않기를 바라네.

휴 먼스 풍으로

내가 결국 탐정소설을 쓰고 있음을 자각하기 시작한 것은 바로
이 시점이었다. 이런 식으로 사건이 계속해서 일어난다면 나는 단
지 있는 그대로 전달만 하면 될 것이다. 그럴 가능성은 보이지 않
았지만, 이 사건이 끝에 가서 흐지부지된다 하더라도 출발만큼은
대단히 좋았다는 사실은 변하지 않을 것이다.

잰슨 형사가 보고한 나머지 부분이 이것의 확실한 증거였다. 사
람들은 그의 이야기의 도입부부터 그와 같은 '강력한 한 방'이 있
었기에, 나머지 부분은 평이할 것이라고 생각할지도 모르지만 그
것은 잘못된 생각이다.

개비건이 말로이 경위에게 날카로운 눈빛을 던지며 엄지손가락

으로 젤마 라클레어를 가리키자 말로이가 그녀를 데리고 복도로 나갔다.

경감은 전화기에 대고 야단쳤다. "알았네, 잰슨 형사. 그를 놓쳤단 말이지. 자네 알리바이를 들어 보자고. 그럴듯한 것으로 대야 할 걸세."

형사가 빠르게 늘어놓는 들릴 듯 말 듯한 금속성 소리가 들려왔다. 멀리니와 나에게는 그의 보고가 단편적으로 들렸다. 처음에는 경감이 잰슨 형사의 말에 응답하는 말만으로는 무슨 내용인지 이해가 되지 않았다. 그리고 나서 잰슨이 한 말의 대략적인 내용을 경감이 반복했지만 이것 또한 이해되지 않기는 마찬가지였다. 잰슨은 나중에 나를 위해 그 대화에서 자기가 말한 부분을 다시 들려주었다. 그래서 나는 여기에 그 대화 내용을 경감의 말과 함께 있는 그대로 기록한다.

"아무리 생각해도 이상합니다, 경감님. 경감님은 제가 어디서 잘못했는지 알려 주실 수 있겠지요. 들어보십시오. 전 경감님과 헤어지고서 층계를 내려가 정문을 지키는 친구들에게 타로가 나타나면 보내 주라고 했습니다. 그런 다음 길모퉁이까지 걸어가서 택시를 잡았습니다. 막 올라탔을 때, 타로가 급히 나와 정문 입구에 모여 있던 기자 무리를 뚫고 나오는 모습을 보았습니다. 잠깐 동안 기자들이 그를 멈춰 세운 것 같았지만, 그는 한 팔로 얼굴을 가리고는 고개를 숙인 채 그대로 뚫고 나왔습니다. 기자들이 찍은 사진은 별 쓸모가 없었을 거라고 생각합니다. 『미러』지의 작고 뚱뚱한 사진기자가 그 사람 무리를 쑤시고 들어갔지만 튕겨져 나와 울타리 너머로 넘어졌습니다. 그는 자기 카메라 위에 나동그라졌습니다.

타로는 제가 있는 쪽으로 와서 택시를 서둘러 잡아타고는 북쪽으로 갔습니다. 저는 그의 뒤를 따라갔습니다. 그리고 제 뒤로 택시를 탄 시끄러운 기자들이 한가득 쫓아왔습니다.

우리는 42번가에서 서쪽으로 돌아 그랜드 센트럴 쪽으로 갔습니다. 타로가 내리더니 기사에게 요금을 내더군요. 우리들 역시 똑같이 했습니다. 저는 신문기자들을 쫓아내고는 타로의 바로 뒤를 쫓아갔습니다. 어쩐지 라디오 시티_{뉴욕 RCA 빌딩에 있는 NBC 스튜디오}로 가는 것 같지 않았기 때문입니다. 그는 지하철역으로 들어가더니 지하철 입구 근처 로커에 숨겨 두었던 슈트케이스를 꺼냈습니다. 왠지 뺑소니처럼 보이기 시작하더군요. 그런데 역의 중앙 홀로 가지 않고 계단을 올라가더니 밴더빗 가로 통하는 출구로 빠져나가 그곳 정류장에서 택시를 잡는 겁니다. 저도 똑같이 뒤따랐습니다.

우리는 매디슨을 가로질러 시내를 벗어나 49번가로 가다가 5번가 쪽으로 방향을 바꾸었습니다. 저는 좀 안심했습니다. 어찌 됐든 라디오 시티가 목적지인 것처럼 보였거든요. 그런데 타로는 그곳에서도 바로 지나치더니 8번가에 이르러서는 멍텅구리처럼 행동하기 시작했습니다. 길모퉁이에서 내려 기사에게 요금을 지불하고는 8번가에서 북쪽으로 걸어가기 시작하는 게 아닙니까. 그곳은 그렇게 화려한 동네가 아닌지라, 길을 걷던 사람들의 시선이 타로의 실크해트와 오페라 케이프에 모였습니다. 전 택시에 그대로 머물러 있었는데, 그자가 또 차를 탈 생각을 할 경우에 대비해서였습니다. 그리고 실제로 그자가 차를 타긴 했는데 그 전에 한 일이라고는 그저 블록을 한 바퀴 돌고 출발했던 곳으로 다시 돌아온 것

뿐입니다. 저한테 왜냐고는 묻지 마십시오. 그자는 다른 일은 아무 것도 하지 않고 그저 걷기만 했습니다. 전 잠시도 타로에게서 눈을 떼지 않았습니다. 다른 사람에게 말을 건네지도 않더군요. 8번가 근처로 다시 돌아오자 그자는 조금 속도를 내더니 길모퉁이를 돌아 몸을 피했습니다. 저도 바로 뒤를 쫓았습니다. 그러자 아까 그 택시가 여전히 그 자리에 서 있는 겁니다. 그자가 잽싸게 차에 타자 기사는 마치 기다리고 있었던 양 곧바로 속도를 내더군요. 어쩌면 타로는 택시를 타면 멀미가 나서 매번 그렇게 바깥 공기를 마셔야 하는지도 모르죠. 전 모르겠습니다. 전체적으로 돌아가는 꼴이 정말 이상했어요. 지금은 그때 그자를 잡을 걸 그랬다고 생각합니다만, 경감님께서 미행하라고 하셨기 때문에 그냥 따라가기만 한 겁니다. 게다가, 그자는 법에 저촉되는 일은 아무것도 하지 않았거든요. 자기가 갈 거라고 했던 곳에 가지 않은 것만 빼고는 말입니다.

우리는 도시 위쪽으로 가로질러 가다가, 브롱크스로 들어가는 트리버러 교를 향하게 되었습니다. 저는 내내 그의 바로 뒤에 있었지요. 잠시 후 그자는 속도를 올리기 시작하더니 도시를 가로질러 지그재그로 가는 모양이, 저를 떼어내려고 애쓰는 것처럼 보였습니다. 하지만 그것도 성공하지 못했습니다. 그를 바짝 따라붙었거든요. 그런데요, 경감님, 이 자리에서 분명히 말씀드리지만 그 거만한 녀석이 차에 올라타고 나서 제가 바짝 따라붙을 때까지 그 차는 한시도 제 시야에서 벗어난 적이 없었습니다! 제가 탄 차의 운전기사가 증명해 줄 겁니다.

여기서부터 재미있어지기 시작했습니다. 그자가 정지 신호를 두 번이나 무시하고 달려간 후에 저는 그자를 연행하기로 결정했습니다. 저는 운전기사에게 속도를 올리라고 했지만 그들은 계속 우리보다 앞서 갔습니다. 이번에는 우리도 아주 빠른 속도로 따라가고 있었습니다. 또 한 번 빨간불을 지나쳐 달려가는데, 맥주 운반 트럭 한 대가 나타나는 바람에 우리 차가 고가철도 기둥에 부딪히고 말았던 겁니다! 이때쯤이면 타로가 뭔가 수상한 일을 꾸미고 있었다는 것은 아인슈타인이 아니더라도 쉽게 알 수 있지요. 이 모든 곤경을—택시 요금은 차치하더라도— 겪고 나서 그런 식으로 그자를 놓칠 수는 없었습니다. 그래서 저는 밖으로 나와서 제대로 겨냥도 하지 않고 그자가 탄 택시에 총을 두 발 쏘았습니다. 한 발이 작은 뒷유리에 명중해서 차 속에 온통 유리 조각이 쏟아져 내렸습니다. 운전사는 통제력을 잃었고—그는 꽤 다쳤습니다— 택시는 한 바퀴 반을 돌고 다른 고가철도 기둥에 부딪혀 튕겨져 나가 옆으로 뒤집혔습니다.

저는 달려가서 문을 열었습니다. 이것은 분명한 사실입니다만, 그 택시 안에는 단 한 사람, 운전사밖에 없었고 그는 완전히 실신해 있었습니다! 머리를 세게 부딪혀 피투성이가 되어 있더군요. 그러나 그 마술사는 자기 실크해트 속으로 기어들어가서는 모자마저 끌어당겨 가져간 것이 틀림없습니다! 저는 그자가 탄 것을 보았고, 그자가 내리지 않은 것도 너무나 잘 알고 있는데, 그런데도 그자가 거기에 없는 겁니다! 이렇게 된 이야기입니다만 저는 이 일 때문에 곤란한 입장에 빠진 것 같습니다."

개비건 경감이 이해하지 못하겠다는 듯이 물었다. "그자가 도중에 뛰쳐나왔을 수도 있지 않나? 지금 같은 밤 시간은 어두우니까.

자네는 확실히……?"

"물론이죠, 확실합니다." 잰슨이 항변했다. "그게 문제인 겁니다. 저는 한시도 놓치지 않고 그자의 꽁무니에 바싹 붙어 있었습니다. 그럴 기회는 전혀 없었다고 맹세할 수 있어요. 제가 탄 차의 운전사도 똑같은 말을 할 겁니다."

"알겠네. 그렇다면 자네는 그저 타로가 택시에 타는 모습을 보았다고 믿는다는 말밖에 안 되는군."

"경감님 말씀대로인지도 모르지만 그런 경우라면, 택시가 뒤집어진 다음에 제가 택시 안에서 그자의 슈트케이스를 발견한 것은 어찌된 일일까요?"

"슈트케이스라고!" 개비건의 눈이 순간 번쩍 뜨였다.

"그 속에 무엇이 들었나?"

"아무것도 없었습니다. 텅 비어 있었습니다."

"그 운전사는 아직 정신을 못 차렸나?"

"네. 이곳에 앰뷸런스가 한 대 있어서 의사가 지금 그를 보러 가고 있습니다."

"잠깐 기다리게." 개비건이 지시했다. 그는 우리에게 돌아서서 재빨리 잰슨의 이야기를 요약해서 들려주었다. "이건 당신 전공이오, 멀리니." 그가 말을 마쳤다. "타로가 그런 식의 묘기를 부릴 수 있었던 거요, 아니면 잰슨에게 최면을 건 거요, 그도 저도 아니면 뭐요? 난 마술사가 오리를 사라지게 하는 것은 보았지만, 이건……." 그는 이해가 가지 않는다는 듯 어깨를 으쓱했다.

멀리니는 책상 가장자리에 앉아서 듣고 있었다. 아무도 보지 않는 가운데 그의 손가락은 무심히 50센트 동전을 가지고 장난치고 있었는데 동전이 사라졌다 나타났다 하면서 불빛 속에 반짝거렸다. 경감의 질문을 받고 그는 골똘히 생각에 잠겨 동전을 내려다보더니 공중으로 튕겨 올려 팽그르르 돌게 했다. 그는 오른손으로 동전을 솜씨 좋게 잡아서는 단단히 쥔 주먹을 경감에게 내밀었다. 멀리니가 손을 천천히 펼칠 때, 보일 듯 말 듯한 미소가 입술을 스쳤다. 손가락을 활짝 벌렸다. 50센트 동전은 사라지고 없었다.

"보시다시피, 최면술은 필요 없습니다." 그가 말했다. "왜 타로가 다시 그 택시에 타는 것을 보았다고 그렇게 확신하는지 잰슨 형사에게 그 이유를 물어보시오."

잠시 통화를 한 뒤, 개비건이 내용을 전했다. "잰슨 말로는, 타로가 타는 것을 실제로 본 것은 아니지만 타로가 택시에 탔다는 데 두 달치 봉급을 걸겠다고 하오. 타로는 택시로 달려가 인도 쪽에서가 아니라 차도 쪽에서 탔소. 잰슨은 문이 닫히는 소리를 들었고 택시 안 말고는 타로가 달려 갈 만한 공간이 없었다고 하오. 차는 즉시 출발했는데 길은 비어 있었고, 눈에 띄지 않고 어떤 건물의 입구로든 타로가 닿는 일은 불가능했다는 거요. 택시에서 10미터 이내에는 아무도 없었고 맨홀 뚜껑이나 그 밖에 몸을 숨길 만한 것도 없었소. 그 모퉁이는 가로등과 불 켜진 간판들로 충분히 밝았고 말이오."

"좋습니다." 멀리니가 싱긋 웃으며 말했다. "그것으로 해결됐습니다. 잰슨에게 택시를 샅샅이 조사하고, 그런 다음 우리에게 다시 전화하라고 하시오. 그리고 만약 운전사가 의식을 회복하면, 뭐, 그런 경우라면 어쨌거나 우리에게 전화하겠지."

"잰슨이 무엇을 찾아야 하는 거요? 타로가 좌석 밑에 숨어 있다는 건 아니겠지?"

"그와 비슷한 겁니다. 제일 먼저 그곳을 보라고 하시오."

멀리니의 어조는 경박함과는 거리가 멀었다. 그래서 개비건은 잠깐 망설이다가 그의 지시를 전달하고 다음과 같은 말로 끝을 맺었다. "어서 가게. 그리고 바로 다시 전화해!"

그는 전화를 끊고 본부에 전화했다. "그런데 정말 타로를 찾으려면 인원을 어디로 보내야 하는 거요?" 그는 멀리니에게 물었다.

"나도 모릅니다. 당신이 호텔로 보낸 사람들이 그를 찾지 못했다면, 아무래도 그런 것 같습니다만, 나도 그가 어디에 있는지 전혀 짐작이 가지 않습니다."

개비건은 불안한 듯 말했다. "난 당신이 이 마술에 대해 설명하려던 것으로 생각했소만?"

"그렇습니다."

경감은 본부에 타로에 대한 일반 경계령을 펴라고 일렀다. 그러고 나서 의자에 앉아 몸을 뒤로 젖히고 말했다. "오케이, 어디 들어 봅시다. 그렇지만 거울이나 비밀 문을 사용하여 일어난 일이라는 말일랑은 그만두시오. 택시에서는 불가능하잖소. 만약 이렇게 엉망진창인 상황을 깨끗이 정리할 수 있다면, 우리는 이 밀실 살인에 힘을 기울일 수 있을 거요. 타로는 출입문과 같은 일반적인 탈출 수단을 사용하지 않고 택시를 떠났소. 그리고 살인자도 같은 방법으로 이 방에서 나갔소. 어쨌든, 언뜻 보기에는 택시에서의 곡예가 제일 어려운 것 같군."

"양쪽 다 훌륭합니다." 멀리니가 말했다. "타로도 그렇고……, 살인범도 마찬가지라는 이야기입니다……."

"난 그 둘이 동일인이 아니라고 확신할 수 없소. 타로의 알리바이는 깨지기 일보 직전이오. 내가 그것을 깰 수 있다면……."

"나는 그 대단한 택시 트릭에 대한 설명이 이 밀실 수수께끼에 그리 큰 도움이 되지 않을까 걱정이오. 두 가지 효과는 당신 말처럼 유사하지만, 이들을 수행한 방법은 상당히 다릅니다."

개비건은 똑바로 앉았다. "그렇다면 당신은," 그는 거의 소리 지르듯 말했다. "이 밀실에서 어떻게 탈출했는지 안다는 거요?"

멀리니는 경감 바로 뒤 위쪽 벽에 걸려 있는 청동제 제물용 칼에 눈길을 주었다. "나는 그런 말은 하지 않았소, 경감. 그렇지만 두 방법이 틀림없이 다르다는 것은 압니다. 왜냐하면 타로가 사라진 뒤에 그 택시에는 의식을 잃긴 했지만 운전기사가 살아 있었기 때문이오. 반면, 이 아파트는 살인범이 사라진 다음에 죽은 사람만 남아 있었소."

"이봐요, 우리가 이해할 수 있는 말로 해요." 개비건이 투덜거렸다.

멀리니는 클라이맥스로 바로 돌진하려 하지 않았다. 그는 서두르지 않으면서 감질 나는 속도로 일정하게 말을 이어갔다.

"속임수라는 것은 80퍼센트가 심리학이며 대개 몇 가지 방법으로 청중의 주의를 분산시켜서 이루어집니다. 청중의 관찰이 불완전하거나 부정확하도록 말이오. 그것이 첫 번째 원리입니다. 숙련된 관찰자일지라도 한번에 자신의 시야에 있는 사물들을 일부밖에 볼 수 없소. 또한 한번에 두 방향 이상은 볼 수 없소. 보이지 않거나 보이더라도 정확하게 관찰되지 않는 것들 속에 트릭으로 작용하는 도구나 책략을 설치하는 일만 남습니다. 그렇게 해서 생긴 결과는 실제로는 평범한 것이지만 이와 같이 왜곡되면, 불가능한 일이 일어난 것처럼 보입니다. 마술, 요술, 손 마술, 주술 같은……,"

개비건의 주먹이 책상을 두들겼다. "젠장, 난 사기의 심리학에 대한 강의를 부탁한 것이 아니오! 살인범이 마음대로 돌아다니고 있고, 그자를 잡는 것이 내 일이란 말이오. 어서 설명해요!"

"이의를 인정합니다, 경감." 멀리니가 법정에서 하듯이 사과의 뜻으로 고개를 숙였다. "이론 수업은 이것으로 마치겠습니다. 자, 현재의 상황을 생각해 보면, 잰슨 형사의 이야기는 불가능한 것을 언급하고 있어서 당신은 화가 났습니다. 이것은 단지, 그의 진술이 거짓이라는 사실을, 즉 그 이야기의 어딘가에서 그가 자신이 일어나지 않은 어떤 일을 보았다고 생각하도록 또는 일어난 어떤 일을 놓치도록 교묘하게 유인되었다는 사실을 의미할 뿐입니다. 아니면 양쪽으로 모두 조금씩 유인되었을 겁니다.

잰슨 형사와 다른 구경꾼들은 타로가 부서진 택시 안에 없었다고 맹세했습니다. 잰슨 형사와 잰슨 형사를 태웠던 택시 기사는 모두 타로가 눈에 띄지 않고 도중에 택시에서 빠져나갈 수 없었다고도 맹세했습니다. 그리고 그들은 타로가 택시에 올라탔다고 고집하고 있습니다. 왜냐하면 타로가 다른 어떤 곳으로도 갈 수 없었기 때문이라는 거요. 각 진술의 반대되는 상황을 차례차례 상정해 보고 어떤 일이 일어나는지 봅시다. 이를테면 첫째, 택시가 뒤집혔을 때 타로가 실제로 택시 안에 있었다고 칩시다. 이것은 단순히 타로가 투명인간일 뿐만 아니라 유리 파편에도 끄떡없었다는 기적을 의미하는 것이오."

개비건은 멀리니의 빙빙 돌리는 접근법에 짜증이 나서 말을 가로막았다.

"그리고, 만약 타로가 '매의 눈'을 가진 잰슨의 눈에 띄는 일 없이 택시에서 빠져나갔다면, 역시 타로는 투명인간이라는 이야기가 되는군. 그래서? 이건 H. G. 웰스의 소설이 아니오."

"둘째, 타로가 택시를 타지 않았다고 가정해 봅시다. 그가 택시 근처에도 가지 않았다고 가정하는 겁니다. 이 경우에는 그가 투명인간이 될 필요가 없을 거요."

"멀리니," 경감이 애원했다. "제발 부탁이니 초급 논리학 조교 흉내는 그만두고 뜻이 통하도록 말해 주겠소? 그자는 투명인간이 될 필요가 없을 거요. 오히려 반대가 되어야지. 자기가 없었던 곳에 나타나야 했으니까. 내가 지금 이런 식으로 말하게 된 것도 당신 탓이오!"

개비건의 으르렁거림은 농축된 불만의 산물이었다.

"하지만 그것이야말로 정확히 타로가 한 행동이오, 경감! 그는 단순히 택시에 타는 것처럼 보였을 뿐이오. 잰슨 형사가 그를 보았다고? 잰슨 형사는 그것이 타로였는지 어떻게 알았소? 그는 타로를 뒤따라가고 있었소. 타로의 얼굴은 보지 못하고 그저 그의 뒤통수와 모자, 오페라 케이프, 그리고 슈트케이스만 본 거요. 누군가 다른 사람이 그랬다면……"

"그거요! 거울이나 비밀 문이 아니었소. 공범이 있었던 것뿐이오! 이제, 당신이 설명해야 하는 것은 당신이 만들어 낸 이 미스터 X가 어떻게 택시에서 내렸느냐는 것뿐이오. 만약 당신이 그자가 12시 종소리에 흔적도 없이 사라져 자기 무덤으로 돌아가 버린 뱀파이어였다고 말할 낌새를 보이기만 해도, 나는…… 나는……,"

"발작을 일으켜 졸도하시겠지. 그러니 그런 의견은 내지 않겠소. 어쨌거나, 그 일은 자정이 되기 전에 일어났으니까 말이오."

멀리니는 담뱃갑을 꺼내 한 개비를 집어 들었다.

"아니, 그보다는 훨씬 단순한 일이오. 한때 택시 안에 있었던 미스터 X는 그냥 그 자리에 남아 있었습니다. 그는 택시가 충돌했을 때 그 안에 있었고, 전혀 투명하지도 않았습니다!"

멀리니가 성냥을 켜 환한 불꽃을 피워 올렸다.

개비건이 일어섰다. "그런 말은 믿을 수가 없소! 당신은 그러니까, 택시 기사가 타로의 옷을 입고 그의 슈트케이스를 들고서는 그 블록을 돌아다니다가 택시로 돌아와서 잰슨이 헛된 추적을 하도록 만들고, 그동안 타로는 줄행랑을 쳤다는 거잖소. 우리보고 접히는 모자와 케이프가 그 아래 숨겨져 있다고 믿으라는……,"

그는 팔을 뻗어 첫 전화벨 소리가 미처 끝나기도 전에 수화기를 낚아챘다. 그는 상대의 말을 듣고 나서 말했다.

"시트 아래에! 제기랄! 운전사는 어떤가? ……뭐라고……!" 경감이 열심히 귀를 기울이는 가운데 그의 얼굴에 놀라움과 이해했다는 표정이 퍼져갔다. 마침내 경감이 말했다. "속기사를 불러서 기록하도록 해, 증인을 붙여서!" 그런 다음 개비건은 전화를 끊고 멀리니를 소심하게 노려보았다.

"당신이 이겼소. 잰슨이 앞좌석 쿠션 밑에서 모자와 케이프를 발견했소. 그리고 운전사가 막 깨어나서 탈진할 때까지 이야기했소. 난 당신이 이야기 나머지를 끝내도록 윽박지를 생각이오, 당신이 끝낼 수 있다면."

"당장에 말이오?" 멀리니가 미소 지었다. "한번 해 보겠소. 택시가 48번가와 8번가에서 멈췄을 때 운전사가 내린 겁니다. 모자와 케이프를 입고 슈트케이스를 든 채로 말이오. 이 모든 것은 타로가 뒷자리에서 건네준 것이지. 잰슨 형사는 택시의 뒷문이 아닌 앞문으로 자신의 사냥감이 나오는 장면을 볼 수 있는 위치에 있지 않았소. 필시 그런 익숙하지 않은 옷차림을 하고 다소 바보가 된 기분을 느꼈을 운전사는 그 블록 주위를 도는 비밀스럽고 무의미해 보이는 산책을 했습니다. 그 동안 타로는 유유히 사라진 거요. 택시로 돌아온 운전사는 인도 쪽이 아닌 차도 쪽에서 차에 탔기 때문에 잰슨 형사가 전체 상황을 파악하지 못하게 만들었습니다. 잰슨 형사로서는 타로가 운전석으로 들어가는 모습이 그다지 제대로 보이지 않았을 거요. 내가 이렇게 생각한 계기는 타로가 서둘러야 하는 상황인데도 불구하고 차를 타기 전에 차 주위를 빙 둘러서 차도 쪽에서 탔다는 점입니다. 모순된 일이지. 그런 행동을 한 유일한 이유는 틀림없이 사실을 은폐하기 위해서였을 거요.

타로는 잰슨 형사가 실제로 일어난 일과 정확히 반대로 생각하게 만들었습니다. 타로가 틀림없이 택시에 탔다고 잰슨 형사와 그를 태운 운전사가 단언한 바로 그곳에서 진짜 타로는 택시를 떠났던 겁니다!"

경감의 으르렁거림은 이제 더 부드러워졌고 공손해졌다.

"지금까지는 아주 좋았소." 그가 인정했다.

"하지만 타로가 그랜드 센트럴의 정류장에서 택시를 무작위로 골라 탔으면서 어떻게 운전사를 공범으로 만들 수 있었는지 설명하지 않았소. 대단한 우연이 필요한 일 아니오?"

"나도 그렇게 생각합니다." 멀리니가 시인했다. "그렇지만 그건 그다지 중요하지 않소. 그 일이 어떻게 일어날 수 있었는지만 알 뿐입니다. 우연이 아니었으면 좋겠군. 별로 예술적이지 않으니까. 그 운전사는 뭐라고 말했습니까?"

개비건은 뭔가 설명할 기회를 얻은 것이 기쁜 듯 보였다. "타로를 상대하기란 쉽지 않을 거요. 그는 머리 회전이 빌어먹게 빠른 녀석이 틀림없소. 그 상황을 모두 임기응변으로 처리한 것 같으니 말이오. 운전사는 타로를 만난 적은 없지만 들은 적이 있다는군. 그 사람에게는 매일 밤 타로의 라디오 프로그램에 흠뻑 빠지는 두 아이가 있거든. 타로는 운전사에게 어떤 여자의 남편에게 뒤를 밟히고 있다는 식으로 말하고 운전사에게 50달러와, 자기가 택시를 훔쳐 달아나지 않을 거라는 담보로 금시계와 금시곗줄을 주었소. 내 생각엔 10달러면 충분했을 거요. 운전사 말로는 타로가 워낙 인기 연예인이라 자기들이 경찰에게 추적당하고 있다는 생각은 전혀 하지 못했다고 하오. 빨간 신호를 무시하고 달렸는데도 뒤에 따라오는 차를 뿌리칠 수 없어서 그때 낌새를 챘다는군."

"그는 어째서 브롱크스까지 간 겁니까?"

"타로가 운전사에게 여자의 남편을 따돌린 다음 모자와 케이프와 슈트케이스를 머서가 5416번지에 맡겨야 한다고 했다는군. 잰슨이 조사해 보니 그곳은 스케이트장이었소! 내 손에 잡히면 위대한 타로 선생께서는 아주 거창하고 복잡한 설명을 해야 할 거요. 그럴듯한 알리바이를 대더니 바보짓으로 일을 망치는군. 전국 방송보다 중요한 일은 뭐고, 어째서 지문 검사를 기피했고, 도대체 어디 있는 거야?"

"한 가지 의문을 빼먹으셨군." 멀리니가 말했다. "그리고 그것은 다른 의문을 합친 것보다 중요할지도 모르오."

"그게 뭐요?"

"무엇 때문에 위대한 타로는 자취를 감춘 걸까? 그저 경찰을 피하고 싶었던 거라면 어째서 간단히 잰슨 형사를 따돌리지 않았던 걸까? 훨씬 더 단순하고 확실하며 비용이 덜 드는 방법은 널렸소. 어째서 그토록 눈에 띄는 행동만 했던 걸까? 이건 언론의 관심을 받는 자에게 있어서는 큰 타격이 아니냔 말이오. 하지만 밖에 있던 뉴스 사진기자들을 다룬 태도로 판단해 볼 때 이번만은 그런 관심을 바라지 않은 것 같소. 이 또한 이상합니다. 평상시 그라면 이런 일에 불만을 가지는 일이 없거든. 타로가 저 오페라 케이프를 애용하는 이유도 그 때문이지. 그것은 그의 트레이드마크거든."

"우리한테 시체만 없었다면," 개비건이 신랄하게 말했다. "이 난장판이 전부 언론 홍보 담당자의 아이디어에서 비롯된 것이라고 할 텐데."

"왜," 멀리니가 제안했다. "타로의 호텔방에 사람을 보내서 살펴보게 하지 않습니까? 타로는 야회복 차림이면서 모자를 쓰고 있지 않으니 호텔로 갈지도 모릅니다. 그가 머무는 호텔은 그가 사라진 곳에서 겨우 몇 블록 거리에 있고."

"몇 블록이라니, 무슨 말이오?" 개비건은 거의 소리 지르다시피 했다. "그자는 121번가의 주소를 남겼소."

"난 그것에 대해서는 모릅니다." 멀리니가 말했다. "그렇지만 타로는 50번가 서 250번지에 있는 바클레이 암스에서 줄곧 살고 있소."

경감은 전화기에 와락 달려들더니 성을 내며 집게손가락으로 다이얼을 돌렸다.

멀리니가 내게 고개를 돌렸다.

"로스, 그랜드 센트럴에서 타로가 집어 든 슈트케이스가 비어 있었다고 생각하나?"

"아니라는 쪽에 걸지." 내가 말했다.

"그럴까. 경감, 그 슈트케이스를 우리가 한번 볼 수 있게 여기로 옮겨오면 어떻겠습니까?"

"잰슨이 이미 보냈다는군." 개비건이 으르렁거리듯 말했다.

"잘됐군."

"타로는" 내가 가볍게 의견을 말했다. "여분의 오페라 케이프를 그 속에 갖고 있었을 수도 있겠군."

개비건은 전화기 너머로 말했다. "그건 이상한데. 만약 타로가 여분의 모자와 케이프를 숨겨 놓았다면, 자기가 미행당할 것을 예상하고 내내 그 화려한 실종을 연출하려고 의도했었다는 의미가 될 거요. 그렇다면 타로는 왜 미리 택시 기사를 수배하지 않고, 그 자리에서 지어낸 게 뻔한, 분노한 남편 이야기로 위험을 무릅써야 했을까?"

이 의문에 대해 그럴듯한 답이 생각나지 않았기에 나는 입을 다물었다.

개비건은 전화를 걸어 멀리니에게 들은 타로의 주소를 전달하고 당장 그곳으로 사람을 보내라고 명령했다. 그는 전화를 끊고 문 쪽을 바라보았다. 그러더니 손가락 두 개를 입에 넣고 날카롭게 휘파람을 불었다.

11

알리바이 구함

말로이 경위가 경감의 소환에 응하여 들어왔다.

"스펜스가 라클레어 부인에 대해 무슨 말을 하던가?" 개비건이 질문했다.

"대단한 건 없습니다." 말로이가 대답했다. "부인에게 소란을 피우면서 욕을 하도록 시켜 보면 부인을 알아볼 수 있을 거라고 하더군요. 스펜스는 두 층 아래에 있었기 때문에, 그가 확실하게 맹세할 수 있는 것은 그게 여자의 목소리였고 그 여자가 화가 나 있었다는 게 다입니다. 그 사실만은 고집하더군요."

"알았네. 부인을 다시 들여보내게."

멀리니는 소파에 자리를 잡고 긴 다리를 꼬았다. "스펜스는 서스펜스가 넘치는군." 그가 말을 이었다. "뭐하는 사람입니까?"

"기자요." 개비건은 내 쪽을 힐끔 보았다. "이 건물은 기자들로 가득 찬 것 같소. 보건부에 이 사실을 보고해야겠군. 스펜스는 1층에 살아요. 오늘 새벽 3시에 들어왔을 때, 어떤 여성이 우리가 있는 층에서 발을 구르며 부두 노동자처럼 욕하는 것을 들었다는 거요. 누군가에게 화를 내고 있는 것 같았다고 하오. 난 그가 마담 러푸르트나 라클레어 부인의 목소리를 알아들었으면 했지만 그의 대답은 확실하지 않소. 젤마일 가능성이 있지. 그랜드 센트럴의 지하철에서 나와 집으로 가는 길에 여기에 들렀을 수도 있소. 아니면 하트의 여자 친구가 그의 방문을 두드리고 있었던 것일까?"

그는 나를 의심스럽게 훑어보았다.

"아니요." 나는 항변했다. "난 여자 부두 노동자는 전혀 알지 못합니다. 미안하군요."

"그리고 스펜스가 거리로 나왔을 때," 개비건이 덧붙였다. "그는 한 남자가 이 건물에서 떠나는 것을 보았소. 이곳에 사는 사람들은 전부 그 시간에 깊이 잠들어 있었고, 아래층의 노처녀만 제외하고 모두 부부이기 때문에 서로의 말을 뒷받침해 주고 있소. 그노처녀가 건물에서 나온 남자를 즐겁게 해 주고 있었던 건지도 모르지. 스펜스는 그 남자가 걷고 있었다고 묘사했지만, 말로이 말로는 그 여자의 아파트에서 새벽 3시에 나오는 남자라면 누구라도 죽어라 달렸을 거라고 하오."

"묘사라고 했소?" 멀리니가 물었다.

"작은 키, 마흔다섯 살 정도, 둥근 얼굴, 중산모에 정장 차림, 카네이션을 꽂았고, 짧은 각반에 지팡이."

멀리니는 그 묘사를 듣고 한쪽 눈썹을 추켜올렸으나 개비건은 알아차리지 못했다. 그는 젤마가 들어오는 문을 향해 돌아섰다. 불빛이 그녀의 백금빛 머리카락 위에서 차갑게, 진한 붉은 입술 위에서 뜨겁게 반짝거렸다. 그녀의 태도는 매끄럽고 침착했다.

개비건은 시간을 낭비하지 않았다.

"그 동화 같은 이야기의 나머지를 들어봅시다. 갈고 닦고 다듬을 만한 시간이 있었잖소. 그러니 괜찮은 이야기가 됐겠지. 당신은 사바트에게 전화하지 않았다고 말했지만 당신 남편은 당신이 전화했다고 생각하는데 그 이유는……?"

젤마는 얼굴을 찌푸렸다. "내 말을 듣기도 전에 못 믿으시겠다면 내가 해명할 기회가 있기는 한 건가요?"

"말해 보시오." 경감은 짧게 말했다.

"누구 담배 있어요?" 젤마 라클레어의 목소리는 차분하고 자신감이 있었다.

나는 담배와 성냥을 젤마에게 주었다. 그녀는 연기를 들이마시지 않고 멍하니 뻐끔거릴 뿐이었다.

"알은," 그녀는 연기 사이로 말했다. "내가 세자르에게 전화를 걸었다고 생각했어요. 나는 알이 그렇게 생각하기를 바랐거든요. 난 세자르에게 전화하려고 하기는 했지만, 알이 문가에서 엿듣고 있는 모습이 내가 들고 있던 거울에 비치더군요. 그래서 후크에 손가락을 올려놓은 채 혼자만의 대화를 계속 한 거예요. 난 그저 알에게 걱정거리를 안겨 주려고 했을 뿐이에요. 아마 좀 심했나 보군요."

개비건의 코가 고약한 냄새를 맡기라도 한 듯 찡긋했다.

"봐요!" 그녀가 말했다. "경감님 마음에 안 들 줄 알았다고요. 하지만 사실이에요."

멀리니는 또다시 50센트짜리 동전으로 장난을 치고 있었는데, 손가락 사이에서 흐릿한 유령처럼 사라졌다 나타나는 동전을 물끄러미 들여다보며 생각에 잠겨 있었다.

"말로이!" 경감이 퉁명스럽게 말했다. "알프레드 라클레어를 불러 오게."

멀리니의 동전이 바닥에 떨어져 핑그르르 돌았다. 그는 재빨리 동전을 집더니 위로 던졌다가 공중에서 낚아챘다.

"잠깐, 경감!" 그가 급히 말했다. "먼저 내가 질문 하나 해도 되겠소?"

개비건은 젤마에게서 눈을 돌리지 않았다. "그러시오."

젤마는 멀리니를 향해 반쯤 돌아앉아 경계심을 갖고 기다렸다.

"라클레어 부인, 탈의실에 있던 전화기가 벽걸이 전화였소, 탁상용 전화였소?"

"그건, 탁상용 전화기였어요."

"그리고 다이얼 전화기였겠지요, 물론." 멀리니는 여전히 동전에서 눈을 떼지 않고 민첩한 동작으로 동전을 보이지 않게 했다가 몇 초 뒤에 교묘하게 어디에선가 끄집어냈다.

이제 젤마와 개비건은 모두 이맛살을 찌푸린 채 멀리니를 지켜보았다. 나도 일이 어떻게 돌아가는지 뚜렷하게 알 수 없었다.

"서커스로 돌아가는 것은 어떻겠습니까, 라클레어 부인?" 그는 엄숙한 목소리로 말을 이어갔다. "'세 개의 손을 가진 여인'이라고 선전하는 건 어떨까요? 부인 이야기에 따르면 결국 그런 결론에 이르게 되는데요. 동시에 수화기를 귀에 대고, 다이얼을 돌리고, 한 손가락으로 후크를 누르고 있으려면 그것만이 유일한 길이지요. 벽걸이 전화라면 수화기를 든 손으로 다른 일도 할 수 있습니다. 탁상용 전화라면…… 어떻게 했는지 우리한테 보여 줄 수 있겠지요?"

그는 사바트의 책상 위에 있는 전화기를 가리켰다.

"지옥에나 가 버려요!" 그녀는 거침없이 말했다.

"좋아, 베이브!" 개비건이 위협적으로 말했다. "그것으로 일을

망쳤군. 이야기를 시작하시지. 말이 되는 이야기로!'

그녀는 얼굴을 경감 쪽으로 젖히고는 섹스어필을 발동하는 스위치를 넣었다. "알았어요. 내가 이야기를 좀 비틀었다고, 그게 뭐 어때서요? 난 살인사건에 말려들고 싶지 않아요."

"이미 버스는 떠났소, 베이브. 당신은 이미 말려들어 버렸고, 빠져나갈 문을 찾으려고 그릇된 방향으로 가고 있소. 자, 그만둬요. 당신은 사바트에게 가겠다고 했소. 당신이 여기에 왔을 때 무슨 일이 있었소?"

별안간 젤마의 눈이 커지고 놀란 빛을 띠었다. "그러니까, 그가 살해당한 시간이 오, 오늘 새벽 3시라는 건가요?"

"그건 당신이 가르쳐 줘야 할 것 같은데?"

그녀는 우리에게서 떨어져 한두 발 정도 불안정하게 걸음을 옮겼다. 그러더니 다리에 의자가 걸리는 것을 느끼고 천천히 앉았다. 몸은 긴장되어 있었고 눈은 크게 뜬 채였다.

"자, 어때?" 개비건이 고집스럽게 말했다.

젤마는 그에게 눈을 맞추더니 다음 순간 갑작스럽게 긴장이 풀려, 의자에 앉은 채 몸을 뒤로 기대고는 담배를 깊이 빨았다.

"좋아요." 그녀는 선선히 말했다. "하지만 그 전에 말해 주셨어야죠. 사바트에게 전화했었어요. 하지만 난 여기에는 오지 않았어요…… 게다가…… 증명할 수도 있어요. 사바트에게 바람맞았거든요. 요즘은 계속 그런 식이었어요. 세자르와 나는 약간 말다툼을 하고 오늘 밤 쇼가 끝난 다음 만나기로 했어요. 그리고 나서 곧장 집으로 갔어요."

"그럼 그걸 어떻게 증명하려는 거요?"

"내가 도착한 직후에 알프레드가 전화했어요. 그때가 바로 3시였지요. 그 사람에게 물어보세요. 그이는 내 행동을 체크하고 있었어요. 아마 정말로 이혼하고 싶은 거겠죠. 하지만 그이는 운이 없었어요. 나는 집에 있었고 그건 내가 도중에 다른 데 들를 시간이 전혀 없었음을 의미하니까요. 난 이해할 수 없어요. 어째서…… 어째서 저 사람이 경감님에게 그런 말을 하지 않았는지…… 만약," 그녀는 밝은 붉은 입술 위로 천천히 손등을 가져갔다. "……만약 그 사람이 일부러 그런 거라면…… 경감님!"

젤마는 경감의 팔을 와락 움켜잡고 필사적으로 매달렸다. 그녀의 지갑과 담배가 바닥에 떨어졌다.

"경감님! 저 사람은 저에게 누명을 씌우고 있어요…… 경감님이…… 경감님이 저 사람이 진실을 털어놓게 해야 해요……, 경감님이 반드시……,"

"그를 데려와, 말로이!" 개비건이 딱딱한 어조로 말했다.

젤마는 여전히 그의 팔에 매달려 있었다. 먼젓번 여자 증인은 기절했었다. 이번에는 히스테리를 일으키려 하는 참이었다. 경감은 그녀를 의자로 밀어서 앉게 했다.

"당신은 여기 앉아서 조용히 입 다물고 있어요." 경감이 명령했다.

말로이가 브래디 형사와 함께 라클레어를 침실에서 데려왔다. 라클레어는 잽싸게 캐묻는 듯한 시선을 젤마에게 던지고는 개비건을 마주보고 서서 기다렸다. 아랫입술을 꽉 깨물고 찡그린 얼굴을 하고 있었다.

젤마는 의자에 앉아 앞으로 몸을 잔뜩 굽힌 채, 낮지만 비명처럼 날카로운 목소리로 애원했다.

"알프레드, 제발…… 자기가 경감님에게 말해야 해…… 자기가 그 정도로 날 미워할 리가 없잖아! 자기도 알잖아, 내가 그럴 수 없……,"

개비건이 재빨리 그녀의 앞으로 걸어가서 그녀의 어깨를 붙잡고 의자 깊숙이 떠밀었다.

"당신 입에서 한마디만 더 나오면 이번엔 때려 주겠소. 이 쇼를 진행하는 사람은 나요. 이제 진정하시지."

그는 알프레드를 향해 휙 돌아섰다. "당신은 어젯밤 당신 아내가 몇 시에 집에 도착했는지 전혀 모른다고 했지?"

알프레드는 잠시 침착하게 경감을 바라보았다 그리고 말했다.

"죄송합니다만, 경감님. 제 생각은 다른데요, 그건 저한테 물어보지 않았습니다."

"좋소. 지금 묻고 있소."

"아내는 3시에 집에 도착했습니다. 그건 알고 있습니다. 집에 전화하니까 아내가 막 돌아왔다고 했거든요."

"당신은 내가 그 말을 믿을 거라고 기대하는 거요?"

"네."

경감은 이를 악물고 험악한 눈으로 두 사람을 쳐다보았다. 그는 멀리니를 향해 기대에 찬 눈빛을 던졌지만, 이 신사분께서는 다시 동전 마술에 열중해 있었다. 경감은 맥없이 말했다.

"브래디, 이 두 사람을 여기서 내보내게. 누가 이들을 차에 태워 시내로 데려다 주도록 해."

라클레어 부인은 서둘러 밖으로 나갔다. 알프레드는 아주 살짝 망설이더니, 그녀를 따라갔다.

개비건이 말했다. "이 모든 게 무슨 뜻인지 조금이라도 알겠소, 멀리니?"

멀리니는 윗옷 주머니에 동전을 집어넣었다. "뭐, 한 가지 말하자면." 그가 대답했다. "2시에는 사바트가 팔팔했던 것으로 보이는군요."

"그건 알겠소. 다른 것은?"

"젤마 라클레어는 일반적인 스트리퍼 여왕들보다 훨씬 머리가 빨리 돌아가고 상상력이 뛰어나다는 인상을 받았습니다. 저 여자는 또한 뛰어난 거짓말쟁이에다 재주 많은 여배우입니다."

"당신은 거짓말을 가려낼 수 있소?"

"아마 대부분은. 저 여자는 자기가 사바트에게 전화할 때 알프레드가 문 밖에 있었다는 사실을 알지 못했소. 우리에게서 알프레드가 엿들었다는 이야기를 듣고서, 그녀는 이미 알고 있었던 척하면서 우리에게 '전화 거는 척했다'고 꾸며낸 거요. 아직 몸이 풀리지 않았던 탓에 그건 파울볼이 되고 말았소. 만약 남편을 화나게 하기 위해 애인에게 전화하는 척한 거라면, '지금 갈게요'라고 말하고 난 다음 말다툼 같은 것은 하지 않는 법이오. 뭔가 남편에게 들려 줄 만한 가치가 있는 말을 했을 거요. 이해되십니까?"

"난 절대로 여자가 무엇을 할지 예측하려 하지 않소. 하지만 그럴듯하게 들리는군."

"확실히 하기 위해, 나는 후크를 누른 채 탁상용 전화의 다이얼을 돌리는 것에 대한 질문을 던져 본 겁니다. 만약 젤마가 정말로 사바트에게 전화하는 척하고 있던 것이라면 올바른 대답을 했을 거요. 그러나 그렇지 못했기 때문에, 그리고 약간 중압감을 느끼고 있었기 때문에 그것을 생각하지 못했던 거지."

"당신이라면 어떻게 하지?"

"수화기를 왼손에 들고 아무 번호라도 상관없으니까 다이얼은 오른손으로 돌린 다음 오른손으로 전화를 끊으면 됩니다. 이 세 가지 동작을 동시에 할 필요는 없으니까 말이오. 아니면 자신의 전화번호를 돌리면 전화를 끊을 필요가 전혀 없소."

"경험담처럼 들리는데?"

"그럴 지도." 멀리니가 씩 웃으며 덧붙였다. "범법 행위는 아니잖소?"

"누구에게 그렇게 해 보였는가에 달렸지. 어쨌든 계속해 보시오. 알리바이는 어떻소? 알프레드와 젤마는 알리바이에 대해서는 일치했소. 만약 저 여자가 이야기하는 동안 생각해 낸 것이라면…… 알프레드는 어떻게 같은 이야기를 하게 된 걸까? 두 사람은 그럴 기회가 없……, 빌어먹을!"

"그렇소, 경감. 내가 저 부부를 각각 다른 새장에 넣어 두라고 경고하지 않았소. 당신은 언제고 저들의 공연을 봐야 합니다. 알프레드는 관객 속으로 내려가서 누군가의 시계를 들여다봅니다. 젤마는 무대 위에 서서 눈을 가린 채 즉시 제품명, 보석 등록 번호, 뚜껑에 새겨진 말 등을 쏟아내기 시작합니다. 그녀가 당신 팔에 매달려 히스테리를 부렸기 때문에 당신은 알프레드를 들여보내기 전에 그녀를 방에서 내쫓을 생각조차 하지 못했소. 그 순간 젤마는 알프레드에게 신호를 보내 알리바이를 전달한 겁니다. 알프레드는 젤마를 무서워했고 그 사실을 그녀도 알았기 때문에 그녀도 도박을 한 거요. 아무튼, 그는 호응을 했고 젤마는 승리를 거두었소."

"왜 젤마에게 서커스로 돌아가는 게 어떠냐는 말을 했소? 서커스에는 스트리퍼가 없는데, 적어도 내가 어릴 때는 없었지."

"그렇소." 멀리니가 미소 지었다. "지금도 스트리퍼는 없소. 분홍색 타이즈가 더 아슬아슬하긴 하지만 여전히 상대적으로 얌전한 편이지. 젤마와 알프레드는 둘 다 앨 G. 로빈슨 합동 쇼와 함께 일하곤 했습니다. 믿거나 말거나, 젤마는 공중에 이로 매달려 나비 묘기를 보였소. 알프레드는 공중 그네 묘기 공연자였는데 추락해서 손이 부러지기 전까지는 최고였습니다. 알프레드가 추락했을 때 두 사람은 서커스를 떠났고 젤마는 민스키 쇼20세기 초에 스트립쇼 등 성인을 대상으로 하는 퇴폐적인 공연을 주로 했다에서 일자리를 구했습니다. 알프레드는 2년가량 일 없이 실업자로 지냈습니다. 그러다가 투시력 공연을 하게 된 거요."

"파란만장하다는 게 바로 이런 것을 두고 하는 말이로군." 개비건 경감이 말했다. "스펜스가 들은 여자의 목소리가 누구의 목소리인지만 알 수 있다면 말이야. 젤마인지 마담 러푸르트인지 일단 젤마 같지만—에이, 젠장! 두 사람은 나중에 다그쳐 보자고. 말로이, 듀발로를 이리로 들여보내게. 이 자는 디저트로 남겨두고 있었지."

나는 자리에 앉아 눈을 최대한 크게 열어 두었다.

말로이 형사를 따라 문으로 들어온 사내는 빛바랜 파란 코트를 팔에 걸치고 낡은 검정 펠트 모자를 들고 있었다. 그는 들어오자마자 발을 멈추고 재빨리 방안을 둘러보았는데, 흥미롭다는 듯 펜타클과 촛대에 시선이 머물렀다. 몸동작은 경계하는 듯한 조바심 때문에 기민해 보였고, 태도는 운동선수 같은 자신감에 차 있었다. 불가능한 상황에서 탈출하는 묘기로 먹고 사는 남자에게서 예상할 수 있는 완강한 투지로 팽팽하게 긴장되어 있었다. 키는 평균 정도이고 30대 후반이었다. 예전에 확실히 이 남자를 본 적이 있었다. 분명히 무대에서 보았을 텐데 기억은 전혀 나지 않았다.

우리를 건너다보다가 사내는 멀리니를 발견했다.

"안녕한가!" 그가 말했다. "여기서 뭐 하고 있나?"

멀리니가 고개를 끄덕여 보였다. "안녕한가, 데이브."

그러고 나서 멀리니는 경감과 말로이와 나를 소개했다. 듀발로는 고개 숙여 인사하고 기다렸다. 개비건이 말하기 시작했다.

"당신은 여기서 무슨 일이 일어났는지 아십니까?"

"막연하지만, 그렇습니다. 밖에 있는 기자들은 사바트가 살해되었다고 믿는 것 같더군요. 경찰차와 경찰, 북적거리는 이웃의 숫자로 판단하건대 무언가 내막이 있었던 것으로 보이네요."

"그렇소." 개비건은 그에게 사정을 이야기해 주었다.

듀발로는 부서진 문짝을 가리키며 질문했다. "문을 부수고 들어와야 했군요. 문이 잠겨 있었나요?"

"게다가 빗장까지 걸려 있었소. 하지만 그 문제를 논하기 전에…… 선생은 사바트를 꽤 잘 아는 것으로 알고 있소. 이게 모두 무슨 의미인지 설명해 주실 수 있겠소?"

개비건은 분필로 그린 표시를 가리키며 몸짓을 해 보였다.

듀발로는 다가가서 자세히 들여다보았다.

"당신들에게 정신 나간 짓 같은 느낌을 주겠군요. 뭐, 사바트는 꽤나 정신이 나가 있었으니까요. 난 그걸 알 만큼 사바트를 잘 알았습니다. 그렇지만 가까운 친구는 전혀 아니었어요. 그에게는 가까운 친구가 없었거든요. 사교적인 타입은 아니었습니다. 여자 라면 이야기가 다르지만."

"예를 들면, 누구 말입니까?"

듀발로는 어깨를 으쓱했다. "여러 여자죠. 사바트는 여자라면 안 가렸으니까요."

"라클레어 부인이겠지요?"

그는 미묘하게 한쪽 눈썹을 추커올렸다. "경감님께서는 윈첼주로 유명 인사들의 루머나 사생활을 폭로하는 기사를 쓴 것으로 유명한 언론인의 기사를 즐겨 읽으시는군요."

"글쎄요, 맞소?"

"네. 하지만 제가 한 말이라고 인용하진 않았으면 좋겠군요."

"사바트를 알고 지낸 지 얼마나 됐소?"

"두어 달입니다. 타로를 통해서 만났습니다."

"사바트는 양탄자를 말아 두고 바닥에 이렇게 표시를 하는 취미가 있소?"

"저로서는 놀랍지 않습니다. 그 사람은 별의별 짓을 다 하는 경향이 있었거든요. 저 원들은 분명히 수르가트라는 이름의 악마를 소환하기 위한 것입니다. 저것들에 대해 사바트에게서 들었습니다. 그는 그런 것들을 믿는 눈치였습니다. 하지만 그 사람이 완전히 정신이 나간 것은 아니었어요. 몇 가지 속임수를 멋지게 해 냈는데 저는 그 비밀을 알아내려고 애써야 했지요. 그것이 워트러스 대령에게 연락하는 게 어떻겠냐고 그 사람을 설득한 이유였습니

160

다…… 그런데, 워트러스 대령은 여기 있지 않았나요?"

"있었소, 워트러스 대령과 선생의 다른 친구들이 시체를 발견했소."

"흥미 있는 일들은 전부 놓쳐 버린 것 같군요." 듀발로는 애석한 듯 말했다. "그런데 사바트는 어디 있습니까? 대관절 무슨 일이 일어난 겁니까? 호기심이 끓어 넘치려고 하는군요."

"난 선생의 진술을 먼저 듣고 싶소. 실례가 되지 않는다면."

"경감님 말씀은 불길하게 들리는군요. 하지만 경감님이 대장이지요. 내가 어떤 일에 발을 들이밀고 있는지만 알 수 있으면 좀 더 마음이 편해질 것 같은데요."

"데이브," 멀리니가 생기를 띠며 말했다. "자네가 알아내려고 애써야 했다는 사바트의 속임수는 뭐였지? 자네가 그런 사실을 인정하는 것은 처음 듣는군."

듀발로는 미소 지었다. "자네에게 이야기하지 않은 이유가 그 때문이라네. 아마 내가 먼저 그 비밀을 알아낼 수 있을 거라고 생각했거든. 그 사람에게는 최고급 공연 마술 두 가지가 있었지. 여기 계신 경감님은 내가 그 기술에 대해 설명하면 정신이 나갔다고 생각하실 거야."

"한번 들어봅시다." 개비건이 퉁명스럽게 말했다.

"좋아요. 경감님이 원하신 겁니다. 어느 날 밤 사바트가 낡은 셔츠에 야광도료를 칠한 허수아비 따위가 아니라 진짜 유령을 불러냈을 때는 앉은 자리에서 일어나 달려들 듯이 바라본 적이 있습니다. 그리고 나서 한번은 홈의 공중부양 현상에 대해 논쟁을 벌였습니다. 그 사람은 저의 회의적인 태도에 매우 격분했지요—어쨌든 그 사람 성미는 고약했으니까요. 마침내 내 입을 다물게 하기 위해서, 사바트는 홈이 한 일이라면 어떤 것이든 똑같이 할 수 있다고 말했습니다. 약간 말이 지나쳤던 것 같지만 그 말의 뒷받침을 하지 않으면 안 되는 상황에 몰렸던 것입니다. 사바트가 알아들을 수 없는 주문을 계속해서 읊자 난 이 늙은 친구와 그의 망상에 대해 미안한 마음이 들기 시작했습니다. 그때, 그의 발이 바닥에서 1미터는 족히 곧장 떠올라 그대로 그 자리에 멈추는 겁니다. 사바트는 자기 발밑으로 내 손을 지나가게 했습니다. 그것도 환한 불빛 아래에서 말입니다. 그는 그 자리에 거의 1분 정도 머물렀습니다. 긴장 때문에 눈이 거의 튀어나올 것 같더군요. 그리고 '더 이상 버틸 수가 없어!' 라고 낮은 소리로 속삭이더니 쿵하고 떨어졌지요. 전 그 비밀을 푸느라 일주일 동안 잠을 잘 수 없었습니다."

"그래서 성공했소?" 개비건이 물었다.

듀발로는 천천히 고개를 저으며 미소 지었다.

"어쩌면요. 그런데 비밀을 풀었다 하더라도 이제 사바트가 죽었으니 그 해답을 떠벌릴 생각은 없습니다. 그 비밀에 대해 독점권을 가질 생각입니다."

"그러면 그건 트릭이지 흑마술은 아닌 거군요?" 개비건 경감이 물었다.

"경감님은 어떻게 생각하십니까?"

경감은 툴툴댔다. "내가 이 사건에서 조금이라도 진전을 보려면 마술사 클럽 같은 곳에 가입해서 초보 등급이라도 따야 하는 거요?" 그는 듀발로를 노려보았다. "선생은 그 남자를 특별히 좋아하지는 않았지요, 아니오?"

듀발로는 재미있다는 듯한 시선을 보냈다. "그건 소위 말하는 유도심문이로군요? 네, 그렇습니다. 그 작자의 피해망상은 유난히 짜증스러웠던 데다가 그러니까─형사만큼이나 의심이 많았어요. 사람들이 자기의 비밀을 캐고 다닌다고 생각했지요. 문마다 저렇게 커다란 빗장이 있는 이유가 그것이랍니다."

"이제 사바트에게는 의심이 많을 이유가 있었던 것처럼 보이는군요? 선생은 그를 죽이고 싶어할 만한 사람을 아시오?"

"아무도요. 어느 누구라도 사바트를 그렇게 진지하게 받아들였으리라고는 생각하지 않습니다."

개비건은 책상 가장자리에 앉아 모자를 뒤로 젖혔다.

"어제 저녁 이후 대략 이 시간까지 선생의 행적에 대해 설명해 주면 좋겠소."

"왜 어젯밤 이후죠? 사바트는 언제 살해된 겁니까?"

"먼저 내 질문에 대답하겠소?"

듀발로는 어깨를 으쓱하고 소파에 앉더니 솔직하고 침착하며 변화 없는 목소리로 말하기 시작했다.

"나는 두 주 전 순회공연을 마치고 돌아온 이래 밤낮을 가리지 않고 일을 했습니다. 다음 달에 개막하는 새로운 쇼를 맡았거든요. 죽도록 피곤해서 여느 때와 달리 일찍 잠자리에 들었습니다. 삼중으로 잠긴 관에서 탈출하는 새로운 묘기 때문에 전날 밤 내내 작업을 했지요. 멀리니, 이 일에 관해서 자네가 좀 봐 주었으면 하네. 문제가 좀 있거든. 어떤 일이냐 하면……,"

개비건이 말을 가로막았다. "선생은 혼자 사시오?"

"네, 셰리든 광장 근처의 반 네스 소로小路 36번지입니다. 나는

9시에 일어나서 아침 내내 일하고 오늘 오후 4시에서야 간신히 밥을 먹으러 나갔습니다. 전화 한 통을 받고……,"

"잠깐만, 데이브." 멀리니가 끼어들었다. "밥 먹으러 나갔을 때 누구 아는 사람을 만났나?"

듀발로는 고개를 돌려 멀리니를 쳐다보았다.

"뭐라고……, 그래. 모퉁이의 런치 가게 종업원이 나를 알지. 그러나……,"

"계속 하시오, 듀발로 씨. 전화 한 통을 받고……." 개비건이 일깨워 주었다.

"전화 한 통을 받고 일정을 수정하게 됐지요. 그래서 약속에 늦을 것 같아서 타로에게 워트러스 대령과 마담 러푸르트를 차에 태워 이곳으로 데려가 달라고 부탁했습니다. 어떤 사람을 잠깐 만나기로 약속했거든요. 그 다음 여기에 온 겁니다."

"그 이야기를 들어 봅시다." 개비건이 고집스럽게 말했다. 그의 어조는 정중하고 부드러웠지만 완강했다. "선생께서 예상했던 것보다는 오래 걸렸군요, 안 그렇습니까?"

듀발로는 자리에서 일어났다. 그리고 이제 그는, 처음으로 초조해 보였다. 그는 앞뒤로 오락가락했다.

"네, 경감님, 그랬지요. 저도 그게 별로 마음에 들지 않았습니다. 그때는 우스꽝스러워 보였거든요. 게다가 여기로 와서 살인사건과 맞닥뜨리게 되니, 참으로 기묘하게 보이기 시작하는군요."

"그게 무슨 말인지 가르쳐 주겠소?"

"전화를 한 통 받았습니다." 듀발로가 느릿느릿 말했다. "내가 모르는 사람에게서 걸려온 것이었습니다. 윌리엄스 씨라는 사람이라더군요. 그 사람은 내가 오래되고 희귀한 자물쇠를 수집한다는 말을 들었다는 겁니다. 그는 자기가 1,400년에 만든 것으로 추정되는 스페인 핀 자물쇠를 갖고 있다고 했습니다. 자기가 그날 하루만 시내에 있는데, 혹시 도시 외곽 어딘가에서 만나 주면 그 물건을 가져오겠다더군요. 괜찮은 거래라고 생각되길래 내 사무실에서 만나자고 했지요. 그는 좋다고 하더니 제가 혼자 있을지 알고 싶어했습니다. 그 사람이 그런 말을 하니까 그 제안에 대해 관심이 조금 식더라고요. 어쩌면 그 자물쇠가 그 사람의 소유가 아닐 수도 있겠다는 생각이 들었습니다. 그렇지만 그 사람이 계속 설득을 하는 바람에 어쨌든 한 번 볼 만한 가치는 있겠다고 생각했습니다. 저는 사무실에 가서 기다렸는데 나타나지 않았습니다. 그래서 막이곳으로 오려고 출발하려는 참에 그 사람이 전화해서 자기가 발이 묶이는 바람에 30분 내에는 도착할 수 없다고 하더군요. 그래서 30분을 더 기다렸습니다…… 그렇군……!" 듀발로는 말을 멈추고 궁금한 표정으로 경감을 쳐다보았다. "경감님이 사람을 보내서 나를 찾았습니까?"

경감이 말했다. "그렇소."

"어쩐지 윌리엄스 씨가 마음에 안 들더라니. 그가 전화한 직후 누군가 문을 두드렸습니다. 아직 너무 일렀기 때문에 윌리엄스 씨가 아니라는 것을 알았지요. 게다가 두 사람이었습니다. 아무튼, 윌리엄스 씨는 평화롭고 조용한 거래를 원한다는 사실을 알기에, 난 바보처럼 계속 입을 다물고 그 노크에 대답하지 않았습니다. 수갑을 꺼내시는 게 좋겠군요, 경감님. 내가 그곳에 퍼질러 앉아서 최상의 증인을 애써 피하고 있는 동안에 사바트가 살해되었다면,

저는 지금 곤경에 처한 것이겠죠."

"윌리엄스는 어떻소?" 개비건이 물었다. "그가 전화로 선생과 통화했다는 사실을 증언하지 않겠소?"

"통화를 한 뒤 거의 한 시간 반을 기다렸습니다만 그 사람은 나타나지 않았습니다. 비뚤어진 아이디어에서 나온 누군가의 그럴듯한 장난이 틀림없다고 생각했는데, 지금은 장난처럼 보이지 않는군요. 아니면 내가 공연한 일을 상상하고 있는 건가요?"

"모르겠소. 사바트는 오늘 새벽 3시경에 살해됐소. 아는 사람의 목소리가 아니었다고 확신하시오?"

"네, 전혀 들어본 적 없습니다. 그렇지만 그건 별 의미가 없습니다. 나는 많은 배우를 알고 있는데 만약 그중 한 사람이 자기 목소리를 감추고 싶어한 거라면……." 그는 어깨를 으쓱했다.

개비건은 얼굴을 찌푸리더니 몸을 돌려 명함이 뒤집힌 채 놓여 있는 책상 위를 내려다보았다.

듀발로는 문을 살펴보았다. "이 문이 부서진 걸 보니," 그가 말했다. "부엌문도 잠겨 있었던 것 같군요. 그 문도 마찬가지로 빗장이 걸려 있었나요?"

멀리니가 대답했다. "그렇네. 난 자네가 이 상황에 대해 어떻게 생각하는지 알고 싶군. 두 문의 열쇠는 사바트가 입고 있던 목욕가운 주머니 속에 있었네."

듀발로는 문을 닫고 두어 번 빗장을 걸어 보더니 잠긴 채로 놓아두고 뒤로 물러나 살펴보았다. 잠시 후 그는 돌아서서 말했다. "창문은 어때?"

"그쪽도 똑같아. 모두 안쪽에서 잠겨 있네."

"그렇다면 자살이 아니라 살인이라고 할 만한 충분한 이유가 있나? 사바트의 머리에 총탄이 박혀 있는데 총이 사라졌다든가?"

"아니, 그것보다 더 나쁜 일이오." 개비건이 말했다. "사바트는 교살당했소."

"그가 스스로 목을 조를 수는 없었을 것 아닙니까?"

"자살이라면 오로지 목을 매는 방법밖에 없소. 그러지 않으면 일이 끝나기 전에 의식을 잃을 테니까. 사바트는 바닥에 등을 대고 반듯하게 누워 있었소. 저, 저 펜타클 한가운데에."

"흐음. 다른 문을 한번 봅시다."

뒤발로는 부엌을 향해 출발했고 우리도 뒤따라갔다. 그는 문을 살펴보더니 무릎을 꿇고 아랫부분의 가장자리를 손가락으로 훑어보고는 고개를 저었다.

"문 밑으로 실을 연결하는 방법으로는 밖에서 빗장을 잠글 수 없습니다. 두 문 모두 문설주에 딱 맞군요. 하지만 실을 벽에 박힌 압정이나 그 비슷한 것에 고리처럼 감아서 옆에서 당길 수 있었다면 실은 열쇠구멍을 통해 빠져나갈 수 있었을 겁니다. 그리고 자물쇠의 문제는 아주 단순합니다. 이건 쉬운……,"

멀리니가 끼어들었다. "내 생각에는, 자네가 그 이론에 너무 깊이 빠져들기 전에 저 두 열쇠구멍 모두 사바트의 손수건 조각으로 안쪽에서 막혀 있었다는 사실을 알아야 할 것 같네. 손수건의 나머지 조각은 열쇠와 함께 사바트의 주머니에 들어 있었네."

뒤발로는 빗장에 손을 얹은 채 멈칫했다. 그는 멀리니를 뚫어져라 쳐다보았다.

"이보게. 자네가 정말로 내 도움을 원한다면 왜 그렇게 비밀이 많은 거야? 내가 정보를 할부로 나누어 듣지 않았다면 더 나은 솜씨를 발휘했을 거야. 무슨 생각이지?"

나는 개비건 경감이 명함을 가져와서 뒤집어 보고 있다는 사실을 알아차렸다. 어색한 침묵이 흐르고 나서 듀발로가 참을성 없이 빗장을 툭 내려놓았다.

"타로와 그 일당은," 그가 물었다. "아파트 안에 아무도 숨어 있지 않았다고 확신하는 건가, 그들이 문을 부수고 들어간 뒤에 몰래 빠져나간 사람이 없었다고?"

"하트, 말해 주게." 멀리니가 말했다. "여기 있었으니."

"우리가 처음 생각했던 것도 그 점이었습니다. 그래서 이곳을 뒤져봤지만 결과는, 제로였습니다." 내가 말했다.

"지붕에는 어떻게 올라갑니까?"

"하트의 아파트에 다락방으로 올라가는 문이 있소." 개비건이 대답했다.

듀발로는 내 시선을 피하며 말했다.

"지붕에서 줄을 타고 내려와서 창문 밖에서 문을 잠그고 창유리를 떼고 들어간 다음 나올 때 다시 유리를 끼워 넣는 방법은 어떨까요?"

"하트의 알리바이는 확인됐소. 그리고 유리의 접합제는 모두 오래된 것이오."

그러니까 이미 나에 대해 조사해 보았다 이거군? 나는 밤을 새워 일한 것이 나름대로 보람이 있었다는 생각이 처음으로 들었다.

이제 듀발로는 다소 걱정스러워 보였다. 그는 멀리니를 돌아보았다.

"자네는 어떻게 생각하나?"

그러나 개비건이 끼어들었다. "당신에게 물어볼 것이 아직 남아 있소, 듀발로. 선생의 직업은 못으로 단단히 봉인해 물속에 빠뜨린 상자에서 목숨을 걸고 탈출하는 일이라고 알고 있소. 그런 것에 비하면 이건 누워서 떡 먹기겠지요."

"네, 그런 식으로 생각하실까 걱정했습니다. 경감님이 나를 얼마나 엄청난 곤경에 빠뜨리고 계신지 모르십니까? 만약 내가 빠져나갈 수 없다고 인정하면 내 명성에 멋진 커다란 구멍이 뚫리게 될 겁니다. 내일자 신문 헤드라인에 커다랗게 나오겠죠. '탈출왕, 패배를 맛보다'. 그리고 내가 '물론이죠, 여기서 빠져나가는 건 식은 죽 먹기랍니다'라고 말하면 경감님은 즉시 내가 한 짓이라고 생각하겠지요. 아뇨. 사양하겠습니다. 특히 어젯밤에는 혼자 잤기 때문에 그 지저분한 일이 일어났을 때 내가 침대 속에 있었다고 맹세할 만한 증인이 전혀 없으니까요. 괜찮으시다면 그냥 넘어가고 싶군요."

"대답이 '아니요'라면 기자들에게는 비밀로 하겠다고 약속하겠소." 개비건이 말했다. "그리고 만약 선생이 누구든 이 방에서 빠져나갈 수 있었던 방법을 알려 준다면……, 글쎄, 선생을 배심원 앞에 세우려면 이것보다는 다른 증거가 더 많이 필요하겠지요. 이 정도면 공평하지 않소?"

듀발로는 주저하다가 재빨리 말했다. "좋아요, 운에 맡겨 봅시다. 대답은 '아니요'입니다. 나는 이 방을 여러분이 발견한 상태대로 남겨 둔 채 빠져나갈 수 없었을 겁니다. 만족하십니까?"

개비건의 얼굴에는 쥐구멍 속에 들어간 고양이의 표정이 떠올라 있었다. 그는 부드럽게 대답했다. "아니, 만족 못 하겠는데."

듀발로의 검은 눈이 분노로 번득였다. "그렇다면 내가 어떤 일을 할 수 없다는 사실을 어떻게 증명할 수 있단 말입니까?"

"이것을 설명해 준다면 도움이 될 거요." 개비건이 말했다

경감은 명함을 뒤집어 듀발로가 앞면을 보도록 했다.

듀발로는 한참을 들여다보다 눈을 들어 개비건을 보았다.

"그러니까 경감님은 정말로 나를 배심원 앞에 세우기 위해 필요한 것을 갖고 계셨던 거군요."

그의 턱 근육이 단단해졌고 목소리에 어둡고 깊은 분노가 흘렀다. "어디서 발견하셨습니까?"

경감은 대형 폭죽을 터뜨렸다.

"거실 바닥에 놓여 있었소. 사바트의 시체 밑에!"

듀발로는 그 말을 곱씹어 보고는 느릿느릿 말했다. "그거 참 안좋은 상황이군요, 그렇죠?"

"그렇소."

"내가 봐도 될까요?" 듀발로는 손을 내밀었다.

개비건은 본능적으로 명함을 쥔 손을 뒤로 뺐다. 듀발로는 얼굴을 찌푸리더니 양손을 주머니에 찌르고 말했다. "만지지 않겠습니다."

경감은 명함을 들어올렸고 듀발로는 면밀히 살펴보았다.

"어떻소?"

"내 명함이 맞습니다." 듀발로가 인정했다. "하지만 이게 어떻게 당신이 발견했다는 장소에 있었는지 전혀 알 수가 없군요. 이제 어떻게 되는 겁니까? 수갑을 차고 죄수 호송차에 타는 건가요?"

"아니오. 그렇게까지 드라마틱한 일은 없을 거요. 하지만 우리가 이 문제를 모두 해결할 때까지 하루 정도는 경찰본부에 손님으로 묵어 주어야 할 것 같군요."

듀발로는 잠시 경감을 쳐다보았다. 그러고 나서 그는 주머니에서 담배 한 개비를 꺼내 손등에 톡톡 두드리더니 입에 물었다.

"좋아요." 그는 느릿느릿 말했다. "살인범이 이 아파트에서 어떻게 빠져나갔는지 말씀드리지요."

12

단단한 벽을 통과하여

인간이 고안한 자물쇠 중
정교한 도구의 도움을 받고도
딸 수 없는 자물쇠는 없었다.
데이비드 듀발로―1937년 8월 17일 『뉴욕 아메리칸』의 인터뷰 중에서

개비건은 눈에 띄게 밝아졌지만 아무 말없이 기다렸다. 자신감을 회복한 듀발로는 빠르게 설명하기 시작했다. 그의 목소리에는 그다지 똑똑하지 못한 학생들이 모인 반에서 강의하는 듯한 우월감이 묻어 있었다.

"내가 '나는' 당신들이 발견한 상태대로 남겨 둔 채 이 방에서 빠져나갈 수 없었을 거라고 말한 것을 기억하시는지 모르겠습니다. 나는 아무도 할 수 없었을 거라고는 말하지 않았지요. 잘 보십시오!"

마술사가 통상적으로 신사에게 손수건을 빌릴 때 하는 공손한 요청을 생략하고, 그는 손을 뻗어 경감의 상의 주머니에서 갈색 테두리의 손수건을 솜씨 좋게 낚아챘다. 그는 손수건을 흔들어 펼치더니 두 손으로 쥐고 재빨리 비틀어 반으로 찢었다. 한 조각을 일

부러 바닥에 떨어뜨리고는, 침착하게 다시 나머지 부분을 반으로 찢었다.

"내가 범인이라고 가정해 봅시다." 그의 목소리는 차가웠으며 노골적으로 빈정거리는 말투였다. "나는 사바트를 죽이고 거실 문의 빗장을 지른 다음, 이 천 조각을," 그는 왼손에 들고 있는 찢어진 네모 조각을 가리켰다. "열쇠 구멍에 쑤셔 넣습니다. 그리고 사바트의 주머니에 열쇠와 큰 쪽의 손수건 조각을 도로 넣습니다. 그런 다음 부엌으로 옵니다."

그는 재빨리 부엌을 둘러보더니 손을 뻗어 싱크대 아래에 있는 철제 휴지통을 끄집어냈다. 듀발로는 휴지통 속을 뒤져 온갖 휴지 뭉치를 꺼내 던지더니 마침내 허리를 펴고 60센티미터 정도 길이의 끈 조각을 건져 올렸다.

"연필 갖고 있는 분?" 그가 물었다.

나는 윗주머니에서 연필을 꺼내 건네주었다.

듀발로는 네모난 작은 천 조각 하나를 반으로 접었다. 그리고 연필 끝을 사용해서, 접은 가장자리에서 약 1센티미터 되는 지점에 두 겹의 천을 관통하여 구멍을 뚫었다. 그는 구멍에 끈을 꿰고는 천이 끈 한가운데에 대롱대롱 매달릴 때까지 잡아당겼다. 끈의 양 끝을 오른손에 모아 쥐고 그것을 들어올렸다. 왼손은 마술사가 흔히 하는 것처럼 빙글빙글 돌리고 있었다. 그는 돌아서서 문을 30센티미터 정도 열고는 무릎을 꿇고 끈 양 끄트머리를 모아 열쇠구멍으로 통과시켰다. 그리고 일어나서 문의 바깥 복도 쪽에 나와 있는 끈의 양 끄트머리를 잡은 채 차가운 눈으로 경감을 살폈다.

"이제 저는 나가서 문을 닫을 겁니다. 신사분들께서 천 조각을 주시하신다면……," 그의 음성은 무대 마술사를 흉내 내고 있었다. 그가 자신의 등 뒤로 문을 닫으려 할 때, 개비건이 날카롭게 말했다.

"좀 천천히 하시오!"

경감은 말로이를 쳐다보고 복도를 향해 턱짓을 했다. 말로이는 옆걸음질을 쳐서 밖으로 나갔고 두 사람 뒤로 문이 닫혔다.

듀발로의 목소리가 문을 뚫고 들려왔다. 강의하는 듯한 말투였다. "복제 열쇠, 자물쇠 따개 또는 일상적인 소지품을 이용하여ㅡ저는 종이 클립으로도 가능합니다만ㅡ저는 문을 잠급니다. 그런 다음,"

끈이 당겨지더니 4분의 1 조각의 손수건이 열쇠구멍으로 빨려 들어갔다. 천은 한두 번 움직이더니 열쇠구멍 속으로 단단하게 당겨졌다.

"이제, 끈의 한쪽 끝만 잡아당기면," 듀발로의 목소리가 이어졌다. "끈을 완전히 제거할 수 있습니다…… 바로 이겁니다!"

복도를 따라 걷는 발소리가 들렸다. 두 사람은 아파트로 다시 들어와서 거실을 통해 우리가 기다리는 부엌으로 돌아왔다.

개비건은 크게 감명 받은 것처럼 보이지는 않았다. "그러면 빗장은?" 그가 물었다.

"이 강의실의 누군가가 설명을 마무리할 수 없습니까?" 듀발로가 심술궂게 씩 웃었다. 그의 눈은 멀리니에게 묻고 있었다.

"난 자네의 즐거움을 가로채고 싶지 않네, 데이브." 멀리니가 말했다. "자네가 말하게."

"범인은 보신 것처럼 문을 잠그고 나갔습니다, 경감님. 시체를 발견한 후와 경찰이 도착하기 전의 사이에 누군가 여기에 와서 이 빗장을 걸어서 일을 마무리한 겁니다!" 듀발로는 손을 뻗어 빗장을 질러 보였다.

"타로, 워트러스, 마담 러푸르트, 라클레어 부부, 그리고 하트, 자네." 멀리니가 조용히 말했다. "이 중에 이런 짓을 할 수 있는 사람이 몇 명이나 되지?"

"타로가 이 자리에 왔었어." 내가 대답했다. "타로와 내가 집 안을 조사하고 있을 때였지. 워트러스 대령은 마담 러푸르트에게 물을 갖다 주기 위해 여기에 왔었고, 라클레어 부인은 얼마간 욕실에 있었으니 아무도 모르게 여기에 들렀을지도 몰라. 알프레드는 부인을 욕실로 데려갔지만 바로 돌아왔네. 나 같으면 알프레드는 제외하겠어. 마담 러푸르트나 나는 아예 이곳에 오지 않았고."

개비건은 비난하듯 눈을 가늘게 뜨고 멀리니를 보았다. "당신은 이 마술이 만족스럽지 않나 보군?"

"나쁘진 않습니다……, 지금까지는." 그가 대답했다.

"그렇소, 지금까지는." 개비건이 툴툴거렸다. "그렇지만 아직 충분하지 않소. 당신들은 기억할지 모르겠는데, 우리가 열쇠구멍에서 발견한 천 조각들에는 뚫린 구멍이 전혀 없었소."

"바늘과 튼튼한 실은 어떨까요? 여자라면 그런 식으로 했을 지도 모릅니다." 듀발로가 의견을 말했다. "바늘구멍은 쉽사리 눈에 띄지 않을 테니까요."

"난 구멍이 '전혀' 없었다고 했소." 금속성의 명확한 말투였다. "그렇지만 손수건에는 지울 수 없는 매우 뚜렷한 연필 자국이 있었소. 그 자국은 천이 열쇠구멍으로 끌어당겨진 것이 아니라 밀어 넣어진 것이 틀림없다는 사실을 보여주는 것이오. 당신은 거실 문 쪽의 천 조각은 밀어 넣은 것이라고 말했소. 두 천 조각 모두 같은 상태요."

듀발로는 장난스러운 웃음을 지었다. 그리고 손을 뻗어 열쇠구멍에 넣었던 천의 튀어나온 끝 부분을 잡아당겨 빼냈다.

"이런 식으로 말입니까?" 듀발로는 경감에게 천 조각을 넘겨주었다.

개비건은 천 조각을 펼쳤고 말로이 형사와 나는 몸을 가까이 기울였다. 어찌 된 일인지 천 조각은 깜짝 놀랄 만큼 변해 있었다. 우리는 듀발로가 천에 구멍을 뚫고 그곳으로 끈을 꿰는 것을 목격했는데 끈이 통과한 구멍이 없었다. 그리고 사바트의 찢어진 손수건 조각에 있었던 것과 마찬가지로 연필 자국이 있었다. 다만, 사바트의 것과 달리 이쪽은 지울 수 없는 자국이 아니었다.

우리는 저마다 놀란 표정을 지으며 천 조각을 검사했다. 다만 아예 볼 생각도 하지 않고 편안하게 문설주에 기대어 있는 멀리니만은 예외였다. "데이브는 지금 멋지고 깔끔한 이론을 세웠습니다, 경감." 그가 말했다.

"난 뭔지 알겠소." 개비건은 손을 아래로 뻗어 듀발로가 바닥에 떨어뜨렸던 자기 손수건의 반쪽을 집어 든 다음 듀발로에게 손을 내밀었다. "나머지 조각도 주시지."

듀발로는 빙그레 웃더니 오른손을 내밀었다. 손바닥 위에는 또 다른 구겨진 갈색 테두리 손수건 조각이 놓여 있었다. 그는 조각을 경감의 손에 떨어뜨렸다. 그 조각에는 사라졌던 구멍이 나 있었다!

"이게 당신이 열쇠구멍으로 끌어당긴 조각이로군." 개비건이 말했다. "바로 지금, 이것을 끄집어내서 내게 넘겨주었을 때, 선생은 손 기술을 써서 이 연필 자국이 있는 다른 조각으로 바꿔치기한 거요."

"그렇습니다. 그리고 말로이 형사와 제가 바깥 복도에 있을 때 연필 자국을 추가했지요. 범인 역시 조각을 바꿔치기했습니다. 그는 사바트의 주머니에 손수건 반 조각을 남겨 두었습니다. 4분의 1 조각 하나는 거실 문 열쇠구멍에, 그리고 다른 4분의 1 조각은 자기가 갖고 갔어요. 이 열쇠구멍은 또 다른 손수건에서 나온 조각으로 막혀 있었고 그것은 내가 보여드린 것과 같이 밖에서 잡아당긴 겁니다. 오늘 밤 그 살인범이 빗장을 걸기 위해 부엌으로 들어왔을 때 그는 자신의 손수건을 연필로 찔러 넣어 사바트의 것과 바꿔치기한 겁니다. 이상입니다."

경감은 그토록 정교하게 계획된 속임수에 다소 간담이 서늘해진 듯했지만, 얼마쯤은 믿지 못하는 것 같았다. 그것을 눈치채고 멀리니가 말했다. "그런 건 마술사에게는 아무것도 아닙니다, 경감. 언제 내가 훌륭한 트릭의 내막을 설명해 드리겠소. 그리고 마술사가 얼마나 미세한 부분까지 신경 쓰는지 보여드리지. 그것이야말로 수많은 트릭의 비결인 것입니다. 관객은 그럴듯한 설명을 간과하는 경향이 있습니다. 왜냐하면 공연자가 사소한 트릭을 위해 그 모든 수고를 감내하리라고는 생각하지 않으니까 말이오. 하지만 공연자는 그렇게 합니다—더구나 그 트릭이 살인이라면⋯⋯."

"그것이 살인일 때는 어떤 것이든 예상할 수 있지." 개비건 경감이 단언했다. "그리고 그게 우리가 처한 상황으로 보이는군."

별안간 그때까지 잠자코 있던 말로이 형사가 듀발로에게 퉁명스럽게 질문했다. "그래서, 이 패거리들 중에서 누가 한 짓이오? 선생은 꽤 그럴듯한 생각을 가진 것처럼 행동하는데……."

거실에서 전화가 요란한 소리를 내며 울렸다. 두 번째 벨 소리가 울리기도 전에, 개비건은 수화기를 들어올렸다. 남아 있던 우리들은 그를 따라 움직였다.

"여보세요." 그가 말했다. "……그렇소, 사바트 씨의 자택이오. 내가 전해 주겠소."

경감은 한 손으로 송화기를 감싸고 말로이에게 내뱉듯 말했다. "어디서 걸려 온 전화인지 알아보게, 서둘러!"

말로이는 내 방의 전화기를 향해 달려갔다.

개비건은 잠시 시간을 끌다가 다시 전화로 돌아왔다.

"사바트 씨는 지금 통화를 할 수가 없습니다. 전화 거시는 분은 누구시오? ……칭 뭐라고요? ……철자가 어떻게 됩니까? ……칭웡 푸라고요!"

멀리니가 재빨리 끼어들었다. "바꿔 주시오, 경감. 그 사람이 끊기 전에 말이오."

개비건 경감은 이제 정말 믿지 못하겠다는 듯한 표정을 띤 채 수화기를 넘겨주고 슬쩍 물러났다. 나는 그가 절망적으로 중얼거리는 소리를 들었다. "이것으로 이 사건에 있을 만한 것은 전부 등장한 셈이군. 중국인의 위협 말이지!"

멀리니가 말했다. "여보세요, 칭. 멀리니일세. 어디 있나? ……좋아, 잘 듣게. 택시를 타고 당장 여기로 오게. 중요한 일이야. 나중에 설명해 주겠네. 서둘러!"

그는 전화를 끊었다.

"이 친구는 도널드 맥닐입니다. 칭웡푸는 무대에서의 예명이
오. 궁금한 것을 못 참는 성미라서 바로 달려올 겁니다."

"그 친구가 왜 사바트에게 전화했을까?" 듀발로가 생각에 잠겨
말했다. "두 사람이 서로 아는 사이인지 몰랐는걸."

멀리니가 말했다. "나는 그 친구를 통해서 사바트를 만났네. 10
여 년 전이었지. 그때도 서로 꽤 잘 알고 있었어."

말로이 형사가 돌아왔다. "운이 나빴습니다. 너무 빨리 전화를
끊었습니다."

멀리니는 소파로 어슬렁거리며 걸어가 형사들 중 누군가 남겨놓
은 플래시를 집어 들었다. "칭 말로는 자기 집에서 전화하고 있다
더군요. 23번가에 있는 아파트형 호텔 233호일 겁니다." 멀리니는
실험을 하듯 플래시를 두어 번 켰다 꺼 보았다.

맞은편 벽 앞의 무전기에서 단조로운 목소리가 기계적으로 반복
해서 떠들고 있었다. "42호 차 호출. 42호 차 호출. 110번가와 레
녹스 가로 출동. 110번가와 레녹스 가로 출동. 코드……," 나는 머
릿속에서 다이얼을 돌려 무전기의 목소리를 껐다.

듀발로는 책상 가장자리에 앉아 담배에 불을 붙였다. 경감은 그
를 마주보며 무덤덤하게 말했다. "말로이 경위가 선생에게 질문
을 했소. 그 대답은 무엇이오?"

듀발로는 재떨이를 찾아 주변을 둘러보다가 자기 옆에 있는 것
을 발견하고 조심스럽게 성냥을 재떨이에 올려놓았다.

"이제 경감님은 아시겠지요?" 그가 말했다. "다른 사람이야
어쨌든 나로서는 이 방에서 탈출할 수 없는 이유를."

경감은 신중했다.

"그렇소. 선생은, 아까 재연한 방법으로는 탈출할 수 없었을 것 같군. 하지만 그 방법밖에 탈출할 방법이 없다고 내가 확신할 때까지는 당신도 완전히 깨끗하다고 보장할 수 없소."

그는 오른손에 들고 있던 듀발로의 명함 한쪽 끝을 왼손 손마디에 대고 천천히 두드렸다.

"그러면 걱정하지 않겠습니다. 이 사건은 우연히 내가 자신 있게 설명해 드릴 수 있는 사건이지만 이 방법 말고는 다른 방법이……, 단지 멀리니만이……,"

그는 생각에 잠긴 채 플래시를 만지작거리며 소파에 앉아 있는 멀리니를 호기심 어린 눈길로 힐끗 보았다.

멀리니가 말했다. "자네도 알면서 그러나, 데이브."

"난 그렇다고 생각하지만 확신이 서지 않아 보이는 것은 경감님일세. 그리고 그것만이 유일한 방법임을 확신하기 때문에, 틀림없이 타로, 워트러스 대령, 젤마 중 한 사람이 살인을 저질렀다는 것을 알고 있네. 이 방을 발견된 상태 그대로 두고 빠져나갈 수 있었던 사람은 그들뿐이야. 이들 중 누가 한 짓인지, 난 모르겠네. 하지만 경감님은 여기서부터 수사를 진행할 수 있으실 겁니다."

"선생은 줄곧 자신감이 넘치는군, 안 그렇소?" 개비건 경감이 말했다.

"내 전문 분야에 대해 논의하고 있잖습니까? 어째서 그러면 안 되는…… 아, 그래서였군요!" 듀발로는 개비건을 보며 이맛살을 찌푸렸는데, 나는 성능 좋은 지진계라면 그의 자신감 속에서 미세한 진동을 감지했을지도 모른다고 생각했다. "아니, 내가 죄가 없다는 것을 경감님에게 인식시키려면 죄가 있는 것처럼 보여야 합니까? 결백한데도 안절부절못하는 추리소설 속 용의자처럼요? 나도 그렇게 할 수 있었을 겁니다. 아마도요. 그렇지만 누군가 내 수고를 덜어주려고 의도한 것처럼 보이는군요."

"아니면 선생께서 누군가 그렇게 한 것처럼 보이게 하려고 애쓰고 있었던 것인지도 모르지."

"아, 이건 '동전 앞면이 나오면 내가 이기고 뒷면이 나오면 네가 진다'는 격이로군요? 내가 정말로 범행을 저질렀기 때문이든 아니면 스스로 누명을 쓴 것처럼 보이게 꾸몄기 때문이든 처벌을 받는 거네요. 그런 이유 때문에 내가 경감님이 발견한 자리에 내 명함을 놓아두었나 봅니다. 제발, 경감님. 내가 범인이라면 혐의에서 벗어날 수 있는 좀 더 안전한 방법을 생각해 냈을 겁니다."

"그래요. 나도 그렇게 생각하오. 하지만 만약 내가 탈출 묘기 전문가인데 탈출 묘기 전문가를 필요로 하는 범죄를 저질렀다면, 나는 그것도 괜찮은 아이디어라고 생각할 거요." 개비건 경감이 말했다.

듀발로는 음울한 미소를 지었다. "내가 살인을 저지른다면 누가 봐도 탈출 묘기 전문가가 한 짓이 분명하게 보이도록 하지는 않을 겁니다! 내가 그렇게 바보처럼 보입니까? 그리고 덧붙이자면, 나는 경찰이 나 아닌 다른 누군가가 일부러 그 자리에 놓은 것이라고 추리하리라는 희망을 안고 내 명함을 현장에 남겨 놓지는 않을 겁니다. 지금까지는 경찰이 그 정도의 머리는 있을 거라는 걸 의심하지 않았거든요."

마지막 말에는 빈정거림이 담겨 있었다.

개비건은 듀발로의 말을 맞받아쳤다.

"경찰이 저런 명백한 실마리는 조작한 것이 틀림없다고 추리할 수 있을 만큼 머리가 잘 돈다는 사실은 아마 몰랐겠지요. 그리고 어떤 단서가 의도적으로 남겨졌다는 것이 누가 봐도 뻔하다면 그 단서는 의도적인 것으로 보이도록 조작된 것이며, 그것을 남길 수 있는 사람은 오직 그 단서가 지목하는 사람뿐이오."

개비건으로서는 보기 드문 모습이었다. 그것은 독립기념일의 폭죽처럼 화려한 논리로, 멀리니에게서나 듣게 될 줄로 생각했던 것이었다. 나는 다소 압도되었다. 옳은 말처럼 들렸다.

듀발로는 어깨를 으쓱하며 어쩔 수 없다는 몸짓을 해 보였다. "멀리니, 이 사람은 뭐가 문제일까? 어째서 이다지도 열심히 내 목을 노리는 거야? 이 사람은 명함이 의도적으로 놓였다고 하더니 그 다음에는 또 그게 바로 내가 명함을 놓고 간 이유라고 하는군. 제기랄! 변호사를 부를 때가 온 것 같아." 그는 전화기로 손을 뻗었다. "날 감방에 처넣기 전에 전화 한 통화는 할 수 있겠지."

"기다리게, 데이브." 멀리니의 목소리가 들려왔다. "아직까지는 그럴 필요 없을 걸세." 멀리니는 둘둘 말린 양탄자를 한쪽으로 밀어 놓고 바닥에 배를 깔고 납작 엎드려 있었는데, 머리와 어깨가 소파 밑에 들어가서 보이지 않았다. 그리고 일어나 앉더니 플래시를 껐다. 그가 일어서면서 말했다. "경감의 말이 아주 얼토당토않은 것은 아닐세. 그가 그게 뭔지 정확하게 안다면 말일세. 명함 좀 보여 주겠소?"

그가 손을 내밀자 개비건은 머뭇거리며 넘겨주었다.

"소파 밑에서 뭘 찾고 있었던 거요, 멀리니?"

"아직까지 발견하지 못한 것이오. 당신은 아직 이 명함에서 지문 조사를 하지 않았소?"

"시간이 없었소. 조금 후에 감식반이 할 거요. 하지만 아무것도 발견하지 못할걸." 경감은 얼굴을 찌푸리고 소파를 향해 의혹에 찬 시선을 던졌다.

"지금 살펴봅시다." 멀리니는 구석의 칸막이 뒤에 있는 사바트의 작업대 쪽으로 갔다.

"이봐요, 그렇게 서두르지 마시오!" 개비건이 급히 뒤쫓아 갔다. "뭘 하겠다는 거요?"

멀리니는 벽을 따라 있는 몇 개의 선반에 줄지어 놓인 병들을 조사했다. 그는 그중 한 개의 마개를 열었다. 라벨에는 '요오드 결정체'라고 적혀 있었다.

"일전에 'FBI의 수사 기법'이라는 잡지 기사를 읽었습니다. 거기에는 지문을 검출하는 최근의 모든 방법들이 설명되어 있었소. 여기, 이 분젠 버너를 켜 주시오." 그는 병을 흔들어 비늘 모양의 검은 결정체를 비커에 쏟아 부었다.

개비건이 성냥을 그으며 말했다. "천천히 해요. 뜨거운 요오드 가스는 반응이 빠르단 말이오."

"당신이 실험의 책임자가 되는 것에는 찬성하지만, 이 실험은 내가 했으면 합니다. 나는 대책 없는 한량이지만 화학은 내가 각별히 좋아하는 한량 짓의 하나거든."

멀리니는 명함을 아무것도 적히지 않은 면이 위로 가게 하여 비커 속 결정 위에 45도 각도로 걸쳤다. 그는 비커를 납작한 접시로 덮고 불 위에 올려놓았다.

"어째서 내가 잘못하지 않을까 그토록 걱정하시오, 경감? 어차피 지문은 나오지 않을 거라고 생각하잖소."

"그렇소. 이 실험으로 뭐가 나오더라도 놀라지 않을 거요."

"나는 다릅니다." 멀리니가 대꾸했다. "지문이 나오면 놀랄 겁니다. 그렇지만 뭔가 다른 것이 있을 수도 있소. 이 명함은 표면이 매끄러워서 처음 조사했을 때 불빛이 어떤 각도로 비치자 뒷면에 뭉툭한 지우개 자국으로 보이는 얼룩이 선명하게 보이더군. 마치 그곳에 뭔가를 썼다가 지운 것처럼 말이오. 데이브 자네는 몰랐겠지, 아닌가?"

듀발로는 나와 함께 멀리니의 연금술 놀이를 자세히 보려고 가까이 다가가 있었다. 그는 천천히 고개를 저었다. "몰랐네."

명함은 희미하게 세피아 빛을 띠기 시작하더니, 이제 결정 위로 희미하게 보라색에 가까운 빛이 일렁였다. 명함의 색채가 점점 강해지다가 다음 순간 두 군데에서 더 진하게 얼룩진 부분이 드러나기 시작했다. 하나는 명함 중심부를 가로지르는 기다란 줄이고 다른 하나는 한쪽 귀퉁이에 가까이 있는 둥그스름한 얼룩이었다.

"보시오!" 멀리니가 외쳤다. "결국에는 지문이 있었군. 우리 둘 다 틀렸던 겁니다!"

귀퉁이의 얼룩은 점점 뚜렷해지면서 확실한 달팽이 모양과 고리 모양이 드러났다. 그러자, 또 다른 갈색 얼룩 중앙에 어렴풋한 갈색 선들의 흔적이 얼룩덜룩하고 희미하게 나타나기 시작했다. 개비건은 비커에 코가 닿을 만큼 가까이 다가가서 철자를 읽기 시작했다. "Q, U, E, E…… 퀴 오브 워즈…… 저게 뭐지…… N이 하나 있고 S처럼 보이는 게 있군. '퀸 오브 소즈Queen of Swords 검의 여왕'! 도대체 이게 무슨 뜻이지? 듀발로? 이 문구를 알아보겠소?"

멀리니는 신속하게 비커를 불에서 내려놓더니 뚜껑을 열고 명함을 꺼냈다.

듀발로가 말했다. "젠장, 경감님. 내 명함 중 하나에 누가 글자를 썼는지 알아야 할 이유 따위는 없다고요. 난 명함을 잔뜩 뿌립니다. 그러라고 명함이 있는 것 아닙니까."

"그럼 모른단 말이오?"

"아뇨, 공교롭게도 알고 있습니다. 검의 여왕은 트럼프 종류 중의 하나입니다. 우리가 알고 있는 현재 트럼프의 문양은 원래 성배, 곤봉, 화폐, 검이었습니다. 필체나 지문은 알아볼 수 없지만, 누가 이 문구를 썼는지는 알려 드리지요."

멀리니는 분젠 버너를 껐다. 듀발로는 스스로도 이 이야기가 믿기지 않는다는 투로 말을 이었다. "몇 주 전에 그 남자에게 마술을 한 가지 해 보인 적이 있습니다. 아주 평범한 마술이었지요. 텔레파시, 투시, 정신 감응이든 뭐라고 불러도 좋습니다만. 물론, 그 사람은 그 트릭을 알고 있었습니다. 난 그저 나만의 새로운 방식을 고안해서 시범을 보이고 있었지요. 그 사람은 분명히 이 명함을 나중에 써먹을 작정으로 그 후로도 계속 갖고 있었던 겁니다."

"저 부엌문을 조작할 수 있었던 사람들 중 한 명이로군. 점점 윤곽이 드러나는데." 개비건이 수상쩍다는 듯 말했다.

듀발로는 천천히 말했다. "그래서 유감입니다. 그 사람은 유진 타로였습니다."

개비건의 표정은 '내 그럴 줄 알았지'라고 말하는 것 같았다. 그는 말로이를 돌아보았다. "누군가 보내서 그 놀턴 부부에 대해 알아보고 어젯밤 파티에 참석한 다른 참석자 몇 사람도 확인해 보게.

확실히 하기 위해 타로의 알리바이가 혹시……," 그는 말을 멈추고 귀를 기울였다.

우리는 모두 몸을 돌려 무전기를 마주보았다. 마치 무전기가 폭발의 위험이 있는 시한폭탄이라도 되는 듯이. 무전기에서 흘러나온 목소리는 여느 때와 다름없이 명확한 어투였지만 평상시보다 살짝 빠른 템포였다.

"12호 차와 36호 차 호출. 코드 18, 코드 18. 즉시 반 네스 소로 36번지로 이동할 것. 즉시 이동 바람……,"

우리는 메시지가 반복되자 최면에 걸린 듯 멍하니 바라보았다.

개비건이 먼저 그 상태에서 벗어났다. "본부에 연락해!"

말로이가 달려갔다.

"코드 18은," 경감이 듀발로를 주시하면서 천천히 말했다. "폭행 사건을 가리키는 거요. 그리고 반 네스 소로 36번지는 지금 이 순간 그런 사건이 일어나기에는 참으로 얄궂은 장소지. 그곳에 누가 있소?"

"아, 아무도 없었습니다. 제가 그곳을 떠났을 때는요. 어떻게 된 건지……,"

나는 손목시계를 보았다. 정확히 밤 10시 40분이었다.

개비건이 노호했다. "퀸! 그 장비를 정리하게. 일이 착착 진행되는군!"

13

탈출 계획

> 돌벽은 감옥을 만들지 못하며
> 쇠창살 또한 새장을 만들지 못하네⋯⋯.
> 리처드 러블레이스, 「알시아에게, 감옥에서」

우리는 늑대들, 그러니까 바깥 현관에서 구슬프게 울부짖던 굶주린 언론 종사자들에게 말로이 형사를 던져 주었다. 그는 개비건에게서 빈틈없이 꾸민 성명문을 전달받았는데, 그 성명문에는 늑대들이 울부짖는 소리를 잠시 진정시키기에 충분할 만큼 흥행한 내용이 포함되어 있었다. 그러나 매처럼 혈안이 된 기자들에게 자기들이 놀림받고 있다는 생각이 들게 할 만한 이야기는 넣지 않았다. 이 사건을 구성하는 몇 가지 요소들 중에는 집시의 차 찌꺼기를 보고 점을 치는 점쟁이의 말이라도 가볍게 믿는 고객들조차 믿기 힘든 것이 있었다.

개비건, 멀리니, 퀸 형사, 그리고 나는 경감의 자동차로 달려갔다. 듀발로는 뒤에 남아서 말로이 형사와 함께 따라올 예정이었다.

자동차는 시내를 가로질러 선회하였고, 사이렌이 사나운 밴시

요정처럼 울부짖자 보행자들이 놀란 눈으로 쳐다보았다. 새로이 내리는 눈이 헤드라이트의 눈부신 빛 속에서 부드럽게 반짝였으며, 높은 건물들이 우리 주위를 둘러싸고 유령처럼 까맣게 검은 하늘을 향해 우뚝 솟아 있었다.

개비건은 파이프를 꺼내어 만지작거렸다. "이제 우리의 슬레이트 오브 핸드 전문가의 보고를 들을 때가 도래했소." 그가 선언했다. "당신 무대요, 멀리니."

멀리니는 그 제안을 받아들이더니 느닷없이 압운시押韻詩를 쏟아냈다.

"사바트의 집에 늙은 악마 하나가 있었네
그는 모자에서 많은 토끼를 만들어낼 수 있었네.
그는 복도로 도망갔지
곧장 벽으로 스며들었지.
'그건 그냥 내 버릇 중 하나야' 라고 중얼거리며."

그리고 누구도 입을 막을 수 없을 만큼 재빨리 이어서,

"그는 또 다른 악덕으로 알려졌네,
그리고 아무도 그것을 좋게 보지 않았네.
그는 목을 비틀기 좋아했기에
남녀를 가리지 않기에
그러고는 생쥐들 탓으로 돌리기에."

어떤 학파는 이런 경우 가장 효과적인 대처 방법은 차갑고 품위 있는 침묵을 유지하는 것이라고 주장한다. 경감과 나는 그렇게 행동했다. 그러나 멀리니는 이런 일쯤에는 단련된 상습범이었던 것이다. 그는 낄낄 웃었다.

"여러분의 비판은 아마도 정당할 겁니다. 이런……," 차는 소름끼치는 활주를 하며 모퉁이를 돌았다. "이런 속도로 달리는 동안 시를 짓는다는 것은 어렵군."

그러더니 그는 갑자기 진지한 말투로 물었다. "경감, 펠 박사에 대해 들어본 적 있소?"

개비건의 끙하는 소리는 부정의 표시였다.

"하트, 자네는?"

"무슨 말을 하려는지 알 것 같군. 자네는 『세 개의 관』[26]★에 나오는 펠 박사의 '밀실 살인 강의'를 생각하고 있군. 맞나?"

멀리니는 고개를 끄덕였다. 눈이 반짝거리고 있었다. "맞네. 경감, 펠 박사는 대단한 능력을 갖고 있는 영국 탐정입니다. 그가 취급한 사건은 존 딕슨 카에 의해 기록되고 있소. 밀실 살인사건은 그의 특기입니다. 그리고 하트가 언급한 책에서 펠 박사는, 사체가 범인이 사라진 밀실 안에서 발견되도록 조작하는 가능한 방법을 거의 남김없이 분류하여 구술해 놓았소.

그는 주요한 두 가지 부류를 언급했소. A, 실제로 밀폐된 방에서 저질러진 범행. 이곳에서는 범인이 탈출한 적이 없는데, 이는 실

26☆ Harper & Bros, 1936
  ★ 밀실 트릭의 거장 존 딕슨 카의 1936년도 작품으로, 카의 대표적인 탐정 기드온 펠 박사가 추리소설 속 밀실 살인사건의 유형을 분류하여 설명하는 부분이 유명하다.

제로 방 안에 살인자가 없었기 때문이다. B, 밀폐된 것으로 보이기만 할 뿐인 방에서 저질러진 범죄. 여기에는 탈출 방법이 약간 있다."

개비건은 파이프를 뻐끔거리고 있었고, 나는 주의 깊게 귀를 기울였다.

"첫 번째 부류는 이런 방법들을 포함합니다." 그는 손가락으로 하나씩 꼽았다.

"1. 살인처럼 보이는 사고.

2. 살인처럼 보이는 자살.

3. 원격조종에 의한 살인. 이 경우 피해자는, 폭력적인 죽음을 맞이하기 때문에 타살처럼 보이지만 실은 독이나 가스에 의해서, 혹은 외부의 암시에 의해 자신의 손으로 죽게 됩니다.

4. 길게 나열되는 기계적인 살인 도구에 의한 살인. 추리소설에 나타나는 것처럼 그 중 몇 가지는 참으로 바보 같습니다.

5. 동물을 이용한 살인. 보통 뱀, 벌레 또는 원숭이오.

6. 방 외부에 있는 누군가에 의한 것이지만 범인이 틀림없이 내부에 있는 것처럼 보이는 살인. 창문을 통해 공기총으로 단검을 발사한다든가—그런 것들입니다.

7. 환상 또는 왜곡된 시간 순서에 의한 살인. 방이 자물쇠와 빗장으로 잠긴 것은 아니지만 감시되고 있기 때문에 밀폐된 것이나 마찬가지입니다. 살인범은 피해자를 죽이고 걸어 나갑니다. 그리고 목격자가 방의 유일한 문을 지키고 있을 때 희생자가 아직 살아 있는 것처럼 보이게 꾸밉니다. 나중에, 피해자가 잔혹하게 살해된 채로 발견되었을 때는 불가능한 일처럼 보이게 됩니다.

8. 7번의 반대입니다. 피해자는 아직 살아있는 동안에 이미 죽은 것처럼 꾸며집니다. 그리고 살인범은 다른 사람들보다 조금 앞서 방으로 들어와 그 순간에 살인을 완수합니다.

그리고 마지막으로, 9번이 아마도 가장 깔끔한 방법일 겁니다. 본질적으로 가장 단순하기 때문입니다. 피해자는 온실이나 음악실 같은 다른 어딘가에서 치명적인 부상을 입습니다. 그러고는 혼자 힘으로 이동하여 문제의 방, 가급적이면 서재 같은 곳으로 들어가서는 스스로 빈틈없이 잠그고 쓰러져 죽는 겁니다."

"목을 졸렸을 때는 그런 일을 할 수 없소." 개비건이 이의를 제기했다.

"그렇소." 멀리니가 동의했다. "사바트를 살해한 범행은 A 부류에 속하는 것 같지 않습니다. 사람을 목 졸라 죽이고 나서 증발해 버리는 기계 장치를 생각해 낼 수 있다면 모르지만. 녹아서 사라지는 얼음 단검이나 총알도 쓸모가 있겠지만, 그냥 봐도 얼음 조각으로 사람을 목 졸라 죽일 수는 없다고 해야겠지."

"10번 방법을 잊었군." 개비건이 조용히 덧붙였다. "초자연 현상에 의해 일어난 살인 말이오. 비물질화하여 사라질 수 있는 살인 요정과, 에테르의 진동에 의한 교살이라는 워트러스 대령의 이론 같은 그 빌어먹을 바보 짓거리도 포함시켜야 하오. 계속하시오, 교수. 당신 체계의 나머지 것들을 마저 들어봅시다."

"경감은 그런 용어들에 완전히 통달하셨군." 멀리니가 씩 웃었다. "이제 흥미로워지기 시작합니다. B 부류, 완전히 밀폐된 방으로, 살인범이 문, 문 위의 가로대, 창문, 굴뚝 등을 조작했거나 또는 밀어서 여는 판자나 비밀 통로를 신중하게 준비한 것입니다. 마지막 것은 워낙 가능성이 적은 방법이라 여기에 대해서는 언급하지 않고 넘어가겠습니다. 하지만 문과 창문은 다음과 같은 방법으로 조작할 수 있습니다.

1. 안에 꽂힌 열쇠를 펜치나 실을 이용하여 밖에서 돌리는 방법. 빗장과 창문 걸쇠도 마찬가지.

2. 자물쇠나 빗장을 건드리지 않고, 문의 경첩을 떼고 빠져나가서 나사를 다시 끼우는 방법.

3. 창문의 유리를 빼고 나가서 밖에서 창문을 잠그고 밖에서 유리를 다시 끼우는 방법.

4. 외견상 드나드는 것이 불가능한 창문을 아크로바틱한 행위로 해결하는 방법—처마에 이로 매달린다든가 밧줄 위를 걷는 등.

5. 외부에서 문을 잠그고는 다른 사람과 함께 문을 부수고 들어와 시체를 발견한 다음 열쇠를 방 안에 되돌려 놓거나 빗장을 거는 방법.

듀발로의 설명은 방법 1과 5의 교묘한 조합입니다. 부엌문은 자물쇠 따는 도구로 외부에서 잠갔고, 열쇠구멍 속을 채운 천은 외부에서 실을 이용하여 자물쇠 속으로 끌어당겼습니다. 반면 빗장을 건 것과 천 조각을 바꿔치기한 것은 시체 발견 후 내부에서 이루어진 일입니다."

"그것 외에는 다른 방법이 없는 것 같군. 우리는 다른 방법은 전부 배제했소. 틀림없이 듀발로의 방법이 맞겠지. 하지만 멀리니, 듀발로가 한 것처럼 단번에 비밀을 알아차리기에는 조금 지나치게 복잡한 방법이라고 생각하지 않소?" 개비건이 말했다.

"당신은 듀발로가 탈출 묘기 전문가이고 바로 그런 것들을 단번에 생각해 내도록 훈련해 왔다는 사실을 잊고 있소. 그가 물이 가득한 밀폐된 우유통 속에 갇혀 있는데 뭔가 문제가 생겼다고 생각해 보시오. 그는 빠른 판단을 해야 하오. 듀발로가 알아내기 전에 나도 그 방법을 알아냈소. 그렇다고 내가 더 뛰어난 추리 능력을 지녔다고 말하는 건 아니오. 단지 내가 마술사이기 때문에 속임수의 장치와 테크닉에 대해 좀 알고 있을 뿐이오. 나는 듀발로가 어떤 이야기를 해 줄지 들어보고 싶었기에 잠자코 있었던 거요."

"그러면 당신은 듀발로의 대답이 정답이라는 데 동의하는 거요? 당신은 가능한 방법 전부와 개연성이 거의 없는 방법들을 잔뜩 이야기한 것으로 보이는데."

"개연성이 없다고!" 멀리니가 몸을 꼿꼿이 세웠다. "개연성이 없다고, 경감? 그럼 잘 조사한 후에 개연성이 있는 무엇인가를 알려 주시오. 내가 지금 경찰인 당신에게 밀실 이론을 자세히 설명하면서 경찰차를 타고 시내를 가로질러 돌아다니는 것 자체가 대단히 개연성 없는 일일지도 모르오! 어떤 이들은 추리소설이 개연성 없는 것이라고 생각하오. 물론 그렇습니다! 모든 소설이 마찬가지요. 삶도 마찬가지입니다. 하하! 간디스토마의 일생에 대해 연구해 본 적 있소? 아프리카 영양, 와상 성운渦狀星雲, 현미경으로 확대한 파리나…… 아니면 여자의 치마받이치마 뒷부분을 불룩하게 만들기 위해 입던 틀 같은 것을 본 적 있소? 이런 것들 모두가 개연성 없기는 마찬가지입니다. 그리고 물리학자들이 최근 몇 년간 해 온 일이라고는 물질 자체를 개연성 없는 모호한 존재로 축소하는 일이었소…… 아주 철저하게……."[27★]

"어이!" 경감이 외쳤다. "그만하시오! 내 이야기는 없었던 것으로 합시다."

멀리니는 조금 씩씩거리다가 조용해졌다. "한 가지 더," 그가 느닷없이 말했다. "밀실 속임수의 부류가 있소. C 부류요."

경감은 입을 딱 벌렸고 나는 혼자 빙긋 웃었다. 위대한 멀리니 님께서 팔을 걷어붙이고 놀란 토끼를 달래가며 모자에서 꺼내기 시작할 때는, 그 일에 철저하게 열중하는 것이다.

"C 부류로," 그는 평온한 어조로 설명을 이어갔다. "개요가 완성됩니다. 이게 끝입니다! 핵심이지! D 부류는 없습니다. 따라서 여러 가지가 단순해집니다. 단지 두 가지 방법이, 오로지 두 가지 방법만이 가능할 뿐입니다……."

"D 부류 따위는 집어치우시오!" 경감이 고함쳤다. "C 부류는 어떤 것이오?"

"펠 박사가 언급하지 않은 것이오. 내 기억으로는 말이오. 해들리 총경은 언제나 가장 재미있는 부분에서 훼방을 놓거든."[28]★

"만약 이 펠이라는 작자가 항상 이야기를 털어놓기 전에 듣는 사람으로 하여금 짜증나게 하는 조바심을 일으켰다면, 난 그 총경을 탓할 생각이 없소. 어서 말하시오!"

"C 부류는 범인이 밀실에서 범행 후 탈출하지 않고 그대로 숨어 있는 경우입니다."

"하지만……," 나와 개비건은 동시에 항의했다.

"사람들이 문을 부수고 방에 들어올 때까지 그곳에 그대로 숨

28★ 『세 개의 관』에서 펠 박사가 밀실 살인의 또 다른 방법에 대해 이야기하려는데 해들리가 말을 가로막는 바람에 말을 하지 못하는 장면이 있다.

어 있다가 방을 조사하기 전에 빠져나가는 겁니다!"

"하트!" 개비건이 나를 돌아보았다. "그 점은 어떻소?"

"그럴 만한 기회는 없었습니다." 그 말이 내 입에서 튀어나오자마자 나는 뭔가를 깨닫고 얼굴을 찡그렸다. 우스꽝스러울 정도로 단순한 일이었다. 우리의 주의가 워낙 삼중으로 잠긴 문, 즉 자물쇠, 빗장, 막힌 열쇠구멍에 집중되어 있었기 때문에 우리는 명백한 것을 간과했던 것이다.

개비건이 놀라서 나를 쳐다보며 물었다. "무슨 일이오?"

"대단히 쉬운 일이었습니다." 나는 흥분해서 말했다. "영화에서 나오는 곰팡내 나는 익살이 있잖습니까. 문 뒤에 숨어 있다가 누군가 들어오면 그 뒤로 빠져나가는. 범인은 복도에서 우리가 떠드는 소리를 듣고 소파 밑으로 기어들어갔다가 우리가 방으로 들어오자 반대편으로 엉금엉금 기어서 곧바로 복도로 나간 겁니다. 우리가 실제로 문을 지켜보고 있었어도 그자를 보지 못했겠지요. 그리고 누군가 엎드려 바닥을 살피는 불상사가 일어나도 둘둘 말린 양탄자가 그자를 가려 줬을 겁니다."

경감은 멀리니를 노려보았다. "그래서 그 소파 아래를 들여다보고 있었던 거요?" 그는 잠시 침묵에 잠겼다가 다시 입을 열었다. "아니, 난 그렇게 생각하지 않소. 어떤 살인자가 꼬박 16시간 동안이나 잠긴 방 안에 틀어박혀 있을 만큼 지독한 바보겠소? 자기가 죽인 사람의 시체를 벗삼으며 누군가 와서 기꺼이 자기를 내보내 주기만을 기다리면서? 만약 정말 그랬다면 우리의 사냥감은 미치광이라는 이야기가 되는 거요."

"물론," 멀리니가 말했다. "우리는 이 사건이 늘 있는 흔해빠진 살인사건이 아니라는 사실과, 용의자 역시 보통 어느 사건에나 있는 흔한 부류의 용의자가 아니라는 사실을 기억해야 합니다. 범인은 언제 사람이 나타날지, 어쩌면 누가 나타날 것인지까지도 정확히 알고 있었다고 생각해도 좋습니다. 아마 그자는 그런 것을 안배했을 겁니다. 게다가 처음에는 그렇게 빨리 살인을 저지를 계획이 아니었을지도 모릅니다. 아니면 그자가 예상했던 한 명 또는 몇 명의 사람들이 계획대로 나타나지 않았던가. 나는 모르겠소. 그냥 여러 가지 가능성을 늘어놓고 있을 뿐이오. 가능성이 있다면 하나라도 빼놓지 않고 일단 검토해야 한다는 것이 내 생각이오. 가끔은 가장 가능성이 없는 것이 실제로……,"

"진부한 생각이오." 개비건이 비판했다. "게다가 당신이 들고 있는 것들은 가능성이 개연성 없는……,"

그는 입을 다물었으나 너무 늦었다. 멀리니는 과장되게 한숨을 쉬었다. "네, 물론이오. 당신 좋을 대로 생각하시오. 그렇다고 뭐 나아진답니까? 개연성 없는 살인이 일어났고 개연성 없는 용의자들이 우글거리는데 거기에 개연성 없는 수사방법쯤 더해졌다고 해서 말이 안 될 것도 없지 않소? 적어도 불가능한 방법을 놓고 떠드는 것보다 나을 테니까. 우리가 저녁 내내 떠들었던 게 바로 그거 잖소."

"하지만 이보게, 멀리니." 내게 어떤 아이디어가 떠올라서 말했다. "우리가 부엌문을 통해 들어갔다고 가정해 보자고. 갈 곳이라고는 아무 데도 없이 소파 밑에 몸을 잔뜩 웅크린 살인자 선생이 있어. 그렇다면 그자는 16시간에 대한 설명을 어떻게 하려고 했을까? 16분에 대한 그럴듯한 알리바이를 꾸미기도 어려운데 말이지.

우리가 해야 할 일은 오전 3시에서 오후 6시까지 어디에 있었는지 설명하지 못하는 사람을 찾는 일일세."

"그러는 자네는 설명할 수 있나?" 멀리니가 물었다.

"그건 경감이 벌써 확인했네. 나는 새벽 5시까지 일을 하고 있었고 증인이 여남은 명이나 있네."

"당신은?"

개비건 경감의 얼굴에 살짝 충격을 받은 표정이 떠올랐다. 그는 빠르게 눈을 깜빡였다. "젠장, 멀리니." 그가 으르렁거렸다. "아니, 난 설명할 수 없소. 한밤중에 잠자리에 들었을 때 난 저 브라이언트 파크 사건 때문에 이틀 밤을 못 잔 상태였소. 하루 종일 자고 나서 본부에 왔는데 불과 몇 분 뒤에 전화가 걸려 와서 사바트의 집으로 불려 온 거요. 나는 그 시간 내내 아는 사람이라곤 한 명도 못 봤소!"

멀리니는 웃음을 터뜨렸다.

"우습소, 응?" 개비건이 짜증스럽게 말했다.

"그렇소, 참으로 개연성 없는 이야기로군. 곤란스럽기는 나도 마찬가지요. 아내는 필라델피아에 사는 친척집에 가 있고 나는 새로운 단두대 마술을 고안하느라 하루 종일 집에 있었소. 전화를 두통 하긴 했지만 사바트의 집에서 건 것일 수도 있으니까. 그렇지만 이상하군. 소파 밑에서 당신을 못 봤는데."

14

웃은 남자

"그는 더할 나위 없이 쉽게 공중으로 날아갔네……." 미국의 민요

반 네스 소로는 버려진 것처럼 쓸쓸하고 작은 길이었다. 외부 세계와의 유일한 접점은 쇠창살이 달린 어두운 아치 모양의 입구로, 두 개의 오래된 아파트 빌딩 사이에 불편하게 끼어 있었다. 우리가 도착했을 때 그 주변에는 경찰차 몇 대와 앰뷸런스 한 대, 점점 늘어나는 구경꾼들이 무리를 이루고 있었다.

개비건 경감이 경찰차 옆에 서 있는 경관에게 몇 마디 말을 던지고 나서 우리는 안으로 들어갔다. 몇 발짝 걸어 들어가자 먹물 같은 어둠과 맞닥뜨렸는데, 이 어둠에 어떤 변화를 주는 것은 퀸 형사의 플래시에서 나오는 가냘픈 인공적인 불빛뿐이었다. 노랗게 퍼지는 플래시 불빛이 우리 앞에서 움직이며 얇게 깔린 눈 위에 검은 얼룩을 드러냈다. 안쪽으로 향해 서둘러 달려간 발자국이었다.

15에서 20미터 정도 앞으로 나가자 양쪽에 있는 벽들이 사라지고 우리는 반 네스 소로에 들어섰다. 오른편에 덩그렇게 서 있는

집 한 채가 창문에 내린 블라인드 사이로 새어 나오는 빛도 없이 잠들어 있었다. 왼쪽에는 보다 작은 건물 두 개가 있었는데, 하나는 벽돌로 된 낮은 차고였고 다른 하나는 36번지로, 한물 간 빌리지 스타일의 3층짜리 붉은 벽돌 건물이었다. 반 네스 소로의 끝은 높은 벽으로 창도 출입구도 없었다.

36번지의 조금 열린 문에서 길쭉한 직사각형 모양의 빛이 쭈뼛거리며 새어 나와 돌계단을 가로지르며 구불구불하게 드리워져 있었다. 같은 층 문 왼쪽에는 한 쌍의 커다란 프랑스식 창이 협소한 철제 발코니 쪽으로 열려 있었다. 발자국 가운데 두 개가 계단을 따라 이어져 문으로 들어갔다가 곧장 도로 나와 창 앞에 혼란스럽게 널려 있는 다른 발자국과 합류했다. 발자국들은 발코니 아래에서 멈춰 있었다.

버크 형사가 창문을 향해 손전등을 비추었다. 오른편 창문이 아주 살짝 열려 있었고 걸쇠가 달린 창틀 부근의 유리가 깨어져 있었다. 가느다란 은색 불빛이 열린 틈으로 새어 나오고 있었는데, 두껍게 드리워진 커튼 너머로 말소리가 들려왔다.

"아무래도 창문을 통해 들어가야겠는데." 개비건이 말했다. "하지만 저 발자국들은 보존해야 해."

안에서 들리던 말소리가 그치더니, 창문이 안쪽으로 열렸다. 그리고 한 사내의 검은 형체가 발코니로 나왔다.

"그 발자국들은 걱정하지 않으셔도 됩니다." 그가 말했다. "그건 우리 발자국입니다."

"아, 그럼, 자네로군." 개비건이 대꾸했다.

그림 형사는 몸을 기울인 채 팔을 내밀어 우리들을 차례로 끌어

올려 난간을 넘을 수 있도록 도와주었다.

멀리니와 나는 경감을 따라 방으로 들어갔다. 바로 안쪽에 뒤집혀 있는 작은 테이블을 피해 조심스럽게 발을 내디뎠다. 작은 테이블 주변 바닥에는 도자기 램프의 조각들이 흩어져 있었다. 푹신한 양탄자 속에서 반짝거리는 것은 전구 파편이었다. 양피지 갓은 찌그러지고 찢겨 있었다.

창문에서 안쪽으로 몇 미터 떨어져 우리에게 등을 보이고 놓인 소파 너머에서 네 명의 사내가 우리를 마주보며 서 있었다. 그들 중 세 명은 경찰차를 타고 온 제복 경찰이었고, 네 번째 사내는 앰뷸런스에서 내린 젊은 인턴이었다. 개비건은 소파의 끝 부분을 빙돌아 가다가 멈춰섰다. 그리고 소파에 가려 있던 무언가를 내려다보며 서 있었다. 나는 멀리니가 앞으로 발을 내딛자 그를 따랐다.

처음에 내 눈에 들어온 것은 얼굴뿐이었다. 나는 눈을 뗄 수가 없었다. 얼굴은 심하게 그을어 거무스름했으며, 뿔테 안경이 볼썽사납게 날카로운 콧잔등 위에 비뚤게 얹혀 있었다. 작은 콧수염이 있고 윤이 나는 검은 머리카락은 다소 긴 편이었으며, 우리가 이미 다른 얼굴에서 목격했던 것과 똑같이 무시무시한 안면 근육 수축이 일어나 있었다. 두 눈은 튀어나왔고 부어오른 혀가 돌출된 입은 아직도 단말마의 고통스러운 숨을 쉬려고 헐떡이는 듯 쩍 벌어져 있었다. 그리고 잔뜩 뒤로 말린 입술 탓에 이가 드러나서 흉하게 미소를 짓고 있는 것처럼 보였다.

그러나 정말로 우리의 발을 우뚝 멈추게 한 것은 시체의 자세였다. 등을 바닥에 붙이고 팔과 다리는 넓게 벌린 채 발을 벽난로 쪽으로 두고 사바트의 시체와 똑같은 자세로 누워 있었다.

남자가 입고 있는 허름한 옷은 몸부림을 치다 죽음을 맞이한 듯 엉망이 되어 있었다. 바지 무릎이 해어져 구멍이 났으며 낡은 검정 모자가 발에 밟혀 찌그러진 채 바닥에 놓여 있었다.

나는 롤러코스터처럼 널뛰는 위장을 달래느라 애를 쓰다 결국 눈을 돌렸다.

개비건이 말했다. "누가 이 사람을 발견했나?"

그림 형사가 내 뒤에서 대답했다. "접니다."

"사체의 신원은?"

"모르겠습니다. 아직 주머니를 살펴보지 않았거든요. 경감님이 오실 때까지 모든 것을 그대로 보존하라는 지시를 받았습니다."

개비건이 멀리니를 바라보며 물었다. "당신은 알겠소?"

멀리니는 아직도 시체를 관찰하고 있었다. 잠시 동안 대답하지 않고 있다가 마침내 천천히 고개를 저어 부정의 뜻을 나타내고는 돌아서서 바닥의 잔해들을 노려보았다.

나는 방을 둘러보다가 벽난로 저쪽 등받이가 없는 긴 의자 끝에 여섯 번째 사내가 불편하게 앉아 있는 것을 보았다. 그 사내는 몸집이 작고 교활해 보이는 인상으로, 핼쑥하고 지친 얼굴에 헝클어진 머리카락은 뻣뻣한 모랫빛이었다. 그는 뻣뻣하게 앉아서 궁금한 듯 얼굴을 찌푸리고 열심히 멀리니의 등을 관찰했다.

개비건도 그 사내를 보았다.

"저건 누군가?" 그는 그 작은 사내가 팔 물건이라도 되는 듯이 손가락질하며 물었다.

"자기 이름이 존스라고 합니다." 그림 형사가 대답했다.

멀리니는 몸을 빙글 돌려 그 남자의 시선에 눈을 맞추고는 놀란 듯이 눈썹을 추켜올렸다. 그리고 뭔가 말하려는 듯했으나 그림 형사가 말을 이었다. "우리가 문을 부수고 들어왔을 때 저 사람도 함께 있었습니다."

경감은 한쪽 무릎을 꿇고 면밀하게 시체를 조사하기 시작했다. 나는 방을 둘러보았다. 널찍한 방으로, 72제곱미터 정도 되어 보였다. 키가 큰 유리 캐비닛 두 개가 방 가장자리에 서 있었으며 캐비닛 선반에는 이상한 금속과 나무로 만든 조각, 자물쇠, 열쇠, 수갑, 족쇄 들이 가득 진열되어 있었다. 검은색 벽 가까이 두 개의 창문 사이에 유난히 특이한 것이 앉아 있었는데, 그것은 터번을 두르고 터키 민속 의상을 입은 수염 난 남자 형상의, 실제 사람 크기만 한 인형이었다. 그 인형의 앞에는 여러 개의 문이 달린 책상처럼 생긴 장식장이 있었고, 인형은 그 뒤에서 다리를 꼬고 앉아 낮게 드리워진 눈꺼풀 아래로 엄숙하게 장식장을 내려다보고 있었다. 그 장식장은 체스판처럼 되어 있었고 그 위에는 체스 말이 놓여 있었다. 인형의 왼손 손가락은 비숍 가까이에 있었고 오른손은 유난히 기다란, 점토로 만든 담뱃대를 쥐고 있었다.

벽에는 마술 공연 홍보와 유명 마술사들의 레퍼토리가 열거된 빛바랜 포스터들이 여전히 흥미진진한 모습으로 낡은 극장 프로그램들과 함께 진열되어 있었다. 브레슬로, 피네티, 후딘, 앤더슨, 알렉산더, 드콜타, 허먼, 켈라, 후디니, 서스턴 등이었다. 가장 큰 포스터는 전체가 컬러로 인쇄된 서커스 광고지로, 맨틀피스에 놓인 라디오 위쪽에 걸려 있었다. 듀발로와 중국식 물고문용 상자 탈출 묘기를 그린 것이었다.

경감이 일어섰다. "좋아, 그림, 어떻게 된 건지 들어보자고."

그림 형사는 빠르게 이야기하기 시작했는데, 사무적인 자신감은 그의 눈에 떠오른 혼란스러움과 상충되는 것이었다. 그는 자신이 본 것에 대해 확신을 가지는 듯 말했지만 그것을 그다지 믿지 못하는 것처럼 보였다.

"경감님께서 본부에다 경찰차를 보내 듀발로의 신병을 확보하라고 지시하시지 않았습니까. 이들은 집에 아무도 없다고 보고했습니다. 저는 듀발로가 나타날 경우를 대비해서 이 주변을 지키라는 지시를 받고 찰스 가의 지서에서 여기로 왔습니다. 10시 정각에 제가 막 도착했을 때 눈이 오기 시작하더군요. 자주 볼 수 있는 눈보라이지요. 모든 것이 고요했습니다. 10시 반이 되기 몇 분 전에 저 사람이," 그는 존스를 가리켰다. "골목에 나타나기 전까지는요. 저는 저 사람이 계단을 올라가 자물쇠에 열쇠를 꽂을 때까지 기다렸다가 말했습니다. '잠깐만요, 듀발로 씨.' 그리고 그를 따라 계단을 올라갔습니다. 저 사람이 말하기를, '미안합니다. 듀발로 씨는 안에 없는 것 같군요. 나중에 들르시는 게 좋겠습니다.' 그리고는 안으로 들어가 복도 불을 켜고 제 눈앞에서 문을 닫으려고 하더군요. 하지만 저는 가만히 이 사람을 따라 들어가서 경찰 배지를 슬쩍 보여주었습니다. 이 사람은 거만하게 굴기 시작하며 여기는 자기 집이 아니므로 저를 들여보낼 수 없으니 나가라고 하는 겁니다. 저는 말했지요. '미안합니다만, 전 이미 들어와 있고, 게다가 선생께서 듀발로가 아니라면 왜 선생은 이 밤 시간에 열쇠를 가지고 이 집에 들어가는 겁니까?' 저 사람이 제가 묻는 말에 대해 그럴듯한 대답을 생각해 내기 전에……,"

"경감님," 존스가 성난 어조로 불쑥 말했다. "더는 못 참겠군요. 난 설명할 수 있어요. 보시다시피,"

"진정하시오, 존스. 당신 설명도 들을 테니." 개비건 경감이 말했다. 존스는 입을 다물었지만, 그림 형사에게 던지는 눈빛에는 독기가 서려 있었다.

"저 사람이 제가 묻는 말에 대해 그럴듯한 답변을 생각해 내기 전에," 그림 형사는 끈덕지게 반복했다. "이 방에서 목소리가 들렸습니다. 제가 집 앞에서 기다리던 내내 누군가 이 안에서 생쥐처럼 숨을 죽이고 있었던 것 같더군요. 저는 존스에게 조용히 하라고 몸짓으로 지시하고 문에 귀를 밀착시켰습니다. 문이 하도 두꺼워서 두 사람 모두 화가 나서 뭔가에 대해 다투고 있는 것 같다는 사실을 제외하고는 별로 알아들을 수 없었습니다.

존스는 제가 염탐하는 것이 마음에 들지 않았는지 '듀발로!' 라고 크게 두어 번 외쳤습니다. 아무런 대답도 없었지요. 안에서 벌어지는 다툼은 더 격렬해졌고 외치는 소리를 듣지 못했던 건지 아니면 전혀 개의치 않는 건지 그 사람들은 계속 그러고 있었습니다. 그러더니 그중 한 명이 웃더군요……. 경감님, 기분이 좋아진다는 이유로 살인을 한 미치광이 해처를 기억하십니까? ……네, 그자의 웃음과 비슷한 웃음이었습니다."

그림 형사의 표정은 두 번 다시 그런 웃음소리는 듣고 싶지 않다는 말을 하는 것 같았다.

개비건이 시체에 시선을 고정시킨 채 조용히 고개를 끄덕였고 그림 형사는 말을 이었다. "바로 그때 몇 마디를 분명하게 들을 수 있었습니다. 웃은 남자가 갑자기 웃음을 그치더니 말하더군요. '그리고 경찰은 절대로 모를 거야!' 저는 더 이상 기다리지 않고 문을 마구 두드리며 문을 열라고 말했습니다. 그러나 저도 존스보다 나은 결과를 얻지 못했습니다. 다툼은 더 격렬해졌습니다. 누군가 비명을 지르더군요. 제가 들어가겠다고 고함치자, 한 사람이 알아들을 수 없는 말을 외쳤습니다. 그 말투가 하도 엄청나서 도무지 안심할 수가 없었습니다. 쾅하는 소리가 나고…… 그런 다음 죽은 것처럼 정적이 흘렀습니다. 저는 문에 몸을 부딪쳤지만 문이 얼마나 단단한지 실감했을 뿐입니다. 그리고 누군가를 맞힐지도 모르겠다고 생각했지만 자물쇠에 총을 두 발 쐈습니다. 그러나 자물쇠가 고장 나서 꼼짝 않게 되었을 뿐입니다. 그래서 창문이 훨씬 빠르겠다고 생각하고,"

멀리니가 끼어들었다. "잠깐, 자물쇠가 고장 나서 문이 전혀 열리지 않았다는 말이오?"

그림 형사가 고개를 끄덕였다. "그대로입니다. 꼼짝도 하지 않습니다. 문의 양쪽에서 다 시도해 봤습니다만."

멀리니는 개비건을 쳐다보고 음산한 미소를 띠며 말했다. "잠긴 문이 여기 또 나타났군! 계속하시오. 그림 형사."

그림 형사는 이어서 말했다. 더욱 혼란스러워 보였다. "저는 바깥의 돌계단을 한 번에 세 계단씩 달려 올라갔고, 존스도 따라왔습니다. 그리고 발코니로 올라간 다음 저 사람이 도망가지 못하게 끌어올렸지요. 그리고 유리를 깬 다음 걸쇠를 열고 들어갔습니다. 불이 켜져 있었는데 커튼이 쳐 있어서 몰랐습니다. 처음에는 집 안이 텅 비어 있다고 생각했습니다. 그때 시체를 보았습니다. 두 사람의 말소리를 들은 후 1분도 안 지났을 겁니다. 그런데 발견한 것이라곤 한 사람뿐인데다…… 죽어 있었습니다! 급히 뒷문으로 갔더니…… 문이 열려 있더군요……. 격투가 벌어질 것을 예상하며 총을 손에 쥐고 들어갔는데……,"

그림 형사는 입을 완전히 다물어 버렸다.

개비건이 말했다. "그래서?"

그림 형사의 얼굴에 기묘한 표정이 떠올랐다. 그리고 느릿느릿 힘을 주어 말했다. "저 문은 서재로 통하는데…… 뭔가 이상합니다. 저런 것은 지금까지 저는…… 뭔지 전혀 모르겠습니다." 그는 문을 향해 걷기 시작했다. "오세요, 직접 보십시오."

우리는 그의 뒤를 따랐다. 그제야 무의식적으로만 느꼈던 것을 뚜렷이 알게 되었다. 이 방들의 온도는 바깥과 다름없이 낮았다. 서재의 열린 문으로 차가운 공기가 계속 흘러들어 오고 있었던 것이다.

작고 안락한 서재였다. 창문 하나와 큰 책상 하나, 의자 두 개, 철제 파일링 캐비닛, 그리고 이 방 벽에도 자물쇠의 컬렉션이 걸려 있었다. 큼지막한 중국식 목재 핀 자물쇠, 화려한 장식이 있고 복잡하게 세공된 스페인식 자물쇠, 중세의 거칠고 무거운, 특이한 자물쇠들, 이집트의 작고 섬세하게 세공된 동물 자물쇠들. 한쪽 구석에는 밝게 채색한 관처럼 보이는 커다란 상자가 서 있었다.

경감이 그것을 보고 의심스러운 눈길을 던지자 멀리니가 말했다. "저것은 스페인의 아이언 메이든속에 쇠못이 박힌 관으로 처형이나 고문에 쓰임입니다. 내부에 날카로운 송곳들이 줄지어 박혀 있소. 듀발로가 여기서 탈출하곤 했소."

대형 금고의 시건 장치로 보이는 내부 부속들이 책상을 덮은 초록색 압지 위에 흐트러져 있었다. 압지의 반대편 가장자리는 물기 때문에 거무스름했는데, 열린 창문으로 들어온 눈이 그 자리에 떨어진 것이었다. 개비건은 책상 위로 몸을 기울이고 고개를 밖으로 내밀었다.

"플래시 좀 가져오게. 바깥에 사다리가 있군." 그가 말했다.

그림 형사가 플래시를 건네주었다. "네," 그는 투덜거렸다. "사다리가 있죠. 땅으로 곧장 향해 있습니다. 하지만 범인이 이 사다리를 타고 나갔다면……,"

경감은 고개를 움츠리고 화가 나서 일그러진 입을 굳게 다물고 있었다.

"멀리니, 저걸 보시오." 그가 말했다.

멀리니가 내다볼 때 나도 슬그머니 다가가 슬쩍 보았다. 4미터 아래는 (이곳의 지면은 집 정면의 지면보다 낮았다) 높은 돌담으로 둘러싸인 정원이 보였고 정원의 건너편 끝, 창문에서 15미터 떨어진 곳에 머귀나무 한 그루가 외로이 서 있었다. 그림 형사와 개비건 경감을 화나게 만든 것은 정원이 눈으로 덮여 있고 사다리의 아랫부분이 완벽하게 눈으로 둘러싸여 있다는 사실이었다. 발자국으로 더럽혀지지 않은 눈은 새로 만든 종이처럼 새하얗고 무결했다.

"D. D. 홈과 티아나의 아폴로니우스피타고라스 학파의 스승이자 마법의 아버지로 추앙받는 인물로 순간이동과 투시력 등의 능력을 발휘했다는 전설이 있다의 망령이로군!" 멀리니는 눈을 빛내며 부드럽게 말했다. 그리고 그림 형사의 말을 완성해 주었다.

"……범인이 여기로 나갔다면 그자는 공중을 떠다닐 수 있는 게 틀림없어!"

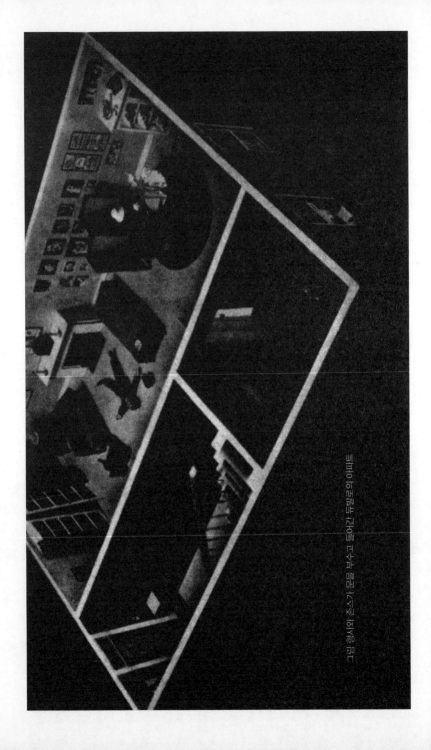

그림 형사와 존스가 문을 부수고 들어간 두발로의 아파트

15

변장한 시체

다시 거실로 돌아와, 경감은 인턴을 내보내고 바깥에 순찰경관들을 배치했다. 그리고 버크 형사에게 헤스 박사를 부르라고 지시했다. 벽난로 앞에 서서 그는 라디오의 스위치를 켰다가 전원에 불이 들어올 기미가 전혀 보이지 않자 짜증이 나서 얼굴을 찡그리고 스위치를 꺼 버렸다.

"그림," 그가 불쑥 말했다. "가서 집 앞의 눈 위에 찍힌 발자국을 살펴보고 나간 흔적이 있는지 찾아보게."

그림 형사는 고개를 저었다. "그런 것은 없습니다. 제가 이미 찾아봤습니다. 경찰차가 오기 전 눈 위에 찍힌 발자국들은 저와 존스의 것뿐으로 그것은 의심의 여지가 없습니다. 제가 알고 싶은 것은 천장에 지붕으로 통하는 문이 있느냐는 겁니다만 저는 보지 못……"

"있습니다." 우리 뒤에서 묵직한 목소리가 들려왔다. 창문으로 순찰경관 두 명이 들어왔다. 첫 번째 사람이 말을 이었다. "하지만 안쪽에서 잠겨 있습니다. 그리고 저희가 다른 방들을 조사하고 침대 밑도 샅샅이 살펴봤습니다만 집에는 아무도 없습니다."

개비건은 그들의 보고를 듣고 질문했다. "그림, 자네가 들은 목소리는 둘 다 남자였나?"

그림 형사는 곰곰이 생각했다. "모르겠습니다." 그는 천천히 말했다. "저 문은 하도 두꺼워서…… 제가 들은 한 사람의 목소리는 남자였습니다만, 다른 사람은…… 모르겠습니다."

"선생 의견은 어떻소?" 경감이 존스에게 물었다. 그는 아직도 긴 의자에 앉아 있었지만 지금은 많이 누그러진 상태였다. 나는 그가 절대 시체를 보려 하지 않는다는 것을 알아차렸다.

존스는 서둘러 고개를 끄덕였다.

"네……, 그러니까…… 아니, 나는 모르겠소. 목소리는 들었지만 구별할 수 있을 만큼은 아니었소. 나는 열쇠구멍으로 엿듣지 않았거든!'

존스가 그림 형사에게 던진 성난 눈길은 고무공처럼 튕겨 나왔고 그림 형사가 존스를 보는 의심의 눈빛은 더욱 깊어졌다.

"선생 이름은 뭡니까?" 개비건이 물었다.

"마빈 에인슬리 존스요."

"주소는?"

"뱅크 가 248번지입니다."

"저 사람이 누군지 압니까?" 개비건은 엄지손가락으로 시체를 가리켰다.

"전혀 본 적 없는 사람입니다. 이 말을 그림 형사에게 하려고 했지만 저 사람은 내 말이라면 어떤 것도 믿지 않는 것 같더군요. 이해가 안 돼요. 이 모든 일이 일어났을 때 난 저 사람과 함께 복도에 있었잖습니까? 내가 뭘 할 수 있었겠습니까……,"

"신경 쓰지 마시오, 존스 씨." 개비건이 말했다. "그림 형사는 배려해 줘도 감사할 줄 모르는 악당들에게 익숙해 있소. 거기다가 약간 혼란스러운 상태요. 선생 이야기를 들려주시오. 선생은 어떻게 여기에 들르게 되었고, 열쇠는 어떻게 된 거요?"

"열쇠를 돌려주려고 들렀소. 듀발로가 장기간 집을 비운 동안 임시로 여기 머물렀거든요. 불과 며칠 전에 거처를 옮겼는데, 열쇠 돌려주는 것을 잊었지 뭡니까."

"오늘 새벽 3시에 어디 있었습니까?" 개비건은 별 뜻 없이 물었지만 그의 어조는 질문의 특별한 의미를 감추지 못했다. 아니면 별 뜻 없는 질문이라고 생각하지 않았거나. 그의 눈이 새처럼 튀어나왔다.

"새벽 3시요?" 그가 말했다. "이해가 안 되는군. 그것과 지금 일이 무슨 관계가 있단……,"

"어쩌면 아무 관계도 없겠지. 하지만 알고 싶소."

"침대 속에 있었소. 난 보통 새벽 그 시간에는 자고 있소."

"증명해 줄 사람이 있습니까?"

"아니, 없는데."

"멀리니, 당신은 이 사람을 아시오?"

"그의 부친을 알았소. 그분은 수년 동안 바넘 앤드 베일리 서커스의 무대감독이었습니다."

"오늘 어떻게 하루를 보냈소, 존스?" 개비건이 다시 질문을 이어갔다.

"아침은 일자리를 알아보며 보냈습니다. 오늘 오후에는 멀리니를 보러 가게에 들렀지만 없더군요. 거기서 친구 한 명을 만나 함께 시 외곽에서 저녁 식사를 했어요. 그런 다음 친구의 아파트에 갔고 여기 오기 직전까지 그곳에 있었습니다."

"친구의 이름을 알려 주시오."

"칭…… 도널드 맥닐입니다."

나는 이 말을 듣고 멀리니를 살펴보았는데 그는 듣는 둥 마는 둥 하고 있었다. 그는 소파 옆에 서서 시체를 보며 생각에 잠긴 채 눈을 깜빡이고 있었다. 짜증난 경감을 그리도 약오르게 하던 그의 수수께끼 같은 침착한 태도 안에 지친 듯한 기색이 희미하게 나타나기 시작했다.

갑자기 멀리니가 조용히 말했다. "그림 형사, 저게 그것 아니오? 소파 가장자리에 반쯤 가려진 채 바닥에 있는 것 말이오."

"아, 네…… 그 이야기를 하려던 참이었습니다. 제가 그에게 다가갔을 때 그것이 저 사람의 목에 감겨 있었습니다. 제가 그걸 잘랐습니다. 늦지 않게 그를 구해낼 수 있을지 모른다고 생각했거든요……. 부질없는 일이었지만요."

그림 형사는 그 물건을 집어 들었다. 그것은 5센티미터 정도 폭의 기다란 흑갈색 실크 끈으로 양 끝에 술이 달려 있었는데, 한쪽 끝이 다른 쪽 끝에 묶인 고리 모양이었지만 지금은 잘려 있었다.

"사바트가 입고 있던 가운의 사라진 끈입니다. 이것이 언제 나타날지, 과연 나타나기나 할지 생각하고 있었습니다." 멀리니가 말했다.

경감은 그것을 보고 눈썹을 추켜올렸다. "아, 당신도 그것이 없어진 것을 알아차렸군? 음, 낙타의 등허리를 부러뜨리는 것은 지푸라기지. 하루에 두 건의 밀실살인 사건을 마주친다면, 어떤 연관성이 있다고 생각할 수 있는 법이오. 의회가 우연의 법칙을 전부 폐지하지 않았다면 모르지만. 그러나 시체가 똑같은 자세로 누워 있고 두 사람 모두 똑같은 끈으로 교살당했다면……." 그는 말을 멈추고 시체를 향해 다가갔다. "주머니를 살펴보지. 신원을 확인할 때야."

긴 의자 옆에 무릎을 꿇고 앉아 그는 신속하게 죽은 사내의 옷가지를 조사했다. 그러더니 그는 작은 물건 하나를 손에 쥐고 물러나 앉아 고개를 들었다.

"이 사건에서 평범한 것은 아무것도 찾을 수 없는 것 같군." 그는 툴툴거렸다. "남자의 양복에는 주머니가 13개나 있다고. 그리고 떠돌이조차도 이보다는 더 많은 물건을 갖고 다닌단 말이야." 손바닥 위에 놓인 물건을 살펴보는 경감의 이마에 진 물결 모양의 주름이 인상적이었다. 그것은 작은 계란 모양의 검은색 돌로, 잘 닦은 촉탄燭炭 기름과 가스를 많이 함유한 석탄 조각처럼 생겼는데 길이가 5센티미터 정도 되었다. 개비건은 잠시 호기심을 가지고 그것을 응시하더니 어깨를 으쓱하고는 맨틀피스 위에 끈과 함께 나란히 올려놓았다.

멀리니는 담배에 불을 붙이고 불을 끄기 전에 성냥의 불꽃을 골똘히 들여다보다 말했다.

"저 시체 아래에 명함이 또 있을지 대단히 궁금하군요, 경감. 당신이 그 사람의 주머니를 조사하고 있을 때 엉덩이 바로 아래에 흰 종이 같은 것이 살짝 보인 것 같았소."

경감은 코트를 조금 들어 올리고 엄지와 집게손가락으로 무엇인가를 집었다. 접혀 있는 네모난 종이였다. 그는 일어서서 종이를 조심스럽게 펼쳐보았다.

너덜너덜한 가장자리를 보았을 때 나는 그것이 무엇인지 알아차렸다—『호노리우스의 마도서』의 사라진 부분이었다.

멀리니가 암송했다.

"오 수르가트여, 이 책에 적힌 모든 이름으로 그대에게 마법을 거나니, 여기 내 앞에 그대 자신을 드러내라. 즉각, 지체 없이, 그 대는 기꺼이……. 뒷부분은 뭐요, 경감?"

개비건이 소리 높여 읽었다. "나의 모든 말에 복종하라. 그럴 수 없다면 나에게 파견하라……." 그는 읽기를 멈추었다. 입을 반쯤 벌린 채였다. 그러더니 입을 굳게 다물고 올려다보며 말했다. "멀리니, 누군가 우리를 갖고 노는구먼. 참으로 비정상적인 유머 감각을 가진 누군가가 말이오."

그는 다시 종이로 시선을 옮겨 계속 읽었다. "……그것을 몸에 지니는 한 사람들이 내 모습을 볼 수 없게 하는 돌을 가진 정령을! 나는 또한 그대에게 명하노니, 너 자신, 혹은 그 화신, 혹은 네가 나에게 파견한 사자를 통해 나의 의도를 전하라. 나에게도 다른 자에게도 해를 끼치는 일 없이 직접 나의 의지와 내가 명하는 모든 것을 행하라."

개비건 경감의 눈빛은 시큰둥했다. "멀리니, 살인범이 저 돌을 이용하여 모습을 감추고 아직도 이 방에서 우리를 보며 웃고 있다고 알려줄 필요는 없소! 나도 그런 추리는 할 수 있으니까. 이제 당신은 밀가루를 바닥에 뿌리고, 발자국이 보이면 총을 쏘라고 할 것 같군. 이런 빌어먹을 사건이라니."

"그렇게 해 봤자 효과가 있을 것 같지 않소. 이 살인자는 발자국을 남기지 않는 것 같으니까. 그 종이 좀 봐도 되겠소?" 개비건은 종이를 건네주었고 멀리니는 경감이 했던 것처럼 엄지와 집게

손가락으로 한쪽 귀퉁이를 가볍게 잡고 훑어보더니 말했다. "주문이 더 있군. 모레일, 세르굴라스, 메르실드…… 하하! 이 종이는 우리에게 한 가지를 말해주고 있소, 경감. 당신이 발견한 신비로운 검은 돌이 있긴 하지만 수르가트는 제외해도 좋을 것 같소. 책에서 뜯기고 나서부터, 이 종이는 접혀 있었소…… 두 번…… 주머니 속에 들어갈 수 있게 말입니다…… 아니면 핸드백이나. 악마에게는 주머니도 핸드백도 없으니까 굳이 종이를 접을 필요가 없을 텐데 말이오. 내가 너무 빙 둘러서 말하고 있소?"

"그렇소. 잘 아는군." 개비건은 무뚝뚝했다.

"그럼 이건 어떻소? 사바트의 아파트에 잔뜩 있던 여러 가지 흥미로운 물건들 중에서 벨벳으로 안을 댄 작은 가죽 상자를 보았소. 상자 뚜껑에 있는 카드에 '디 박사의 수정구'라는 글이 적혀 있더군. 상자 속에 든 것은 없었지만 벨벳 바닥에 움푹 꺼진 부분이 있었는데 저 돌이," 그는 맨틀피스를 가리켰다. "그 부분에 딱 맞을 거라고 확신하는 바이오."

"검은 돌," 개비건이 말했다. "찢겨 나간 종이, 가운의 끈, 시체의 자세, 그리고 밀폐된 방. 두 건의 살인과 한 명의 살인자. 명백해 보이는데. 첫 번째 밀실도 충분한 두통거리였는데, 이 사건에 곁들인 고명은 한층 화려하기까지 하군……. 그리고 우리에게는 한 명의 용의자가 있지. 자신이 사라지는 데 전문가임을 눈앞에서 보여준 인물 말이야. 버크, 타로 수색에 몇 명이 배정됐는지 알아보고…… 인원을 배로 늘리게."

"물론," 멀리니가 말했다. "아시는 것처럼 정말 해결하기 어려운 범죄는 아무나 뛰어들어 저지르는 범죄입니다. 그러나 이 사건처럼 범행 자체가 불가능해 보이는 경우, 일단 '어떻게' 범행이 저질러졌는지 알아내기만 하면 '누가' 저질렀는지도 알 수 있소. 불가능한 상황은 그 독특함 때문에 결국에는 가능성이 제한되어 버립니다."

"만약 불가능한 일에는 가능성이 많지 않다는 것을 말하려고 하는 거라면, 나도 동의하겠소. 자, 만약 당신이 어떻게 범행이 행해졌는지 이야기해 주기만 한다면……,"

그 순간 닫힌 서재 문 뒤에서 전화벨이 울렸다. 이미 전화기를 향해 있던 버크 형사가 서둘러 서재로 들어갔고, 개비건도 만사를 제쳐 놓고 그를 뒤쫓아 갔다. 멀리니는 『마도서』의 찢긴 페이지를 옆으로 치우고 이리저리 거닐다가 시체 곁에 섰다. 시체의 무엇인가가 그의 마음을 사로잡은 것처럼 보였다. 그가 몸을 굽혀 시체의 뺨 부분을 만지더니 자신의 손가락을 의심스럽게 들여다보는 모습이 내 눈에 비쳤다.

개비건은 전화 너머의 누군가를 호되게 질책하더니 전화를 끊고 순찰 경관들에게 말했다. "연장을 갖고 와서 우리가 드나들 수 있도록 저 문의 경첩을 떼어내게." 그는 문 해체 작업을 감독했다. 문을 떼어 한쪽 벽에 기대 놓은 다음 그림 형사에게 말했다. "존스를 위층으로 데려가서 안정을 취하도록 하게. 내가 나중에 또 만나 볼 걸세."

존스는 일어나서 고분고분하게 문을 향해 가다가 멈춰서서 물었다. "나는 체포된 겁니까, 경감님?"

"아니오. 그렇지만 당신은 중요한 증인으로서 여기 머물러야 하오. 뭐 할 말이라도 있소?" 개비건의 어조는 공격적이고 약간

화가 나 있었다. 분명히 전화 통화에서 뭔가 기분 나쁜 말을 들은 것이리라.

"물어보고 싶었을 뿐입니다." 존스가 말했다. "누구라도 알고 싶은 법이지요. 멀리니, 자네가 경감님에게 내가 사람들 목이나 조르고 돌아다니는 타입은 아니라고 말 좀 해 줬으면 좋겠네."

"아, 사람들이라고?" 그림 형사가 존스에게 다가서며 말했다. "이곳 말고 목 졸린 사람을 또 알고 있나?"

"난 무슨 소린지 모르겠소…… 아, 그래서 당신들이 그토록 내 행적에 대해 알고 싶어했던 거요?" 존스는 멀리니를 쳐다보았다. "누가 또 목이 졸렸지?"

개비건이 대답했다. "세자르 사바트요. 그 사람을 아시오?"

존스의 얼굴은 아무 표정이 없었다. "아니요. 누구요?"

개비건은 잠시 그를 날카롭게 쏘아보다가 말했다. "내일 신문에서 그 사건 기사를 읽을 수 있을 거요. 그럼, 저 사람을 데리고 나가게." 그는 우리를 향해 돌아섰다. "나는 위층을 조사할 거요. 퀸, 자네는 여기서 우리의 친구들에게 눈을 떼지 말게. 내가 모르는 사이에 아마추어 탐정이 여기저기 수사하며 다니는 것을 원치 않네."

그는 돌아서서 가 버렸다.

멀리니가 말했다. "누가 전화한 겁니까, 경감? 알려 주기 싫소? 워트러스 대령을 언급한 것 같던데?"

개비건은 문간에서 발을 멈추었다. "워트러스의 감시를 맡은 버드 형사였소. 그와 잰슨은 환상의 콤비지. 버드는 밤이 되자 워트러스가 잠자리에 들었다고 생각해서 그 친구의 아파트 건너편 길가에 차를 세우고 관망하고 있었소. 대령이 아파트에 들어가 방의 불이 켜진 시간이 9시 55분이었지. 버드는 지금 바로 보고하는 편이 좋겠다고 결정했소. 워트러스가 또다시 집으로 들어가는 것을 목격했기 때문이오. 드러그스토어로 통하는 출구가 있었고, 버드는 다른 출구를 잘못 감시하고 있었던 것 같소. 쌍둥이가 아니라면, 워트러스는 우리가 아는 한에는 방에 불을 밝혀 놓고는 들어가자마자 바로 나온 거요. 그가 간 곳이 어디였든 증인을 내세울 수 있다면 그는 오늘 밤 더 편하게 자게 되겠지. 워트러스의 아파트라면 걸어서 15분 만에 이곳에 올 수 있고, 눈이 내리기 시작해서 발자국이 생기기 전에 도착했을 게 틀림없을 테니까."

개비건은 문을 지나 사라져 버렸다.

"경감도 어느 정도 배우 기질이 있군." 멀리니가 논평했다. "아주 훌륭한 퇴장이었어. 자, 이제 퀸 형사의 빈틈없는 감시 아래 아마추어 탐정 짓을 좀 해 볼까."

멀리니는 주머니에 손을 찌른 채 방을 어슬렁거렸다. 그의 탐색에는 별 목적이 없어 보였고 결과도 신통치 않은 듯했다. 그는 자물쇠 컬렉션을 품평하듯 감상하고 터키 인형 앞에 놓인 체스판 위의 체스 말 배열을 연구하느라 몇 분을 소비했다. 나는 곧 멀리니를 지켜보는 데 싫증이 나서, 요 몇 분 사이에 떠오른 아이디어를 다시 생각해 보며 주머니를 뒤져 종이와 연필을 찾았다.

그 후 5분에서 10분가량 내가 하는 일에 몰두해 있었는데, 돌연 멀리니의 말이 들려왔다. "경감, 이것 좀 보시오."

나는 종이에서 눈을 들었다. 개비건이 돌아와 있었다. 멀리니는 내 뒤에 서서 무례하게도 내 어깨 너머로 내가 종이에 적은 것을 보고 있었다.

나는 용의자들의 명단을 출현 순서대로 적고, 사바트가 살해된 시간과 X가 살해된 시간에 그들이 각각 어디 있었는지를 적었다. 내가 보기에 충분히 입증된 것으로 생각되는 알리바이에는 네모를 쳐 놓았다.

서재에서 전화를 붙들고 씨름하던 버크 형사가 개비건을 따라왔다. 그는 내가 써 놓은 것을 보더니 의견을 말했다. "라클레어 부부 뒤의 저 빈 칸은 채워 넣을 수 있을 것 같습니다. 제닝스 말로는 그 부부는 10시 30분에 라룸바에서 자기 순서를 공연하고 있었다는군요."

그렇게 수정되었고 결과는 다음과 같았다.

용의자	알리바이	
	사바트 살해 오전 2-3	X 살해 오후 10:30
워트러스	강령술 모임	?
러푸르트	강령술 모임	?
타로	파티	?
알프레드	토니스	나이트클럽
젤마	지하철	나이트클럽
듀발로	취침 중	사바트의 집
존스	취침 중	그림 형사와 같이 있었음

"두 가지 살인," 개비건은 우울하게 말했다. "그리고 모든 용의자들이 어느 쪽인가의 살인에는 알리바이가 있군. 워트러스 대령과 마담 러푸르트는 저 물음표에 대해 뭐든 간에 대답할 수 있겠지만, 10시 35분에 유진 타로 선생이 어디에 있었고, 지금 어디에 있는지 알 수 있다면 내 한 달치 봉급을 당장 내놓겠소."

멀리니는 성냥을 켜 담배에 갖다 대었다. 다이너마이트에 갖다 대는 편이 나았을지도 몰랐다.

"그 제안에 기꺼이 응하겠소, 경감." 멀리니는 잠시 아무 말 없이 미소 짓고는 느릿한 템포로 다시 말을 이었는데, 기술적으로는 나쁘지 않고 예술적으로는 완벽했으며 또한 지독하게 짜증나는 말투였다.

"10시 35분에 유진 타로는 이 방에 있었습니다. 그리고 지금은…… 뭐, 여전히 여기 있습니다. 아니, 그보다는 그의 시체가 있다고 해야 할까."

우리는 모두 돌아서서 죽은 사람을 내려다보았다.

16

붉은 머리 처녀

"여기 박쥐의 피가 있다.
저기에 넣어라, 오, 저기에 넣어라.
여기 도마뱀의 독이 있다.
더 넣어라.
두꺼비 즙, 살무사 기름
이것들은 그 젊은이를 더욱 미치게 만들 것이다.
넣어라. 모든 것이 있다. 그리고 악취를 없애라.
아니지, 붉은 머리 처녀의 살 3온스가 있다.
저어라, 휙, 휙……."

미들턴, 「마녀」

우리가 그 자리에 서서, 경감이 이 놀라운 주장을 확인하기를 기다리고 있을 때, 창문 밖에서 목소리와 발소리가 들려왔다.

"제기랄!" 경감이 투덜거리며 복도로 갔고, 열린 현관문으로 경감이 지시를 내리는 소리가 들렸다.

"말로이, 위층에 그림 형사가 있을 거네. 듀발로를 데리고 올라가게. 베넷, 자네는 여기 와서 사진을 찍게. 이 양반은 누구지?"

"칭윙푸라는 사람입니다. 경감님이 가신 직후에 나타났습니다."

"알았네. 이 양반도 그림 형사와 함께 올라가 있도록 하게. 그리고 자네는 이리 오게."

"젠장, 경감님," 듀발로의 목소리가 짜증스럽게 말했다. "무슨 생각이십니까? 말로이 형사는 떠나기 전에 신문기자들에게 성명서를 발표하는 데 반 시간을 허비했습니다. 오는 길에는 서에 들러서 좀처럼 나오지 않더니 여기까지 오는 데 밤의 절반이 걸렸습니다. 여기서는 도대체 무슨 일이 일어난 겁니까?"

개비건의 대답은 그 어떤 인내력 콘테스트에서도 올해의 최고상을 쉽게 거머쥘 것이 틀림없었다.

"아직 확실히 모르겠소. 하지만 곧 충분한 이야기를 듣게 될 거요. 그때까지는 아무쪼록 내 말대로 해 주시오." 그가 말했다.

그의 말투에서는 다른 선택의 여지가 보이지 않았다.

듀발로는 마지못해 굴복했다. "이런 난센스에 신물이 나는군." 그리고 천천히 계단을 올랐고, 칭과 말로이가 뒤를 이었다.

베넷 형사가 들어와 시체 위로 카메라, 삼각대, 조명을 설치하느라 분주히 움직였다. 얼마 후 말로이 형사가 돌아오자, 우리가 기다리는 동안 개비건은 그에게 급히 상황을 요약해서 들려주었다. 베넷 형사가 마침내, "됐습니다, 경감님."이라고 말해서 우리는 시체 주위에 모였다.

개비건은 시체의 얼굴에서 안경을 벗기고 훑어보더니 말했다. "싸구려 물건이군." 그리고 그가 시험 삼아 콧수염을 잡아당기자 콧수염이 떨어져 나왔다.

"사바트의 집에서는 타로를 밝은 조명 아래서 자세히 보지 못했소." 그가 말했다. "하지만 아직도 나한테는 그다지 그자처럼 보이지 않는데."

"저 얼굴 표정은 물론," 멀리니가 말했다. "저 상냥한 타로의 특징이 거의 보이지 않는군. 외알안경이 없으니 분명히 벌거벗은 것처럼 보입니다. 그리고 그가 외알안경을 쓰지 않은 모습을 본 적이 전혀 없소. 무엇보다 인상이 달라 보이는 것은 햇볕에 탄 것 같은 피부 색깔이오." 그는 손가락을 뻗어 죽은 사내의 뺨을 문지르고는 손가락을 들어올렸다. 손가락에는 황갈색 얼룩이 묻어 있었고 시체의 얼굴을 가로질러 연한 줄이 나 있었다.

"분장입니다." 그가 말했다.

개비건은 앞으로 몸을 굽혀 시체의 머리를 한쪽으로 틀고 턱의 오른편을 면밀하게 살펴보았다.

"당신이 이겼소." 그가 엄숙하게 말했다.

나도 그 모습을 보았다. 빈틈없이 차려 입은 타로에게는 어울리지 않아 보였던 반창고가 화장품으로 가려진 채 그 자리에 있었다.

반창고를 처음 본 멀리니의 눈빛이 날카로워졌다. "타로가 전부터 저걸 얼굴에 붙이고 있었습니까?"

개비건이 고개를 끄덕이고 타로의 동선을 헤아리기 시작했다.

"빠듯하긴 하지만 그 시간 내에 할 수 있었겠군. 48번가의 택시에서 빠져나와 자기 호텔방에서 재빨리 옷을 갈아입고 나서 그 다음에는…… 뭐, 지하철을 타고 15분 안에 여기 올 수 있었겠지. 변장하는 데 15분 정도 걸렸다고 해도 10시 5분 전에 여기 도착했겠지. 더 일찍은 아닐 거요. 그 정도 거리라면 택시가 지하철보다 절대로 빠르지 않소. 그래서 눈이 내리기 직전에 여기 도착했고 발자국에는 아무 문제가 없었소. 하지만 왜 변장을 했을까?"

"어쩌면," 내가 의견을 말했다. "그는 사적인 조사를 좀 하고 있었을지 모릅니다. 듀발로가 범인이라고 생각하는 것 같았으니 까요. 그래서 증거를 찾기 위해 여기 온 것일 수도 있지요. 변장은 듀발로가 우연히 집에 있을 경우 알아보지 못하게 하기 위해서였 고요."

"어쨌거나 타로는 약간의 '무단침입'을 했던 것 같소. 열쇠도 갖고 있지 않았고, 이번에는 자물쇠 따는 도구도 없었소. 그래서 사다리를 타고 들어온 것이 틀림없소. 그러나 그림이 10시부터 계 속 집 앞에 있었는데 아무것도 보지도 듣지도 못했소. 타로는 그 반 시간 동안 무엇을 하고 있었던 걸까?"

"알 게 뭡니까." 나는 말했다. "뭔가 사악한 것이었겠지요. 그 때 범인이 나타나 무언가를 하고 있던 그를 알아보고는 공격한 겁 니다."

개비건은 얼굴을 찌푸렸다. "하트," 그는 이의를 제기했다. "어 떤 이론을 제기하려 한다면 뭔가 의미 있는 말을 하시오. 살인범은 그저 '나타나는' 거로군? 그자가 발자국을 남기지 않고 달아난 것 만으로도 충분히 고약한 일이 아니오? 당신은 그자가 그냥 나타났 다는 거로군."

"그자가 한 번 그렇게 했다면," 멀리니가 말했다. "두 번 했을 수도 있소."

"물론이오. 하지만 그자가 타로처럼 눈이 내리기 전에 왔다고 보는 것은 너무 단순한 시각이오. 그렇게 되면 설명할 여지가 더 적어지겠지."

"그럴까?" 멀리니가 물었다. "그럼 형사가 밖에 있던 30분 동안 살인자와 피해자 두 사람이 그리도 조용히 무슨 일을 했을까 의문이 남는데 말이오."

"당신이 어떻게 보든 간에, 이상하게 여길 것은 잔뜩 있소. 예를 들어, 그 사다리는 어디에서 가져온 거요?"

"살인자는," 멀리니가 천천히 말했다. "당신이 말한 것처럼, 사다리로 들어왔을지도 모릅니다. 그러나 살인자가 사다리로 빠져나갔다는 것을 증명할 수 있다면, 우리는 그자에 대해 한 가지 매우 흥미로운 사실을 알게 될 겁니다."

"어떤 것을?"

"그자가 룽곰파였다는 사실 말이오."

"그거 참 대단한 도움이 되겠는걸." 개비건 경감은 이것이 어떤 결론으로 흘러갈지 의심하며 말했다. "그 이야기는 듣고 싶지 않소."

그는 돌아서서 분주하게 창문의 걸쇠를 조사하더니 밖으로 몸을 내밀어 발코니를 살펴보았다.

그러나 그림 형사는 관심을 보였다. "영어로는 뭐라고 합니까?" 그가 물었다.

"마담 알렉산드라 다비드 넬은," 멀리니가 바깥에 있는 개비건을 곁눈질하면서 말했다. "18년 동안 티베트에서 산 프랑스 여자로, 변장하고 라사의 성스러운 도시로 위험한 여정을 떠난 유일한 백인 여성이라고 주장하는 사람이오. 책에서 말하기를, 여행 중 어느 날, 입은 것이라곤 자신을 휘감은 무거운 쇠사슬로 엮은 옷밖에 없는 벌거벗은 라마승을 마주쳤다고 합니다. 연구 결과, 이렇게 차려 입은 라마승의 의복에 대한 개념은 흔히 생각하는 것처럼 비논리적인 것이 아니었습니다. 룽곰[29]★ 수련을 거친 고행자의 육체는 너무나 가벼워져서 충분히 무거운 추가 없으면 허공에 떠오를 위험이 항상 있기 때문이오."[30]☆

개비건은 애써 관심 없는 척했고 그림 형사는 코웃음을 쳤다. "바넘 앤드 베일리 서커스단은 이 사실을 알고 있습니까?"

"저 사다리에서 내려오기 위해서는," 멀리니가 이어서 말했다. "사다리의 발 주위를 둘러싼 눈을 건드리지 않고 말이오. 미스터 X는 역시나 허공에 떠올라야 했을 거요. 마담 다비드 넬은 룽곰 수련이 어떤 것인가에 대해 말하지 않았지만, 아마도 호흡 조절법 중 하나인 듯하오. 그것만이 그 사다리에서 탈출할 수 있는 유일하게 실행가능한 방법이오. 나는 수차례 젊은 여자 조수를 무대에서 180센티미터 높이로 떠오르게 하고 철저하게 검사받은 고리를 그녀의 몸 주위로 통과시켰습니다. 룽곰에 의지한 것은 아니지만, 내가 사용한 방법은 이 경우에는 전혀 쓸모가 없소."

멀리니가 말을 계속 하기 전에 잽싸게 개비건이 끼어들었다.

"창문과 사다리는 제외해야 한다는 말을 당신은 그런 식으로 하는군. 좋소. 아마도 살인범이 어떻게 탈출했는지 당신은 알고 있겠지? 그것을 들어봅시다. 하지만 티베트 라마승에 대한 헛소리는 안 되오. 트란실바니아의 늑대인간, 자바의 홉고블린, 빗자루를 탄 마녀도 마찬가지요. 그런 것은 밥상 앞에서의 잡담으로는 즐겁겠

29★ Lung-Gom Pa. 티베트 고승들이 호흡법을 수련하여 익히는 경지로, 주로 먼 거리를 비정상적인 빠른 속도로 달려가는 모습을 보인다고 한다. 수련 과정은 국내에도 잘 알려진 공중 부양과 거의 같다. 다비드 넬의 저서 『티베트 마법의 서』는 국내에도 출간되었다.

30☆ 클로드 켄달, 『티베트의 신비와 마법』, 1932.(Claude Kendall, Mystery and Magic in Tibet, 1932)

지만 우리는 살인자를 잡기 위해 바쁘게 움직여야 한단 말이오."

"흐음." 멀리니가 생각에 잠겨 말했다. "빗자루를 타고 창문 밖으로 날아간다. 그걸 빠뜨렸군." 그는 불붙은 담배 끝을 앞으로 내밀고 꽉 쥔 자신의 주먹 속으로 밀어 넣더니 부드럽게 비틀어 짜면서 담배를 사라지게 했다. 개비건의 얼굴에 폭풍 경보가 떠오르더니, 그는 멀리니를 향해 한 걸음 앞으로 나아갔다.

멀리니가 재빨리 말했다. "우리가 그 가능성들을 검토해 볼 시간이 된 것 같군. 특히 한 가지 방법이……."

"오, 그러니까 방법이 두서너 개 있다, 그거요? 좋소, 마술사 선생. 토끼를 꺼내 보시지."

멀리니는 나를 돌아보았다. "자네는 어때? 우리가 최근 검토한 펠 박사의 정리에서 뭐라도 끌어낼 수 있는 게 없을까?"

"그래." 나는 지나치게 기뻐하지 않으려 애쓰며 말했다. "있지. 하지만 마음에 들지는 않아. 아직까지는 정말로 쓸 맛이 나는 추리소설의 마무리로서는 심하게 평범하거든."

"B 부류의 방법 2. 비밀 문 말인가?" 멀리니가 물었다.

나는 고개를 끄덕였다.

"그렇게 되면 통탄할 만하겠지." 그는 동의했다. "범인이 벽을 통과하여 밖으로 나갈 수 있다거나 저 눈 위를 통하지 않고 범인을 한 블록 이상 떨어진 곳으로 데려갈 터널이 있다고 가정하지 않으면 안 되네. 그렇지만 그 방법을 검토할 필요는 있겠지."

"나는 그럴 생각이오." 개비건이 말했다. "듀발로는 마술사요. 그러니 이 집은 아마도 비밀 통로로 가득하겠지. 만약 그가 이 사실을 부인한다면 이 집을 해체해 볼 거요."

"너무 성급하게 앞서 가지 마시오, 경감. 멀리니가家에는 그런 편의 시설이 없습니다. 아내 말로는, 비밀 통로에는 먼지가 쌓이고 쥐들이 꼬인다는 겁니다. 그럼 형사, 생각나는 것이 있습니까?"

그림 형사는 언짢아했다. "아, 물론 있지요." 비꼬는 투였다. "범인은 창문 밖 공중에 오토자이로헬리콥터의 전신를 대기시켜 놓았을 수도 있었겠지요. 내가 그 소리를 듣기만 했다면 말입니다만. 아니면 서커스에서 쓰는 인간 대포알이 되었을 수도 있겠고요. 그래서 창문을 통해 자기 자신을 발사하여 배로 가街 어딘가에 안착한 겁니다. 다만 내가 대포 비슷한 것도 보지 못해서 문제지요. 타로가 스스로 목을 조를 수만 있었다면 가장 좋은 해결입니다만."

"누구든," 멀리니가 질문했다. "이 사건에…… 즉 이곳과 사바트의 아파트에서 보이는 이상한 특징을 생각해 본 사람이 있습니까? 보통은 밀실에서 시체가 발견되는 경우 살인자는 자살로 보이는 살해 방법을 사용합니다. 훨씬 논리적이오. 경찰이 그것에 속아 넘어갈 만한 가능성은 언제나 있으니까 말이오."

그는 서재를 가리켰다. "그림 형사, 당신은 열린 창문에 대해 집착하는데 이에 대해 말씀드리자면, 더 단순하고 좀 더 실용적인 가능성이 있소. 듀발로가 사바트의 아파트에서 언급했었소. 밧줄입니다."

경감이 오코너 순경에게 말했다. "듀발로의 열쇠를 가져다가 지붕으로 통하는 문을 열고 발자국을 찾아보게. 그리고…… 그리고 그 작업을 하면서 이웃 차고의 지붕도 살펴보는 게 좋겠네."

"그림 형사의 삼류 소설 같은 가설을 제외하고," 멀리니가 말했다. "지금까지 두 가지 방법이 제기되었소. 그리고 내 생각에는 개비건 경감은 제3의 방법을 고려하는 것 같군. 소파 이론의 변용 말이오. 맞습니까?"

"안 될 이유라도 있소? 그것은 여전히 가장 단순한 방법이오. 살인범은 프랑스식 창문 가까이의 의자 뒤에 숨어 있었소. 그림과 존스가 들어와서 미친 듯이 서재로 달려간 다음, 그자는 발코니 쪽으로 슬그머니 빠져나와 난간 위에서 몸을 끌어올려 이웃의 차고 지붕으로 건너갔소. 그곳은 충분히 낮아서 곡예를 할 필요는 없었을 거요."

"전 존스가 그 일과 뭔가 관계가 있다고 확신합니다." 경감의 생각이 마음에 들었다는 것을 드러내며 그림 형사가 끼어들었다. "진상이 그렇다면 존스는 그 사실을 알고 있었습니다. 그자는 저를 따라 서재로 들어오지 않았습니다. 제가 서재 밖으로 나왔을 때 그자는 여전히 창문 바로 안쪽에 서 있었습니다."

"오코너가 지붕 위에서 흔적을 발견한다면 자네는 존스를 몰아붙여도 되네." 개비건은 멀리니를 향해 돌아섰다. "이 불가능한 상황에 대하여 이처럼 가능한 세 가지 해결책이 있지만 네 번째의, 더 나은 해결책을 구하는 것이 당신한테는 과한 일이 아니라고 보는데?"

"그렇소, 전혀." 멀리니가 씩 웃었다. "저게 무엇인지 압니까?" 그는 체스판을 주시하면서 완고하게 앉아 있는 말 없는 터키 인형을 가리켰다.

"모르오. 당신은 아시오?"

"저것은 멜첼의 자동 체스 인형을 정확하게 본떠 만든 것입니다. 저것의 원형은 1854년 필라델피아의 중국 박물관에 화재가 났을 때 파괴되었소. 그 시절에는 기계로 작동되는 인형이 지금처럼 먼지만큼이나 흔한 것이 아니었습니다. 복잡한 체스의 수를 검토할 수 있는 것처럼 보이는데다가 거의 예외 없이 승리를 하는 기계가 버라이어티 쇼라면 '히트 공연'이라고 할 만한 성공을 거둔 것입니다."

멀리니는 걸어가서 장식장의 앞문을 하나 열어 복잡하게 얽혀 있는 톱니바퀴, 스프링, 도르래를 보였다.

"이 문들은 내부가 순수하게 기계로 이루어져 있다는 것을 보여주기 위한 목적에서 달린 것입니다. 멜첼은 뒷면에 있는 문을 열고 촛불을 비추어 이 칸은 톱니바퀴와 기어로만 채워져 있다는 것을 보여 주었습니다. 하지만 에드거 앨런 포가 매우 능란하게 다음과 같은 사실을 입증했소. 슐룸베르거라는 이름의 한 체스 천재가 있었는데, 이 사람은 멜첼 일당과 관계가 있었지만 자동인형이 게임을 하고 있을 때는 절대로 사람들 눈에 띄지 않았소. 그 사람은 다른 문들 뒤의 공간에 몸을 숨길 수 있었고, 멜첼이 뒷문을 닫았을 때 기계 뒤에서 옮겨 다녔기 때문에 남은 두 문을 열어 보일 수 있었다는 거요."[31☆]

개비건의 손이 자동권총을 움켜쥔 채 주머니에서 빠져나왔다.

"저 다른 문들을 여시오." 그가 명령했다.

멀리니는 양 손으로 문을 동시에 잡아당겨 열었다. 개비건의 총이 검은 입구를 똑바로 겨누었고, 그의 뒤에서 말로이가 플래시를 들고 있었다. 내부는 비어 있었다. 멀리니는 장식장의 뒤로 걸어가

31☆ 1846년 4월자 『남부 문학 메신저』의 기사 '멜첼의 체스 인형' 또는 스테드먼 앤드 우드베리에서 출간한 포 전집 9권의 141쪽 이하를 보라.

자기가 언급했던 뒷문을 열었다.

"아무도 없소." 그가 말했다. 멀리니는 다시 앞으로 돌아 나오더니, 무릎을 꿇은 채 안쪽에 머리를 들이밀고는 흥미롭게 둘러보았다. "글쎄, 네 번째 해결책이 날아갔군. 범인이 이 방을 떠나지 않았다면 발자국이 없다는 미스터리가 풀렸을 테고, 이 중에서 가장 간단한 해결책이 되었을 텐데 말이오."

그림 형사가 갑자기 몸을 돌려 서재 안으로 들어갔다. 그는 거의 곧바로 돌아와 말했다. "저 스페인의 아이언 메이든도 마찬가지로 비어 있습니다."

계단에서 발소리가 나더니 오코너 형사가 돌아왔다.

"지붕은 아무것도 없이 아주 깨끗합니다." 그는 보고했다. "눈 말고는요. 그리고 차고 안에도 발자국은 없었습니다."

"옆집 지붕은?" 개비건이 물었다.

"마찬가지입니다."

자동인형이 멀리니를 삼켜서 그의 긴 다리만이 열린 문 중 한 곳에서 어색하게 튀어나와 있었다. 인형의 손이 덜컥거리며 기계적으로 올라갔다. 그리고 그가 그토록 오랫동안 숙고하던 비숍의 이동을 끝냈다. 멀리니의 음성이 터키 인형의 가슴에서 희미하게 흘러나왔다.

"체크메이트, 경감! 넷에서 셋을 빼면 하나가 남소. 로스, 자네는 이제 자네의 비밀 출구론에 내기를 걸 수 있게 됐네." 터키 인형은 깊은 생각에 잠겨 수염을 어루만졌다.

개비건이 말했다. "멀리니, 당신이 그 긴 다리를 안으로 집어넣을 수만 있다면, 난 이 사건이 끝날 때까지 당신을 가둬 버릴 거요.

거기서 나와서……,"

그는 말을 멈추고 귀를 기울였다. 복도에서 한 여성이 말하고 있었다. "난 당장 듀발로 씨를 봐야겠어요." 그 목소리는 젊고 단호했다.

순찰 경관 한 명이 문간에 나타나자 개비건이 말했다. "들여보내게."

그 여자가 문 바로 안쪽에서 우뚝 발을 멈췄다. "데이브……." 그녀는 말을 꺼냈지만 다음 순간 듀발로가 그곳에 없다는 것을 알아차렸다.

"듀발로 씨는 어디 있고 당신들은 누구……," 여자의 파란 눈동자는 솔직하고 거침없었으나, 시체를 발견하자 갑자기 커지고 놀란 빛을 띠었다. 그녀는 뒤로 물러서서 한 손을 뻗어 문설주를 잡았다.

여자는 키가 크고 우아해 보였지만 뻣뻣한 자세로 얼어붙어 있었다. 그녀의 얼굴은 차갑고 유능해 보였으며 평정심을 유지하고 있었다. 여자는 세련되게 재단한 파란 드레스 위에 짧은 털재킷을 덧입었고 이상하게 뒤틀린 천 조각이 머리 위에 위태롭게 자리 잡고 모자 행세를 하고 있었다. 그녀의 입은 부드러웠으며 진홍빛을 띠었다.

"이름이 어떻게 되십니까?" 개비건이 질문했다.

여자가 고개를 돌리자, 머리칼에 반사된 빛이 경고하듯 강렬하고 밝은 붉은빛을 발했다. 머리카락이 물결처럼 모자 아래로 소용돌이치며 내려와 목덜미에서 굽이치며 작은 거품이 되어 흩어졌다.

"경찰이신가요?" 그녀가 말했다.

터키 인형에서 나오는 목소리가 이번에는 좀 더 크게 다시 말했다. "바클레이 양, 이분은 살인반의 개비건 경감입니다. 또 말로이 경위, 그리고 하트 씨지요."

멀리니가 자동인형에서 빠져나왔다. "데이비드는 위층에 있는데 곧 내려올 거요."

여자는 다시 몸을 돌리고 시체를 내려다보고 어깨가 조금 떨리는가 싶더니 곧게 펴졌다.

"그 사람을 아시오?" 경감이 부드럽게 물었다.

"네!" 여자의 목소리는 낮고 긴장되어 있었다. "처음에는 몰랐어요. 하지만 이젠 알겠어요. 유진이에요! 하지만 왜 이 사람이 여기에 있죠? 무슨…… 무슨 일이 일어난 거예요?"

"그는 살해되었습니다." 경감은 이렇게 말하고 방을 가로질러 다가가서 여자와 시체 사이에 섰다.

우리의 머리 위쪽 어디선가 쿵하는 소리와 비명이 들리더니 발소리가 계단을 쿵쾅거리며 내려왔다.

"주디!"

듀발로가 문에서 달려와 여자를 감싸안았다.

"데이브," 여자는 숨가쁘게 말했다. "무서워요……. 밖에 경찰차가 있어서, 와 봐야 할 것 같았어요……. 누가 그런 거예요?"

듀발로는 불쾌한 얼굴로 경감을 노려보았다.

"난 이리저리 내둘리는 일에는 진력이 났습니다. 주디의 목소리를 듣자마자 감시자의 발을 걸어 넘어뜨리고 달려 왔습니다. 어떻든 간에 여기서 무슨 일이 벌어지고 있는 겁니까? 어째서……?"

개비건이 한쪽으로 비키자 듀발로는 시체를 보게 되었다. 그는 여자의 몸에 두르고 있던 팔에 힘을 주어 여자가 보지 못하도록 그녀의 몸을 돌렸다. 그러나 듀발로는 여자의 어깨 너머로 시체를 뚫어지게 보았다. 그림 형사가 턱을 문지르며 그의 뒤쪽 문간에 나타났다. 얼굴에 온통 복수라는 글자가 씌어 있는 듯했다.

듀발로가 말했다. "내 말 들어, 꼬맹이. 잠깐 밖에서 기다려. 나중에 내가 집에 데려다 줄게."

여자는 그에게서 떨어져서 긴 의자 위에 앉았다.

"바보 같은 소리 하지 말아요. 난 어른이에요. 무슨 일이 일어난 건지 알고 싶어요."

듀발로는 개비건을 노려보았다. "나야말로 알고 싶군."

경감이 말했다. "그만 잊어버리게, 그림. 가서 존스와 그 중국인마저 달아나기 전에 잘 지켜보게."

그러고는 듀발로를 향해, "이제 오셨으니 여기 있어도 좋소. 하지만 선생은 내가 원하는 바로 그 자리에 스스로 발을 들여놓은 거요. 부적절한 시점에 입만 벙긋해도 아까 일을 물어 폭행죄로 체포하겠소. 알겠소? 앉으시오."

"하지만 무슨……?"

"앉으라고 했소!" 개비건의 아일랜드인 기질이 젖은 도로 위에서 위태롭게 미끄러지며 질주하고 있었다.

듀발로는 바클레이 양의 옆자리를 향해 걸어가려 했다.

개비건이 그를 막았다. "아니, 이쪽에 앉으시오."

듀발로는 잠시 고집스러운 눈으로 경감을 쳐다보더니, 그 말에 따랐다. 그리고 담뱃갑을 꺼내 한 개비를 주디에게 주고 한 개비는 자신의 입에 물었다.

경감은 주디 앞에 우뚝 섰다. "어떻게 하필 지금 여기에 들르게 된 겁니까?"

그녀는 담배를 들어 올리고 경감을 향해 미소를 지어 보였다. 경감은 주머니에서 성냥을 꺼내 불을 붙여 주었다.

"말씀하시는 투가 제가 범죄 행위라도 한 것처럼 들리는군요. 집으로 돌아가는 길에 그로브 가에 경찰차들이 있는 것을 보았어요. 궁금증이 생기는 것은 자연스러운 일이었죠."

"이 근처에 사십니까?"

"베드포드 가에 살아요. 그로브 가 모퉁이를 돌면 바로예요."

"그런데 어디서 오는 길이었다고요?"

"뮤직홀에서 영화를 보았어요. 미스터리 스릴러였는데 고래고 래 소리 지르는 경찰들이 잔뜩 나오더군요. 마음에 안 들었어요."

개비건은 그 말을 무시하는 쪽을 선택했다. "혼자 갔습니까?"

"네, 저는 NBC 라디오 시티에서 일해요. 엄마가 오늘 밤 브리 지 게임 저녁 모임에 가셨거든요. 그래서 저녁 먹으려고 시내에 계 속 있다가 영화를 보러 간 거죠."

"혼자서요?"

"네."

"시간을 말해 주시오."

"어머, 제가 용의자인가요, 경감님?"

"모릅니다. 그것을 알아내려고 하는 거요."

개비건은 듀발로가 뭔가 말을 하려는 것처럼 의자에서 앞으로 조금씩 움직이는 것을 보았다.

"뭔가 말할 참이었소?"

경감이 한 말의 실제 의미가 '당신은 아무 말도 하면 안 돼'라는 것을 알아차리기 위해 독심술사를 데려올 필요는 없었다.

듀발로는 뒤로 물러나 앉았다. "저는 생쥐처럼 조용히 있습니다, 경감님. 계속하세요. 숙녀를 협박하시라고요." 그러나 이 역시 그가 정말로 의미한 바는 아니었다.

주디가 끼어들었다. "저는 5시 30분에 일을 마치고 6시부터 7시까지 브리스톨 호텔에서 저녁을 먹었어요. 그리고 8시 15분 전에 뮤직홀에 들어갔죠. 아직도 표의 남은 부분을 갖고 있을 거예요."

그녀는 지갑을 들여다보고 표를 찾아 개비건에게 건네주었다.

"NBC에서 무슨 일을 하십니까?"

"방송국 자체 프로그램의 콘티를 써요."

"오늘 새벽 2시에서 3시 사이에 어디 계셨습니까?"

주디는 담배를 입술에 가져갔으나 피우지 않고 치워 버렸다.

"경감님은 사람들에게 항상 그런 질문을 하시는 건가요, 아니면 그 시간에 어떤 의미가 있는 건가요?"

듀발로가 다시 몸을 세웠다가 그녀가 이어서 이야기하자 도로 긴장을 풀었다.

"저는 집에서 자고 있었어요. 아시겠지만 아침 9시에 출근해야 하거든요."

문 쪽에서 소란이 일더니 헤스 박사가 들어왔다. 그는 코트를 벗다가 벽에 걸린 그림을 보았다. 박사는 한쪽 팔만 코트에 끼운 채로 그 자리에 서서 가볍게 벼락을 맞은 듯한 표정을 하고 방을 둘러보았다. 포스터와 선전지들을 살펴보는 그의 눈이 탐욕스럽게 번득였다.

"도대체 여기가 어디지?" 헤스 박사가 질문을 던졌다. 그러다 가 그는 듀발로를 보았다. "아, 알겠군." 그는 코트를 마저 벗고 시체에 달갑지 않은 시선을 던졌다. "흐음! 똑같은 일이 더 있군. 이런 일이 밤새 계속 일어나려는 건가, 경감? 어쩌면 내가 그냥 머물러 있는 게 나을지 모르겠군. 이 일에는 통근이라는 게 의미가 전혀 없군."

"불평 좀 그만하게, 박사. 그리고 서두르라고. 바쁘단 말일 세." 개비건은 듀발로를 마주 보았다. "선생한테 6미터짜리 사다 리가 있소?"

듀발로의 눈썹이 추켜올라갔다. "네. 마당에 하나가 있어요. 벽에 기대어 있지요. 왜요? 누가 그걸 사용했습니까?"

"뭐 비슷한 거요. 듀발로, 상당히 재미있는 곳에서 사는군. 괜찮다면 비밀 문과 비밀 통로를 보여 주겠소?"

"아, 아하! 또 다른 밀실 살인이로군요."

듀발로는 고개를 돌려 문을 보고, 그제서야 문이 경첩에서 떨어져 나간 것을 알아차렸다. 그는 일어나더니 건너가서 자물쇠를 살펴보았다.

"비밀 통로에 대해서는 유감스럽습니다만, 그런 건 성에나 딸려 있는 겁니다. 이 집 벽은 조금도 두껍지 않아서 해자가 딸린 성이나 하나 살까 합니다. 성이라면 도움이 될 테니까요."

"당신이 그런 태도를 취하지 않는다면 일이 한층 단순해질 거요, 듀발로." 개비건이 호소했다. "이번에는 깔끔한 대답을 우리에게 해 줄 수 있는지 듣고 싶소. 당신의 홈그라운드에서 일어난 일이잖소."

듀발로는 멀리니를 보았다. "자네들 또 혼란에 빠진 건가? 아니면 경감이 그저 '나의' 대답을 듣고 싶어하는 것뿐인가?"

"자네는 너무 의심이 많아, 데이브." 주디 가까이에 앉아 있는 멀리니가 말했다. "경감은 정보를 원하는 거야. 경감 손 안에서 몇 가지 대답이 날아가 버렸거든. 그래서 그것을 대체할 만한 답을 찾는 거라네."

"알았네. 경감이 주디한테 딱딱거리는 것만 그만두면 나도 해 보겠어. 뭐든 시험 삼아 물어 보게. 어떻게 된 상황인가?"

멀리니가 신속하게 설명했고 듀발로는 열성적으로 귀를 기울였다. 그의 반짝이는 검은 눈이 침착하지 못하게 이리저리 움직이며 방을 훑어보고 있었다. 마침내, 멀리니가 창문과 사다리에 대한 이야기를 하자 그들은 서재로 들어갔고 주디도 그들의 말에 귀를 기울이며 따라갔다.

바로 그때 그림 형사의 목소리가 위층에서 들려왔다. "젠장! 이 부랑자들 거기서 나가! 그러니까, 당장 꺼지라고!"

새로운 목소리가 바깥마당에서 대꾸했다.

"알았어, 줄리엣. 화내지 말라구. 경감은 언제 동물들한테 먹이를 줄 건가?"

터키 인형 가까이에 있는 시커먼 창문 두 개에 밝은 빛이 비치자 순간적으로 환해졌다.

"말로이," 경감이 급히 말했다. "몇 명 데리고 나가서 저 기자들이 마당을 엉망으로 만들지 못하게 지키게. 서둘러!"

말로이는 경감이 말을 마치기도 전에 나갔다.

헤스 박사는 검은 가방을 찰칵 소리를 내며 잠그며 말했다.

"지난번과 똑같네, 경감. 흔적도 같고 사인도 같아. 흉기는 아직 못 찾았나?"

"그림이 목에 감겨 있던 것을 발견했네." 개비건은 맨틀피스 위에 있는 끈을 가리켰다.

헤스 박사는 끈을 조사하고 고개를 끄덕였다. "그래, 이게 대략 내가 예상했던 걸세."

바로 그때 다른 사람들이 서재에서 돌아오자 개비건이 듀발로를 마주 보았다. "자, 또 끈을 이용한 트릭이었소? 아니면 이번에는 거울인가?"

헤스 박사는 문간에 서서 외투를 입고 있었다.

"경감, 미안한데, 자네 뭔가 잊어버리지 않았나?"

"뭐라고?"

"자네답지 않군. 나한테 사망 시각을 묻지 않았잖나."

"고맙군. 하지만 알고 있네. 10시 30분에서 35분이지."

"그래? 흠, 도움이 됐군. 잘 있게. 아침에 자네 책상 위에 보고서가 있을 걸세."

박사는 나갔고, 개비건은 듀발로를 다시 재촉했다. "그럼?"

듀발로가 얼굴을 찌푸리자 깊은 주름이 아로새겨졌다. 그리고 눈에 걱정스럽고 차분하지 못한 빛이 떠올랐다.

"당장은, 모르겠습니다, 경감님. 그리고 이번에는 솔직한 고백입니다. 이걸 인정해야 하는 것이 얼마나 싫은지 경감님은 모르실 겁니다."

"바클레이 양?" 개비건이 물었다.

"저요? 맙소사, 아뇨! 데이브가 진퇴양난에 빠졌는데 제가 무슨 추측을 할 수 있겠어요?"

"그럼 두 분 모두 타로를 죽일 만한 동기가 있을 만한 사람에 대해 아무 의견이 없단 말이지요?"

두 사람은 모두 고개를 끄덕였다.

"그러면, 바클레이 양, 세자르 사바트를 알았었습니까?"

"알았었냐니요……?" 그녀는 듀발로를 돌아보았다. "그 사람도…… 살해됐나요?"

"그렇소."

나는 주디가 숨을 급히 들이마실 때 가슴이 부풀어 오르는 것을 보았다. 듀발로가 다시 주디를 감싸안았지만 그녀의 날씬한 몸은 뻣뻣하고 탄력이 없었다. 지갑을 쥔 손만이 예외로, 부들부들 떨고 있었다.

"아뇨," 그녀는 자신의 목소리에서 떨림을 억제하며 말했다. "전 사바트는 알지 못했어요. 데이브한테서 이야기는 들었지만, 그게 다예요."

개비건은 주저하다가 멀리니에게 눈길을 던지고는 말했다.

"좋소. 두 분은 지금은 가도 됩니다. 듀발로, 오늘 밤은 다른 데서 자는 편이 낫겠소. 이곳은 번잡해질 거라 깊이 잠들기 어려울 거요."

"어쨌든 잘 수 있을 것 같지 않군요. 사라지는 묘기 때문에 신경이 쓰여서 말입니다. 가지, 주디."

복도에서 들리는 소리로 보아 형사들이 더 도착한 모양이었다.

듀발로와 바클레이 양이 떠나자, 개비건은 형사 몇 명을 들어오게
했다. 경감의 무뚝뚝한 지시가 정해진 수사 절차의 스위치를 켜서
일이 능률적으로 척척 진행되었다. 살인반이 잠 못 이루는 새벽을
맞으리라는 것은 불 보듯 뻔하였다. 워트러스 대령, 마담 러푸르
트, 라클레어 부부는 경찰본부로 불려와 조사를 받을 것이다. 그들
과 나란히 듀발로, 주디, 존스, 사바트, 타로의 사생활, 연애 관계,
친구, 지문, 습관 등 배후 관계의 조사와 재조사가 행해질 것이다.
연방 신원조사국으로 보낼 전보와 마담 러푸르트, 사바트, 워트러
스 대령에 대한 정보를 구하기 위해 유럽으로 보낼 국제 전보에 대
한 지시도 있었다. 가운의 끈, 돌멩이, 『마도서』와 찢어진 페이지
는 더 철저히 검사하기 위해 실험실로 보낼 예정이었다. 분말식 지
문 현출기를 가진 두 사내가 지문을 검출하기 위해 방에 가루를 뿌
리기 시작했다. 베넷 형사는 촬영을 마무리하라는 지시를 받고 방
과 마당 일부, 지붕의 스냅 사진을 찍고 있었다.

한번은 말로이 형사가 전화를 받고 돌아와서 타로의 아파트를
조사한 형사들의 보고를 전달했다. 그들은 타로의 외출복—오페
라 케이프, 모자, 코트, 바지, 조끼, 셔츠, 넥타이가 마치 매우 급하
게 옷을 갈아입은 듯 바닥에 흩어져 있는 것을 발견했다. 그의 외
알안경도 그곳에 있었으며, 콜드크림과 색조 화장품이 묻은 타월
도 있었다.

경감은 말로이 형사에게 존스를 찰스 가 관할서로 보내 진술서
에 서명하게 하고 풀어주라고 지시했다. 그리고 칭웡푸를 데려오
라고 했다. 말로이가 떠난 뒤, 개비건은 내가 주머니를 뒤져 아까
만든 알리바이 리스트를 꺼내는 모습을 지켜보았다.

"그걸 어떻게 할 작정이오?" 그가 물었다.

"바클레이 양의 이름을 추가하려고요." 내가 말했다.

"그 여자의 알리바이 조합은 어떻소?"

"한 가지는 괜찮고, 한 가지는 이제부터 알아 봐야지요. 물론 영화는 알리바이로 큰 몫을 하지 못하지요."

개비건은 얼굴을 찌푸렸다. "난 그 여자가 마술사가 아니라는 이유만으로도 깨끗하다고 인정하는 쪽으로 기울었는데."

"성급하게 단정하지 마시오, 경감." 멀리니가 끼어들었다. "그 여자가 마술사가 아니라는 점은 맞소. 여자 마술사는 많지 않지만 마술사 조수들 중에는 여자가 많소. 그녀는 타로와 함께 일하곤 했소. 저 여자를 타로가 톱으로 두 동강 냈었답니다."

개비건은 손을 번쩍 들었다. "그 사실을 알았어야 했는데!"

"타로는 주디를 순간이동 트릭에도 이용했습니다. 그가 주디를 트렁크 속에 넣으면 객석에서 나온 관객이 그 트렁크를 잠그고 밧줄로 묶어 봉인했습니다. 그런 다음 타로가 손뼉을 치면 주디가 '여기 있어요!'라고 외치고 공포탄을 쏘면서 공연장 뒤의 객석 통로를 달려옵니다. 어느 날 그들은 디트로이트에서 공연하고 있었는데, 주디가 살짝 혼동을 일으킨 바람에 옆 공연장의 통로로 돌진했소. 그곳 관객은 협회 가입자들로, 오늘의 『상복이 어울리는 엘렉트라Mourning Becomes Electra』를 감상하고 있었는데 말이오! 다음 날 「디트로이트 프리 프레스」는 이 일에 대해 기사 제목을 이렇게 붙였습니다. '상복이 짜릿한 흥분에 빠지다Mourning Becomes Electrified'라고 말이오."

"아," 개비건이 말했다. "그러니까 저 여자도 사라질 수 있다는 말이군. 우리에게 그 자리에서 사라질 수 없는 용의자가 단 한 명이라도 있었으면 좋으련만. 아, 그렇지…… 존스를 잊었군. 그 사람이 하는 일은 뭐요?"

멀리니는 대답을 하지 않았다. 그는 자신의 옆자리 긴 의자 위에 펼쳐진 손수건을 주의 깊게 살펴보고 있었다. 작은 크기의 여성용 손수건이 분명했다. 진갈색 바탕에 하얀 물방울무늬가 흩어져 있었다. 나는 그 손수건이 주디의 지갑에 꽂혀 있는 것을 보았었다. 개비건도 그걸 알아본 것이 분명했다.

"그거 어디서 났소?" 그가 따져 물었다.

"닦달하지 마시오, 경감." 멀리니가 대꾸했다. "말씀드릴 테니까. 소매치기 기술을 좀 썼소."

멀리니의 손이 자신의 코트 주머니를 뒤지더니 마술사 특유의 느릿한 동작으로 주디의 것과 거의 비슷한 손수건을 꺼냈다. 똑같은 물방울무늬가 있었고 색깔이 파랗다는 점만 달랐다.

"이 손수건은 훔친 것이 아니라 발견한 거요. 사바트의 아파트에 있던 안락의자의 방석 뒤에 박혀 있었소. 이 두 장의 손수건은 한 세트라고 생각되지 않소?"

별안간 경감이 열성적으로 변했다. "감식반 친구들은 이 천이 동일한 것인지 알려줄 수 있을 거요. 그리고 지문까지 검출할 수 있을지도 모르오."

그는 긴 의자 곁에 무릎을 꿇고 첫 번째 손수건에 돋보기를 갖다 대고 나서 다른 손수건에도 갖다 대었다.

"그리고 손수건 두 장 모두 그 여자의 얼굴에 닿았다면 미량분석으로 신원을 파악하기에 충분한 양의 파우더 입자가 묻어 있을 거요. 만약 우리가 운이 좋다면……,"

경감은 돌연 입을 다물고 더 바싹 몸을 굽혔다. 오랫동안 주의 깊게 조사를 한 후, 그는 뒤로 물러나 앉으며 말했다.

"이리 와 봐요, 하트. 이게 무엇인지 말해 보시오."

개비건 경감이 나에게 돋보기를 주었고, 나는 그의 손가락이 가리키는 곳을 보았다. 사바트의 아파트에서 찾은 파란 손수건 위의 한 점을.

"머리카락이군요." 내가 말했다. "그리고 붉은색으로 보이는군요."

17

이교도 중국인

"꼭 대관람차를 타고 있는 기분이군." 개비건 경감이 말했다. "처음에는 올라갔다가 그 다음에는 내려가지. 하지만 우리는 바퀴 속에서 빙글빙글 돌고 있는 거야."

그때 말로이 경위가 들어섰다. 그 뒤를 따라 칭윙푸가 들어왔다. 나는 스코틀랜드 출신 중국인 악당이 어떻게 생겼는지 궁금했다. 그는 평범한 미국인이나 다름없었다. 키가 작고 특징 없는 둥근 얼굴이어서 중국인 분장이 그럴듯해 보이긴 했으나 무대 밖에서는 훈제 청어청어를 엄청 좋아하는 스코틀랜드인의 별명을 빗댄 농담만큼이나 동양인과 닮은 구석이라곤 없었다. 그 점에 대해서는 스코틀랜드인일 것이었다. 맥닐 가의 선조는 상당히 오랜 세대 전에 스코틀랜드의 황야에서 떨어져 나온 것이 분명했다. 타로가 선전을 위해 오페라 케이프를 입고 다녔던 것처럼 이 사람도 사생활에서 예명을 사용했다. 성격은 활달한데다가 열정적이기까지 했고 톡톡 튀는 탄산수처럼 떠들어 대며 뭉툭한 손은 침착하지 못한 태도로 끊임없이 진부한 제스처를 취하고 있었다. 그는 중산모를 쓰고 각반을 차고 회색 장갑에 지팡이를 들고 있었다.

칭윙푸는 흥분해서 눈을 둥그렇게 뜨고 뛰어 들어오더니, 이곳의 분위기와 상황 모두를 전혀 파악하지 못한 채 명랑하게 인사했다. "안녕, 멀리니! 나를 둘러싼 이 흥미진진한 국제적인 음모는 다 뭐지? 사악한 연금술사의 비밀 은신처에서 만나자는 비밀스러운 메시지가 있었다고. 그래서 서둘러 출발했는데 그만 경찰의 수중에 덜컥 떨어졌지 뭐야! 이렇게 많은 순경과 형사들은 본 적이 없어! 전대미문의 경찰 동원인데 아무도 무슨 일인지 가르쳐 주지 않는군. 누가 왕관의 보석을 훔쳐갔나, 아니면 대공 방위 계획을 갖고 도망갔나, 아니면……,"

두리번거리던 그의 눈이 시체를 보자, 속사포 같은 수다가 휘청거리다가 곤두박질치고 말았다.

"누가…… 무슨…… 제기랄! 내가 또 골치 아픈 일에 발을 집어넣은 모양이군."

개비건 경감은 칭이 중심을 잃은 동안 질문을 던졌다. "저 사람을 아시오?"

칭은 머뭇거리면서 가까이 다가갔다. "그래요." 그는 침착하게 말했다. "타로군요. 하지만 무슨…… 뭐가……," 그는 완전히 무너져 내렸다.

"오늘 밤 왜 사바트에게 전화했습니까?"

칭이 휙 돌아섰다. 그의 눈이 경감의 눈을 탐색했다. "그러면 안 됩니까? 대관절 거기서 무슨 일이 일어난 겁니까?"

"그 사람도 살해되었소. 왜 그에게 전화했소?"

칭웡푸는 개비건에서 멀리니에게로 눈길을 옮겼다가 도로 개비건에게 돌아왔다. 나는 그의 깜짝 놀란 얼굴 이면에 생각이 빠르게 굴러가고 있다는 느낌을 받았다.

멀리니가 도와주러 나섰다. "저 호기심 많은 양반은 살인반의 개비건 경감이네. 이런 상황에서 에밀리 포스트에티켓 관련 저서로 유명라면, 자네에게 타고난 수줍음을 이겨내고 대답을 하라고 조언할 것 같군."

"실례입니다만, 경감님." 칭이 말했다. "당신은 사람을 어리벙벙하게 만드는 고약한 방법을 쓰는군요. 난 세자르에게 방문해도 괜찮은지 물어보려고 전화했습니다. 사교적인 방문으로 저녁 시간을 때워 볼까 생각한 겁니다. 그게 뭐 잘못됐어요?"

"어제 자정부터 오늘 밤 10시 사이에 선생은 어디에서 뭘 하고 있었습니까?" 나는 그의 거친 말투에서 숨기지 못한 열망을 감지했다.

칭은 눈을 깜빡이며 말했다. "이건 뭡니까? 스무 고개인가요?"

"그래요, 대충 비슷한 것이오. 다만 내가 게임을 할 때는 질문은 내가 하오. 들어봅시다."

칭은 가까이 있는 소파를 향해 천천히 두 걸음을 옮기고는 거기에 앉았다. 시체를 등진 위치였다.

"자정부터 2시 30분까지," 그는 높낮이의 변화가 없는 단조로운 어조로 말했다. "나는 동 48번가에 있는 '13 클럽'에서 일하고 있었습니다. 플로어쇼 막간의 마술 디너쇼지요. 그리고 2시 바로 전에 나와 집으로 가서 잠을 잤습니다. 오늘 아침……,"

"몇 시에 집에 도착했소?" 개비건이 질문했다.

"딱 3시 30분이었어요. 내 시계가 멈춰서 엘리베이터 보이에게 물어보았기 때문에 기억합니다."

"택시를 탔소?"

칭은 고개를 저었다. "아니요. 지하철을 탔어요. 그랜드 센트럴까지 걸어가서 이리저리 길을 건너 7번가 행 노선을 탔습니다."

"그러면 선생은 '13 클럽'과 그랜드 센트럴의 지하철 입구 중 간에 아무 데도 들르지 않았군요?"

칭은 경감을 탐색하듯 살폈다. 그의 눈은 움직이지 않았지만 반쯤 미소 짓고 있었다. "마술사의 관점에서 보면, 당신은 반갑지 않은 관객입니다. 그건 알겠군요. 당신은 어떤 속임수도 용납하지 않는데다가 너무 많이 알아요. 괜찮으시다면 어떤 종류의 투시력을 사용하시는지 말씀해 주시겠습니까?"

"천만의 말씀이오. 선생이 오늘 새벽 3시에 사바트가 사는 아파트에서 나오는 것을 보았다는 목격자가 있소. 이렇게 간단한 일이오."

"아, 그래요. 어떤 사람을 지나쳤지요. 하지만 그 사람은 과장하고 있군요. 나는 건물에서 나오고 있었던 게 아니오. 그런 식으로 보였을 수도 있겠다고 걱정이 되긴 합니다만. 나는 사바트를 방문하려고 생각했었습니다. 그리고 그럴 생각으로 3시에 거기 갔었지요. 하지만 난…… 그러니까…… 문 앞에서 마음을 바꿨어요."

"사바트가 그 시간에 선생이 오리라고 예상하고 있었다는 거요?"

"난 그렇게 알고 있었어요. 그 사람은 배우는 아니지만 배우와 비슷한 시간대의 생활을 하고 있어요. 내가 그 사람한테 그날 일찍 전화했더니, 클럽에서 내 마지막 순서가 끝난 다음에 들르라고 하더군요."

"사바트는 선생이 오리라고 예상하고 있었고, 선생은 그를 방문하고자 그곳에 갔다가 빌딩에서 나오는 모습이 목격되었소. 마

248

음을 바꿨다는 것은 무슨 뜻입니까?"

칭은 담배를 물고 성냥을 노려보다가 한 개비를 긁어 불을 붙였다. "지금 말한 대로입니다. 사바트는 내가 자기를 방문한다는 것을 까맣게 잊어버린 것이 분명해 보였어요. 그 사람은 별난 데가 있었지요." 그는 파란 연기를 내뿜었다. "그 건물의 입구에는 문이 이중으로 되어 있습니다. 안쪽 문은 잠겨 있고 안쪽 문과 바깥문 사이에 이름이 적힌 우편함과 초인종이 있지요. 바깥문을 열었을 때 한 여성이 안쪽 문을 열고 들어가는 모습이 보이더군요. 처음에는 그 여자가 열쇠를 갖고 있길래 세입자일 거라고 생각했어요. 그 여자가 나를 보았다고 생각하진 않습니다만, 내가 자기를 따라 사바트의 방으로 올라가지 않았다고 당신에게 말해 줄 수는 있을 겁니다."

"그 여자가 사바트의 방으로 갔다는 걸 어떻게 알았소?"

"어려운 일이 아니었어요. 안쪽 문은 유리거든요. 문이 여자 뒤에서 닫히고 그녀가 계단을 향해 걸어갈 때, 그 여자가 누군지 알아보았어요. 얼굴을 보지는 못했지만 백금색 머리를 보았고, 그녀의…… 음……그녀의 걸음걸이를 알아보았지요. 누군지 알자 여자가 어디로 갈지 짐작이 갔고, 그렇다면 나까지 사바트의 집에 가면 세 사람이니 될 테니 너무 복작거릴 것 같아서…… 그래서 돌아왔어요. 더 자세히 설명해야 하나요?"

그럴 필요는 없었지만, 개비건은 인정하려 들지 않았다. "그렇소. 그 말을 내가 조금이라도 믿기를 원한다면 말이오."

"네, 무슨 말인지 알겠어요. 하지만 그리 적절한 질문은 아니군요. 그래도 남의 비밀을 떠벌리기는 싫습니다."

"이봐요, 푸 씨." 개비건은 중국 성은 이름 앞에 온다는 사실을 모르는 것이 분명했다. "선생은 살인이 일어난 그 시간에 현장에 나타났다는 사실을 막 인정했소. 나는 다 이야기하라고 충고하고 싶소. 그러니까, 선생이 죄가 없다면 말이오."

"오, 그 정도로 고약한 상황이로군요?" 칭의 눈이 휘둥그레졌다. "글쎄, 물론 그런 경우라면……," 그는 말을 멈추었다가 말했다. "그 여자는 젤마 라클레어였습니다."

여자에 대한 그의 묘사를 듣고 난 뒤 개비건, 멀리니, 그리고 나는 그러리라고 예상했음에도 불구하고, 우리는 모두 긴장이 풀어졌고 나는 멍하니 종이 성냥을 찢어 삐뚤빼뚤하게 술을 만들다가 치워 버렸다. 칭만이 여전히 긴장한 채 소파 위에 매우 꼿꼿하게 앉아 있었고, 쉴 새 없이 꼼지락거리던 그의 손은 이제 무릎 위에 얌전히 놓여 있었다.

"그런 다음," 개비건이 물었다. "집에 가서 잤습니까?"

칭은 고개를 끄덕였다.

"그럼 오늘은 무슨 일을 했소?"

칭은 바닥에 눈길을 주고는 잘 닦은 구두의 발가락 부분을 지팡이로 찔렀다. "오후 내내 도서관에서 엘리슨 컬렉션에 있는 중국 마술에 대한 책 몇 권을 훑어보았습니다. 7시에는 친구와 우연히 마주쳤지요. 마빈 존스였습니다. 우리는 '깊은 바다'라는 레스토랑에서 함께 저녁 식사를 하고 내 아파트로 가서 하이볼을 좀 마셨지요. 10시에 그 친구가 가고 나서 사바트에게 전화했습니다."

"사바트를 안 지는 얼마나 됐소?"

"15년, 20년 정도일 겁니다."

"사이가 좋았소?"

"꽤 좋았지요. 1927년 이후에는 1년쯤 전까지 전혀 만나지 못했습니다. 그 사람은 유럽 어딘가에 있었는데—내 생각에는 헝가리였던 것 같습니다. 어느 날 길거리에서 우연히 그와 마주쳤습니다. 그 이후로 대여섯 번 정도 그를 방문했습니다."

"그는 이 나라에 돌아온 지 얼마나 됐소?"

"2년 됐습니다."

"사바트가," 개비건은 신중하게 질문했다. "마술사인 선생도 설명할 수 없는 초자연적인 현상을 보여준 적이 있소?"

"아니요. 그는 마술사들이란 선입견에 빠진 편견 가득한 작자들이라, 눈속임 없는 마술 같은 것이 존재한다는 사실을 인정하지 않을 거라고 했어요. 눈앞에서 보여 주더라도 말입니다. 자기가 진실이라고 알고 있는 것을 증명하느라 시간을 낭비하지는 않겠다고 하더군요."

"그에게 적이 있었소?"

"자기는 그렇게 생각했지만, 나는 늘 그 사람의 상상이 아닐까 의심했어요. 그 사람은 상당히 예민했고 사람들과 잘 지내지 못했어요. 고독한 늑대 타입이랄까."

"그는 경제적으로 풍족했습니까?"

"모르겠어요. 뚜렷한 소득이 없었는데도 늘 돈이 있는 것처럼 보였습니다."

"선생은 타로를 알고 있었소?"

"아주 잘 알았습니다." 칭은 또 다시 불안해 보였다. "그 사람은 내 가장 친한 친구 중 한 명이었습니다. 누가 그를 죽이고 싶어

했는지 모르겠군요."

개비건은 곰곰이 생각하다가 입을 열었다. "일단 그걸로 됐소, 혹시…… 멀리니, 묻고 싶은 게 있소?"

멀리니는 카드 한 벌을 가지고 긴 의자에 앉아서 이상한 종류의 솔리테어혼자서 하는 카드놀이를 하고 있었다. 그는 2가 쓰인 두 장의 카드 사이에 하트 퀸을 뒤집어서 펼쳐 놓았다.

"없습니다, 경감." 그는 눈을 들지도 않고 대답했다.

멀리니는 가운데 놓인 하트 퀸 카드를 뒤집었는데 어떤 방법인지는 몰라도 하트 퀸 카드가 2가 쓰인 카드로 바뀌어 있었다. 그가 즐겨 하는 종류의 솔리테어는 분명 스리 카드 몬테퀸을 포함한 카드 석 장을 보인 후 뒤섞어 엎어 놓고 퀸을 맞히게 하는 게임였다.

칭이 떠난 다음, 개비건은 말로이에게 용의자를 모으는 일이 어떻게 진행되고 있는지 알아보고 특히 젤마 라클레어가 감시받고 있는지 확인하라고 지시했다.

"그 여자는 철저하게 조사할 생각이오. 모든 수단을 동원해서 말이오. 스스로 초래한 일이지."

"마치 젤마에게 샤프롱젊은 여성이나 어린이의 보호자 역할을 하는 사람이 필요한 것처럼 들리는군, 경감." 멀리니가 말했다. 그는 카드를 길게 늘어뜨려 손에서 손으로 튕겨 올리고 있었다. "당신을 비난하는 건 아니오. 그녀는 스트립쇼의 원칙에 따라 정보를 내주니까 말이오. 한 번에 조금씩 말이지. 하지만, 이제 그녀가 팬티를 내리는 단계까지 몰아붙였으니 재미있어질 겁니다."

"스코틀랜드식 이름에 순진한 얼굴을 한 이교도 중국인의 내막은 뭐요?"

멀리니는 카드 뭉치를 오른손 손등에 올려놓고는 왼손으로 한 번 쓰다듬어 카드가 팔을 따라 길게 펼쳐지게 만들었다. "그는 꽤 괜찮은 사람입니다. 영리하고 유머러스한 공연을 하는 매우 능숙한 공연자요." 멀리니의 오른팔이 떨어지자, 카드들은 아주 잠깐 동안 펼쳐진 채 허공에 떠 있다가 떨어졌다. 그는 오른손을 재빨리 뒤로 당겼다가 앞으로 휙 내밀며 공중에서 카드를 낚아챘다. "그는 어떤 마술사보다 모자에서 많은 토끼를 만들어 냈다고 합니다. 어린이 파티 전문이지만 최근에 나이트클럽 쪽으로 갔습니다. 중국에서 선교사 부모 밑에 태어나서 마술 훈련에 앞서 우선 일상적인 동양식 저글링 초급 과정을 거쳤습니다. 요즘 마술사 중에서 공연에 접시돌리기를 넣은 유일한 사람이오."

"접시돌리기라고! 빌어먹을, 무슨…… 관둡시다. 이야기하지 않아도 되오. 알고 싶지 않소. 당신은 그 기술의 역사부터 시작할 테지. 만약 그런 게 있다면 말이지만. 로스, 당신의 그 리스트 좀 꺼내 보시오."

나는 리스트를 꺼내어 칭웡푸의 이름을 추가했다.

개비건이 말했다. "그에게 사바트 살인에 대해 깔끔하게 0점을 주시오. 시간은 확인해야 할 것 같지만, 그는 현장에 있었고, 한 사람을 교살하는 것은 오래 걸리지 않소. 걷거나 지하철을 타는 대신 택시를 타면 그 밤 시간에는 15분에서 20분 정도를 벌 수 있소. 타로 살인으로 말하자면…… 자기는 23번가에서 전화했다고 하지만, 전화라면 여기도 있으니, 혹시……,"

멀리니가 카드를 치우고 일어섰다. "그럼 형사," 그가 말했다. "시계 좀 봅시다."

그림이 시계를 내밀자 멀리니는 자신의 시계와 비교해 보았다. "유감이지만 그렇지 않소, 경감. 우리 두 사람의 시계는 일치합니다. 그림 형사는 10시 30분에서 10시 35분 사이에 여기서 두 사람의 성난 말소리를 들었소. 칭은 내 시계로 10시 33분에 당신과 전화로 이야기하고 있었습니다. 그가 23번가에서 전화한 것이 아닐 수도 있지만, 만약 이 전화기를 사용한 거라면 여기에는 세 사람이 있었다는 이야기가 됩니다. 그리고 이를 인정한다면 발자국을 남기지 않는 사람이 두 사람이나 된다는 사실을 받아들여야 하오. 나는 아니라고 봅니다. 이것은 알리바이라고 해야겠지."

개비건이 왈가왈부하지 않았기 때문에 나는 '통화중'이라고 적고 네모를 쳤다. 목록은 이제 그다지 희망이 보이지 않는 이런 모양새를 갖추었다.

용의자	알리바이	
	사바트 살해 오전 2-3	타로 살해 오후 10:35
워트러스	강령술 모임	?
러푸르트	강령술 모임	?
알프레드	토니스	나이트클럽
젤마	지하철	나이트클럽
듀발로	취침 중	사바트의 집
존스	취침 중	그림형사와같이있었음
주디 바클레이	취침 중	영화
칭윙푸	사건현장!	통화 중

개비건이 말했다. "그리고 문제는 이거요. 이 알리바이들 가운데 어느 것이 겉으로 보이는 바와 다른 것인가. 당신 대체 어디 가려고 하는 거요?"

이 마지막 말은 멀리니를 향한 것이었다. 멀리니는 이미 목에 머플러를 두르고 외투를 집어든 상태였다.

"식사를 하고 싶소. 그런 다음 집에 갈 겁니다. 거기서는 생각을 할 수 있으니까. 당신 주변에서는 생각을 할 수가 없소. 너무 많은 일이 일어나고 있어서 말이오. 용의자들은 미친 듯이 드나들고, 수십 개나 되는 질문과 대답들이 튀어나오고, 형사들은 몰려들고, 하트는 봉투 뒷면에다 책을 쓰고 있고, 사진기자들은 잔뜩 달려들어 기어오르고, 지문 전문가들은 내 목에다 분말을 뿌려대고, 그리고 이 지긋지긋한 사건으로 말하자면 10분마다 6마리의 코끼리 위에서 공중제비를 3번 하고는 거꾸로 곤두박질하는 것처럼 변화무쌍하니까. 오늘 밤 한 번은 모든 사실을 깨끗이 알아냈다고 생각했는데, 별안간 내 답이 한순간에 말끔히 사라져 버린 겁니다. 새장을 사라지게 하는 마술처럼."

"그래서 날 버리고 가겠다는 거로군." 개비건은 경멸의 빛을 띠었다. "살인자의 사소한 사라지기 트릭에 대ᕁ 멀리니께서 나가떨어지다니."

"그런 말로 나를 잡아 둘 생각은 마시오. 그렇지만 이 정도는 말해 두겠소. 우리는 이 방에서 탈출하는 네 가지 방법에 대해 논의했고 그 중 세 가지를 조사해 보았소. 다섯 번째 방법도 있지만 아직까지는 그것이 몇 가지 의문에 대해서 어떤 적절한 설명을 해줄 수 있는지 모르겠습니다. 사바트의 아파트에서 전등들이 고장

난 이유, 듀발로의 명함, 타로가 변장을 한 이유, 잰슨에게서 빠져 나가기 위해 그렇게 떠들썩한 방법을 선택한 이유, 그리고 사다리 가 무엇을 의미하는가…… 특히 사다리에 대해서 말입니다. 알겠 습니까. 나는 자면서 천천히 생각해 보고 싶소."

"내가 그 모든 답을 얻게 되면," 개비건이 말했다. "나를 사라 지게 하는 마술도 할 수 있겠군."

"당신이 그 마술을 하겠다면, 다시 나타나는 법도 확실히 알아 야 할 거요. 그리고 아, 그렇지, 만약 워트러스 대령이 짧은 산책을 다녀온 곳이 어디였는지, 마담 러푸르트가 10시 30분에 무엇을 하 고 있었는지, 이번에는 젤마가 무슨 말을 할지, 주디는 손수건에 대해 어떻게 설명할지, 그리고 윌리엄스 씨가 누구인지 알게 되면 나도 기꺼이 듣고 싶소. 같이 가겠나, 하트?"

나는 모자를 집어들었다.

내가 멀리니의 손님용 방 침대 속으로 기어든 시간은 새벽 4시였 다. 막 불을 껐을 때 문이 열리더니 멀리니의 머리가 나타났다. 복 도의 불빛으로 실루엣만 보였다.

"거기서 잠깐 걱정이 되더군." 그가 말했다. "개비건 경감이 못 가게 붙들고 존스가 무슨 일로 먹고 사는지 다시 물을까 봐 말 이네."

"짐작할 수 있네. 그자는 밧줄 타는 곡예사이거나 공중그네 곡 예사이겠지. 성냥 마법도 부리고 말이야."

"거의 가까이 갔지만 핵심은 빗나갔네. 그 친구의 예명은 시뇨 르 에코일세."

그의 등 뒤로 조용히 문이 닫혔다.

그리고 나는 잠을 이루기 위해 악전고투해야 했다. 자신과 함께 잠긴 문 너머에서 흘러나오는 목소리를 들었던 남자가 복화술사였다는 사실을 알았을 때 그림 형사 얼굴에 떠오를 표정을 자꾸 상상해 보려 했던 것이다.

18

보이지 않는 사나이

자기 자신을 보이지 않게 만들기 위해서는,
오프살름이라는 돌을 소지하기만 하면 된다.
콘스탄틴은 돌을 손에 쥐자 이 방법으로 보이지 않게 되었다.

알베르투스 마그누스, 『여인의 죽음』

자기 의지대로 투명해지는 힘은……
티베트 주술사에 의하면 정신 활동을 멈추는 상태라고 한다……
투명화를 유발하는 물질적인 도구…… '딥 싱' …… 알려지지 않은
어떤 까마귀가 둥지 속에 숨긴다는 전설의 나무인데……
이 나무의 가장 작은 조각이라도 잡거나
이것이 놓인 자리 가까이에 있으면
인간이든 짐승이든 또는 물체든 완전히 투명해지는 것이다.

마담 다비드 닐, 『티베트의 마법과 미스터리』

아련히 먼 어디선가 성난 벨 소리가 나를 두드리며 일어나라고 끈질기게 다그쳤다. 나는 손을 뻗어 알람시계를 찾아 더듬다가 늘 작은 테이블이 있던 자리가 비어 있다는 것을 깨달았다. 거북이처 럼 이불 밑에서 머리를 내밀고 슬쩍 한쪽 눈을 떠 보았다. 늘 있던

자리가 아닌 다른 벽에 난 창문을 통해 회색빛 아침 햇살이 들어오고 있었다. 그리고 마침내, 벨이 여전히 울리는 가운데 내가 어디 있는지 생각났다.

나는 이불을 걷고 차가운 공기를 쐬어 잠이 달아나게 하고 억지로 몸을 일으켜 창가로 가서 창문을 활짝 열고 밖으로 몸을 내밀었다. 경감의 번쩍이는 링컨이 모퉁이에 서 있었고, 내 바로 아래에서 경감이 단조롭지만 활기찬 음조로 휘파람을 불며 벨을 누르고 있었다.

"오셨군요, 경감님!" 나는 큰 소리로 말했다. "당신은 평화를 깨뜨리고 있다는 걸 알고 있습니까?"

그는 엄지손가락을 벨에서 떼고 올려다보았다. "시간이 됐소." 그는 씩 웃으며 말했다. "난 당신보다 벨의 배터리가 먼저 포기할 거라고 생각했는데. 당신 꺽다리 친구한테 뭔가 극단적인 조치를 취해 봐요. 그런 다음 내려와서 날 들여보내 주시오."

나는 창문을 닫고 나갔다. 복도에서 나는 멀리니의 방문을 두드리며 소리쳤다. "빨리 서둘러, 이 친구야. 손님이 왔어. 경감이……"

내 노크에 문이 안쪽으로 스르르 열리는 바람에 침대가 눈에 들어왔다. 침대보 위에 올라앉아 있는 것을 보고, 나는 한참 동안 그 자리에 꼼짝 않고 서 있었다. 베개에 기대어 꼴사납게 튀어나와 있는 것은 그로테스크하게 커다란 머리를 가진 난쟁이의 몸뚱이였다. 불룩한 진홍빛 머리털 뭉치 아래에 박혀 있는 유리 눈이 미동도 없이 나를 응시하고 있었으며, 입가에는 생기 없는 단조로운 미소가 얼어붙어 있었다.

뒤늦게야 그것이 복화술사의 인형임을 알았다. 주근깨를 그려 넣은 들창코의 작은 도깨비였다. 나무로 만든 작은 손에 흰 봉투가 하나 쥐어져 있었는데, 겉면에 커다랗게 휘갈겨 쓴 내 이름이 보였다. 나는 봉투를 뜯고, 난감하리만큼 들쭉날쭉한 연필 글씨로 적힌 메모를 읽었다.

일찍 일어나는 새가 단서를 얻는다네. 듀발로의 집에서 보자고.
　　　　　　　　　　　　　　　　　　　　　　　　　　　─탐정

집을 나서면서 나는 개비건이 멀리니의 책장 앞에서 기다리는 동안 읽고 있던 붉은 표지의 얇은 책을 주머니에 슬쩍 넣는 것을 눈치챘다. 그때 나는 경감이 활기차게 휘파람을 불 기분이 어디에서 나온 것인지 알았다. 힐끗 제목만 보았을 뿐이지만 그것으로 충분했다. 저자는 아서 W. 프린스이고 제목은 『복화술의 모든 것』이었다.

말로이, 그림, 브래디 형사는 36번지의 계단에서 기다리고 있었다. 이들은 졸려 보였다.

개비건이 질문을 던졌다. "자네들 멀리니를 보았나?"

말로이가 고개를 저었다. "아니요. 듀발로는 몇 분 전에 여기 왔었습니다. 깨끗한 셔츠가 필요하다고 하더군요. 우리는 그자를 내쫓았습니다. 섀넌이 여전히 그자의 뒤를 따라다니고 있습니다."

그는 우리가 들어가는 동안 문을 잡아 주었다. 우리가 복도를 반쯤 지나갔을 때 그 일이 일어났다.

성나고 흥분한 어조의 두 목소리가 거실 안쪽에서 희미하게 울

려 나오고 있었다. 별안간 다음과 같은 말이 외침으로 바뀌며 두드
러지게 들려왔다.

"그리고 경찰은 절대로 모를 거야!"

그림 형사는 폭발할 듯이 외쳤다. "이런 젠장!"

우리는 거의 빛의 속도로 남은 3미터를 주파했다. 경첩에서 떼
어 놓았던 문이 닫혀 있어서 개비건이 발로 차서 문을 열었고, 우
리 넷은 거칠게 몰려들어 가다가 우뚝 멈춰서서 서로를 쳐다보았
다. 그곳에는 쳐다볼 만한 상대가 아무도 없었던 것이다. 목소리는
멎었고 방은 텅 비어 있었다.

개비건은 전날 밤 그림 형사가 했던 행동을 그대로 반복했다. 그
는 총을 쥐고 말로이와 함께 서재를 향해 조용히 다가갔다. 턱을
축 늘어뜨리고 있는 그림은 꼼짝도 할 수 없는 것 같았다.

개비건이 서재 안으로 모습을 감추고 말로이는 문간에서 발을
멈췄다. 그런 다음, 거의 동시에 두 사람이 돌아왔다. 경감의 얼굴
에는 분노와 당혹감이 떠올라 있었고 턱이 뻣뻣하게 굳어 있었다.

"쥐새끼 한 마리도 없어." 그가 말했다. "그리고 이번에는 창
문이 닫혀 있군. 내가 떠났을 때……,"

그는 말을 멈추더니, 빈 안락의자 옆에 놓인 재떨이에서 가느다
랗게 피어오르는 푸른 연기를 지켜보았다. 그것은 불붙은 담배에
서 나오고 있었는데, 다 타지 않은 새 담배였고 재떨이에서 떨어지
지 않도록 균형을 맞추어 올려놓은 것이었다.

반쯤은 진심을 담아, 그림 형사가 속삭였다. "이곳은 정말 귀신
이 들렸어!"

이 말을 입증이라도 하듯, 서재 문 쪽 어두운 구석에서 유령이

내는 것처럼 불규칙하게 똑똑 두드리는 소리가 흘러나오기 시작했다. 우리는 눈을 크게 뜨고 보다가 그림자 속에서 뭔가 희끄무레한 것이 움직이는 것을 목격했다. 말로이 형사가 총을 겨누고 앞으로 걸음을 내디뎠다. 거기에는 발이 하나 달린 작은 테이블 위에 마술사들이 사용하는 것과 같은, 마치 생명이 부여된 것처럼 보이는 휴대용 타이프라이터가 한 대 놓여 있었다. 자판의 키들이 간헐적으로 움직이는가 싶더니, 타이프 바들이 튀어나오고 스페이스바가 춤을 추었다. 우리는 머뭇거리며 가까이 다가갔다.

리본 위 롤 속에 한 장의 종이가 끼어 있었는데, 거기에 이런 말이 타이핑되고 있었다.

"친애하는 경감: 당신은 보이는 것을 모두 믿어서도 안 되고……,"

벨 소리가 들리더니 갑자기 타이프라이터의 캐리지가 왼쪽에서 오른쪽으로 이동하여 두 칸을 띄웠다. 이어서 다른 단어들이 철커덕거리며 한 글자씩 나타났다.

"……볼 수 없는 것을 모두 믿어서도 안 됩니다. 당신의 진실한 벗, 투명인간으로부터."

"멀리니!" 개비건이 부르짖었다. "하지만 어디에……?"

돌연히 자판의 모든 키가 급작스럽게 튀어 올랐다. 타이프라이터 내부에서 희미하지만 스윽하는 움직임이 있더니 뱀이 내는 것 같은 낮게 쉿쉿거리는 소리가 났다. 개비건은 몸을 굽히고 기계를 조심스럽게 살폈다. 그러다가 타이프라이터를 재빨리 들어 올려 아래쪽을 들여다보았지만 아무 소득도 없었다. 돌아서서 창문으로 들어오는 빛에 비추어 가며 나머지 사람들과 신중하게 검사했으나 아무것도 없었다.

그림 형사는 경감의 뒤에서 초조하게 타이프라이터를 살펴보다가 별안간 손가락으로 무언가를 가리키며 놀라서 외마디 말을 내뱉었다. "보세요!"

우리는 휙 돌아섰다. 개비건 경감은 하마터면 내 발에 타이프라이터를 떨어뜨릴 뻔했다. 멀리니가 큼지막한 안락의자에 앉아서 장난꾸러기처럼 웃으며 담배 연기로 고리 모양을 만들어 내뿜고 있었다.

"젠장!" 개비건이 노호했다. "마술이라면 이제 지긋지긋하단 말이오!" 그는 쾅 소리를 내며 타이프라이터를 원래 있던 테이블에 도로 내려놓았다. "이쯤에서 빨리, 열심히, 극적인 설명을 해야 할 거요. 이게 어떻게 된 일인지 당장 설명하시오. 어떻게 여기 들어왔소? 어떻게 사라졌고, 어떻게 다시 나타난 거요? 하지만 나에게 투명인간이 어쩌고저쩌고 하는 시시껄렁한 이야기일랑 집어치우시오. 나는 절대로⋯⋯."

멀리니가 일어섰다. 그는 재떨이에 담배를 떨어뜨리고 굳이 그것을 사라지게 하려고 애쓰지는 않았다. 그리고 빠르게 지껄였다.

"심령학 연구 문헌에서 분신술이라고 알려진 현상에 대한 언급을 찾아볼 수 있습니다. 워트러스 본인이 언급한 바 있소. 이것은 한 사람이 동시에 각각 다른 장소에서 나타나는 일로 정의됩니다. 아주 희귀한 영적 현현顯現의 일종이오. 기록된 사례는 무척 적고, 거기에는 뭔가 적절한 진실성이 부족합니다―한 가지 예외를 제외하고는. 그런데 그 사례는 엄격한 실험 조건하에 일어난 일이긴 했지만 명백한 속임수였소. 듀발로는 그것을 '요가승의 미스터리'

라고 불렀습니다. 그는 2년 전 이 방에서 신문기자들을 앞에 두고 그것을 시현했습니다. 인도에서 돌아온 직후였는데, 이 일로 인해 뒤발로에 대한 기사가 스크랩북 한 권을 채울 정도였소.

그는 기자 두 명을 보내 자물쇠와 걸쇠를 몇 개 사오게 했소. 그들은 그것을 복도로 통하는 문 안쪽에 장치했습니다. 아직도 나무 부분에 나사못 구멍이 보일 거요. 기자들이 자물쇠를 채우고 열쇠를 보관했습니다. 뒤발로는 이 의자에 앉아서 사이비 요가 주문을 쏟아 내었습니다. 그는 먼저 호흡 제어법을 시현하고 깊은 트랜스 상태로 빠져들었습니다. 그리고 몸에 밴 쇼맨십을 발휘하여 의사 한 명을 옆에 대기시켰습니다. 의사는 몇 분마다 그의 가슴에 청진기를 대 보고 계속 맥박을 재며, 적당히 엄숙한 표정을 지어 보였소. 기자들은 당연히 회의적이었지만, 뒤발로는 꽤 존경이 담긴 관심을 받았습니다. 기자들은 그가 종종 신문 1면에 오를 만한 이야깃거리를 제공한다는 사실을 알고 있었으니까 말이오. 그는 10분은 족히 트랜스 상태를 유지하며 긴장감을 고조시켰습니다.

그러다가 마침내 전화벨이 울렸습니다. 기자 중 한 사람이 받았소. 그의 귀에 뒤발로의 목소리가 들렸는데, 자기가 세 블록 떨어진 라룸바에 있다고 말하는 것이었소. 전화 속 목소리의 권유에 따라 다른 기자들 몇 사람이 수화기를 귀에 갖다 대고 각각 한바탕 잔소리를 들었습니다. 그들은 반신반의했고 몇몇은 무례하게 낄낄거리기도 했소. 이들 중 한 사람이 그 목소리에게 전화를 끊고 이쪽에서 다시 전화할 테니 기다렸다가 받아 보라는 제안을 했습니다. 그렇게 해 보았지만, 똑같은 목소리가 받았던 겁니다. 이들이 시간을 끌기 시작하자, 목소리는 전화를 끊었습니다. 그러자 뒤발로가 눈을 굴리더니 깊게 숨을 쉬며 코마 상태에서 깨어나기 시작했습니다.

기자들은 즉시 그가 대역을 기용했다고 비난하고 그를 조롱하기 시작했습니다. 듀발로는 말했습니다. '잠깐만요, 여러분. 아직 다 끝난 게 아닙니다. 정면의 창문을 내다보세요.' 몇 사람이 그 말대로 했습니다. 그리고 얼마 되지 않아 이들은 코를 유리창에 꽉 붙이고 있었습니다. 한 사내가 눈 속을 뚫고 거리를 달려오고 있었던 겁니다. 그 사내가 창문에서 나오는 불빛 아래까지 왔는데, 그는 어느 모로 보나 듀발로였습니다. 모두 몸을 돌려 문을 향해 달려 려다 발을 멈추었습니다. 듀발로가 사라졌던 겁니다. 그는 이제 방 안에 없었습니다.

기자들은 자물쇠를 열기 시작했소. 이들이 자물쇠를 푸는 동안, 누군가가 문을 두드렸습니다. 이들이 문을 열자, 듀발로가 걸어 들어오는 것이었습니다. 매우 환한 미소를 짓고 코트의 눈을 털면서 말이오. 그는 메뉴 카드를 건네주었는데, 거기에는 날짜와 시간과 함께 오케스트라 지휘자와 수석 웨이터의 서명이 적혀 있었습니다. 이들은 나중에 확인해 보고 더 큰 충격을 받았습니다. 그날은 유명인사가 출연하는 날이었고 듀발로는 요청을 받아 무대로 나와서 인사까지 했던 것입니다. 따라서 양쪽에 많은 증인이 있게 된 거요."

"당신은 그걸 설명이라고 하는 거요?" 개비건이 항의했다.

"그렇습니다. 물론 기자들이 처음에는 옳았습니다. 듀발로는 대역을 썼던 겁니다. 자신의 목소리를 흉내 낼 수 있는 연기자를 쓴 거요. 나는 타로가 아니었을까 의심합니다. 타로는 듀발로와 체격과 키가 거의 똑같은데다가, 적절한 분장으로 속임수를 부릴 수 있을 만큼 전체적인 모습에서 충분히 유사한 특징을 갖고 있소. 가까운 친구들 앞에서는 안 통하겠지만 말이오. 그렇지만, 그 화려한 피날레가 듀발로의 관객들의 눈을 휘둥그레지게 해서 '대역' 이론 따위는 잊게 만들었고, 그들은 뭔가 다른 설명을 찾으려고 했지만…… 아무것도 찾을 수 없었소. 마술에서는 일상적인 원리요."

"그러면 듀발로는 당신이 방금 했던 것과 같은 방식으로 이 방에서 나갔단 말이오? 당신이 보여 줬던 것처럼 다투는 두 사람의 흉내를 낸 다음에?"

"그렇소. 진부하긴 했지만 하트의 이론이 맞습니다. 이 방은 비밀 출구가 있소. 그것도 멋진 것으로 말이오. 나는 신문에서 듀발로의 묘기에 대한 설명을 읽고 사진을 보았을 때 그 사실을 알아차렸습니다. 늘 그것이 어디 있을까 의문을 품어 왔고 찾아내는 데 거의 15분이나 걸렸소."

"자랑은 그만하고 이야기나 빨리 하시오." 개비건 경감은 짜증을 냈다.

멀리니는 의자 쪽으로 되돌아가서 동양식으로 책상다리를 하고 앉아 양쪽 팔꿈치를 의자 팔걸이에 올려놓았다. 그리고 오른손 손가락이 구부러진 팔걸이의 아래쪽을 가볍게 누르자 의자의 시트가 소리 없이 아래로 내려갔다. 멀리니의 다리가 어두운 구멍으로 떨어졌다. 그는 발받침을 찾아서 아래쪽으로 한 걸음 내디뎠다. 그리고 멀리니가 고개를 숙이자 의자 시트가 부드럽게 회전하더니 소리 없이 제자리로 돌아왔다. 이 모든 동작에 5초도 안 걸렸다.

"완전히 깜짝상자네요, 안 그렇습니까?" 그림 형사가 눈을 깜

266

빡거리며 말했다.

의자 시트가 다시 내려가더니 멀리니의 음성이 들려왔다.

"내려와요." 찰칵 소리가 나고 입구에서 불빛이 새어 나왔다.

멀리니는 접사다리 장치 위에 서 있었다. 사다리의 발판은 소리를 흡수하는 검은 펠트로 덮여 있었다. "브래디, 자네는 여기 위에 남아서 눈을 크게 뜨고 지키게." 개비건이 말했다.

멀리니가 말을 이었다. "기자들이 창문으로 달려갔을 때, 듀발로는 단지 이곳으로 내려와……,"

"내가 어젯밤 지하창고를 살펴보았을 때는," 개비건이 말했다. "이쪽 끝은 박스들과 포장용 상자들로 가득 차 있는 것처럼 보였는데."

"위장이오. 상자들은 천장까지 쌓여 있고 이곳은 그 뒤편이오."

말로이 형사를 따라서 사다리를 내려가 보니, 그곳은 안쪽 길이가 3미터도 안 되는 작은 방이었다. 천장에 달려 있는 알전구에서 빛이 나오고 있었다. 한쪽 벽 가까이에 작업대가 있었는데, 그 위에 기괴한 잡동사니 무더기가 수북하게 쌓여 있었다. 탬버린 하나, 슬레이트판 몇 개, 목이 없고 벌거벗은 복화술 인형, 흩어진 종이꽃 더미, 다수의 구겨진 면직물 등이었다. 벽에 달린 고리에는 몇 가지 극장용 의상이 걸려 있었는데, 그중에는 머리를 완전히 덮는 특이한 후드가 달린 온통 새까만 전신 타이츠가 있었고, 검은 장갑 두 짝이 바닥에 놓여 있었으며 그 근처에 종이 찰흙으로 만든, 턱이 없어진 먼지투성이 해골이 한구석에 처박혀 있었다.

"영매와 함께 무대 뒤에서," 멀리니가 말했다. "데이브는 기막힌 강령술을 펼칩니다. 이 소품들로 당신들이 추측했을 테지만 말이오." 그는 왼편 벽을 가리켰다. "여기 문이 있습니다. 요가승 미스터리를 시현하면서 듀발로는 그곳을 통과해 급히 층계 위로 올라가서 복도에서 자신의 조수와 만났습니다. 그리고 눈으로 덮인 코트와 메뉴 카드를 건네받았소. 조수는 이곳으로 내려와 파티가 끝날 때까지 쥐죽은 듯 누워 있었습니다."

"하지만 이곳 말고는 문이 없는데요." 말로이 경위가 말했다.

"문은 포장용 상자 중 하나의 내부로 열립니다. 그리고 상자의 경첩 붙은 쪽을 통과해서 나갈 수 있소."

"그 친구 꽤나 빠듯했겠는데?" 개비건이 이맛살을 찌푸리며 말했다. "기자들이 예상보다 빨리 위층의 문을 열었다면?"

"그것이 바로 문에 자물쇠를 채운 이유입니다. 자물쇠는 듀발로를 방에 가두기 위한 것이 아니라, 모두 그렇게 생각하게 만들었지만, 사실은 기자들을 안에 묶어두기 위한 것이었습니다. 많은 트릭에 있어서 속임수가 없다는 것을 보증하기 위해 사용하는 조치야말로 속임수를 가능하게 만드는 것입니다."

"당신의 마술 트릭도 다 저렇게 세밀하게 만들어지는 거요?"

개비건은 다소 믿을 수 없다는 표정으로 질문을 했다.

"그보다 더 합니다." 멀리니가 대답했다. "마술사에게는 기회가 많지 않기 때문에 마술이 잘 되지 않을 때에는……, 여성 전용 클럽에서 연설을 하고 있다가 불현듯 정신을 차려 보면 벌거벗고 있는 꿈을 자주 꾸는데 그것과 같은 기분이오."

"내가 궁금한 것은," 개비건이 말했다. "듀발로와 타로 말고 누군가 다른 사람이 이 장소에 대해 알고 있느냐는 거요. 그렇게 보이지는……?"

말로이 형사가 작업대 주변을 탐색하고 있다가 흥분해서 끼어들었다. "이것 보세요, 여기 또 다른 트릭의 내막이 있습니다." 그가 면직물 뭉치를 한쪽으로 치우자 위층에 있는 것과 똑같이 생긴 타이프라이터가 드러났다.

"그렇소." 멀리니가 말했다. "유령 타이프라이터입니다. 듀발로는 언제나 그것이 마담 블라바츠키의 사후에 출간된 회고록을 타이핑한 진품이라고 주장해 왔습니다. 그렇지만 그건 분명 선전술이었소.[32] 내가 타이핑하는 동안, 이 기기의 모든 키는 이 튼튼한 검정색 낚싯줄로 위에 있는 타이프라이터의 키와 연결되어 있었습니다. 다소 복잡한 장치이지만 효과가 있습니다. 끈들은 천장의 저 구멍을 통과해 테이블의 비어 있는 다리 속을 지나 올라갑니다. 각각의 끈은 키의 활자막대 위를 지나서는 다시 돌아와 이 고리에 고정되었습니다."

그는 벽에 달린 고리 하나를 가리켰다. 그 곁에 커다란 전지가위가 하나 걸려 있었다.

"타이핑을 마친 다음, 나는 타이프라이터 위의 끈들을 그러쥐고 고리에 가깝게 잘랐습니다. 그것을 잽싸게 끌어당겨, 위에 있는 타이프라이터의 활자막대 위를 지나 아래로 떨어지게 했소. 내가 그 자리에서 수다로 소리를 감출 수가 없었으니 위층에 있던 당신들 귀에 그 소리가 들렸을 겁니다. 테이블 위에 난 구멍에는 누군가 타이프라이터를 들어 올려 조사할 경우를 대비해서 스프링 경

32☆ J. M. 웨이드, 『헬레나 페트로브나 블라바츠키의 유고록』, 보스턴, 1896.

첩이 달린 덮개를 장치했습니다."

"지금까지는 비밀 문과 끈으로 모든 것이 행해졌단 말이군. 다음에는 거울이겠는데." 그림 형사가 말했다.

닫힌 문을 보고 골똘히 생각에 잠겨 있던 개비건이 현실로 돌아와서 말했다. "아마 난 바보인가 보오, 멀리니. 하지만 모르겠소. 그림 형사가 말한 사라진 범인이 이 토끼 구멍 아래로 탈출했다는 사실을 알게 된 것은 매우 큰 도움이 되었지만 여전히 집 주변의 눈 문제가 남아 있소. 그리고 그자가 우리가 떠날 때까지 숨어 있었다면 오늘 아침 일찍⋯⋯,"

"일단 심호흡을 한 번 하고, 경감." 멀리니가 말했다. "그리고 다음에 나올 이야기를 들어도 물건을 던진다거나 뭐, 그런 행동은 마시오. 어차피 전부 조사하지 않으면 안 될 테니 말이오. 하트, 자네는 그 비통한 표정을 지워도 되네. 자네의 탐정 이야기에 제자리를 찾아 주려고 하니까 말이네. 살인자는 이 경로로 나가지 않았네. 저 문은 안에서 잠겨 있었거든!"

개비건은 툴툴거리며 앞으로 나아가더니 문고리를 왁살스럽게 잡아당겼다.

"열쇠는 전혀 안 보이는데." 그가 말했다. "반대편에서 잠근 것이 아니라는 것을 어떻게 아시오?"

"왜냐하면 반대편에서는 잠글 수 없기 때문입니다. 그쪽에는 문고리도 열쇠구멍도 없소. 모든 잠금장치는 여기 안쪽에 있습니다. 거기다가, 살인자는 위에서 붙잡힐 위험이 없어질 때까지 이곳에서 기다릴 수 없었습니다. 처음 내려오기 전에 살펴봤는데, 바닥에는 멋지고 부드러운, 그리고 아무도 건드리지 않은 먼지 층이 쌓여 있었습니다. 그리고 펠트로 덮인 발판 위에는, 보시는 바와 같이 우리의 발자국이 너무나 선명하게 드러나 있습니다."

개비건은 잠시 동안 아무 말도 하지 않고 멀리니를 물끄러미 쳐다보았다. 그런 다음 그는 돌아서서 사다리를 올라가기 시작했다. 두 단을 올라가더니 그는 올라가던 것을 멈추고 돌아보았다.

"부탁하건대," 경감은 격한 어조로 말했다. "이 수사를 골치 아프게 만들려고 하는 대신, 도움이 되게 행동했으면 좋겠소. 이리로 올라와요. 시간은 충분히 낭비했소."

개비건 경감의 다리가 문을 지나 사라지자, 멀리니는 부드럽게 말했다.

"과연?"

19

일그러진 소리

우리가 모두 의자 시트를 통해 기어올라 와 위의 방으로 돌아온 다음, 개비건은 짜증스럽게 나를 돌아보았다.

"하트," 그는 걸걸한 목소리로 말했다. "당신의 알리바이 리스트를 마지막으로 검토해 보고 마법의 지팡이를 휘둘러 못된 장난을 하고 있는 녀석에게 마지막으로 변명할 기회를 준 다음 체포하는 걸로 합시다."

현관에서 누군가 노크를 했다. 개비건은 창문으로 다가가서 밖을 내다보았다. "브래디," 그가 말했다. "기자 두 명이 우리의 첫 번째 저지선을 통과했네. 가서 저 친구들을 쫓아버리고 문간에서 대기하게."

"체포라고 했소?" 멀리니가 말했다. "그 단계까지 진행된 겁니까? 당신은 잠깐 동안 많은 답들을 밝혀내셨나 봅니다."

개비건은 그를 무시하고 초조하게 방을 왔다 갔다 하며 생각에 잠긴 채 으르렁거렸다.

"워트러스 대령을 어젯밤 마지막으로 호텔에 들어간 9시 55분까지 미행했소. 그자는 그 사실을 알았을 때 올드페이스풀^{미국 옐로스톤 공원에 있는 간헐천}처럼 씩씩거렸지. 경찰을 성가신 관음증 환자들이라고 생각하고 있소. 그자는 거의 11시까지 자기 방에 있다가 나가서 드러그스토어에 들러 시가 두 개비를 사고 여느 때처럼 취침 전 산책을 했다고 하오. 유니언스퀘어를 다섯 번이나 돌면서 말이오! 데르비시_{황홀경에 빠져 빙빙 돌며 의식을 행하는 이슬람 탁발승}가 따로 없군!"

"드러그스토어의 점원이 그를 기억합니까?" 멀리니가 물었다.

"그렇소. 하지만 다른 손님들도 있었기 때문에 그 점원은 워트러스가 오던 길인지 가던 길인지 분명하게 말할 수 없었소. 엘리베이터 승무원은 나갔을 때라고 하지만…… 글쎄, 그곳에는 계단이 있으니까."

"그렇소." 멀리니가 동의를 표했다. "그보다 좋을 순 없군. 그는 호텔에 도착하자마자 바로 슬쩍 빠져나와서 택시를 타고 10분 만에 여기로 왔을지도 모르오. 눈이 막 내리기 시작하고 타로가 도착한 직후에 말입니다. 그들은 반 시간 동안 대화를 했습니다. 10시 30분까지. 그때 워트러스 대령이 그를 죽입니다. 그런 다음 그림 형사의 면전에서 조용히 투명해진 다음 공중에 뜬 채 눈 위를 지나가는 거요. 드러그스토어에 들러서 계단을 걸어 올라간 다음 저녁 산책을 위해 다시 엘리베이터를 타고 내려오는 겁니다. 이렇게 간단하군."

"물론이오, 나도 알아요. 내 말이 어리석게 들릴지도 모르지만 워트러스가 10시 35분에 자기 방에 있었다는 사실을 증명할 수 없다는 사실에는 변함이 없소. 그래서 0점이지. 그걸 거기다 적어요, 하트."

멀리니는 아무 말도 하지 않았다. 그는 50센트 동전을 꺼내 무의식적으로 사라지게 했다 나타나게 했다를 반복하고 있었다.

"마담 러푸르트는, 브래디가 코모도어 호텔에 있는 그녀의 스위트룸으로 데려다 주고 같은 층에서 대기하며 새벽 2시까지 그녀의 방문을 감시했소. 그리고 그는 2시에 마담 러푸르트를 데리고 나오라는 지시를 받고 그녀를 본부 건물로 데려왔는데, 그 여자는 물에 젖은 암탉처럼 화가 나 있었소. 내가 진짜 이름이 뭐냐고 물어보자 재무성 금고보다 더 단단히 입을 다물었고 그때부터 그 여자가 한 모든 대답은 '변호사를 부르겠어요' 처럼 들리더군. 그 부분에 대해서는 오늘 오후 런던에서 정보를 얻을 수 있을 거요. 하지만 이 여자는 별로 기대할 게 없는 것처럼 보이는군. 그녀에게는 아웃을 매겨야 할 거요, 하트."

나는 '호텔에 있었음' 이라고 적고 네모를 쳤다.

멀리니가 말했다. "자네 목록은 멋진 좌우대칭이 되어 가는군, 하트. 딱한 일이야. 모든 사람이 사바트 건이 아니면 타로 건에 대해 알리바이가 있으니. 저 신비로운 마담만 빼고 말이야. 그녀는 그 어느 쪽도 깨끗해. 탐정소설 팬의 한 사람으로서 그것은 매우 의심스러운 일이라고 하고 싶군."

"그래, 당신이라면 그렇겠지." 개비건이 보고를 계속했다. "젤마와 알프레드 라클레어는 경찰차를 타고 가서 10시 25분에 라룸 바에 내렸소. 그곳이 바로 옆 블록이라 의심스러울 만큼 여기와 가깝긴 하지만, 이들의 알리바이는 적절하게 설명되는 것 같소. 옷을 갈아입고 다음 쇼를 준비할 시간이 불과 몇 분밖에 없었거든."

"경감과 젤마 사이에 있었던 사소한 언쟁의 결과는 어땠소? 스트립쇼 식으로 찔끔찔끔 정보를 주는 것은 막을 내렸소?"

"그래요, 자신이 스펜스가 소리를 들었다고 한 복도의 여자라는 사실을 결국 인정했소. 칭과 대면시키자 그제야 단념하고 죽는 소리를 하더군. 내가 볼 때 사바트는 그녀를 쥐고 흔들려고 했던 모양이오. 일주일 동안 세 번이나 전화로 바쁘다고 하자, 젤마는 오기가 생겨 집에 가는 길에 그와 결판을 지으려고 했소. 그녀는 안에서 누군가 움직이는 소리를 듣고 사바트가 아직 방에 있다고 확신했소. 그게 스펜스의 귀에 거친 말소리가 들리기 시작한 때요. 지금 젤마의 주장은 자기가 들은 것이 살인범의 소리였다는 거요. 그건 그저 그녀의 주장일 뿐이오. 하지만 실제로 사바트가 젤마를 방에 들였을지도 모르지. 그리고 그녀는 열쇠구멍으로 끈을 통과시키는 방법으로 방을 나오고, 시체가 발견된 다음 욕실에 있었다고 생각된 그 동안에 빗장을 걸고 열쇠구멍의 손수건을 바꿔치기 했을지도 모르오."

"그럼 지금까지는, 젤마가 가장 뚜렷한 동기를 갖고 있군." 멀리니가 말했다. "여자가 한을 품으면 오뉴월에도 서리가 내린다…… 뭐 그런 거군. 하지만 알프레드는 어떻소? 나이트클럽을 떠나서 집으로 가기까지의 시간 내내 그가 바에 계속 있었다는 이야기를 토니가 인정했소?"

"아니오. 두세 사람은 알프레드를 부분적으로 기억하긴 하지만 공백이 많소. 그 역시 0점이오."

"그리고 헤스 박사의 보고서 말입니다. 그건 어떻습니까? 여자가 교살을 하는 게 가능합니까?"

"그렇소. 교살은 보통 여성의 방식은 아니지만 실제로 사례가 있고, 더 있을 법하지 않은 일들도 일어났소. 이 사건에서는 그런 게 가능하오. 두 남자 모두 처음에 얻어맞아 쓰러졌소. 헤스는 이들의 후두부에 미세한 연회색 종이 섬유조직이 달라붙어 있는 것을 발견했소. 그건 뻔한 일이오. 전에도 그런 일을 겪어 봤으니까. 남자를 맨해튼 전화번호부로 때려 기절시킬 수도 있다오. 거의 아무런 외상도 남기지 않고."

"전화번호부에는 지문이 전혀 없었습니까?"

"없었소."

"듀발로의 명함에서 나온 지문은 누구의 것이었습니까?"

"타로의 것이었소."

"경찰 기록에 그의 지문이 있었소?"

"아니, 워싱턴에도 없었소."

"『마도서』와 찢겨 나간 페이지는 어떻소?"

"책 속에 사바트의 지문이 몇 개 있었소. 그게 다요. 그리고— 아, 그래. 우리는 그의 은행과 수표책을 조사했소. 사바트의 수표 대부분은 쿼리치, 로젠바흐, 기타 등등의 희귀 도서 판매상에게 지급되었소. 그렇지만 그는 최근에 빈털터리가 되었소. 그렇지 않다 해도 거의 그런 상황이니 결국 마찬가지지. 두 달 동안 집세를 내지 못했더군. 그의 수표책은 기다란 인출 기록으로 가득했고 2년 동안 약간의 예금도 없었소. 그러나 성과가 있었지. 1935년 5월 27일, 사바트는 갑자기 5만 달러나 되는 액수의 돈을 예금했소. 나는 그 돈이 어디서 난 건지 알고 싶소. 두세 사람에게 사바트의 파일을 조사하도록 했으니 뭔가 설명이 될 것을 찾을지도 모르지. 하지만 5만 달러라니! 그 설명도 괴상한 것일 테지."

"십중팔구 그럴 거요." 멀리니가 동의했다. "그 사람에 관한 모든 것이 괴상해 보이니까 말이오. 오늘 아침 당신은 정보를 잔뜩 갖고 있으니까 말인데…… 사바트의 금발 머리 놀이 상대들과 타로의 슈트케이스를 조사해 보았소?"

"그렇소, 우리는 여섯 명의 여자들을 벌벌 떨게 만들었지. 하지만 철통같은 알리바이 외에는 얻은 게 없소. 그 슈트케이스는 싸구려 판지로 만든 제품이었고, 감식반의 보고도 그다지 고무적이지 않았소. 하지만 어디서 구한 건지는 알아냈지. 3번가의 중고가게 주인이 신문에서 타로의 사진을 보고 지난주에 자기가 타로에게 슈트케이스를 팔았다고 제보했소. 외알안경을 기억하더군. 많은 손님들이 그런 것을 쓰고 다니지는 않으니까."

"그 수수께끼의 스페인 자물쇠 세일즈맨은 어떻습니까? 윌리엄스 씨 말입니다. 그리고 증거가 될 것 같은 손수건 문제는?"

"첫 번째 건에 대해서는 아무것도 없었소. 다이얼 전화기에서 걸려온 전화는 통화하고 있는 동안에만 추적할 수 있소. 바클레이 양에 대해서는, 그 손수건이 자기 것이라는 사실은 인정했지만, 2,3주 전에 잃어버린데다가 어디서 잃어버렸는지 전혀 모르겠다고 주장하고 있소. 사바트의 집이 아니라는 것만은 분명하다고 하더군. 비록 어떤 이유인지는 몰라도 내가 질문하는 내내 지독하게 초조해했지만, 나는 그녀의 말을 믿을 수 있을 것 같소. 그녀의 이야기는 진실로 받아들이기에 충분할 정도로 꾸밈이 없었소. 듀발로와 데이트하는 동안 잃어버린 것을 듀발로가 주워서 돌려주려고 갖고 있다가 사바트의 집에서 또 잃어버렸을 가능성도 있지."

"그녀가 그 손수건을 얼마 동안이나 가지고 있었는지 물어봤습니까?"

"문제의 손수건을 처음 가지고 나간 날 잃어버렸다고 하더군. 손수건을 산 다음 날에."

"그렇다면 듀발로는 제외되겠군? 듀발로는 두 달 동안 순회공연을 가서 일주일 전까지는 돌아오지 않았으니까 말이오."

"좋소. 그렇다면 바클레이 양이 손수건을 거기에서 잃어버린 게 아니라면 누가……,"

개비건은 다른 방에 있는 전화가 울리자 말을 멈췄다.

말로이 형사가 받았다.

경감은 다시 말하기 시작하다가 곧 멈추고 귀를 기울였다. 말로이의 목소리에 흥분된 기색이 있었던 것이다. 마침내 그는 전화를 끊고 돌아왔다.

"놀라운 소식입니다." 말로이가 말했다. "그 총의 허가증에 사바트의 이름이 적혀 있답니다!"

경감은 잠시 그를 멍하니 바라보았다.

"무슨 총 말입니까, 경감?" 멀리니가 물어 보았다.

"내가 타로에게서 압수한 총이오. 자기 말로는 허가증이 있다고 했지만 우리는 찾을 수가 없었소. 그래서 총에 있는 일련번호로 역추적했지. 분명 이건 뭔가 의미가 있는 것 같소. 정말 골치 아픈 일이 계속 일어나는군. 만약……,"

"그것이 의미하는 것은," 멀리니가 천천히 말했다. "타로가 거짓말을 터무니없을 만큼 잔뜩 해 댔다는 것입니다. 그리고 그 사실은 분명히 우울한 이야기입니다. 마치 타로가……," 멀리니는 50센트 동전 속의 여인을 들여다보았다.

"마치 그가 뭐요?" 개비건이 재촉했다.

멀리니는 고개를 저었다. "아니, 그건 전혀 말이 안 됩니다."

그는 개비건을 쳐다보고는 주제를 바꿨다. "체포한다고 한 것은 뭐요, 경감? 들어봅시다. 단지 마담 러푸르트의 알리바이가 사실이라고 보기에는 너무 딱 들어맞아 보인다는 이유로 그녀에게 수갑을 채우려는 건 아니겠지? 그리고 당신이 들려준 이야기에는 타로를 제외한 다른 사람을 체포할 수 있는 근거가 될 만한 것이 보이지 않는데 말이오."

"아, 당신한테는 보이지 않는다?" 경감의 눈 속에 악의적인 빛이 나타나기 시작했다. "왜 내가 당신을 종범으로 체포하면 안 되는지 그 이유를 내게 말해 주면 어떻겠소. 어째서 당신이 이런 사실을 꽁꽁 숨겨 왔는지……,"

의자에 파묻혀 졸린 듯 느긋하게 앉아 있던 멀리니가 갑자기 몸을 일으키더니 꼿꼿하게 등을 세웠다. 그리고 경고하듯이 손을 들어올리더니 긴장한 몸을 앞으로 숙이고 뚫어지게 문을 노려보았다.

"들어 보시오!" 그가 작은 목소리로 소리쳤다.

아무 소리도 들리지 않자 개비건이 말을 꺼냈다. "무슨……,"

멀리니가 말했다. "복도에서……,"

그때 낮게 웅얼거리는 소리가 들렸다. 그 소리는 점점 커지더니 단조로우면서 진지함이 담긴 유별나게 긴장된 목소리가 날카롭게 말했다.

"……나는 너에게 총을 겨누고 있다! 내 얼굴을 보았으니 너는……,"

멀리니의 얼굴에서 습관적인 태연함이 사라지고 멍할 정도로 놀란 표정이 드러났다. 개비건은 벌떡 일어났고, 가장 가까이에 있던 그림 형사는 앞뒤 보지 않고 문을 향해 몸을 던졌다.

왼손이 문손잡이를 잡아당길 때 오른손에 쥔 총이 번득였다. 문이 거칠게 안쪽으로 열리고 마치 액자처럼 브래디 형사를 드러냈다. 반대편 벽에 삐딱하게 기댄 의자에 다소 위태롭게 균형을 잡고 앉아 있는 평온한 풍경이었다. 그는 펼치고 있던 「데일리 미러」에서 머리를 들고 입을 딱 벌린 채 그림 형사를 쳐다보았다.

그림 형사는 미끄러지면서 멈춰서더니 브래디 형사를 돌아보고는 재빨리 복도의 좌우를 둘러보았다. 그의 총은 쏠 준비를 한 채 브래디의 명치께를 향해 있었다. 브래디 형사는 총에 초조한 시선을, 그림 형사에게는 어리둥절한 시선을 던지며 의자에서 일어나려고 했다. 의자 다리가 바닥에서 긁는 소리를 내며 벽에서 멀리 미끄러지자 브래디는 쓰러지는 의자를 잡으려고 발작적으로 허공을 휘저었고 의자는 빠르게 넘어졌다. 의자와 브래디 형사는 떠나갈 듯한 소리를 내며 바닥에 나뒹굴었다.

"여기서 대체 무슨 일이 일어나고 있는 거야?" 그림 형사가 부르짖었다.

브래디 형사가 몇 마디 말을 내뱉었지만 특별히 기록할 만한 것은 아니었다. 그리고 그림 형사에게 요령 없이 대답했다.

"아무 일도 없어!" 그러고 나서 몸을 굴려 의자에서 벗어나려고 애를 썼다. 그는 일어나서 뒤통수를 시험 삼아 만져 보더니 툴툴거렸다.

"그 안에서는 대체 무슨 일이 일어나고 있는 거야? 유령 같은 거라도 본 건가?"

그림 형사는 눈을 휘둥그레 뜨고 그를 보았다.

"자네는 거기 앉아서 신문을 읽고 있었던 건가……, 그런데 뭔가 듣지 못했나?"

브래디 형사의 눈썹이 추켜 올라갔다. "자네가 시끄럽게 굴기 전까지는 무덤처럼 조용했네."

개비건은 의자 등받이에 기대앉아 멀리니를 노려보았다. 그림이 말했다. "내가 미친 모양이야, 하지만……," 그는 몸을 휙 돌려 멀리니가 만면에 즐거운 미소를 띠고 있는 것을 보고 자신 없는 태도로 얼굴을 찌푸렸다. "수상한 냄새가 나는군. 이건 뭡니까, 또 다른 숨은 재주인가요?"

"이게 당신이 생각하는 겁니까?" 멀리니가 질문했다.

개비건은 고개를 끄덕였다. "바로 맞았소. 재현을 해 주어서 고맙소. 나는 그게 좀 비현실적이지 않을까 불안했소. 하지만 당신이 그것을 확실히 해 주었군. 그림, 자네는 앉아서 이 이야기를 듣는 게 좋겠네. 자네 친구 존스, 그 친구는 복화술사라네."

그 말의 의미가 그림의 머리를 관통하여 그 안에서 빙글빙글 도는 게 보이는 듯했다. "그러니까 그렇게 된 거로군요." 마침내 그는 중얼거렸다. "어젯밤 우리가 문 밖에 서 있었을 때……," 그는 그 장면을 그려보며 느릿느릿 말했다. "존스가 이곳에서 그 목소리를 던진 거군요. 당신이 방금 당신의 목소리를 던진 것처럼."

"경감도 그렇게 생각한 것 같소, 그림 형사. 다만 목소리를 부메랑처럼 던질 수는 없소. 그것은 일반적인 오해요. 따라서 복화술사는 목소리를 던질 수 없소. 그렇게 들릴 따름이지."

"뭐, 나에게는 그럴듯하게 들리던데요. 하지만 복화술사들은 인형을 사용한다고 생각했었는데요. 찰리 맥카시_{복화술사이자 배우인 에드거 버겐의 파트너 인형}라든가……"

"그건 단지 한 가지 방법일 뿐이오. 그리고 좀 더 쉬운 방법이지. 어떤 사람이든 조금만 연습하면 그런대로 괜찮게 할 수 있소. 그건 단순히 입술을 움직이지 않고 말하는 문제이니까. 자음 몇 개만 좀 어려울 뿐인데 그것도 유사한 음으로 대체해서 만족스럽게 비슷한 소리를 낼 수 있습니다. 예를 들어 'M'을 '엥'으로 발음한다든지 'P'를 '휘'로 발음한다든지 'W'를 '더글유'로 발음한다든지 하는 겁니다. 물론, 자신의 목소리와 대조적이면서 인형이 말을 할 수 있다면 냈을 만한 목소리를 내야 하오. 귀는 소리의 위치를 알아내기 위해 눈에 의존하기 때문에, 인형의 입이 말소리와 일치하면 마치 인형이 말하고 있는 것처럼 '보이고', 그로 인해 그렇게 들리는 겁니다. 발성영화도 같은 원리를 활용하는 것이고……,"

"그렇군요, 하지만 문 너머에서 들리는 소리는 어떻게 된 겁니까?" 그림 형사가 물었다.

"그것도 동일하지만 조금 더 발전된 형태요. 나는 당신들의 주의를 문으로 돌렸고 그 방향에서 무엇인가 일어날 거라고 예상하도록 유도했소. 그런 다음 그 정도 거리에서 문 뒤에서 들려오는 것처럼 목소리를 흉내 내었소. 이것이 어려운 부분이오. 횡격막을 조이고 목구멍 깊숙한 곳에서 소리를 내야 하오. 이 기술은 '원거리 발성'이라고 하오. '복화술ventriloquism'이라는 단어는 문자 그대로 배로 말한다는 뜻이오. 라틴어로 '배'라는 뜻의 'venter', '말하다'라는 뜻의 'loquor'에서 온 말이오. 당연히 브래디 형사는 아무것도 듣지 못했소. 그 소리는 문 안쪽에서만 난 것이니까."

머릿속에서 여러 가지 추론이 들끓고 있다는 것이 그림의 얼굴에 드러났다. "그렇다면 타로는," 그가 천천히 말했다. "존스와 내가 현관 계단을 올라갔을 때 이미 죽어 있었다는 거군요. 존스는 이미 타로를 교살했고, 알리바이를 만들기 위해 돌아와 '목소리 던지기' 공연을 벌인 겁니다!"

멀리니는 눈썹을 추켜올리고 경감을 보았다. "당신도 그렇게 생각합니까?"

멀리니의 어조에는 어렴풋한 회의가 묻어 있어 경감을 잠시 침묵하게 만들었다.

"글쎄," 경감이 신랄하게 말했다. "안 될 이유라도 있소?"

"그렇지만 우리가 내린 결론은, 타로는 눈이 내리고 그림 형사가 오기 5분 전에 서둘러 여기에 왔을 거라는 것이었소. 그리고 존스는 눈이 오기 시작했을 때 여전히 칭과 함께 23번가에 있었습니다. 만약 그가 타로를 교살했다면, 존스는 그림 형사와 눈이 있는데도 불구하고 이곳을 드나들었다는 이야기가 되오. 당신은 목소리에 대해서는 설명했지만 발자국이 없다는 사실에 대해서는 설명하지 못하고 있소. 나의 룽곰파 이론을 배심원에게 시험해 볼 생각은 아니시겠지?"

"칭이 존스가 떠난 시간에 대해 거짓말했을 수도 있소. 나는 더 이상한 일들도 겪어 봤소."

"좋아요. 그렇다고 칩시다. 그럼 어떻게 되는 겁니까?"

"그러니까, 존스가 23번가에서 20분 더 일찍 출발했다고 합시다. 그는 눈이 내리기 전에, 또 타로가 도착하기 전에 이곳으로 걸어 올 수 있었을 거요. 타로가 와서 뭔지는 모르지만 무슨 짓을 하고 있던 존스를 현장에서 잡았소. 그래서 존스는 그를 살해했소. 그때 그림 형사가 현관 밖에 있는 것을 발견하고 충분히 눈이 쌓이기 전에 사다리를 타고 달아난 거요."

"그렇군. 칭이 거짓말을 했다는 것을 증명할 수 있다면 발자국이 없는 것이 설명되는군. 이제 어째서 존스는 복화술로 그림 형사를 상대하기까지 30분이나 기다렸는지 설명해 주겠소? 그 일을 바로 해치우는 것이야말로 논리적인 행동으로 보이는데 말이오."

개비건은 멀리니의 이의 제기에 콧방귀를 뀌었다. "살인자가 논리적이어야 하오? 나는 살인자들을 좀 만나 봤지만, 그들 대부분은 논리라는 말의 뜻조차 몰랐소. 당신 말에도 일리는 있소. 하지만 우리는 답을 아는 녀석에게서 답을 얻어 내겠소."

경감은 전화기 쪽으로 걸어가 수화기를 들었다.

그가 다이얼을 돌리려고 할 때, 멀리니가 말했다. "그 사람이 답을 안다는 사실을 인정하지 않으면?"

"난 답을 얻어낼 수 있소."

"경감, 그 전화기를 그냥 놓아두면 좋겠소. 당신은 사람을 정말 초조하게 만드는군. 나는 존스가 그 사다리를 통해 이 방을 빠져나갈 수 없었다는 사실을 알고 있소."

"당신이 무엇을 안다고?" 전화기를 쥔 개비건의 손에 힘이 빠졌다.

"사다리가 이 집의 벽에 기대어 놓인 이래로 아무도 저 사다리를 사용하지 않았다는 겁니다. 나를 제외하면 말이오."

경감은 수화기를 도로 쾅 내려놓았다. 그런 다음, 그가 지나치게 흥분하기 전에 멀리니가 말을 이었다.

"나는 오늘 아침 그 사다리를 타고 이 집으로 들어왔습니다. 하지만 사다리에 발을 올리기 전에 사다리 밑의 땅바닥을 세심히 살펴보았소. 아주 단단하게 얼지는 않았더군. 사다리의 발이 놓여 있는 곳은 화단이었습니다. 나는 그 지점에 표시를 하고 사다리를 30센티미터 정도 건물 벽에 더 가까이 옮겼습니다. 그리고 몇 단을 올라갔소. 내 몸무게 때문에 사다리는 땅에 꽤 뚜렷하게 움푹 파인 자국을 남겼습니다. 이전에 사다리가 놓였던 곳에는 그런 자국이 전혀 없었소."

"그럼, 나가서 확인해 보게. 그리고 저 친구 말대로라면 사진을 찍을 수 있도록 수배해 놓게."

개비건은 우리에게서 물러나 방의 반대편을 향해 갔다. 그는 걸어 가다가 홱 돌아섰다.

"더 많은 것을 알게 될수록 점점 더 말이 안 되어 가고 있소. 만약 어젯밤에 아무도 저 사다리를 사용하지 않았다면 사다리는 왜 저기 있는 거요?"

"글쎄," 멀리니는 시선을 바닥으로 돌리며 내키지 않는 듯 말했다. "어쩌면 누군가 사다리를 쓰려고 했다가 그만둔 것인지도 모르지."

개비건에게는 그 대답이 별로 신통치 않은 것이 분명했다. 그는 잠시 턱을 문지르며 우두커니 서 있다가 다시 전화기를 향해 성큼성큼 걸어갔다.

"아무튼 나는 존스를 체포할 거요, 젠장. 그자는 아직도 두 건의 살인사건에서 알리바이가 없는 유일한 용의자요."

"접근 불가능하다는 것이 모든 사람에게 알리바이로 작용할 수는 없습니다. 당신이 말한 것처럼, 타로가 실제로 살해되었기 때문에 접근과 탈출이 불가해하게 보일 따름입니다. 그러니 당신이 지방검사를 기쁘게 하려면 나가서 살인이 어떤 방법으로 저질러진 것인지 알아내야 합니다."

"우리는 그것을 증명할 수 없소. 하지만 너무나 잘 알고 있지⋯⋯. 여자를 톱질해서 두 동강이 내는 것과 같소. 증명할 수는 없지만 그게 마법에 의해 이루어지는 것이 아니라는 사실은 너무나 잘 알고 있소. 만약 내게 있는 용의자 명단이 평범한 것이라면, 수르가트 같은 괴물이 제멋대로 배회하며 사람의 목을 비틀어 버리고 열쇠구멍으로 스르르 빠져나갔다는 사실을 거의 인정했을 거요. 하지만 내게 있는 용의자 명단은 어떻소? 무대에 마술사들로 가득하오. 납관에서의 탈출, 새장 사라지게 하기, 사람 생각 읽기, 허공에서 토끼 꺼내기, 위저보드를 밀어 대는 일 따위로 먹고 사는 사람들이란 말이오." 개비건은 흥분했다. "접근 불가능이라, 허! 그리고 예를 들어, 왜 존스가 당신이 모르는 트릭을 한두 개 알고 있으면 안 된다는 거요?"

그는 전화기를 집어 들었다.

"그렇다면," 멀리니가 특별히 누구에게랄 것 없이 질문을 던졌다. "만약 존스처럼, 두 살인사건에 대해 알리바이가 전혀 없는 또 다른 누군가가 있다면 어떨까?"

몇 분 전에 나는 알리바이 리스트를 꺼내어 한가하게 들여다보고 있었다. 멀리니가 그렇게 말해서 나는 다시 리스트를 들여다보았다.

"여기 있군!" 나는 그 자리에서 벌떡 일어서며 말했다. "이거 보게! 타로가 살해된 시간이 10시 30분이 아니라고 한다면 타로 쪽 목록에 있는 알리바이는 전부 못쓰게 되네. 사바트의 사망 시각에 대한 알리바이 세 개만이 확실하기 때문에 다섯 명의 용의자가 남게 되는 셈이지."

개비건은 다이얼을 돌리던 도중 동작을 멈췄다.

"이봐요, 너무 앞서 가지 마시오." 그가 항의했다. "우리는……,"

"잠깐 기다려 주시오, 경감." 멀리니가 말했다. "이번엔 잘될 것 같소. 내가 마무리하지, 하트. 첫 번째 살인에 대한 주디의 알리바이도 지운다면 어떻겠나."

"이유를 말해 보게." 나는 고집을 부렸다.

"오늘 아침 여기 오는 길에 나는 주디의 어머니에게 들러서 잡담을 나누었지. 그분은 주디가 새벽 3시 훨씬 전에 침대에서 별 탈 없이 자고 있었다고 맹세했어. 그리고 형사들에게도 똑같은 말을 했소, 경감. 하지만 그녀가 세상에서 가장 논리적인 노부인은 아닙니다. 한밤중에 주디가 자러 간 것을 보았고 다음날 아침 주디를 깨웠습니다. 하지만 주디와 어머니는 각기 다른 방에서 자고 이 노부인은 약간 귀가 어둡소. 주디는 밖에 나갔다가 올 수 있었습니다. 그녀의 알리바이는 쓸모가 없습니다."

멀리니는 잠시 입을 다물었다가 말을 이었다. "그렇다면 남은 사람은 캐비닛 안에서 꽁꽁 묶여 있었던 마담 러푸르트와 어둠 속에서 다른 사람들의 손을 잡고 있었던 워트러스 대령뿐이오. 워트러스 대령의 알리바이도 없어진다면 어떻게 하겠소."

개비건 경감은 조금 더듬거리며 말했다. "이봐요," 그가 주장했다. "우리에겐 두 명의 목격자가 있소. 그리고 이들은 모두 강령술이 행해지던 내내 그자의 손을 꽉 잡고 있었다고 맹세하고 있단 말이오."

"나도 압니다. 기억하겠지만 워트러스는 불을 끈 사람이 자기라고 말했습니다. 어둠 속에서 그의 양쪽에 있던 멤버 두 사람이 워트러스가 아니라 자기들끼리 손을 잡고 있었다고 가정해 보시오. 그것이 영매가 사람들을 속이는 상투적인 방법입니다. 공범이 있다면 더욱 용이합니다만, 없다고 해도 할 수 있습니다. 오래되고 워낙 유명한 수법이라서, 런던 심령협회 총무인 해리 프라이스는 원을 이루고 앉은 사람들마다 전기 장치가 부착된 장갑을 끼게 해서 모두 손을 잡으면 전기가 흐르게 하고, 누구라도 원을 빠져 나가면 경보음이 울리게 하는 자리 배치를 일부러 고안해 낼 정도였습니다. 조명은 외부의 관찰자가 제어합니다. 그 사람은 원과 아무런 접촉도 하지 않고 원과 완전히 차단되어 있습니다."[33☆]

"알았소. 하지만 당신은 마담 러푸르트의 알리바이를 깰 수 없잖소. 나는 그런 것은 전혀 본 적이……,"

"내가 깰 수 없다고 누가 그러던가요?" 멀리니가 씩 웃었다.

개비건은 한숨을 쉬고 주저앉았다. "최고로 신 나는 순간이군!" 그는 사납게 쏘아보며 말했다. "좋소, 교수님. 토끼를 꺼내 보시오. 내 기억으로는, 그 여자는 삼중으로 잠긴 캐비닛 안에서 캔버스 자루 속에 앉아 있었는데, 그 자루의 주둥이가 여자의 목 주위를 감싸고 자루는 그녀가 앉은 의자에 묶였소. 게다가 그 여자는 밧줄로 결박된데다 손목을 묶은 테이프의 끝은 입회인이 쥐고 있었단 말이오. 어쩌면 그 여자가 거기서 빠져나올 수 있었을지

33☆ 『어느 유령 사냥꾼의 고백』, 푸트넘, 1936.

모르지만, 나오는 데 한 시간, 다시 들어가는 데 또 한 시간이 걸릴 거요. 내 말이 틀렸소?"

"대략 59분 30초 틀렸습니다. 마담 러푸르트는 사람들이 캐비닛을 잠그는 동안에 캐비닛 안에서 완전히 자유로운 몸이 되었을 겁니다. 영매가 들어간 캐비닛에는 트릭이 있습니다. 그 때문에 더욱 캐비닛을 사용하는 것이겠지만 입회인들이 자리에 앉을 즈음에는 캐비닛 뒤의 숨겨진 문으로 빠져 나오는 데 30초면 충분했을 겁니다."

"그 자루는 어떻게 된 거요? 물론 찢고 나올 수는 있겠지. 하지만 빠져나갔다는 흔적을 남기지 않고 도로 들어가야 하지 않소."

"아마도 끈이 지나가는 자루 주둥이 이음새 안쪽에 작은 틈이 있었을 거요. 러푸르트는 손가락을 집어넣어 끈을 잡고는 사람들이 자기 목둘레에 단단히 조이기 전에 자루 속으로 어느 정도 당길 수 있었을 것이고 나중에 그녀가 끈을 풀면 자기 목둘레를 단단히 조였던 자루는 느슨하게 되어 쉽게 아래로 떨어졌을 겁니다. 그리고 러푸르트의 손목을 묶은 다음 꿰맨 테이프의 양쪽 끝을 자루에 있는 단춧구멍으로 빼낼 때, 러푸르트는 똑같이 만든 가짜를 밖으로 밀어 내보냈던 겁니다. 앉아 있는 사람들이 쥐고 있던 테이프는 그 끝에 러푸르트를 단단히 묶어둔 것이 아니라, 테이프가 자루에서 쉽게 빠져나가지 않게 장치해 둔 짧은 못 한 쌍에 묶여 있을 뿐이었소."

"그렇지만 러푸르트는 어떻게 자루 밖에서 자신을 의자에 묶은 밧줄을 풀 수 있었을까?" 개비건이 힘없이 의문을 제기했다.

"그럴 필요가 조금도 없었습니다. 그녀의 손은 자유로웠기 때문이오. 러푸르트는 단지 밧줄을 자르는 것만으로 의자에서 풀려날 수 있었습니다. 강령술이 끝났을 때, 러푸르트는 자루 속으로 들어가 캐비닛 안이나 아니면 자기 몸에 숨겨 놓았던 똑같은 밧줄로 몸을 묶고, 느슨하게 해 둔 자루의 끈을 당긴 다음 입회인들이 쥐고 있던 테이프를 놓으면 재빨리 그것을 다시 자루 속으로 끌어당기는 것입니다. 그리고 캐비닛이 열리는 동안 그녀는 끈을 둘둘 말아 숨깁니다. 캐비닛에 자물쇠가 많을수록 더 많은 시간을 버는 거요—오늘 아침에도 그 원리를 한 번 설명했던 것 같은데."

"만약 러푸르트가 호텔을 나와서," 개비건이 물었다. 확신은 사라지고 약해져 있었다. "사바트를 죽일 목적으로 세 블록의 짧은 여행을 했다면, 그 여자가 없는 동안 일어난 영혼의 현시는 누가 한 것이오? 그녀가 불러낸 인도의 영靈인가, 비 내리는 신령, 아니면 그 밖에 다른 존재인가?"

"워트러스가 그곳에서 러푸르트를 대신해서 할 수 있었을 겁니다. 그리고 그 또한 다음 날 저녁 러푸르트를 위해 물을 가지러 사바트의 부엌에 갔을 때 빗장을 걸 수 있었을 겁니다. 이것도 알아차리셨겠지만."

"하지만 왜……, 아, 이런! 이런 난장판은 본 적이 없다고." 개비건의 파란 눈이 반짝거렸지만 불꽃같은 눈빛은 불같이 뜨거웠다. "내가 숨을 한 번 쉴 때마다 이 사건은 전광석화처럼 막을 바꾸고 가짜 수염과 코를 붙이고 나타난단 말이야. 어젯밤에는 이 방에서 나갈 수 있는 네 가지 방법이 있었지만 모든 용의자가 두 살인사건 중에 적어도 한 살인사건에는 알리바이가 있어서 한동안은 좌절했지. 그런데 지금, 네 가지 방법을 모두 지워 버린 후에, 당신은 다섯 번째 방법에 찬물을 끼얹고 나서 모든 알리바이에 구멍을 내 버렸다고! 그게 살인 사건을 해결하는 방법이라고 누가 가르쳐 주기라도 한 거요?" 개비건은 검은 구름에 싸여 마치 원자폭탄이라도 터뜨릴 것처럼 서슬이 퍼랬다. 그리고 고집스럽게 으르렁거리며 말했다. "난 아직도 존스가 한 짓이라고 생각하오."

그림 형사가 기세는 덜했지만 개비건의 말을 앵무새처럼 따라 했다. "저도 그렇습니다."

"그런데 당신은 존스가 저지른 일이 아니라는 것을 증명할 수 없잖소." 개비건은 얼굴을 찌푸리고 경찰 생활 동안 연마해 온 강력한 힐문조로 반박했다. "거기에 하나 더, 하트 당신이 알리바이들 중 몇 가지를 지운 것은 성급했소……. 그리고 당신도 그걸 알고 있소." 그는 굵은 집게손가락을 멀리니에게 쑥 내밀었다. "당신은 어째서 존스를 감싸 주려고 애쓰는 거요?"

"나는 아무도 감싸 주려고 애쓰지 않습니다. 단지 당신이 존스를 유죄로 만들 수 없다는 사실을 알 뿐입니다…… 그리고……,"

멀리니는 개비건을 똑바로 보고 심각하게 말했다. "저 두 남자를 살해한 사람은 경찰이 거친 소리를 하자마자 '항복'을 외치는 유형의 인간이 아니라는 사실도 말이오. 이 일을 너무나 신중하게 그리고 너무나 냉정하게 계획했기 때문에 다소 무섭기까지 합니다. 특히 동기가 무엇인지 또는 그 속에 또 다른 누군가가 포함되었는지를 모르기 때문에 말이오. 그리고 당신에게 물샐틈없을 만큼 촘촘한 논리가 없다면 범인에게 '항복'이라고 외치게 할 수 없을 거요. 그 점을 잊지 마시오."

개비건은 턱을 쑥 내밀었다. "내게 이 사건의 수사 방법을 가르치려는 거요?"

"아닙니다." 멀리니가 말했다. "하지만 당신이 내게 정중하게 물어본다면 그럴지도 모르지."

이 긴장을 깰 수 있기를 희망하며, 나는 질문 하나를 던졌다. "내가 성급했다는 밑도 끝도 없는 이야기는 뭡니까?"

개비건은 여전히 멀리니를 쏘아보며 대답했다. "만약 살인자가 타로가 도착한 직후, 즉 눈이 내리기 전에 나타났다면, 라클레어 부부는 둘 다 알리바이가 성립되오. 이들은 사바트의 아파트에서 라룸바로 가는 경찰차 안에 있었으니까. 그리고 듀발로는 사바트의 아파트에서 우리에게 끈을 이용한 속임수를 설명하고 있었소. 주디의 알리바이는 입증되지 않았고, 워트러스와 러푸르트는 아무런 알리바이도 없소. 칭윙푸와 존스는 자기들이 칭의 아파트에 함께 있었다고 하오. 하지만…… 칭이 거짓말을 하고 있거나 존스가 떠난 시간에 대해 20분이나 그 이상 착각하고 있다면, 우리 용의자 중 한 명이 어떻게 두 개의 살인을 저지를 수 있었는지 설명할 방법이 한 가지 생기는 거지."

"어젯밤 칭은 자신의 공연 후반부에 매우 관객의 반응이 좋은 복화술 프로그램이 있다는 것을 당신에게 알리지 않았습니다. 게다가 지하실 테이블 위에 복화술용 인형이 있는 것을 눈치챘소? 듀발로는 코니아일랜드에서 복화술사로 출발했습니다. 그리고 타로는 그 분야에 일인자였소. 그건 단순히 특별한 유형의 마술일 뿐입니다—청각의 마술이지. 그리고 많은 마술사들이 복화술로 장난치고 다닌단 말이오."

"그래서 뭐요? 존스는 바로 문 밖에 있었던 사람이잖소? 칭이 자기 목소리를 스무 블록 밖에서 던질 수 있다든가 듀발로가 수 킬로미터 밖에서도 던질 수 있다는 소리는 하지 마시오. 그리고 만일 당신이, 타로의 유령이 아스트랄계에서 목소리를 던진 거라고 운을 떼기만 해도……," 개비건은 코웃음을 치고 마음을 결정하더니 확고한 태도로 다시 전화기를 향해 갔다. "존스에게 쓴맛을 보게 해 줄 거요."

"그리고" 멀리니가 빠른 어조로 말했다. "그 이론이라면 사용하지 않은 사다리가 있다는 이해할 수 없는 사실을 어떻게 설명할 수 있소? 그리고 존스는 왜 자기가 죽인 피해자와 16시간 동안 같이 있었는지 설명할 수 있소? 왜 그는 타로의 필적이 있는 듀발로의 명함을 시체 밑에 놓아두고 떠났소? 왜 마담 러푸르트는 그 방 안에 죽은 사람이 있다고 생각했던 걸까? 왜 타로는 지문 찍기를 거부했을까? 왜 그는 듀발로의 집에 왔을까? 왜 그는 변장했으며 왜—아, 내가 전에도 강조했듯이, 왜 그렇게 화려하게 택시에서 사라져야 했을까? 게다가 당신은 존스가 자신의 알리바이를 만들기 위하여 그것이 자신의 직업이라고 누구라도 알고 있는 복화술을 이용할 만큼 바보라고 생각합니까?"

처음 몇 개의 질문은 개비건이 전화기 쪽으로 가는 발걸음을 느려지게 했고, 나머지는 그를 완전히 멈춰서게 만들었다. 멀리니에게 고정된 경감의 눈에 불현듯 흥미로운 불꽃이 일었다.

"당신 말은 뭔가 생각이 있는 것처럼 들리는군. 어디 가슴속에서 꺼내 보시오. 만약 존스가 한 게 아니라면, 우리는 워트러스, 러푸르트 또는 듀발로가 어떻게 그 목소리를 조작할 수 있었는지 설명해야 하오. 그렇게 하더라도, 우리는 출발했던 바로 그 자리로 돌아오게 되는 거요. 그리고 이 방에서 빠져나가는 여섯 번째 방법이 있어야 하오."

멀리니는 미동도 없이 앉은 채, 복화술사 같은 침착한 얼굴로 말했다.

"있습니다."

20

수다스러운 유령

경감은 격한 음성으로 "맙소사!"라고 내뱉고는 안락의자에 힘없이 주저앉았다. 그는 말없이 앉아 있었는데, 마치 적어도 멀리니의 막힘없는 이야기를 방해하지 않는 편이 좋겠다고 결정한 것처럼 보였다. 멀리니는 이런 태도를 감지하고 즉시 이 기회를 적극 이용했다. 그는 의도적으로 또 다시 오행시를 읊었다. 그러나, 시를 너무 매끄럽게 읊는 것을 보고 나는 멀리니가 이전에 만들어 놓고 적당한 때에 대비하여 주의 깊게 숨겨 두었던 게 아닐까 하는 의심이 들었다.

"이 근처에 밀실이 하나 있었네.
의심할 여지없이 매우 단단히 잠겨 있었네.
하지만 비즐이라는 이름의 젊은이가
낭충증에 걸리고 말았지.
그래서 탈출했다네, 그저 문을 부수어서."

개비건은 잠시 활동을 중단한 화산처럼 기다렸다. 멀리니는 의자에 앉았다기보다는 누운 것에 가까운 자세로 긴 다리를 바닥에 늘어뜨렸다.

"그리고 그건," 그가 계속 말했다. "우리의 용의자들 중에 그러한 징후를 나타낸 사람이 없다는 것은 일곱 번째 방법이 있을지도 모른다는 것이오. 하지만 여섯 번째 탈출 방법은 몇 가지 면에서 상당히 매력적입니다. 이것은 불가능한 말소리의 미스터리, 그리고 발자국이 없다는 혼란스러운 퍼즐뿐 아니라 열린 창문과 사용하지 않은 사다리의 성가신 수수께끼까지 설명해 줍니다!"

나머지 사람들은 자세를 바로하고 주의를 집중했다.

"나는 왜 이전에 이 생각이 왓슨에게—아, 그러니까 여기서는 하트에게 떠오르지 않았는지 이해가 안 되는군. 이 기법은 추리소설에서 하도 자주 쓰이는 바람에, 딱 10년 전, S. S. 밴 다인이 어떤 평론에서 클리셰라며 이것을 금지할 것을 제의했소. 그러나 오스카 와일드의 '인생은 예술을 모방한다'라는 잠언은 '범죄는 추리소설을 모방한다'는 말로 귀결될 겁니다. 살인이 처음에 우리가 생각했던 것보다 더 일찍 일어났다고 가정해 봅시다. 조금 전에 당신이 말한 것처럼 타로가 여기 도착한 시간과 눈이 내리기 시작한 시간 사이의 어느 때에 살인이 일어났다고 말이오. 그리고 살인자가 사다리를 이용하지 않고 단순하게 저 문으로 걸어 나갔고, 그림 형사가 나타나기 직전에 집에서 멀리 벗어났다고 칩시다."

"좋소. 그것이 대체로 존스가 한 일이라고 내가 말했던 것이오. 그리고 난 차라리 헤스 박사의 보고서를 받아들이겠소. 그것에 따르면 박사는 사망시각을 10시 35분으로 보는 의견에는 별로 만족스러워하지 않는 것 같소. 그의 말로는, 방의 낮은 온도, 근육이 잘 발달된 타로의 몸, 그리고 죽음이 질식에 의한 것이라는 사실 모두가 사후경직이 일찍 나타나기 쉬운 조건이긴 했지만, 박사가 예상

296

했던 것보다 경직이 더 완전하게 나타났고, 시체의 체온이 훨씬 더 떨어져 있었다는 거요. 계속하시오."

멀리니는 미소 지었다. 그의 검은 눈이 반짝거렸다.

"다음은 사용하지 않은 사다리 문제입니다. 이것은 살인 계획에서 어떤 의도가 있었습니다. 매우 확고한 것이었지만 우연히 뒤틀려 버렸고, 거기서 우리가 어려움에 빠진 겁니다. 사다리가 거기에 있었던 것은 범인이 이 방에서 탈출하기 위해서가 아니라 저 사다리가 없다면 범인이 방에서 탈출하는 것이 불가능하게 보이는 상황을 만들어 일단 경찰을 속이기 위해 놓아둔 것입니다. 우리는 살인자가 창문으로 나갔다고 생각하기로 되어 있었던 거요. 그러나 이렇게 주의 깊게 배치된……,"

"하지만," 그림 형사가 반박했다. "살인자가 그 사다리를 타고 내려간 것처럼 보이지는 않았습니다. 눈이 증명하고 있습니다. 분명 누구도……,"

"방금 말하려던 것처럼," 멀리니가 말을 끊었다. "이렇게 주의 깊게 배치된 속임수는 빛을 보지 못했습니다. 기상청이 살인자를 배신했던 겁니다. 기상청의 수수께끼 같은 월요일 일기예보가 눈을 언급하지 않았을 때 말이오. 눈 때문에 모처럼 생각해 두었던 사다리도 소용이 없게 된 것이오. 그리고 우리가 사다리를 하나의 인자로서 우리 공식에 대입하려고 애쓰면서 스스로 곤경에 빠진 겁니다. 우리는 무의식적으로 피하기를 바라던 매우 불가능한 상황과 정면으로 충돌하고 말았습니다. 그자는 눈이 내려서 조금은 마음을 졸였을 거요."

"나보고 말하라고 한다면 그자는 이제부터 더욱 마음을 졸이지 않으면 안 돼." 개비건은 험악한 목소리로 말했다. "하지만 왜 피해야 할 모든 문제가 우리에게 불가능성을 제공하는 걸까? 범인의 다른 행동과는 좀 모순이 되는 것 같은데."

"만약 눈이 오지 않았더라면?" 멀리니가 대답했다. "그럼 형사는 말소리를 듣고 문을 부수고 들어가서 그 광경을 발견했을 거요. 모든 이가 살인범이 창문으로 나갔다고 여겼을 것이고 아무도 범행이 더 일찍 저질러졌을 거라고 의심하지 않았을 거요."

"그러면 말소리는?"

멀리니는 그림 형사를 쳐다보았다.

"그건 이미 이야기됐잖소." 그가 말했다. "이 방은 귀신이 들렸다고."

개비건은 체념의 한숨을 쉬었지만 그의 눈에는 희망이 보였다.

"그 가설은 검토해 볼 가치가 있소. 그림 형사와 존스의 패거리들이 유령의 목소리를 어쨌든 들은 거니까 말이오." 멀리니는 자신의 담배에서 연기가 피어올라 머리 주위에 퍼져 있던 푸르스름한 엷은 연기와 뒤섞이는 모습을 응시했다. 그는 재빨리 우리를 쳐다보더니 말을 이었다. 입가에 보일 듯 말 듯한 미소가 떠올랐다. "유령의 목소리가 아니라…… 목소리의 유령이오. 유령의 음파, 이계의 대화이지. 하트, 자네를 위한 추리소설의 장 제목이 되겠군. '수다스러운 유령', 아니 그거보다 '요정은 말한다', '폴터가이스트의 수다'가 괜찮겠군. 조금 진부할지도 모르지만, 그리고……"

눈을 감고 의자에 등을 기대고 있던 개비건은 불편한 듯 꿈틀거리더니 말로이 형사에게 말했다.

"누구 좀 본부에 보내서 고무호스를 갖고 오도록 하게. 저 사람이 의미 있는 말을 하도록 손 좀 봐 줘야겠어."

"하지만, 경감," 멀리니가 항의했다. "상상력을 동원해 보시오. 만약 살인자가 방 안에 없었다면, 그리고 그림 형사가 말소리를 들었을 때 타로가 이미 죽어 있었다면……, 그리고 잠시 복화술을 고려하지 않는다면—자, 말소리를 꾸며낼 다른 방법으로 무엇이 있겠소?"

그때 내 머리를 스치는 생각이 있어 그것을 입 밖에 내었다. "알았네." 내가 말했다. "녹음기라는 고색창연한 방법이지. 적절한 순간에 작동이 되도록 예약해 놓은 거야. 이것이 빠진 추리소설은 제대로 된 것이라 할 수 없지. 하지만, 젠장, 그 장소가……,"

경감이 몸을 벌떡 일으켜 세우더니 자기도 모르게 외쳤다. "맞아. 내가 모르는 것이 얼마간 있지만, 하지만…… 하지만…… 말로이! 그림! 자네들이 할 일이군. 이곳을 나누어서 그런 말소리를 냈을 만한 장치를 찾아보게."

그림 형사는 자신 없는 양 주변을 둘러보며 이맛살을 찌푸렸다. 말로이 형사는 천천히 주머니에서 손을 꺼내더니 코트를 벗기 시작했다.

개비건은 멀리니를 살펴보다가 다소 애석한 듯 덧붙였다.

"그건 대단히 많은 것을 설명해 주는 것 같소만, 그 설명이 싸구려 소설가의 시시한 몽상처럼 들리지 않았으면 정말로 좋았을 거요. 정말로 탐정소설을 너무 많이 읽은 것은 아니오?"

"달리 무슨 선택의 여지가 있습니까, 경감? 허공을 떠다니는 살인자? 그건 훨씬 억지스러운 견해잖소. 추리소설 애호가조차도 그런 것은 참지 못할 겁니다. 아마 우편으로 독이 든 초콜릿을 작가에게 보내겠지. 아무튼, 내가 추리소설을 너무 많이 읽었다고 해서 그게 어떻다는 겁니까? 아마 살인자도 마찬가지일 텐데."

"이 녹음기 이야기는 지나치게 잘 맞아 떨어지는데. 어디 있는지 알고 있군. 자, 어서 털어놓아요."

"진심으로 알고 있으면 좋겠소. 전혀 모릅니다. 하지만 그림 형사와 말로이 형사는 찾을 수 있겠지……, 그 시계는 맞는 거요?"

그는 그림 형사가 폭발물이라도 되는 것처럼 신중하게 조사하고 있는 시계를 가리켰다. 그림 형사는 수염이 없었지만 마치 수염이라도 씹는 것처럼 웅얼거리며 말했다. "어느 정도 시간을 맞출 필요는 있습니다만, 잘 가는 것 같군요."

시계 바늘이 11시 50분을 가리키고 있었다.

"자, 경감," 멀리니는 일어나 코트에 손을 뻗으며 말했다. "그만 하고 점심 먹으러 갑시다. 뭔가 이상하다고 생각했는데 배가 고픈 거였군. 49번가에 정말 맛있는 바이킹식 뷔페식당이 있소."

"아니, 안 돼. 친애하는 뺀질이 양반." 개비건이 강경하게 말했다. "다 같이 그 녹음기를 찾읍시다."

"행운을 빕니다." 멀리니가 말했다. 그는 내 모자를 집어 들어 내게 던져 주었다. "가자고, 하트. 식사하는 동안 내가 자네 알리바이 리스트에 대해 떠오른 생각 몇 가지를 설명해 주겠네."

그는 문을 향해 걸어가기 시작했다.

"이봐요, 잠깐 기다리시오. 당신이 굳이 수사가 한창 진행되는 도중에 교향곡 연주회에 가거나 난초에 물을 주러 가는 저 아마추어 탐정들처럼 굴어야겠다면……, 말로이!" 개비건이 항의했다.

둘은 무언가 서둘러 이야기를 주고받았고 개비건은 우리를 따라 나섰다.

"마지막에 당신이 한 비아냥 말이오, 경감." 멀리니가 못마땅하다는 듯이 말했다. "지금껏 당신이 나에게 한 말 중에 가장 몰인정한 말이었소. 나는 아마추어 범죄학자가 아니라 프로 마술사일 뿐이오."

"당신은 그쪽이 더 바람직한 직업이라고 생각하는구먼." 개비건은 코트를 입으며 코웃음 쳤다.

복도로 나오자 멀리니는 다시 말로이 형사를 불렀다. "그 녹음기 말인데, 이 복도도 찾아보는 편이 좋을 거요."

경감은 멀리니가 머리 두 개 달린 송아지라도 되는 양 쳐다보더니 더듬거리며 말했다. "당신은…… 당신은 설마…… 복화술의 목소리를 녹음한 녹음기를 말하는 것은 아니겠지?"

"그게 뭐가 잘못됐소? 더 정신 나간 이야기도 읽어 봤는데."

"당신이 어떤 종류의 잡글을 읽는지 알겠군!" 경감은 문을 박차고 나갔다. 그리고 계단을 내려갈 때마다 투덜거렸다.

"내 성미에 맞는 사립탐정은 역시 귀머거리에 벙어리야."

경감의 차는 멀리니가 말한 49번가의 레스토랑 앞에 멈춰섰고 우리는 차에서 내렸다.

멀리니가 가리켰다. "보시오, 경감. 타로의 호텔이 바로 아래 있습니다. 함께 올라가서 그의 방을 한번 살펴보겠다면 15분 정도는 극심한 허기를 참을 수 있을 겁니다."

"바이킹식 뷔페식당이라니, 세상에!" 개비건이 말했다. "이 레스토랑을 고른 이유가 그거였군. 좋소. 어서 갑시다. 내가 하고 싶었던 일이오."

아파트는 거실, 침실, 욕실로 구성되어 있었다. 이곳도 허다한 여느 호텔 아파트와 다르지 않았다. 타로의 개성이 방에 드러나 있었으나 그다지 많이 느껴지지는 않았다. 그럼에도 불구하고 그의 직업이 어느 정도는 분명하게 드러났다. 최소한 한 다스는 되는 트럼프 세트가 여기저기 흩어져 있었고 한 테이블에는 몇 세트가 무질서하게 쌓여 있었다. 천장에 붙어 있는 하트 퀸 한 장이 그 기묘한 위치에서 눈을 크게 뜨고 우리를 내려다보고 있었다.

개비건이 그 카드에 눈길을 던지고 얼굴을 찌푸리자 멀리니가 설명했다.

"저것은 트릭의 일종으로, 선택한 카드를 다시 카드 뭉치 속에 섞은 다음 천장에 카드 세트를 던집니다. 카드들이 소나기처럼 쏟아져 내리지만 선택한 카드는 저기 붙어 있는 거요. 언젠가 내가 보여 드리지."

붉은색과 초록색의 실크 손수건 몇 장과, 고리 연결하기 마술 세트에서 나온 두세 개의 쇠고리들이 의자에 놓여 있었다. 침실 문 근처의 바닥에 예복용 넥타이가 눈에 띄었다. 그리고 침실에서 바닥과 침대 위에 흩어져 있는 예복들을 발견했다. 외알안경은 화장대 위에 놓여 있었다.

"모든 물건이 발견된 그대로 보존되어 있소." 개비건 경감이 설명했다.

내가 주의 깊게 지켜보는 가운데, 개비건과 멀리니는 골무 찾기 놀이라도 하는 것처럼 냄새를 맡으며 돌아다녔다. 경감은 거실에 있는 책상의 내용물을 조사하기 시작했다. 멀리니의 조사는 뚜렷한 목적이 없어 보였지만, 그의 기민한 눈은 탐색과 음미의 화살을 여기저기 쏘아대고 있었다. 마지막으로 그가 천천히 욕실로 가기에 나도 따라갔다. 화장품이 묻은 타월이 바닥에 떨어져 있었다. 멀리니는 그것을 열심히 들여다보더니 약품을 보관하는 캐비닛 쪽으로 가서 그것을 열어 보았다. 그는 내용물을 간단히 살펴보고는 문을 닫다가 문득 멈췄다.

"이거 이상하군." 멀리니는 잠시 더 둘러보다가 세면대의 선반을 조사했다. 거기에는 비누와 뚜껑 없는 치약 튜브가 있었다. 그는 무릎을 꿇고 철저하게 바닥을 살펴보더니 몸을 일으켰다. 그의 미간에 주름이 잡혔다. 그리고 조용히 몸을 돌려 나갔다.

나는 캐비닛을 열고 직접 살펴보았다. 내용물은 면도용 솔, 면도 크림, 안전면도기, 면도날 상자, 여기저기 널려 있는 사용한 면도날, 아스피린 상자, 샴푸, 구강청결제, 피부 연고, 살색 테이프, 소독약, 콜드크림, 끝이 뭉툭해진 연필 모양의 지혈제, 캐비닛 문 안쪽의 홀더에 든 칫솔이었다.

나는 이 물건들 속에서 특별히 이상한 것을 보지 못했다. 콜드크림을 제외하면 모두 집에 있는 내 캐비닛에도 있는 것이었다.

멀리니를 쫓아가 보니 그는 침실에서 타로의 옷장 서랍을 분주히 뒤지고 있었다. 멀리니가 찾는 것이 무엇이든 간에, 나는 그의 표정에서 별로 성과가 없다는 사실을 알았다. 그가 막 조사를 끝내고 생각에 잠겨 거울 속의 자기 모습을 노려보고 있을 때, 다른 방에서 개비건이 놀라 코웃음을 치는 소리가 선명하게 들려왔다.

"이것 좀 들어 보시오." 우리가 들어가자 개비건이 말했다. 그는 통장을 들고 읽었다. "1935년 5월 27일 5만 달러."

"흐음," 멀리니가 말했다. "사바트가 5만 달러를 예금한 날 타로가 5만 달러를 인출했다……."

"아니오," 개비건이 흥분한 목소리로 말했다. "그는 인출하지 않았소. 이것은 입금한 것이오."

"뭐라고요!"

"들었잖소. 뉴욕에 사는 두 사람이 같은 날 똑같이 5만 달러를 자기 계좌에 입금한다는 일이 있을 수는 있겠지. 하지만 이 입금도 현금으로 한 것이라면……,"

"우연의 일치일 가능성은 별로 없는 거지." 멀리니가 말을 받았다.

"그리고, 이것은 협박일 가능성이 높소." 개비건이 덧붙였다.

"분명합니다." 멀리니가 말했다. "하지만 이것이 살인사건과 어떻게 연결되는 거지? 용의자 중 어느 누구도 한 명이나 두 명의 협박자에게 10만 달러를 지불할 수 있는 사람은 없소. 워트러스가 분명 가장 부유하겠지만 그 정도 액수라면 틀림없이 파산하고 말 겁니다. 다른 사람들은 어떻습니까? 타로는 사바트처럼 빈털터리는 아니었소, 안 그렇습니까? 『버라이어티』지에 따르면 그는 라디오 연기와 원고료, 레인보룸 출연료로 최근에는 일주일에 1천 달러 가까이 벌어들이고 있었답니다."

"아니오. 그는 상당히 잘 살고 있었지만 생각만큼은 아니었소. 주식으로 상당히 손해를 보고 있는 것이 확실하오. 증권업자인 니어림 앤드 벨딩 측에 상당한 금액의 수표를 발행하고 있는데 몇 천 달러는 여전히 더 지불해야 할 형편이오."

경감은 전화기를 집어 들고 다이얼을 돌렸다. 사바트의 전화번호였다. 그는 기다리는 동안 흥미로운 듯 통장의 페이지를 펄럭거리며 넘겨보았다.

"파커, 개비건일세. 그 5만 달러에 대해 알아보았나? ……음, 계속 조사하게. 시간이 지날수록 더 해괴해지고 있어…… 뭐라고? 누가 수령인이라고? 요제브 버네크의 부인이라고! 대체 그 여자는 누구야?"

개비건은 듣고 있었는데, 그의 태도로 보아 파커 형사는 게으름을 피우지 않았던 모양이다. 마침내 경감은 파커에게 본부에 보고해서 그 일을 조사하도록 하라고 말했다. 그런 다음 전화를 끊고 말했다.

"당신들 요제브 버네크와 그 부인에 대해 들어 본 적 있소?"

멀리니는 고개를 저었다. "모릅니다. 파커 형사가 뭘 찾아낸 겁니까, 유언장이오?"

"7만5천 달러짜리 생명보험 증서요. 그리고 파커의 말에 의하면, 요제브 버네크라고 쓴 필적이 사바트의 필적과 동일하다고 하오. 이것에 대해 어떻게 생각하시오?"

"그것이 어째서 사바트가 사라진 10년 동안 아무도 그의 소식을 듣지 못했는지에 대한 이유일 것 같소."

"정확하오. 그리고 우리가 버네크 부인이 어디 있는지 알아내면, 아마 동기라는 측면에서 뭔가 얻게 될 거요."

개비건은 수표와 통장들을 챙겼고 우리는 아파트를 떠났다. 엘리베이터에서 그가 물었다.

"그런데 당신은 찾고 있던 것을 발견했소, 멀리니?"

"아니요," 멀리니가 엘리베이터 기사의 뒷덜미를 노려보며 대답했다. "게다가 더 나쁜 것은, 찾고 있지 않던 것도 발견되지 않았다는 것입니다."

"알았소, 탐정 선생." 개비건이 말했다. "하지만 당신이 난해하게 굴려고 애쓰는 동안은 당신이 아마추어 탐정이 아니라는 확신을 내게 들게 할 수 없을 거요."

"난해하게 굴려고 애쓴다고?" 멀리니가 말했다. "이 사건은 난해합니다. 하도 난해해서 나는 오직 하나의 설명밖에 생각할 수 없습니다. 그런데 그것이 대단히 비현실적입니다."

"나도 그렇게 생각하오. 만약 당신이 그게 비현실적이라고 생각한다면, 틀림없이 그럴 테지. 뭐, 두고 봅시다."

21

막다른 골목

위대한 탐정들이 까다로운 식도락가라는 것은 정평이 난 사실이다. 멀리니가 테이블에 놓인 뷔페 음식을 고를 때, 그는 그 전통을 완전히 깨 버렸다. 일단 가장 가까운 테이블부터 시작하여 왼쪽으로 이동해 가며 로봇 같은 감식안으로 닥치는 대로 전채 요리를 접시에 담았다. 개비건 경감도 마찬가지였는데, 멀리니의 반대 방향으로 도는 경로를 택했다는 점에서만 그와 다를 뿐이었다.

두 사람은 수북한 접시를 테이블로 날라 와서는 생각에 잠겨 멍하니 음식을 깨작거리기 시작했다. 이윽고 개비건은 먹는 척하는 일마저 포기하고는 포크로 테이블 보 위에 네모와 원들이 복잡하게 서로 맞물려 있는 그림을 그리기 시작했다. 잠시 후, 그는 다른 사람보다 자기 자신에게 들려주듯 말했다.

"만약 우리가 말하는 기계를 발견한다면," 그는 생각에 잠겨 혼잣말을 했다. "존스는 혐의에서 벗어날 것 같군. 그자는 당연히 그 물건이 소리 내기 시작할 때 그 문 앞에 있기보다는 어딘가 다른 곳에 있으려고 했을 테니까. 그렇지만, 듀발로를 제외하면 그런 장치를 할 기회가 있던 사람은 존스뿐인데. 그자는 그곳에 몇 주 동안 살았고 집 열쇠도 갖고 있었으니. 물론, 다른 사람들 중에서도 복제품을 만들었을 수……."

그는 지나가던 웨이터를 붙들었다. "전화가 어디 있소?"

개비건이 서둘러 자리를 뜨자, 멀리니는 생각에 잠겨 카드로 집 짓기를 할 때처럼 각설탕으로 탑을 쌓기 시작했다. 그 탑은 5층까지 올라갔다가 경감이 돌아와서는 짜증을 내며 자리에 앉는 바람에 무너졌다.

"방금 말로이에게 듀발로 집의 현관 자물쇠를 조사하게 했소." 개비건이 말했다. "말로이가 파라핀의 흔적을 발견했소." 그는 자기 물컵을 노려보았다. "누군가 흰 종이에 파라핀을 묻혀 열쇠구멍에 넣고 돌려서 자물쇠의 구조를 알아냈소. 그 접촉 부분에 남은 흔적으로 거기에 맞는 모양으로 열쇠를 만든 것이오."

멀리니는 마치 자신의 생각을 바로잡으려는 듯 가볍게 머리를 흔들었다. "지금 그 이야기는 확실히 참고가 되는군."

"달리 말하자면, 당신은 이것이 무엇을 의미하는지 도대체가 알 수 없다는 거로군. 나 역시 그렇소. 이것으로 제외할 수 있는 용의자는 한 사람도 나오지 않소. 어쩌면 듀발로와 존스는 뺄 수 있겠지. 열쇠를 갖고 있는데 굳이 만들 필요가 없을 테니."

"그리고 우리의 친구 수르가트도. 수르가트라면 그것을 만들 필요도 없을 테니까."

"멀리니, 당신은 이 사람들을 알잖소. 이들 중 누구에게 두 살인사건의 동기가 있을 것 같소?" 개비건 경감이 생각에 잠겨 질문을 던졌다.

"글쎄, 존스와 마담 러푸르트는 사바트를 모른다고 했고, 워트러스 대령과 마담 러푸르트는 이전에 타로를 만난 적이 없다고 했습니다. 그 밖의 사람들 중에서는, 라클레어 부부만이 사바트를 죽일 만한 뚜렷한 동기가 있습니다. 젤마의 성생활에 대해서는 자세히 모르니 타로도 그 속에 얽혀 있었는지는 모르지만 가능성이 없다고는 말할 수 없을 거요."

"타로는" 개비건이 말했다. "뒤발로에게 앙심을 품은 것처럼 행동했소. 그리고 그게 사실이라면 그 반대의 경우도 가능하겠지. 칭은 사바트를 다른 사람들보다 잘 알고 지냈고 따라서 동기를 가질 만한 기회도 그만큼 많았을지도 모르지. 주디는……,"

"주디는?" 멀리니가 독려했다.

"글쎄, 거기에도 배후에 남녀관계가 머리를 쳐들 수 있지. 사바트가 음흉한 행동을 했을지도 모르오. 게다가 주디는 타로와 함께 일했으니까 ……음, 그렇다면 타로가……,"

"음탕한 생각을 하시는군. 그녀가 마약 밀매 조직의 아리따운 리더이기 때문에 사바트가 협박한 걸지도 모르고, 칭은 발루치스탄의 비밀 요원으로 그린란드의 최고사령부에게서 조립식 잠수함 설계도를 훔쳐내려고 한 걸지도 모르오. 타로가 그 설계도를 사바트에게서 빼앗아서 팬티 안감에 꿰매어 갖고 있었던 것이지. 자, 이야기를 계속해 주시오."

"이봐," 나는 확실히 해 두고 싶었다. "이 황당한 이야기는 누가 쓰고 있는 거야, 오펜하임영국의 소설가. 스파이 소설로 유명인가?"

개비건이 말했다. "이 사람은 동기에 대한 토론이 도움이 될 거라고 생각하지 않는 거요. 지금과 같은 방식으로는 그럴 테지."

"밥 먹는데 꼭 살인 이야기를 해야 하오?" 멀리니는 그렇게 말하며 연필을 꺼내 테이블보에다가 기하학적인 도형을 그리기 시작했다. 개비건이 무의미하게 그린 교차선들보다 아주 약간 더 이성적으로 보일 뿐이었다. 수프를 가지고 온 스웨덴 웨이터가 멀리니의 제도 솜씨가 발휘된 작품에 차가운 눈길을 던지자 그는 나쁜 짓을 하다가 걸린 것처럼 흠칫 놀랐다. 멀리니는 이 곤란한 상황을 모면하기 위하여 롤빵 하나를 집더니 가운데를 가르고 빵 한가운데에서 반짝이는 50센트 동전을 꺼내 보였다. 웨이터는 도무지 모르겠다는 얼굴을 하고 멀리니가 다시 롤빵에 손을 뻗치자 물러갔다. 나는 그 동전을 본 적이 있었다.

현실적인 개비건 경감은 멀리니의 작은 마법이 일으키는 불안한 효과를 좋아하지 않았으므로, 그는 이 일을 못 본 척하고 스푼으로 그림을 가렸다.

"그 그림은 뭐요? 그 X표는 우리가 녹음기를 찾아낼 지점이오?"

그 도안은 다음과 같은 모양이었다.

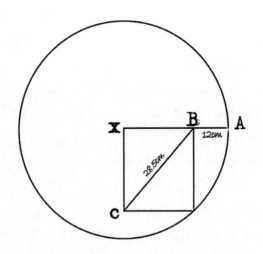

"X는," 멀리니가 설명했다. "원의 중심입니다. BC의 길이는 28.5센티미터이고 BA는 12센티미터요. 원의 지름은 얼마겠소? 계산은 필요 없습니다. 일반적인 상식에 불과합니다. 정확히 1분 주겠소."

멀리니가 자신의 시계를 힐끗 봄으로써 심리적 압박감을 주고는 수프를 먹기 시작했다.

나는 그림을 들여다다보다가 틀린 셈 치고 말해 보았다.

"직각삼각형의 빗변의 제곱은 다른 두 변의 제곱의 합과 같으니까……,"

"바로 그거요." 개비건이 말했다. "28.5센티미터의 제곱 빼기…… 어……," 그는 발목이 잡혔다. "아냐. 변 하나와 각 하나만 주어진 삼각형으로 문제를 풀 수 없어. XB의 길이를 알아내기 위해서는 XC의 길이를 알고 있어야 하오."

"이 경우에는 필요 없소." 멀리니가 씩 웃었다.

경감은 그림을 뚫어져라 보았고 나는 그를 도왔으나 성과가 없었다. 결국 멀리니가 말했다.

"시간 됐습니다. 두 사람 다 교실 뒤로 가서 손들고 서 있어요. 미스디렉션_{마술 용어로 상대의 주의를 다른 곳으로 돌리게 하는 것}이 또 승리하는군. 이것은 내가 좋아하는 난제요. 미스디렉션을 그림으로 보여주는 완벽한 예니까 말이오. 답은 내내 두 사람 바로 앞에 있었습니다. 나는 지름을 알아내도록 요구하면서 두 사람에게 반지름을 알려주었습니다. 당신들은 2를 곱할 줄 알잖소, 아니오?"

"우리한테 반지름을 알려주었……," 내가 말을 꺼낸 순간 두 사람 모두 알아차렸다.

멀리니가 이어서 말했다. "직사각형의 두 대각선은 길이가 같다는 건 누구나 압니다. 그런데 난 그 가운데 하나의 길이가 28.5 센티미터라고 알려줬소. 나머지 대각선은 도면에 그리지 않았지만 그 그리지 않은 대각선이 반지름이오. 28.5에 2를 곱하면 57이지. Q. E. D증명 종료. 답이 코앞에 있는데도 보지 못한 것은, 불필요한 12센티미터가 당신들의 주의를 깨끗하게 흐트러뜨리는 바람에 두 사람의 추론을 막다른 골목으로 인도하여 결국 오도 가도 못 하게 만들었기 때문이오. 손수건과 시계를 사라지게 만드는 것도 같은 방식이지. 청중의 주의를 오른손으로 돌려놓으면 청중은 왼손에서 이루어지는 음흉한 조작을 전혀 보지 못하고……"

"그것이 우리의 살인범이 사라진 방식이라 이 말씀이로군." 개비건이 빈정거렸다.

"물론이오, 그렇지 않을 이유가 있소? 맞닥뜨린 일이 불가능하게 느껴진다면, 그건 단지 그릇된 관찰을 했거나 논리 어딘가에 문제가 있었다는 것을 뜻할 뿐입니다―아니면 물리학이 엉망진창이 되어 수르가트와 지옥의 친구들이 실제로 존재한다는 뜻이오. 그런데 그릇된 관찰의 경우를 생각해 보시오. 이것은 더욱 중요한 일입니다. 모두가 흠잡을 데 없는 논리학자들인 청중이라도 그들이 보는 것이 적절한 미스디렉션으로 유도된다면 속아 넘어갈 수 있습니다. 개비건 경감과 하트와 원의 지름에 관한 퍼즐이 좋은 예이지 않습니까. 그때 미스디렉션은 속임수의 첫 번째 기본 원리가 됩니다. 다른 두 가지는―이것은 마술사, 범죄자, 그리고 추리소설 작가 같은 사람들이 사용하는데― 모방과 은폐입니다. 이런 원리들이 어떻게 작용하는지 이해한다면 어떤 트릭, 범죄, 추리소설이든 해결할 수 있습니다. 필요한 것은 단지……,"

"주의하시오, 멀리니." 개비건이 경고했다. "그러지 않으면 대단히 크고 복잡한 추론을 제시해서 그 이야기를 뒷받침해야 할 테니까. 그리고 만약 당신이 그것을 못 한다면……,"

"그것은 방법상의 실패는 아닐 겁니다. 내가 그 방법을 적절하게 적용하지 않은 탓일 테니까 말이오. 그것이 바로 문제입니다. 이 사건에 대해서는 괜찮은 추론들이 넘쳐나지만, 모두 양립하지 않는단 말이오."

"그건 나도 알고 있었소." 개비건 경감이 신랄하게 말했다. "식사하는 동안에는 살인사건에 대해 토론하고 싶지 않다고 한 것 같은데."

멀리니는 이제 차갑게 식은 자신의 수프를 슬픈 표정으로 내려다보았다. "나는 식사하고 있었던 것 같지도 않고, 게다가 살인사건에 대해 이야기하고 있던 것도 아니오. 참으로 이해력 떨어지는 한 경감에게 속임수의 원리를 설명하고 있었소."

"당신들 두 사람, 사이좋게 지내요." 내가 끼어들었다. "만약 내가 이 사건에 대해 글을 쓰게 된다면 경찰과 민간인 간에 약간은 협조가 있어야 하거든요."

"그 말은 이해할 수 없군, 로스." 멀리니가 말했다. "난 아마추어 탐정과 경찰국장은 늘 서로 으르렁거린다고 생각했는데."

"참신함이 있으면 좋잖나. 게다가 조금만 협력하면 살인자를 잡을 수 있을지도 모르고."

"아, 알겠네." 멀리니가 미소 지었다. "이 친구는 우리가 마지막 장을 멋지게 제공해 주지 못할까 봐 걱정이 되는 거로군. 아무튼, 자네가 이 사건을 현재까지 기록해 왔고 현실에서 아무 도움도 얻지 못한 채 글을 마무리하고 있다고 가정해 보자고. 그럼, 다음에는 무슨 일이 일어날까?'

"그건 간단하지." 내가 말했다. "이 장에서는 경찰과 탐정이 낡은 술집에 모여 맥주를 들이키며 독자들을 헷갈리게 만들 목적으로 신중하게 만들어 낸 계획을 맞추어 보는 거지. 바로 그때, 명탐정이 자기 이마를 찰싹 때리며 '유레카!' 라고 외치면 그 장은 끝나네—또 다른 살인사건이 일어나면서!"

개비건은 거의 숨이 막힐 뻔했다.

멀리니는 낄낄 웃으며 말했다. "코난 도일의 방식으로 가겠다면, 그렇게 해 보자고. 자네의 알리바이 리스트를 꺼내 보게."

"누가 이 리스트를 어떻게 해 주었으면 좋겠네. 아주 골치 아프거든." 나는 종이를 꺼내 테이블 위에 올려놓았다.

멀리니는 손가락으로 종이를 톡톡 두드렸다. "녹음장치 트릭이 설명해 주는 바가 상당히 많으니 거기서부터 시작하지. 이것으로 분명히 살인자의 행동에 대해 새로운 시간을 설정해야 한다는 사실에는 우리 모두 동의했습니다. 타로는 그가 도착할 수 있는 가장 이른 시각인 9시 55분과 눈이 내리기 시작한 10시 정각 아니면 그 후 몇 분 내에 살해된 게 틀림없습니다."

멀리니는 말을 멈추고 열심히 목록을 훑어보았다.

"계속하시오." 개비건이 말했다.

"1번. 워트러스. 현재는 알리바이가 전혀 없는 것으로 기록됐습니다. 이 때문에 그는 확실히 제외해도 좋소."

"아, 그렇겠지." 개비건은 빈정거리며 동의를 표했다. "알리바이가 전혀 없다, 그러니 그는 제외해야 한다. 멀리니, 터무니없는 소리는 제발 그만 해 주겠소?"

"터무니없다? 살인자가 녹음장치를 조작했다는 것은 10시 35분의 알리바이를 만들기 위한 것이었소. 아니오? 그리고 워트러스가 그 시간에 알리바이가 없다면……,"

"알리바이가 없다, 고로 알리바이는 존재한다. 여러분, 선생님을 잘 보세요. 소매 안에는 아무것도 없습니다. 팔과, 오리 두 마리와 그리고……,"

"그리고 G. K. 체스터튼 외에는." 나는 개비건 경감의 말을 마무리했다.

"하지만," 멀리니가 진지하게 말했다. "그게 뭐가 잘못됐다는 겁니까?"

"별로." 경감이 말했다. "그저 돌고 도는 회전목마는 언제나 날 어지럽게 만들었다는 것뿐이지. 그래서 당신은 러푸르트와 미스 바클레이도 같은 경우라고 말하고 싶은 거요?"

"그럴 작정이었소."

"그렇게 되면 우리에게는 10시 35분에 알리바이를 가진 용의자로 라클레어 부부, 듀발로, 존스, 칭이 남소. 10시에 라클레어 부부는 경찰차를 타고 라룸바로 가는 중이었소. 듀발로는 사바트의 아파트에서 우리의 질문을 받고 있었소. 존스와 칭은 자기들이 칭의 집에 함께 있었다고 하오. 모두들 알리바이가 완벽하단 말이오!"

"그것보다 상황이 더 고약합니다." 멀리니는 담담하게 말했다. "마담 러푸르트는 사바트 박사의 살해에 대해서도 알리바이가 있습니다. 왜냐하면, 강령술 모임에서 결박을 풀고 빠져나왔을

지도 모르지만 소파 아래에 숨어 있지도 않았고, 빗장을 걸 기회도 없었으니까 말이오."

"그리고," 나는 용의자들을 두세 명씩 체크하며 흥분해서 지껄였다. "듀발로, 존스, 칭, 주디는 그곳에 없었기 때문에 빗장을 걸 수 없었네. 그리고 알프레드는 그곳에 있었지만, 부엌에 가지 않았어. 그렇게 되면 사바트의 살해에 유일하게 가능성 있는 용의자로 워트러스 대령과 젤마가 남아. 이들 중 한 명은 빗장을 걸 수 있기 때문이지. 하지만 타로의 란에 적힌 사람들은 모조리 제외된단 말이야."

근거 있는 알리바이에 네모를 치자 목록은 이제 정말로 가공할 만한 모습이 되었다. 나는 이것을 테이블 가운데에 놓았다.

용의자	알리바이	
	사바트 살해 오전 2:30-3:00	타로 살해 오후 9:55~10:00
워트러스	강령술 모임?	알리바이 없음
러푸르트	빗장을걸거나 소파 밑에있을수없었음	알리바이 없음
알프레드	위와 같음	경찰차 안
젤마	사건 현장	경찰차 안
듀발로	빗장이나 소파 불가	사바트의집
존스	위와 같음	칭과 함께
주디 바클레이	위와 같음	알리바이 없음
칭웡푸	위와 같음	존스와 함께

경감은 불쾌한 듯이 목록을 살펴보았다. 그러고 나서 멀리니를 쳐다보았다.

"너무 많이 제외한 것 아니오?"

멀리니는 목록을 집어 들고 뚫어져라 노려보았다. 하지만 번득이는 눈빛은 굳이 숨기려 들지 않았다.

"그런 것 같소. 생각해 보니." 그가 말했다.

"우리를 여기까지 끌고 온 것은 당신의 그 싸구려 소설 같은 녹음기 이론이었소. 그것은 발자국이 없는 것과 사다리의 존재를 설명해 주는 것처럼 보일지 모르지만, 한편으로 아무도 살인을 저지를 수 없는 시각에 살인이 행해졌다면 안 될 말이오. 난 그런 것은 원하지 않소. 그리고—맙소사!— 어째서 전에는 이걸 생각 못 했지? 도대체 어떻게 범인은, 그림과 존스가, 또는 누구든, 녹음기가 소리를 낸 시각에 그 현장에 나타날 것을 알았을까?"

"하지만 그건 정말 마음에 드는 이론이었소." 멀리니는 유감스럽다는 듯이 말했다. "많은 것을 설명해 주었으니 말이오."

"잠깐, 경감님!" 나는 불쑥 항의했다. "두 사람 모두 녹음기 가설을 포기하려고 한다면—그것 또한 너무 많이 제외하는 겁니다. 우리는 방에서 빠져나가는 방법 여섯 가지를 검토해 보았는데 지금 두 사람은 마지막 방법이 안 된다고 말할 생각입니까! 설마 일곱 번째 방법이 있다는 말할 셈은 아니겠지요!"

개비건은 멀리니를 쳐다보았다. "어떻소?"

멀리니는 양손을 벌려 보였다.

"미안하지만 모자에서 꺼낼 수 있는 토끼가 더 이상 없소."

"그게 끝이오?"

"그렇소." 멀리니가 느릿느릿 말했다. "남아 있는 유일한 방법은 초자연적인 것들뿐입니다. 비행 연고, 마녀의 빗자루, 수르가트, 비물질화, 룽곰파, 영적 복제 같은 것 말이오."

"그러면," 개비건은 갑자기 열의를 띠며 말했다. "사바트의 아파트는 어떻소? 우리가 듀발로의 집에서 빠져나오는 방법에 대해서는 여섯 가지를 논했지만 사바트의 집에서 나오는 방법은 고작 두 가지만 이야기했다는 사실을 당신은 깨달았소? 이봐요, 이봐요, 멀리니, 당신은 이보다 더 잘할 수 있잖소. 당신은 크게 한 방 날리기 위해 뭔가 뒤로 감추고 있소. 난 당장 그걸 보고 싶소!"

"유감이지만, 경감. 나도 참신한 탈출 방법으로 당신을 현혹시키고 싶지만, 펠 박사의 요약을 검토했을 때 C 부류로 종지부를 찍었다고 했소. 우리에게는 소파 이론이 있고 열쇠구멍으로 실을 통과시키는 속임수가 있잖소. 이것들을 가지고 진행해 가야 합니다. 장담하건대, 다른 방법은 없소."

경감은 의자를 뒤로 빼고 냅킨을 테이블에 던지고는 일어섰다. 웨이터가 막 고기 코스 요리를 갖고 온 참이었다. 개비건은 웨이터를 노려보았다. "계산서 갖다 주게, 빨리!" 그러더니 그는 멀리니를 향해 손가락을 흔들어 보였다. "이번이 내가 아마추어 탐정의 말에 귀를 기울이는 마지막이오. 왜 당신은 이 정신 나간, 그리고 실현 불가능한 녹음기 이론을 꺼냈던 거요? 시간만 낭비했잖소······."

"경감, 나는 그 이론을 진지하게 고려했기 때문에 그 이론을 꺼낸 거요. 그것이 오늘 아침 당신 앞에서 듀발로의 집에 잠입한 진짜 이유요. 나는 눈 때문에 비밀 문이 별로 도움이 될 거라고 생각하지 않았고 녹음기를 찾느라 대부분의 시간을 쏟았습니다."

개비건은 걱정스럽게 입을 떼었다. "당신은…… 당신은 발견하지…… 못했소?"

"그렇소. 게다가 그림 형사와 말로이 형사도 그렇다면……,"

"그들도 찾지 못했소. 찾았다면 내게 전화했겠지. 그 친구들이 집을 엉망으로 만들기 전에 가서 중단시키는 게 좋겠소. 그런 장치가 있을 리 없소. 그리고 난 더 이상 그런 것에 대한 이야기는 듣고 싶지 않소. 서둘러요!"

우리는 경감의 차에 올랐고 운전사에게 서두르라고 지시했다. 그는 지시대로 했다. 우리가 7번가를 따라 질주하는 동안 사이렌의 날카로운 울부짖음이 솟구쳤다가 곤두박질했다. 멀리니는 자리에 처박힌 채 눈을 감고 어떤 생각에 단단히 사로잡혀 있었다. 개비건은 날아가듯 스쳐 지나가는 창밖의 파노라마를 음울하게 곁눈질로 내다보며 손가락으로 무릎을 초조하게 두드리고 있었다. 우리는 14번가를 지날 때까지 아무도 입을 열지 않았다. 경감이 손을 뻗어 무전기의 스위치를 켰다. 수신기에서 터져 나오는 잡음 사이로 희미하게, 불분명하고 토막토막 끊기는 말소리가 들려왔다.

"57호 차…… 본부로…… 57호…… 보고하라…… 본부…… 57호 차……."

개비건은 얼굴을 찌푸리고 무전기를 껐다.

"셀러스," 그는 퉁명스럽게 말했다. "저 빌어먹을 것이 또 고장 났군. 차라리 갖다 버리게."

"네, 경감님." 셀러스가 대답하며 셰리든 광장을 가로질러 배달 트럭의 펜더를 아슬아슬하게 앞질러 가자, 트럭은 우리가 가는 길에서 허둥지둥 비켜섰다.

멀리니는 눈을 뜨고 운전사의 목덜미를 뚫어지게 보았다.

"그게 그렇게 된 거로군." 그는 조용히 말했다. "반지름을 알면 지름을 알게 되는 거야."

야호! 나는 흥분해서 마음속으로 중얼거렸다. 쌍권총 멀리니께서 다시 출동하셨군!

개비건 경감이 얼굴을 일그러뜨렸다. "또 수수께끼 같은 말을 하는군!"

"지금까지는 수수께끼였소, 경감. 이제 몇 가지 제외했던 것을 취소하는 작업을 할 겁니다."

수색 중이던 형사들은 기분이 좋지 않은 것 같았다. 방은 전보다 더 어지럽혀져 있었으며, 그림 형사의 한쪽 뺨에는 지저분한 얼룩이 묻어 있었고 두 손은 지저분했다.

"이 집에는 희한한 잡동사니뿐입니다." 말로이 형사가 낙담한 목소리로 말했다. "하지만 말하는 기계 따위는 없었습니다. 여기 있는 그림 형사만 빼고는요. 이 친구는 창문 밖으로 날아간 앵무새가 낸 소리라고 결론을 낸 참입니다."

"뭐, 어쨌거나" 그림 형사가 어깨를 으쓱하며 말했다. "앵무새는 날개가 있고 그것으로 많은 것이 설명되니까요."

"그 점에 있어서는 그리 틀린 말도 아니오, 그림 형사." 멀리니가 미소 지었다. "우리가 찾아내려고 하는 말하는 기계는 앵무새와 흡사한 교묘한 장치요. 하지만 거기에 날개는 없고 그 물건은 아직 여기 있습니다. 이 방 안에."

"그렇겠죠." 그림 형사가 대꾸했다. "전에도 그렇게 말했잖아요. 문제는 이거지요—어디에요?"

"경감, 내내 우리 코앞에 놓여 있었던, 그리지 않은 반지름을 보여 드리겠소—저기 맨틀피스 위에 있습니다. 바로 눈에 띄지 않는 라디오입니다."

그림 형사는 기진맥진하여 긴 의자에 주저앉았다. "하지만 저 빌어먹을 것은 고장이 났단 말입니다. 말을 하지 않아요. 어제 우리가 여기로 들어왔을 때도 저 상태였습니다. 경감님이 직접 켜 보았지만 삑 소리조차 내지 않았다고요."

"그래도, 이 라디오가 이 방에서 말소리를 낼 수 있었던 유일한 장치입니다." 멀리니는 가까이 다가가서 라디오를 집어 들고 빙글 돌려 열려 있는 뒷면이 보이게 했다. "라디오 내부가 얼마나 효과적으로 먼지를 빨아들이는지는 아마 당신들도 알거요. 아무리 유능한 하녀라도 라디오만큼 먼지를 모으지는 못하지요. 그런데 이 내부는 놀라울 정도로 먼지가 없습니다. 누군가 지문을 남기지 않으려고 확실하게 닦아 낸 것처럼 보이지 않소." 멀리니는 전화기 쪽으로 걸어가기 시작했다. "모퉁이에 라디오 가게가 있습니다. 사람을 하나 보내달라고 하겠소. 왜 이게 고장 난 것처럼 보이는지 알고 싶군."

개비건은 한숨을 쉬었다.

"멀리니, 말하는 기계를 가정하면 상황을 악화시킬 뿐이라고 지금 막 결론 내지 않았소?"

"당신은 마음에 들지 않을 거라고 했잖소. 내게 화풀이하는 것은 그만 두시오. 내가 살인을 저지른 것은 아니니까."

"그럴지도 모르지. 하지만 이 사건은 당신이 저지른 짓이 아닐까 하는 생각이 들 정도요."

그림 형사는 열심히 라디오를 들여다보며 말했다.

"수리공은 부르지 않아도 됩니다, 멀리니. 라디오라면 잘 아니까요. 당신이 알고 싶어 하는 것을 알려줄 수 있을 겁니다!"

우리는 급히 라디오 주위로 모여들어 그림 형사의 흥분한 목소리를 들었다.

"저 증폭용 진공관 옆으로 빠져나와 올라가는 구리선 두 가닥이 보이지요? 그 두 끝이 아슬아슬하게 붙어 있지만 실제로는 닿아 있지 않다는 것이 보입니까? 그리고 진공관 위의 밀랍 방울 보이지요? 아주 간단한 겁니다. 밀랍으로 두 선이 붙어 있어서 소리가 난 겁니다. 하지만 진공관이 충분히 뜨거워지는 순간, 밀랍이 녹으면서 전선이 떨어집니다. 회로가 끊어지고 라디오는 멈추는 거지요. 저에게 칼과 약간의 전선만 있으면 5분 만에 어떤 라디오라도 이런 조작을 할 수 있습니다."

개비건은 고고하게 유지하던 무심한 태도를 버리고 라디오를 둘러싼 우리 사이로 머리를 들이밀었다. "그리고 조금만 실험을 해보면 원하는 시간 동안 접속을 유지하기 위해 밀랍의 두께를 어느 정도로 해 두면 좋을지 알 수 있었겠지. 인정하겠소. 이것이 라디오를 끄게 한 방법이군. 그래서 지금은 고장 나 있는 거군ㅡ하지만 어떻게 켜진 걸까? 누가 켰을까? 그리고 왜……."

"그 점에 대해서는 할 말이 없습니다, 경감님." 그림 형사가 말했다. "전 그게 누구든, 어떻게 라디오를 켤 수 있었는지 모르겠습니다. 라디오 케이스 바깥에 달려 있는 메인 스위치가 연결되어 있지 않거든요."

멀리니는 몸을 움직이더니 재빨리 방을 돌아다니며 굽도리의 아래쪽 가장자리를 따라 이어진 전선을 좇아갔다. 멀리니의 모습이 복도로 사라지고 나서 그의 음성이 들려왔다. "그림 형사, 메인 스위치에 대해서는 걱정하지 않아도 좋소. 당신이 말한 것처럼 그 선들을 밀랍으로 붙여서 원래대로 해 주시오."

복도에서 찰칵 소리가 나더니 복도의 불이 꺼졌다. 멀리니가 돌아와 문간에 섰다. "때가 되면 말해 주시오, 그림 형사."

그림 형사는 주머니칼로 밀랍을 긁어모아 진공관 윗부분과 전선의 끄트머리 사이에 밀랍을 뭉쳐서 둘을 이었다. 이렇게 해서 두 전선이 연결되었다. "지금이오!" 그가 말했다.

"신사 숙녀 여러분," 멀리니가 공연을 시작했다. "이제 우리는 작은 마술 라디오의 실연을 보실 겁니다. 저기 있는 우리의 벗 터키 인형처럼, 이것은 생각할 줄 아는 기계입니다. 스스로 움직이기 시작하지요. 스스로 멈출 줄도 압니다. 게으른 사람에게는 최고의 친구랍니다."

그는 몸을 돌려 어두운 복도로 사라졌다. 찰칵 소리가 나더니 복도의 불이 다시 켜졌다. 멀리니가 문간으로 돌아온 순간, 라디오의 전원 램프가 이제 꾸준하게 빛을 발하면서 가열되었고 잠시 후 댄스 음악이 물결처럼 흘러나왔다. 처음에는 부드럽게, 그 다음에는 빠르게 최대 음량으로 치솟았다.

"이 낡은 집의 배선은," 멀리니가 설명했다. "나중에 추가된 것이고 모든 화재 관련 법령에 따르지 않았습니다. 그리고 상당수가 여러 세입자들이 설치한 것입니다. 저 라디오에 연결된 플러그는 싸구려 제품으로, 굽도리 위에 나사로 고정시켰을 뿐입니다. 그리고 저기서 나온 선은 복도의 전등에 연결되어 있습니다." 그는 전선이 굽도리를 따라 마루를 감싸고 문지방 밑을 통과해서 복도로 사라진 자리를 가리켰다. "그리고 저 밖의 전등 스위치로 제어됩니다."

개비건이 막 입을 열려고 할 때, 전원 램프의 빛이 깜박거리다 꺼지더니 음악이 멈췄다. 밀랍이 다시 녹아 버린 것이다.

"그리고 어젯밤 당신이 다이얼을 만지작거리지 않았다면," 멀리니가 지적했다. "어느 방송에 맞추어져 있었고, 그림 형사와 존스가 들은 것이 누구의 목소리였는지 알았을 거요."

경감은 입을 꾹 다물고 멀리니를 쏘아보았다.

"물론 당신은 깨달았겠지," 경감이 억양 없는 말투로 말했다. "저 라디오를 켠 사람이 존스였다는 사실을!"

22

건망증에 걸린 용의자

셜록 홈스는 기쁨의 탄성을 내며 의자에서 튀어 오르듯 일어났다.
"마지막 연결 고리야." 그는 승리감에 도취되어 부르짖었다.
"이 사건은 해결됐어."

코난 도일, 『주홍색 연구』

멀리니는 경감의 말을 듣고 있지 않았다. 그는 반쯤은 자기 자신에게 들려주듯 말했다. "이것으로 타로가 너무 많은 것을 알았기 때문에 살해된 게 아니라는 점을 알았습니다. 이 라디오는 상당히 이전부터 범행이 준비되었다는 것을 시사하기 때문에 범인은 사바트가 살해되기 전에 타로 살인을 계획하고 있었던 게 틀림없습니다. 흐음. 뭐라고 했소, 경감?"

"저 악마의 기계가 말하도록 작동한 사람이 존스라는 사실을 당신이 깨달았냐고 물었소. 그자가 저 전등 스위치를 누른 거요."

"물론이오." 멀리니가 대답하며 개비건을 신중한 눈으로 바라보았다. "존스가 그랬소. 그래서 그게 어쨌다는 거요?"

경감은 콧방귀를 뀌었다. "나한테 '그래서 그게 어쨌다는 거요'라고 하지 마시오! 세상에, 맙소사! 존스는 거짓말쟁이요. 그게 다요. 그자가 여기에 '그저 우연히' 들렀을 리가 없소. 그자는 그 말소리가 나오도록 조작을 했소. 그자는 오직 그 목적으로 온 것이오. 이런 장치를 하고서 운에 맡기는 살인자는 없소. 누군가 자기를 위해 스위치를 켜 줄 거라는 백만 분의 일의 가능성에 말이오. 존스는 범인 아니면 공범이오. 다른 해답은 없소."

"없다고 했소?" 멀리니가 의미심장하게 반문했다. "범인이 직접 준비를 했거나 공범이 전등 스위치를 켜도록 계획했다면 어떻소? 존스가 우연히, 게다가 지나치게 빨리 온 것일 수도 있소. 예기치 않게 발생하는 요소는 어떤 범죄자도 미리 내다볼 수 없소."

"게다가 우리를 제외하고, 존스 다음으로 여기 온 사람은 바클레이 양이오. 이것은 여자의 범죄가 아니오. 이렇게 전문가처럼 열쇠구멍으로 사라진 솜씨로 봤을 때, 범인은 엉덩이가 더 작은 녀석 같단 말이오. 여자 마술사 따윈 없고, 여자는 사람을 톱질해서 두 동강이 내지도 않소. 언제나 톱질을 당하는 역할이지."

"그렇소." 멀리니가 인정했다. "마술은 대체로 남자들의 직업이오. 여자들은 신비로움에 대한 애정을 다른 쪽에서 찾습니다. 영매의 절대 다수가 여성이고, 이들 중 속임수를 쓰는 가짜들이 마술업계에 있는 덕분에 속임수의 영역 전체에서도 가장 훌륭하고 가장 섬세한 마술 트릭 몇 가지가 나올 수 있었다는 사실을 잊으면 안 됩니다. 게다가 이런 사실로 사라지기와 탈출이 반드시 줄사다리와 멀리뛰기가 필요한 것이 아니라는 것을 알 수 있습니다. 나는 미스디렉션에 대해 말했소. 곡예사가 아니라고 해서 무조건 용의자에서 제외하는 것은 신중하지 못한 일이 될 수 있습니다."

경감은 천천히 고개를 저었다. "아니, 바클레이 양은 제외요. 당신은 지푸라기라도 잡으려 하는 거요. 만약 저 문 앞에 존스가 아닌 다른 사람이 있었다면……, 그자가 복화술사라는 사실이 너무 완벽한 아이러니란 말이오. 어처구니없는 우연의 일치지. 그리고 그림이 들은 라디오의 대화 말이오. 지나치게 딱 들어맞는 것이었소. 백에 하나 있을까 말까 한 일이지. 만약 라디오가 빨리 켜졌더라면 그림 형사는 캐브 캘로웨이_{유명한 재즈 가수}나 요리법이나……에, 찰리 맥카시 같은 걸 들었을지도 모르오." 개비건은 말로이 형사를 향해 돌아섰다. "그 프로그램이 무엇이었는지 알아보게. 어젯밤 10시 30분 이 지역에 있는 방송국에서 방송된 모든 프로그램의 대본을 구해 오는 거야." 개비건이 돌아서려 할 때 어떤 생각 하나가 그의 뇌리에 떠오른 것 같았다. "아…… 음, NBC부터 알아보는 게 좋겠네."

"경감님의 강대한 논리 아래 부복하옵니다." 멀리니는 고개를 살짝 숙였다. "하지만 그림 형사가 그 자리에 있었다는 사실을 잊은 건 아니오? 그것은 고려하지 않는 겁니까?"

"이봐요!" 그림 형사가 발끈했다. "내가 그 라디오를 켜기라도 했다는 말입니까?"

"아니, 그건 아니오." 멀리니가 말했다. "나는 존스가 어떻게, 아니 그가 단지 공범일 뿐이라면, 범인이 어떻게 그림 형사가 목격자로서 그 자리에 있을 거라고 예상할 수 있었는지 알고 싶은 것뿐이오. 존스가 공범이라면, 그는 라디오를 틀지 않고 그저 자기가 말소리를 들었다는 이야기를 우리가 그대로 받아들이길 기대했을 겁니다. 단순히 거짓말만 하면 되니까 라디오는 필요 없었을 거요. 만약 존스가 살인범이더라도 같은 이야기가 적용됩니다. 하지만 왜 복화술사인 그가 훨씬 더 까다로운 라디오 트릭으로 골치를 썩이려고 했는지 이해가 안 됩니다. 핵심은, 어떤 경우가 됐든 존스는 적어도 한 명 이상의 목격자를 데려왔을 거라는 점이오. 칭을 데려올 수도 있었겠지. 하지만 그러지 않았습니다. 그는 혼자 왔습니다."

"하지만 그림이 그 전에 반 시간은 족히 문 앞에 있었소. 살인자가 훨씬 이전에 그 사실을 알았을 수 있잖소." 개비건은 반쯤은 건성으로 반박했다.

"지금은 당신이 지푸라기를 잡으려 하는군, 경감. 조작된 라디오는 살인자의 계획이 그림 형사가 도착하기 이전에 마련되어 있었음을 증명합니다. 존스가 전등 스위치를 켠 사람이었다면 우리는 또 막다른 골목에 몰리게 될 뿐입니다—그것도 지독히 깜깜한 곳으로 말이오. 나는 살인자가 누구인지 알고 있습니다, 경감. 아까부터 알고 있었소. 하지만 여전히 미스터리가 남아 있습니다. 그리고 우리가 무언가 발견할 때마다 미스터리가 더욱 깊어집니다. 어쩌면 살인자는 우리가 상대하기에 너무 영리한지도 모르오. 어쩌면……,"

그는 낙담하여 입을 다물었다. 그러다가 돌연 고개를 홱 쳐들고 어깨를 곧게 폈다. "경감," 그가 말했다. "난 여기서 나가서 생각을 좀 해야겠소. 사건의 진행 과정 어디에선가 모종의 일급 미스디렉션이 있었습니다. 교묘한 손기술을 사용한 겁니다. 나는 그것을 전부 파악하지 못했소. 그리고 이 사실이 마음에 들지 않습니다. 나는 그런 것들에 대해 알고 있어야 하니 말이오."

그는 자신의 모자를 들어 아무렇게나 머리에 올려놓았다. "가자고, 하트. 자네가 필요하네."

개비건이 멀리니와 문 사이를 가로막고 섰다.

"그러니까 당신은 살인자가 누구인지 안단 말이군? 내가 볼 때는 허세에 불과한 것 같은데. 말해 보시오."

멀리니는 완강하게 고개를 저었다. "내가 증명할 수 없는 한, 그건 중상에 지나지 않습니다. 증명할 수 있을 때까지는 내 모자 안에 넣어 두겠소. 게다가 당신은 나를 믿지 않을 거요. 그리고 나는 당신에게 말도 안 되는 엉터리 물건을 팔려고 들 만큼 어리석지 않습니다."

개비건은 주저하면서 멀리니를 머리끝에서 발끝까지 훑어보았다. 그러더니 옆으로 물러났다. "그걸 알아내려면 얼마나 오래 걸릴지 궁금하군. 알았소. 가 보시오. 탈출용 마법 가루를 쓰든가. 하지만 빨리 생각해 내시오. 범인이 용의자들을 차례차례 살해하게 내버려 둬서 용의자들을 지워 나가는 것은 싸구려 소설의 방식이지 경찰의 방식은 아니니까 말이오."

멀리니는 문 앞에서 발을 멈추었다. "나에게 알리지 않고 과감한 행동을 하지는 않으시겠지? 우리는 내 집에 있을 겁니다."

"고려해 보겠소." 개비건이 말했다.

멀리니는 워싱턴 스퀘어 북 13 1/2번지에 도착할 때까지 아무 말도 하지 않았다. 이윽고 그가 말했다. "이 사건에 내재된 논리는 회오리바람만큼이나 깔끔하단 말이야. 단지 문제는 불완전한 관찰이라네. 우리는 그 점에 대해 검토하려는 거야. 로스, 자네는 무엇인가를 보았을 가능성이 있네. 그것은, 자네가 개비건 경감과 나에게 급하게 들려주었던 설명에서는 사소해 보였거나 별로 중요하지 않아 보였기 때문에 간과한 어떤 것이야. 난 자네가 타이프라이터 앞에 앉아서, 밖에서 마담 러푸르트의 목소리가 들린 때부터 내가 도착하기 전까지 일어난 모든 것을 아주 상세하게 종이에 기록해 주기를 바라네. 다시 강조해서 말하지만 모든 것을 말이야."

나는 넥타이를 잡아당겨 풀고 소매를 걷어 올린 다음, 앞으로 줄담배가 될 첫 담배에 불을 붙였다. 그리고 일을 시작했다. 타이프라이터가 달아오르는 동안, 멀리니는 스카치 소다를 찾았다. 타이프라이터에서 종이가 빠른 속도로 연이어 떨어지는 동안 멀리니는 굶주린 사람처럼 기다렸다가 종이가 나오면 읽어 댔다.

내가 타이핑을 시작한지 한 시간 정도 되었을 즈음이었다. 새 종이를 끼워 절반 정도까지 타이핑하고 있을 때, 나는 멀리니가 바닥에 떨어진 마지막 종이를 집으려 하지 않는 것을 눈치챘다. 그는 읽지 않은 장을 무릎에 올려놓고 의자에 누워 긴 다리를 쭉 뻗고 눈을 감고 있었다. 그가 잠이 들었다고 생각했다. 그러나 타이프라이터의 소리가 멈추자 그는 고개를 들고 나를 쳐다보았다. 눈 속에서 밝게 반짝이는 빛이 춤추고 있었다.

"로스," 그가 말했다. "자네가 해냈어. 믿기지 않았기 때문에 내가 지금껏 피해 왔던 답이 이젠 더 이상 비현실적인 논리가 아니라네. 자네가 직접 관찰한 사실이 확고한 기반을 마련해 주었네. 하지만 멈추지 말게. 난 더 많은 것을 원하니까."

그는 바닥에 있던 종이를 낚아채서 탐욕스럽게 읽기 시작했다. 나는 그가 지금까지 읽고 있던 종이를 가지고 와서 훑어보았다. 그러니까, 내가 해냈단 말이지, 그런가? 나는 두 번 읽었지만 답을 발견하지 못했다. 지금 내가 쓰고 있는 인물에게 그가 혐의를 둔 것이라면, 무언가 지독하게 뒤틀린 것이다. 설명을 요구해 봤자 소용없다는 것을 알았기에 다시 키보드를 두드리기 시작했다. 이번에는 속도가 느렸다. 생각이 소냐 헤니_{미국 피겨스케이팅 선수이자 배우}처럼 뱅글뱅글 돌고 있었던 것이다.

반 시간 정도 더 타이핑하고 있는데, 귀에 거슬리는 전화벨 소리가 일을 방해했다. 멀리니가 전화를 받는 동안 나는 잠시 시간을 내어 내 잔을 다시 채웠다.

멀리니가 돌아왔다. "개비건 경감이 그 라디오 프로그램이 WJZ에서 방송된 것이라는 사실을 막 알아냈네. 그림 형사가 들은 대화는 방송국 자체 제작 프로그램의 도입부였는데, 「범죄는 보상받지 않는다」라는 어린이용 유혈폭력 시리즈물이라는군. 그런데 이것을 쓴 사람이 바로 타로라는 거야!"

"오, 세상에!" 내가 말했다. "그렇겠지. 우리 앞에 나타나는 흥미로운 단서는 모조리 죽은 사람에게로 곧장 연결되는데 이들은 말을 안 한단 말이야. 만약 마담 러푸르트가 틀림없는 진짜배기 영매라면, 이 여자야말로 이 사건을 해결할 수 있는 유일한 사람일 것 같군."

"그만두게. 내가 해결했단 말일세. 그렇지만 어떤 면에서는 자네가 마담 러푸르트에 대해 한 말이 옳아. 만약 그 여자가 사바트나 타로를 다시 불러올 수 있다면 내가 애타게 필요로 하는 어떤 증거를 얻을 수 있겠지. 하지만 그 라디오 프로그램 때문에 경감이 잔뜩 흥분하고 들뜬 것은 아닐세. 그는 지금 막 요제프 버네크 부인이 누구인지 알아냈네. 칭이 정보를 제공했는데 그의 말로는 그것이 사건과 관계있을지도 모른다고 생각했다는 걸세. 그 말이 맞았네."

"잠깐만" 내가 말했다. 나는 손을 뻗어 남은 잔을 비웠다. "좋아. 들어 보자고. 짐작건대 새로운 깜짝 상자겠지."

멀리니는 내 잔에 세 치가량 위스키를 따르더니 자기 잔에도 똑같이 따랐다. "한 잔 더 하는 게 좋겠네, 로스. 요제브 버네크 부인은 마담 에바 러푸르트야!"

멀리니는 자기 잔을 비우고 덧붙였다. "그 종이들을 다 모으고 나가자고. 개비건 경감이 용의자들을 전부 잡아들이고 있네. 경감의 모자 속에는 윙윙거리는 벌이 한 마리 있어. 우리가 그 자리에 없으면 그가 쏘일까 봐 걱정되네."

경찰차 한 대가 반 네스 소로 앞에 멈추는 것과 함께 우리도 나란히 도착했다. 라클레어 부부가 형사 몇 사람을 동반하고 차에서 내렸다. 우리는 그들과 함께 들어갔다. 복도에 들어서자 경감의 목소리가 들려왔다.

"듀발로, 그 명함을 이용한 트릭을 알고 싶소. 이건 마치…… 아, 안녕하시오. 들어와요."

듀발로, 주디, 칭, 존스가 말로이, 그림, 퀸 형사들과 더불어 벌써 와 있었다.

우리가 자리를 잡고 앉자 듀발로가 말했다.

"네, 물론입니다, 경감님. 명함 있습니까?"

"선생 것을 쓰면 좋겠소만."

"그러지요. 보통은 명함을 빌립니다. 그 편이 더 그럴듯하거든요. 내가 타로 앞에서 보여 주었을 때는 그럴 필요가 없었습니다.

그 친구는 트릭을 알고 있는데다가 공연이라기보다는 기술 시범에 가까웠으니까요."

그는 명함 지갑에서 명함을 한 장 꺼내 개비건에게 건네주었다. "명함 뒷면에 단어 하나를 적든가 간단한 그림을 그리세요."

경감은 연필을 집어 뭔가를 재빨리 그렸다.

"이제, 저는 투시력 또는 텔레파시를 사용해서 경감님이 적은 것이 무엇인지 알아낼 수 있습니다. 텔레파시가 조금 더 확실하지만 경감님이 사고파를 약간 보내서 도와 주셔야 합니다. 최대한 모든 잡념을 없애 정신을 비우고 그 단어나 그림에 집중하면 됩니다. 제가 그것을 맞혀 보겠습니다."

"요란한 포장일랑은 그만둬요." 개비건이 가로막았다. "그게 무엇이오?"

듀발로가 미소 지었다. "조심하세요. 그 말을 취소하셔야 할지도 모릅니다. 명함을 들고 경감님 눈앞에서 위로 올려 뒤쪽이 저를 향하도록 해 주세요. 그리고 명함에 정신을 집중하셔서 저에게 기회를 좀 주세요. 경감님이 쓴 것을 제가 전혀 볼 수 없다는 사실을 분명히 하기 위한 겁니다……. 자," 그는 자기 손수건을 꺼내 개비건의 손 위에 떨어뜨려 명함을 덮었다. 그런 다음 듀발로는 경감에게서 어느 정도 거리를 두고 물러나 자기 주머니에서 또 다른 명함들을 꺼내더니 이맛살을 찌푸린 채 연필을 그 위로 가져갔다. 경감의 행동은 공정하지 않았다. 그는 듀발로를 매처럼 감시했다.

그때, 듀발로가 명함에 천천히 그림을 그리기 시작했다. 갑자기 두세 번 재빨리 마지막 획을 긋더니 눈을 들었다.

"경감님은 누군가를 겁주려고 하시는 겁니까?" 그가 말하며 카드를 돌려 우리 모두가 볼 수 있게 했다.

명함에는 교수대의 그림이 있었다.

경감은 손을 내리고 체념한 듯 고개를 끄덕였다. "좋소. 난 모르겠소. 어떻게 한 거요?"

"환상을 그대로 간직하고 동심을 유지하시오, 경감." 멀리니가 말했다. "진실을 알게 되면 실망할 겁니다. 자, 그 명함과 연필을 이 봉투에 넣으시오." 그는 아무것도 적히지 않은 흰 편지 봉투를 꺼내 들고 주둥이를 벌렸다. 개비건이 지시에 따르자, 멀리니는 즉시 주둥이를 닫고 봉해 버렸다. 그런 다음 봉투를 손끝으로 잡아 개비건 경감에게 잘 보이도록 하고 말했다. "다섯 또는 여섯 개의 숫자를 말해 보시오."

시무룩한 표정으로 개비건이 말했다. "6, 8, 9, 2, 4."

"더하면 모두 얼마요, 경감?"

"29요."

멀리니는 듀발로를 향해 스스럼없이 윙크를 해 보였다.

"우리 주위의 공기 속에는 보이지 않는 힘들이 있소, 경감. 4차원에서 온 기이한 힘을 가진 요정들이지."

그는 봉투의 입구를 뜯었다. "손을 내밀어 보시오."

개비건이 손을 내밀자 멀리니는 손바닥에 연필과 명함을 흔들어 떨어뜨렸다. 개비건이 보더니 말했다. "빌어먹을!"

나는 전에도 멀리니가 이 작은 묘기를 부리는 것을 본 적이 있기 때문에, 보지 않아도 개비건이 명함에 연필로 적힌 숫자 29를 보았다는 사실을 알 수 있었다. 그렇지만 나는 개비건의 바로 뒤에 매우 가까이 서 있었기에, 이번에는 거기에 멀리니의 삐뚤빼뚤한 필

334

적으로 무언가 더 적혀 있는 것을 보게 되었다. 그것은 다음과 같았다.

'복도 전등에 대해 물어보고 라디오는 언급하지 마시오.'

경감이 주머니에 명함을 넣자마자 현관문이 쾅 소리를 냈다. 워트러스 대령이 한 걸음 뗄 때마다 한 마디씩 항의를 하며 들어오고 있었다. 그의 뒤로 마담 러푸르트와 형사 두 명이 조용히 따라 들어왔다. 형사들은 문지방에서 멈춰섰는데 개비건이 손짓하여 이들을 내보냈다. 워트러스는 꼬리 깃을 바짝 세운 칠면조처럼 쿵쿵거리며 경감에게 다가갔다. 목소리는 화가 나 있었고 귀에 거슬릴 정도로 높아 거의 여자 목소리에 가까웠다.

"이번 일을 후회할 거요, 경감. 고소하겠소. 변호사를 불러 주시오."

개비건은 얼굴이 벌게진 키 작은 남자를 내려다보았다. "무슨 일로 고소한다는 말이오?"

"부당한 체포에 대해서 말이오. 그리고 더한 것은……,"

"그냥 넘어갑시다, 대령. 난 대령을 체포한 게 아니오……. 아직까지는."

"그럼 이건 대체 무슨 뜻이오, 이렇게 고압적으로…… 이렇게……,"

워트러스는 분노 때문에 정신의 반응 속도가 느려진 것 같았다. 경감이 말한 '아직까지는'의 의미를 깨닫자, 그는 분노의 궤도에서 벗어나 자신 없는 태도로 우뚝 멈춰섰다.

"그럼," 경감이 말했다. "대령을 저쪽 긴 의자로 정중히 모시게. 하지만 만약 징징대기 시작하면 무릎에 엎어놓고 볼기를 때리도록."

개비건은 대령에게 다소 질린 듯했다.

워트러스는 위엄에 손상을 입은 채 방을 가로질러 자리에 이미 앉아 있던 마담 러푸르트 곁에 앉았다. 러푸르트는 말없이 앉아 있었는데, 미동 없는 하얀 얼굴 가운데 검은 눈동자만이 쉴 새 없이 움직이고 있었다. 나는 결혼반지를 찾아보려고 그녀의 손을 힐끔 보았으나 아무것도 발견하지 못했다.

"이 상황은 익숙한 장면이군요. 적어도 추리소설에서는." 듀발로가 말했다. "모든 용의자가 참석해서 설명을 듣는 거지요. 그러면 이제 살인자의 정체를 밝혀 낼 참인가요?"

개비건은 생각에 잠겨 그를 바라보고 나서 다른 사람들을 둘러보았다. 그의 시선이 천천히 옮겨 갔다. 듀발로의 질문은 답을 얻지 못하고 공중에 붕 뜬 채였다. 안락의자에 앉아 있는 주디는 눈에 띄게 편안해 보였지만 경감의 눈길이 자신에게 머물자 고개를 떨구고 담배를 찾아 지갑을 뒤졌다. 칭웡푸 맥닐은 습관적으로 짓던 미소가 둥근 얼굴에서 사라진 채 젤마를 몰래 흘끔거리는 반면, 젤마는 고양이처럼 경감을 지켜보았다. 그녀의 눈 속에는 어두운 빛이 서려 있었으며 의자에서 불편한 듯 몸을 이리저리 움직였다.

"범인은," 개비건 경감은 느릿느릿 말했는데 멀리니의 서스펜스를 고조시키는 말투를 비판하던 경감으로서는 의외의 말투였다. "이 방 안에 있습니다."

윙윙대는 발전기가 늘어서 있는 방 안에 서서 치직거리는 오존을 들이마시고 얼얼해한 경험이 있는 사람이라면 이 방의 분위기가 어떠했는지 짐작할 수 있을 것이다. 알프레드 라클레어는 천천히 입에서 담배를 뗴었다. 듀발로는 주디가 앉은 의자 팔걸이에 앉아 있었는데 흔들거리던 오른쪽 다리가 딱 멈췄다. 존스는 뒤쪽의 눈에 띄지 않는 곳에서 멀리니와 함께 책장에 기대어 서 있었다. 그는 나머지 사람들처럼 긴장하긴 했으나 별다른 반응은 보이지 않았다. 멀리니 혼자 편안해 보였다. 눈은 반쯤 감고 멍하니 바닥을 보고 있는 것 같았다. 하지만 그가 누군가를 지켜보며 연극에 빈틈이 드러나기를, 뭔가를 말해 주는 부자연스러운 행동을 기다리고 있다는 것을 육감으로 알 수 있었다.

자신의 서두가 충분히 사람들 머릿속에 새겨지기를 기다리고 난 뒤, 개비건이 불쑥 말했다.

"듀발로, 당신은 낮 시간에 저기 밖에 있는 복도 전등을 사용합니까?

듀발로는 한쪽 눈썹을 추켜올렸다. "아니요. 문 위에 있는 채광창에서 빛이 충분히 들어오거든요. 왜요?"

"전등을 마지막으로 사용한 것은 언제였습니까?"

"그저께 밤에 집에 돌아왔을 때 같은데요." 그는 의심스러운 눈초리로 복도로 통하는 문을 보고는 다시 개비건에게로 눈길을 돌렸다.

"당신이 존스에게 이 아파트의 열쇠를 주었습니까?"

"네."

"다른 사람한테는요?"

"아니오."

"누군가 현관 열쇠를 복제하는 수고를 했을 만한 사람이 있소? 자물쇠의 홈에 파라핀 흔적이 남아 있었소."

"그래요? 타로가 들어온 방법이 그것이었던 모양이군요. 그것에 대해 이상스럽게 여기고 있었습니다."

"그건 의심스럽소. 타로라면 자기가 갖고 있던 당신의 자물쇠 따는 도구를 썼을 거요. 그리고 타로가 도착하고 몇 분 이내에 그림 형사가 집 앞 바깥에 있었으므로, 살인자는 이미 이곳에 있었던 것으로 보이오. 그자가 타로를 들여보냈을 수도 있소."

"경감님," 존스가 머뭇거리며 말했다. "그 파라핀에 관해서는 내가 설명할 수 있습니다."

모인 이들의 고개가 그를 향했다.

"내가 복제 열쇠를 만들었습니다. 듀발로가 출타 중일 때 여기 머무르는 동안, 이 친구가 준 열쇠를 어디 두었는지 잊어버리는 바람에 문이 잠겨서 들어오지 못했거든요. 가공하지 않은 열쇠에 파라핀 본을 대고 열쇠공을 시켜 만들었습니다."

"열쇠를 어디서 잃어버렸소?" 개비건의 어조는 이렇게 말하고 있었다. 이거 재미있어지는 걸.

"그게 나를 괴롭히던 걱정거리였습니다. 지금까지는 이 일에 대해 아무 말도 하지 않았습니다. 왜냐하면, 그러니까, 내가 열쇠를 잃어버린 게 파티 다음 날이었거든요. 하지만 오늘 아침 이 양복의 주머니에서 찾았습니다. 이곳도 찾아봤다고 생각했는데 아마도……"

"파티?" 개비건이 으르렁거렸다. "무슨 파티요?"

"타로, 칭, 라클레어 부부, 그리고 주디가 어느 금요일 밤에 여기 왔었습니다. 그냥 주말 파티였습니다."

경감의 얼굴빛은 금방이라도 폭풍우가 몰아칠 것 같았다.

"여러분이 있었던 일을 그대로 말해 주었다면 훨씬 더 빠른 진전을 보였을 거요." 모든 사람들이 순진무구한 얼굴로 자신을 쳐다보는 바람에 경감은 화가 치밀었다.

"예를 들어 당신, 마담 러푸르트."

"저요?" 러푸르트의 목소리는 지난번 심문 때처럼 목구멍 안쪽 깊숙이에서 울리는 것 같았다.

"내 말을 들었잖소. 난 혼잣말을 하고 있는 게 아니오."

러푸르트는 아무것도 없는 정면을 똑바로 쳐다보며 말했다.

"나는 경감님이 말씀하시는 살인사건들에 대해 아는 바가 전혀 없습니다. 관심도 없고요."

워트러스가 일어나려고 했다. "내가 경고하는데, 경감⋯⋯,"

그림 형사의 손이 튀어나와 대령의 옷깃을 낚아채서 잡아당기자 워트러스는 엉덩방아를 찧으며 도로 주저앉고 말았다.

"앉아요!" 그림 형사가 말했다.

"하지만 부인은 세자르 사바트에 대해서 꽤 많이 알고 있잖소, 그렇지 않소?"

"그래요." 러푸르트가 입술도 움직이지 않고 말했다.

개비건 경감은 틈을 주지 않고 말했다. "그것에 대해 이야기해 주시오."

그녀의 목소리는 언제나 트랜스에 빠진 것처럼 단조로웠고, 법조문처럼 무미건조하고 생기 없는 느낌이었다.

"5년 전 파리에서 그 사람과 결혼했어요. 그 사람은 자신을 요제브 버네크라고 했는데 어제까지 그게 진짜 이름이 아니었다는 사실을 모르고 2년 동안 그 사람과 함께 살았어요. 그 이후 갈라섰지요. 그 뒤로 나는 그 사람을 만나지 못했어요. 그 방으로 걸어 들어가서 그 사람이 바닥에 누워 있는 모습을 볼 때까지는요."

"당신들은 왜 갈라섰습니까?"

"내가 그 사람을 떠났습니다. 그 남자는…… 그 남자는 제정신이 아니었어요."

"그가 부인이 수익자로 되어 있는 생명보험에 들었다는 것은 알고 있었습니까? 7만5천 달러짜리라는 것도?"

"네…… 하지만……," 러푸르트는 이제 냉정함을 잃고 있었다. 그녀는 깜짝 놀란 듯 경감을 쳐다보았다. "그 사람이 그걸 고쳤을 텐데요."

"아니오, 고치지 않았소. 그리고 그 사실을 몰랐다는 것을 부인이 증명할 수 있다면 참 좋을 텐데 말이오. 이제는 어젯밤 부인의 예언에 대해 해 줄 만한 말이 좀 더 있겠지요. 그렇소?"

러푸르트는 천천히 고개를 끄덕였다. "네, 그것이 영적인 것이 아니었다는 사실을 인정하겠어요. 사바트는 약속에 대해서 매우 정확하다고 들었어요. 들여놓지 않은 우유병이 있었고 방 안이 너무나 조용하길래, 뭔가 잘못됐다고 느꼈습니다. 그래서—그래서는 안 되는 거였지만— 큰마음 먹고 그 방에 죽은 사람이 있다고 말했어요. 열쇠구멍들이 막혀 있다는 것을 발견했을 때 난 그 사실을 확신했어요. 하지만 내가 한 건 아니에요…… 요제브를 거기서 보게 될 줄은 전혀 몰랐어요."

경감은 그 말을 믿어야 할지 말아야 할지 확신이 안 서는 것 같았다.

"그러니까, 단순히 선전 효과를 노린 연기였다는 거로군요. 틀리더라도 잃을 것이 없고 맞으면 모든 것을 얻게 되는 데다가 대령이 손을 써서 기자들에게 그 이야기를 알려줄 테니까."

"네. 하지만 그 방에 들어갔을 때 난 요제브를 보고……,"

"그래, 알고 있소. 부인은 기절했소. 하지만 두 번째 기절은 어떻게 된 거요? 그건 멀리니가 부인에게 질문하지 못하게 하려던 것이 아니었소? 아니오?"

개비건은 러푸르트를 굽어보며 호통쳤다. 그녀는 두 손을 비틀며 고개를 끄덕이기 시작했다. 그때 워트러스가 더 이상 참지 못하고 불쑥 내뱉었다.

"그런 생트집에 귀를 기울이지 말아요, 에바. 당신은 타로를 죽일 수 없었소. 당신은 강령술 모임에 있었잖소."

경감은 눈빛으로 그림 형사에게 가만있으라고 경고를 보내면서 워트러스에게 덤벼들었다.

"부인이 강령술 모임에 있었다, 정말이오? 그 사실을 증명할 수 있습니까? 부인은 두 시간 동안 대령의 시야에서 벗어나 있었소. 그 점은 대령도 인정했소."

"하지만 그녀를 움직이지 못하도록 어떻게 결박했는지 말했소. 그녀가 어디에 있었는지 전혀 의심의 여지가 없소."

"그럴까요? 부인이 어떻게 흔적도 남기지 않고 그 우스꽝스러운 보이스카우트 매듭에서 교묘하게 빠져나왔다가 나중에 돌아올 수 있었는지 그림을 그려 설명하면 어떻겠소?"

워트러스는 머리끝까지 화가 나서 자리에서 벌떡 일어나 고함쳤다. "내가 장담하지만, 그건 불가능하다고! 멀리니, 당신 탓이로군. 당신이 경감에게 당신이 써먹는 마술을 설명해 주었군. 당신들에게 보여 주지. 당신들 모두에게. 마담을 똑같은 상태로 두고……
당신들 마술사들보고 설명해 보라고……,"

멀리니가 말했다. "아니면 더 나은 방법이 있습니다, 대령님. 말
이 나온 김에, 당신이 나—또는 듀발로를 묶으면 어떻겠습니까. 당
신이 마담을 묶었던 것과 같은 방식으로. 그리고 우리가 빠져나와
보는 겁니다."

이 도전이 그를 조금 물러서게 만든 것 같았다. "그래, 물론이
오. 그렇게 하겠소. 하지만 당신은 할 수 없어……. 아마 할 수 없
을……,"

그의 목소리에는 불안한 기미가 느껴졌다. 이때 개비건이 끼어
들었다.

"만약에," 그가 말했다. 그의 말투는 위험을 알리는 적신호 같
았다. "대령의 말이 전부 사실이라고 합시다. 만약에 대령이 멀리
니를 묶고, 그가 빠져나오지 못했다고 합시다. 그렇게 해서 어떤
결과가 남는지 아시오, 워트러스 대령?"

대령은 아무 말도 하지 않았다. 그러나 핏발이 선 눈에는 알아들
은 기색이 떠올랐고 그의 분홍색 혀가 입술을 한 번 핥았다.

"남는 것은 당신이오! 당신이야말로 마담 러푸르트보다 더 쉽
게 강령술 모임에서 빠져나올 수 있었겠지. 그 사실을 부인하느라
시간을 낭비하지 마시오. 방은 한 치 앞도 볼 수 없는 어둠에 싸여
있었고, 참석자들은 캐비닛에 온 신경을 집중하고 있었소. 당신이
어젯밤 유니언스퀘어 주변을 산책했다고 한 시각에 이곳에 올 수
도 있었소. 방에 불을 켜 놓고 형사가 당신이 아직 그곳에 있다고
생각하게 만들 수 있었소. 타로를 죽인 다음, 돌아가 엘리베이터

승무원이 자신을 목격하도록 꾸며서 알리바이를 만들 수 있었지. 당신이야말로 이 두 사람 모두를 죽일 수 있었던 거요!"

개비건은 이것을 다소 과장해서 말한 데다가 눈에 대해서는 한 마디도 하지 않았다. 워트러스를 강타한 이 고발은 찬물을 끼얹은 효과를 낸 것 같았다. 워트러스의 발작적인 징후가 사라지고 그는 통제력을 되찾았다. 갑자기 차분해지고 냉정해졌다.

그로서는 비정상적이라 할 수 있을 만큼 차분한 태도로 말했다. "경감, 당신은 어쩔 수 없는 멍청이로군요. 난 이번 일이 있기 전까지 타로를 만난 적이 없소. 그리고 지방검사에게 그 사건을 제시하기 전에, 당신은 가능성 이상의 것—동기를 보여야 할 거요."

"좋소. 이건 어떻소? 당신은 사바트가 죽으면 마담 러푸르트가 7만5천 달러를 받게 되리라는 사실을 알았소. 그래서, 영리한 사람답게 당신은 거기서부터 진행해 나간 거요. 타로에 관해서라면…… 당신은 그를 죽여야 했소. 그는 당신이 한 짓이라는 것을 알아냈으니까."

워트러스는 코안경을 코 위에 단단히 눌러썼다. 손은 떨렸지만 목소리는 완강했다. "당신은 그 말을 조금도 증명할 수 없어요. 당장 영국 영사관에 전화하고 싶소."

"자기변호를 위해 할 수 있는 말이 그게 다요?"

"당장은 그렇소. 전화는 어디 있소?"

개비건은 화가 나고 실망해서 찌푸린 얼굴로 그를 물끄러미 보았다.

"저기에 있소." 그는 서재를 가리켰다. 워트러스가 나가자, 그림 형사가 미행하는 것처럼 그의 뒤에 바싹 붙었다.

개비건은 짧은 순간 주저하더니 주디에게 말했다.

"손수건을 어디서 잃어버렸는지 기억이 났소, 바클레이 양?"

주디의 목소리는 태연했으나, 파란 눈동자는 동요하고 있었다.

"몇 주 전에 잃어버렸다고 말씀드렸죠. 어디서였는지 전혀 기억나지 않아요."

듀발로는 의심스럽고 불안한 눈으로 주디를 보았다가 다시 개비건에게 눈을 돌렸다.

새로운 목소리가 끼어들었다—젤마였다. "커다란 물방울무늬가 있는 갈색 손수건인가요?"

우리는 모두 그녀를 쳐다보았다. 개비건이 말했다. "그렇소. 손수건에 대해 무엇을 알고 있소?"

"경감님이 그걸 어디서 찾았는지 짐작할 수 있어요. 내가 거기다 두었거든요. 주디와 나는 두 주 전에 같이 점심을 먹었어요. 주디는 손수건을 떨어뜨렸고 주디가 간 다음에 내가 그걸 주웠지요. 돌려주려고요. 하지만 손수건을 잃어버리고 말았어요. 세자르의 집에서요. 내가 그를 마지막으로 보았을 때에."

뭔가 안도감 같은 것이 주디의 눈 속에서 활기차게 솟구쳤다. "고마워요, 젤마. 젤마 말이 맞아요, 경감님. 기억이 나요. 그날이었던 것이 틀림없어요."

오늘 오후 경감의 타율은 낮았다. 취조하는 것마다 뜻하지 않은 장애물에 가로막히고 말았던 것이다. 그는 콧수염을 잡아당기며 마음의 결정을 내리지 못하고 주디를 응시했다. 그런데 그때 멀리니가 그늘 속에서 앞으로 걸어 나와 빠르게 말했다.

"경감, 워트러스 대령에 대한 논박은 꽤 완벽하게 들리는군."

오, 오, 나는 생각했다. 대大 멀리니께서 드디어 뭔가 하시려는구나. 조금 전 그가 우리에게 했던 주장을 생각하면 저 말은 진실이라고 전혀 생각되지 않았다.

"하지만," 그는 말을 이어 갔다. "완전히 만족스럽진 않았습니다. 나는 다른 무언가를 해 보고 싶습니다. 경감이 옳은지 그른지를 보여줄 수 있는 작은 실험을 말이오."

경감은 잠시 망설였다. 그러더니 뒤로 물러나서 자리에 앉았다. "해 보시오." 그가 말했다. "무대는 당신 차지요."

"고맙습니다. 하지만 이 자리를 위임 받기 전에 한 가지가 더 있습니다. 어떤 상황에서도 절대로 나를 방해하지 않겠다는 경감의 언질을 받아야겠습니다. 경찰의 힘을 빌리지 않고 절대적으로 자유로운 10분의 시간이 필요합니다. 그렇지 않고서는 아무것도 할 수 없습니다."

경감은 불편한 기색으로 말했다. "난 마음에 안 드는데. 수상한 냄새가 나." 그러더니 경감은 승복하고 고개를 끄덕였다. "하지만 계속해요. 들어 봅시다."

개비건은 멀리니의 미소 짓는 얼굴을 믿은 나머지, 이 사내가 마술사이며 그의 호구지책이라는 것이, 뒤통수치기를 주요 원리로 삼는 예의바른 사기극이라는 사실을 잊고 말았다. 몇 분 만에 그는 자신이 허락했던 것을 빠르게 후회하고 있었다.

멀리니는 마지막으로 생각에 잠겨 50센트 동전을 튕겨 보고는 주머니에 도로 집어넣었다.

"여러분은 그런 생각을 한 번도 안 했을 수도 있겠지만," 그가 말했다. "여기 있는 여러분 모두 범죄와 마술, 살인자와 마술사 사이에 존재하는 유사성을 쉽게 인지할 수 있으리라고 생각합니다. 두 활동 분야의 기저에 있는 테크닉이 동일하다는 사실, 사용되는 기본적인 속임수의 원리가 동일하다는 사실 또한 명백합니다. 그래서 만약 사바트와 타로를 죽인 살인범이 경감의 말처럼 정말로 여기 있는 사람들 속에 있다면, 이 두 살인사건에서는 특별히 마술을 사용했다는 매우 뚜렷한 징후가 드러나리라고 예상할 수 있습니다."

마담 러푸르트는 그를 독살스러운 눈초리로 노려보고 있었는데, 분명히 자기를 속임수 부리는 자들에 포함시켜서 화가 난 것이었다. 어쩌면 멀리니가 그 사실을 알아차렸는지도 모르지만 그는 그런 기색을 전혀 드러내지 않았다.

"여러분은 모두 아실 겁니다. 환각이나 착시 현상을 일으키기 위한 모든 트릭, 모든 노력 속에는 그 비결을 정확하게 가리키는 숨길 수 없는 단서가 항상 존재한다는 것을 말이오. 물론, 미스디렉션의 목적은 위험한 지점을 얼버무리고, 지켜보는 이들이 알아차리지 못하도록 그것을 숨기거나 위장하는 것입니다. 만약 살인이 마술과 비슷하다면, 이 또한 약점이 있을 것이고 살인자는 그것을 반드시 숨겨야 합니다."

그는 잠시 말을 멈췄다. 두 손을 주머니에 찌른 채 맨틀피스에 등을 기대고는 말을 이었다. "마술사는 보통 새로운 트릭을 두 번 보면 그 트릭의 비밀을 간파할 수 있습니다. 처음에는 마술사를 속일 수 있더라도, 그것이 거듭될수록 마술사는 자기 쪽 승률이 높아진다고 판단하지요. 마술사는 거기서 무엇을 기대하면 좋을지, 또 그 견고한 갑옷의 어디에서 갈라진 틈을 찾을지를 과거의 경험을 통해서 알고 있습니다. 이번 두 살인의 범인은 영리합니다. 그래서 약점이 아주 멋지게 감춰져 있습니다―어쩌면 지나치게 교묘하게. 그러나 한 가지 가능성이 있습니다. 보는 사람이 없는 환각이란 듣는 사람이 없는 숲 속에서 쓰러지는 나무와 같습니다. 나무는 쓰러지면서 음파를 발생시키지만 아무에게도 소리가 들리지 않지요. 우리는 모종의 불가능성들과 직면하고 있고, 이 중 몇 가지는 '틀림없이' 환영幻影에 불과합니다. 그리고 여러분 가운데 이 환영의 다양한 면모를 목격한 어떤 사람은, 이것이 함축하는 바를 알거나 깨닫지 못한 채 그 약점을 목격했습니다. 나는 여러분의 정신속을 파고 들어가 그 증거를 얻어내고자 합니다. 진실을 말해 주는장면은―나는 그러리라고 생각합니다만―어쩌면 너무 사소하거나, 너무 자연스럽거나, 너무 무고하며 겉으로 보기에는 너무 무의미해서 여러분이 기억하지 못할 수도 있습니다. 나는 그 누군가가잊어버린 것이 어떤 것인지 찾아내기를 원합니다."

그는 기다렸다. 그리고 사람들을 기다리게 만들었다. 도대체 그가 어떤 결론에 도달해 있는 건지 의문을 품게 한 채.

"그런 일을 할 수 있는 한 가지 방법이 있습니다. 최면입니다."

개비건은 깜짝 놀란 듯했고 자기 결정을 후회하기 시작했다.

멀리니가 이어서 말했다. "최면을 이용하면 우리는 무의식 속으로 깊이 잠수할 수 있습니다. 심해 잠수구를 탄 비브 씨[34]★처럼 말입니다. 그리고 한 가지 결정적인 단서를 수면 위로 가져올 수 있

34★ William Beebe(1877~1962). 과학자이자 탐험가로, 1934년 지름 145cm의 소형 잠수구를 타고 인류 최초로 심해 923미터까지 잠수하는 기록을 남겼다.

습니다. 그것이 바로 우리가 환영을 없애기 위해 필요한 잃어버린 퍼즐 조각입니다. 하지만 이 계획에는 한 가지 문제점이 있습니다. 아시다시피, 최면은 피험자의 동의를 필요로 합니다. 최면에 걸리기 싫다는 자신의 의사에 반하여 최면에 걸리는 피험자라는 것은 대중이 만든 신화일 뿐입니다. 만약 여러분이 모두 이런 실험에 동의한다면, 우리가 이 살인사건들을 해결하고 여러분 중 많은 사람에게 남아 있는 의심을 깨끗이 없앨 수 있다고 나는 자신합니다. 여기 있는 듀발로는 유능한 최면술사이며, 아마도 우리를 위해 최면술을 시전할 겁니다." 그는 질문을 하듯 듀발로를 돌아보았다.

듀발로는 곰곰이 생각했다. "그래, 내가 할 수 있지. 그리고 해볼 만한 가치는 있어. 하지만 자네가 알고 싶어 하는 그 사소한 것을 잊은 사람이 나라면? 난 자기최면 상태가 충분히 깊어질지 확신이 없네."

"자네 이외의 사람들에게 최면을 걸어서 운 나쁘게 아무 소득을 얻지 못하면, 정신분석학자인 내 친구 브레이너드 박사에게 자네의 최면을 부탁하지."

개비건을 포함하여 몇몇 사람의 얼굴에 불편한 기색이 떠올랐다. 말로이와 그림 형사는 솔직하게 회의적인 표정을 짓고 있었다. 알프레드 라클레어가 첫 번째로 반대했다. "제발 나는 제외해 주게. 이 생각은 이상하네. 듀발로가 범인이라고 생각해 봐. 나도 최면에 대해서는 충분히 알고 있어. 트랜스 상태에서는─그러니까, 나에게 범행을 인정시킬 수는 없겠지만─최면에는 한계가 있으니까……. 그래도 그는 내가 하는 대답이 의심스럽게 들리게 할 수는 있지. 고맙지만 사양하겠네."

"좋네." 멀리니가 대꾸했다. "만약 다른 사람이라면 받아들이 겠나? 외부인사 말이야. 예를 들면 브레이너드 박사라면? 난 단지 듀발로가 최면에 능숙한데다가 이 자리에서 이 일을 적절하게 할 수 있는 유일한 인물이기 때문에 제안했을 뿐이네."

알프레드가 말했다. "대답은 노야. 난 경찰을 믿지 않고 자네도 믿지 않아. 왜냐하면 자네도 경찰과 한통속인 것으로 보이니까 말이야. 경찰에겐 언제나 희생양이 있어야 하지. 난 그 역할은 거절하겠어."

제때 돌아와 멀리니의 말을 거의 다 들은 워트러스가 입을 열었다. "나도 라클레어 씨와 전적으로 같은 의견이오. 난 그런 비정석적인 절차는 받아들이지 않겠습니다. 그리고 무엇보다 마담 러푸르트에게 그런 것을 시키는 것은 절대로 허용할 수 없습니다. 라클레어 씨가 언급한 이유들과 더불어 더 심각한 이유가 있소. 마담의 섬세하게 조율된 심층의 영적 자아에 대한 어떠한 최면적인 간섭 행위도 재앙을 불러 일으킬 수 있기 때문이오."

"내 생각에는 마담 러푸르트가 직접 자신의 의견을 말하도록 해도 될 것 같군요, 대령님." 멀리니가 말했다.

"대령님은," 러푸르트가 말했다. "틀렸어요. 당신의 아이디어는 타당합니다. 하지만 어째서 요점을 피해 빙빙 도는 거죠? 누군가가 관찰했다는 애매하고 시시한 것 따위를 찾아다닐 필요는 없어요. 그건 어리석은 짓이에요. 왜 범인을 바로 찾지 않나요? 우리들 각각에게 최면을 걸어서 물어보라고요. '당신이 사바트를 죽였습니까? 당신이 타로를 죽였습니까?' 하고."

그 생각은 내게도 떠올랐었다. 하지만 참견하고 싶지 않았다. 이

것은 멀리니의 쇼였으며, 난 멀리니가 그 가능성을 잘 알고 있으면
서도 우회적으로 접근하는 숨은 이유가 있는 게 아닐까 의심스러
웠다. 나는 마담 러푸르트가 예리하게 핵심을 찔러서 멀리니가 곤
란해했는지 어쩐지 알 수 없었다.

"그래요, 물론 그런 방법도 있지요." 그는 당연하다는 듯 말했
다. "존스, 자네는 어때?"

"결백한 사람에게 무슨 선택의 여지가 있는지 모르겠군. 그래,
난 하겠네."

"주디?"

그녀는 말없이 고개를 끄덕였다. 하지만 따뜻한 윤기가 감도는
머리카락 아래의 차가운 얼굴은 곤혹스러워하고 있었다.

"라클레어 부인?"

"네, 질문의 적정선을 지켜 준다면요."

"듀발로?"

"좋아. 효과가 있을 것 같군."

"칭?"

"난 괜찮네."

"워트러스 대령님, 마음을 바꿀 용의가 있습니까?"

"없소."

"알프레드?"

"아니, 젠장. 난 자네를 믿지 않아. 젤마, 당신은 바보야."

"자, 결정이 났습니다." 멀리니가 말했다. "한마디 덧붙이자
면, 모두가 동의한 것이 아니니까 테스트가 취소된 것이라고 생각
한다면 잘못된 생각이라고 하고 싶습니다. 오늘 저녁 브레이너드

박사와 약속을 잡겠습니다. 다른 약속이 있다면……,"

"멀리니, 자네 잊고 있군." 칭이 말했다. "오늘밤 S. A. M. 쇼가 있어."

멀리니는 손가락을 튕겼다. "아, 그렇지. 좋아요. 쇼가 끝난 다음 합시다. 모두 괜찮습니까?"

아무도 입을 열지 않았다.

"좋습니다." 멀리니가 말했다. "쇼에서 만나서 그곳에서 출발합시다. 당신들도 내 손님으로 모시고 싶은데, 마담 러푸르트, 그리고 대령님도 괜찮으시다면 말이오."

워트러스는 항변하려고 했으나, 마담 러푸르트가 동의의 표시로 고개를 끄덕이는 것을 보고 말했다. "알겠습니다. 가겠소. 내가 열심히 충고했는데도 마담이 할 작정이라면, 내가 할 수 있는 일이란 적어도 당신들이 어떤 트릭도 시도하지 못하도록 감시하는 것일 테지." 그가 '트릭'이라는 말을 강조한 것은 굉장히 무례한 행동이었다.

멀리니는 태연자약했다. "프로그램이 마음에 드시리라 생각됩니다." 그는 밝은 목소리로 말했다. "듀발로, 칭, 라클레어 부부, 게다가 나도 나옵니다. 그리고 존스는 좀 더 특별한 무언가를 보여줄 겁니다. 이 친구는 청령수의 유명한 트릭을 선보일 계획이거든요. 그는……,"

"뭐 좀 말해도 되겠소?" 개비건이 끼어들었다.

멀리니가 고개를 끄덕였다. "네, 이제 끝났습니다. 경감님의 관대함에 감사드립니다."

"허허! 그건 나도 나이를 먹고 있는 탓이지. 멀리니, 최면술 같

은 터무니없는 것으로 무언가 발견할 수 있다 한들 어떤 법정에서
도 증거로 인정받지 못한다는 것을 당신은 알고 있겠지?"

"알고 있습니다. 하지만 고문으로 얻어낸 증거 역시 마찬가지
요. 그런데 이 나라의 경찰은 여전히 그 중세 기술에 의존하고 가
끔 그것으로 인정받는 증거를 끌어내지 않소. 당신도 그건 인정하
시겠지."

개비건은 꼬투리를 잡히고 싶지 않아서 얼굴을 찌푸렸다. "오케
이, 당신이 스벵갈리조르주 드 모리에의 소설 『Trilby』에 나오는 인물 이름으로, 다른 사
람의 마음을 조종하여 나쁜 짓을 할 수 있는 능력을 가졌다 역할을 하고 싶다면 내가
말릴 수 없겠지. 아무튼 해 보시오."

"이제 말씀이 끝났으면, 경감, 오늘 밤 8시까지 회의를 중단하
는 것으로 합시다."

그는 개비건에게 얼굴을 찡그려 보였다. 눈빛으로 경감에게 '알
았소'라고 말하라는 신호를 보내고 있었다.

경감은 다소 주저하며 그 지시에 따랐다. "알았소. 하지만 여러
분이 현명하다면," 그는 사람들에게 말했다. "이 바보 같은 일이
끝날 때까지 여러분 개개인을 에스코트하는 것에 이견이 없으시겠
지요. 멀리니의 말에 따르면 여러분 중 누군가는 최면술로 드러날
만한 뭔가를 알고 있고, 살인자도 같은 생각을 한다면, 그 누군가
는 분명히 생명이 위험한 상태에 놓일 게 뻔하니까 말이오."

워트러스가 질문했다. "그럼 가도 되는 거요?"

"당분간은 그렇소." 개비건 경감이 말했다. "내 부하와 함께
말이오."

"고맙지만 그럴 필요는 없다고 생각합니다. 난 멀리니의 테스

트와 관계없으니까 말이오."

"그런 것을 고려해서 말한 것은 아닙니다. 대령이 좋든 싫든 내 부하가 대령과 함께 갈 거요. 그럼, 자네에게 맡기겠네. 대령이 뒷 문으로 줄행랑치지 못하게 하고 누군가와 함께 가는 게 좋겠네."

대령은 경감이 얼굴을 씻고 싶어 할 만큼 혐오스러운 눈으로 그를 노려보았다. 그러고 나서 마담 러푸르트를 데리고 나가 버렸고 그림 형사가 쫓아갔다.

"말로이," 개비건이 지시를 내렸다. "나가서 부하들에게 이 사람들의 보모 노릇에 대해 자세히 알려주게."

듀발로는 주디에게 이야기하고 있었다. "당신은 나와 함께 가. 당신에게는 보모가 두 사람 붙도록 해 줄게. 멀리니, 자네는 확실히 상황을 잘 요리해 냈네. 만약 이게 주디와 관련된 일이 아니었다면 난 이 상황을 즐겼을 거야. 여기에는 모든 게 있지 않나. 드라마, 서스펜스, 위험까지. 행운을 비네."

멀리니가 말했다. "가기 전에, 데이브, 잠시 할 이야기가 있네. 경감님이 주디를 돌봐 줄 걸세. 이리로 오게."

멀리니는 그의 팔을 붙잡고 서재로 데려갔다.

다른 사람들이 일어나서 문을 향해 가고 있을 때, 나는 슬금슬금 뒷걸음쳐서 서재에 가까이 다가갔다. 멀리니와 듀발로는 몸을 굽히고 창밖을 내다보며 낮은 어조로 이야기를 나누고 있었다. 이들은 창틀 바깥쪽에 붙어 있는 갈고리를 살펴보고 있는 참이었다. 그 갈고리에는 녹슨 도르래가 매달려 있었는데, 어떤 세입자가 빨랫줄을 걸기 위해 사용하던 것이었다. 멀리니가 마당의 건너편 끝을 가리켰고, "……저 나무야."라는 말이 들린 게 다였다. 이들이 머리를 안으로 거둬들이는 것을 보고 나는 자리를 피했다.

이제 다른 사람들은 모두 가 버리고 없었다. 멀리니와 듀발로는 거실로 돌아왔다. 듀발로가 머무르려는 기미를 보이자 개비건이 그를 쫓아 보냈다.

"대체 당신들 둘은," 개비건이 말했다. "저 방에서 뭘 하고 있었소?"

멀리니는 모자를 집어 들어 집게손가락 위에 올려놓고 균형을 잡으려고 애를 썼다. "그건 비밀이오, 경감. 깊고 어두운 비밀."

개비건 경감은 툴툴거렸다. "또 나에게 비밀스럽게 구는군, 응? 제기랄, 난 애송이가 아니오. 그 정도는 알지. 아마추어 탐정을 욕할 수 있는 허가 기간이 1년 내내 있어야 해. 당신이 멜로드라마 같은 불꽃을 잔뜩 터뜨릴 거라는 사실을 알았어야 했는데. 최면이라니! 허!"

멀리니가 빙긋 웃었다. "하지만, 오, 나의 친구여, 그리고 아, 나의 친구여. 로마 인의 촛불은 그토록 사랑스러운 빛을 발하노라_{시인} _{에드나 세인트 빈센트 밀레이의 문구를 살짝 변형시킨 것.}"

"그러나 빛은 거의 보이지 않잖소." 개비건이 신랄하게 받아쳤다. "난 범인이 이 용의자 리스트 속에 있기나 한 건지 의심이 들기 시작했소. 이놈이나 저놈이나 의심스러운 것만은 틀림없지만 우리 손 안에 있는 수수께끼의 반도 해결할 수 있는 이론이 보이지 않으니."

"그게 바로 골칫거리요, 경감. 살인자는 저 용의자 리스트 속에 있습니다. 하지만 증거가 너무 설득력이 없소. 피고측 변호인이 대학을 갓 졸업한 햇병아리일지라도 저 알리바이 리스트를 보면 '범

354

인은 두 명의 다른 인물이 틀림없습니다'라고 말할 거요."

개비건은 네모난 아래턱을 쑥 내밀었다. 그리고 파란 눈 속에는 차가운 빛이 떠올랐다. "그게 누구요? 나한테 말하기만 하면 내가 자백을 받아 내리다."

멀리니는 고개를 가로저었다. "아니오, 경감. 경찰이 밤을 새워 심문을 하고, 호통을 치고, 쉴 새 없이 질문을 하고, 마지막 수단으로 고문을 한다고 해도 흠집 하나 낼 수 없을 겁니다. 저 하우프트만린드버그 2세 유괴 살인 사건의 범인으로 끝까지 무죄를 주장했다은 이 범인에 비하면 수다쟁이 노파나 다름없다는 것을 아시게 될 겁니다. 범인의 심리적 성향을 이용하면 많은 것을 설명할 수 있겠지만, 그자는 그런 것으로 거꾸러지는 유형이 아니라는 것을 아시게 될 거요. 우리는 다른 방법을 써서 그자가 실수하도록 유도해야 합니다."

"알았소. 당신은 모든 것을 보고 모든 것을 아는 위대한 미스터리의 거장이시니까 어떻게 해야 하는지 내게 알려주시겠지. 하지만 잊지 마시오. 최면으로 얻어낸 자백은 가치가 없소."

"내가 놓은 작은 덫이 효과를 발휘한다면, 당신의 걱정은 사라질 겁니다." 멀리니가 말했다.

"당신이 놓은 작은 덫이라고?"

"그렇소. 그것이야말로 내가 힘을 기울이고 있던 일이오. 눈치채지 못했소?"

"아니, 눈치는 챘소만, 당신이 이야기하는 것을 들으니까 내가 생각하고 있던 것과는 다른 것 같아서 말이오."

"아주 명석하군, 경감. 나도 그런 것이라고 믿지 않습니다."

멀리니의 천진난만하고 즐거운 표정은 막 카나리아를 삼킨 고양이의 표정이었고 개비건의 표정은 그 카나리아의 표정이었다. 그는 콧방귀를 뀌고는 복도로 나가서 말로이 형사와 의논을 했다. 멀리니는 모자를 쓰더니 나가는 대신 말없이 창가에 서서 창밖으로 반 네스 소로의 스러져 가는 빛을 내다보았다. 나는 내 알리바이 리스트를 검토하는 데 몰두했다. 그러나 그 리스트는 감당할 수 없을 만큼 여기저기 흩어져 있는 그림맞추기 퍼즐 조각처럼 약을 올리는 난제였다.

헛된 작업에 몰두해 있다 보니, 전화벨 소리가 울리고 개비건 경감이 그 전화에 답하는 것을 깨달은 것은 어느 정도 시간이 흐른 후였다. 서재에서 이쪽을 보고 서 있던 경감이 불쑥 말했다. "만약 다른 누군가가 살해된다면, 그것은 멀리니, 당신 잘못이오. 문제는, 내가 그 책임을 져야 한다는 거지."

"무슨 일이 일어났습니까?"

"존스요! 형사와 집에 갔는데, 형사를 침실에 남겨둔 채 화장실에 들어가서는 문을 잠그고 창문을 통해 비상계단으로 도망쳤소. 그자가 지금 어디에서 무엇을 하고 있는지는 신만이 아시겠지."

이 소식은 나의 귀를 활짝 열어 놓았다. 그리고 그때 멀리니의 얼굴에서 언뜻 비친 무언가가 나로 하여금 입을 다물지 못하게 했다. 나는 개비건보다, 그늘 속에 서 있던 멀리니 쪽에 더 가까이 있었는데, 멀리니 얼굴에서 분명히 말할 수 없는 무언가를 보았던 것이다. 그것이 그의 입가에서 반짝이던 희미한 미소의 그림자였는지, 아니면 경감이 한 말을 듣고 일부러 꾸며낸 놀라움이었는지 모른다. 어떻든 간에 한 가지는 확실했다―멀리니는 그 일이 일어나리라고 예상했던 것이다.

23

가장 위험한 마술

"……그리고 그는 가끔 군중 한가운데에서 사라진다……."

미국 마술사 협회의 게스트 나이트비회원을 동반할 수 있는 파티 프로그램은 34번가 브로드웨이의 매칼핀 호텔 24층 연회장에서 열렸다. 메인 로비로 들어가자 경감과 말로이 경위, 그림 형사 그리고 대여섯 명의 형사들이 문 근처에 모여 있는 모습이 눈에 들어왔다.

"뭔가 일어나고 있나요?" 내가 물었다.

"그런 것 같소." 개비건이 말했다. "멀리니가 조금 전 본부에 전화해서 쇼가 진행 되는 동안 24층에 있는 모든 출입문을 감시하라고 했소. 그리고 퉁명스러운 목소리로 존스를 발견했다고 하고는 전화를 끊었소. 내가 다시 전화했더니 전화벨만 울리고 받지 않는군."

개비건 경감은 형사들을 향해 돌아섰다. "자네들은 지시대로 움직이게. 즉시 임무에 착수하고 눈을 크게 뜨고 있도록. 이리 오시오, 하트."

나는 경감을 따라 로비를 가로질러 호텔 지배인 사무실로 갔다. 개비건은 자신을 소개하고 말했다. "엘리베이터 승무원에게 오늘 밤 위층의 S. A. M. 쇼가 시작하면 내 지시 없이는 어떤 이유로든 24층에 승강기가 절대로 서지 못하도록 해 주시오."

지배인의 평정심을 뒤흔들어 놓고 우리는 문을 나섰다.

"남은 저녁 시간 동안 우린 제대로 고립될 것 같군요." 내가 덧붙였다. "멀리니의 권고가 더 남아 있나요?"

"그렇소." 개비건이 침울하게 말했다.

우리는 엘리베이터에서 나와 24층 로비로 갔다. T자 모양의 복도로, T자의 세로 부분에 해당하는 양쪽에 엘리베이터가 늘어서 있었고, T자의 오른쪽 가로 부분에는 휴대품 보관소가 있으며 그 끝에는 옥상으로 통하는 문이 하나 있었다. 왼편 복도의 끝에는 연회장이 있는데 연회장의 커다란 문은 닫혀 있었다. 우리의 바로 앞, 엘리베이터를 향한 쪽에 연회장의 입구가 있고 그 앞의 작은 테이블에서 S. A. M. 사무원이 입장권을 받고 있었다.

로비는 사람들로 북적거렸다. 생기 넘치는 대화 속에서 내 귀에 몇 차례나 '타로'라는 말이 들려왔다. 이 많은 사람들에게 있어 이번 살인사건은 그들의 주변에서 발생한, 마음을 흔드는 헤드라인 뉴스일 뿐이라는 사실을 실감했다.

예전에 기자로서 방문했을 때처럼 오늘도 같은 것을 깨달았다. 머리를 다듬을 시기를 놓친 한두 사람을 제외하고 모두들 개비건 경감만큼이나 평범해 보였다. 그러나 나는 이 중 많은 이들이 마술 지팡이를 가진 예능인이며 순진한 얼굴로 사람을 속이는 손끝의 달인이라는 것을 알고 있었다. 어떤 전문 분야의 기술에 있어서는 종종 프로들에 필적하는 아마추어들—교수, 보석 판매인, 브로커, 플로리스트, 집배원, 의사, 변호사, 신문 만화가—도 있어 밤에는 마법과 속임수의 세계에 몸을 맡기는 것이다. 여기저기에 여남은 명의 치장한 금발 여인들이 섞여 있었다. 이 여인들은 밤마다 머리가 잘리거나, 칼에 관통되거나, 톱에 의해 반쪽으로 나뉘거나, 산 채로 불태워지는 것이다.

멀리니는 접수 테이블 근처에 서서 워트러스 대령과 이야기를 나누고 있었다. 선글라스를 쓴 여자가 그의 옆에 매우 조용히 서 있었다—마담 러푸르트였다. 아하, 마술사들 틈에서는 이 여자도 겸연쩍어 하는 모양이라고 생각했다.

우리가 그들을 향해 발걸음을 옮기자, 멀리니가 우리를 보더니 경고하듯 고개를 가로젓고는 급히 러푸르트와 워트러스를 강당으로 통하는 문으로 인도했다. 얼마간 시간이 지난 다음 그는 서둘러 다시 나와 우리를 챙겼다.

"무슨 생각에서 그런 거요?" 개비건이 알고 싶어 했다.

"나는 두 사람이 여기 있다는 사실을 되도록이면 눈치채이게 하고 싶지 않습니다. 변장을 하고 싶지는 않으시겠지." 멀리니는 내게 윙크를 해 보였다.

개비건은 뚱한 표정을 지었다. "만약 '다윗의 집[35]' 처럼 차려 입어야 하는 사건을 맡게 된다면 난 사표를 쓸 거요."

"언제나 솔직담백하고 직설적이시군." 멀리니가 말했다. "조

35[*] 같은 이름의 종교 집단이 운영한 야구팀으로, 1915년 종교 집단의 자금 마련과 신앙의 공유를 위해 창단되었다. 상당한 실력과 페어플레이로 메이저리그, 마이너리그, 아마추어 팀들과 시범 경기를 했는데, 선수들이 긴 머리와 턱수염을 하고 있었던 것으로 유명하다.

그만 속임수는 때때로 도움이 된답니다, 경감. 그리고 아주 재미있소. 어쨌든 들어가는 게 좋겠습니다. 앞줄에 자리를 마련해 두었고, 곧 마술이 시작될 것 같소. 경감의 부하들은 적절한 위치에 자리 잡고 있습니까?"

"그렇소. 하지만 돌아가는 상황을 안다면 더욱 즐겁겠는데……."

"그건 당신 생각이지. 어쨌든, 드라마틱한 서스펜스나 클라이맥스 같은 것은 없을 겁니다."

"또 그놈의 서스펜스 타령인가, 그만 좀 하시지, 멀리니." 개비건이 떠들기 시작했지만, 멀리니는 걸어가면서 두 명의 카드의 제왕, 칼을 삼키는 사람, 그리고 엑스선의 눈을 가진 사람에게 우리를 소개함으로써 그의 입을 막았다.

멀리니는 6열의 중앙 통로 쪽에 세 자리를 예약해 두었다. 워트러스와 러푸르트는 통로 다른 편 두 열 앞에 앉아 있었으며 우리 열의 벽 쪽 끝자리에 주디 바클레이가 앉아 있는 것이 보였다.

나는 프로그램을 훑어보았다. 개비건 역시 자신의 프로그램을 노려보고 있었다.

게스트 나이트

미국 마술사 협회

사회자
알 베이커와 데니스

1. 조제피   칼리오스트로의 해골
2. 존 멀홀랜드   인도의 마법
3. 버나드 주펄   인간 백과사전
4. 신비의 라클레어 부부   정신의 미스터리
5. 데이비드 듀발로   아무것도 그를 구속할 수 없다

중간 휴식

6. 그레이트 멀리니   악마의 모자
7. 맥스 홀든   그림자극
8. 시뇨르 에코   낡은 것, 새로운 것
9. 칭윙푸   끝내주게 똑똑한 중국인

"멀리니, 존스는 무대 뒤에 있소?" 개비건이 날카롭게 물었다.

"그렇소, 하지만 지금 앉아 있는 곳에 그대로 계시오. 오늘 저녁이 끝나면 그 친구에게서 원하는 것을 전부 얻을 수 있습니다. 하지만 지금은 아닙니다."

연회장의 불빛이 어두워졌다. 알 베이커가 데니스를 들고 커튼 사이에서 걸어 나왔다. 데니스는 지독히도 활기 넘치는 꼴사나운 복화술 인형으로, 알이 말을 하려고 할 때마다 맹렬하게 말을 가로막았다. 결국 데니스가 쇼의 사회를 보았다. 그는 조제피의 공연을 최고로 골 때리는 야바위라고 소개했다.

해골은—조제피 말로는 칼리오스트로의 것이라는—청중에서 뽑

힌 사람이 들고 있는 유리 접시 위에 놓인 채, 섬뜩하게 하얀 이를 딱딱 부딪치며 관객이 은밀하게 선택한 카드의 이름을 맞혔다.

개비건이 불만 섞인 감상평을 던졌다. "어쩌면 저 녀석에게 범인이 누군지 물어봐야 할지 모르겠군."

존 멀홀랜드는 허공에서 장미 넝쿨을 만들더니 신기하게도 꽃을 피웠다. 버나드 주펄은 관객이 제공한 50개의 단어 목록을 즉석에서 암기하고 이것을 순서대로, 역순으로 반복하고, 그런 다음에는 번호가 매겨진 단어의 번호를 말하면 그 단어를 각각 대답했다.

그 다음 데니스는 라클레어 부부를 소개하고는 젤마에게 자신의 생각을 읽어보라고 도발했다. 흰 옷을 입고 검은 붕대로 눈을 가린 젤마는 분명히 알프레드와 끊임없이 의사소통을 하고 있었다. 알프레드는 조용히 객석의 통로를 오르내리며 사람들이 들어올리는 다양한 물건들을 훑어보았다. 젤마는 그것들을 즉각 묘사해 냈으며 알프레드가 들리지 않을 만큼 작은 목소리로 말하는 관객의 질문에 귀를 기울이면 젤마는 그 질문에도 대답했다. 공연은 상당히 볼 만했고 여느 때보다 빠른 속도로 진행되었다. 관객 몇 사람이 각각의 석판 위에 적은 여섯 자리 숫자를, 젤마가 눈을 가린 채 덧셈을 하는 투시력에서 절정에 이르며 끝을 맺었다.

듀발로의 공연은 준비를 하는 데 시간이 좀 걸렸다. 커튼 앞에서 알 베이커가 데니스에게 농지거리를 할 때, 우리는 무거운 기구를 옮길 때 나는 둔중한 소리를 들을 수 있었다. 데니스는 듀발로의 기술에 대해 콧방귀를 뀌면서 자기도 잘할 수 있다고 허풍을 떨었다. 베이커는 그의 말을 그대로 받아들여, 미니어처 구속복을 꺼내 인형에게 입혀 끈을 매고는 항의하는 입을 손수건으로 단단히 묶었다. 그러고는 평했다. "굳이 내 입으로 말하자면, 이게 오늘 밤 최고의 익살이로군."

커튼이 올라가고 듀발로의 공연이 시작되었을 때, 경감은 똑바로 앉아 주의를 집중했고, 나는 바닥에 담배를 떨어뜨리고는 초조하게 발뒤꿈치로 짓이겼다. 이제 시작되는 건가? 두 아파트 건물에서 누군가가 탈출한 방법의 힌트를 얻게 되는 것인가? 나는 재빨리 둘러보았다. 주디, 워트러스 대령, 마담 러푸르트는 모두 제자리에 앉아 있었다.

무대 위에는 거대한 상자가 보였는데 측면은 커다란 직사각형의 무거운 판유리로 되어 있었고, 가장자리를 강철 테두리로 죽 둘러 놓았다. 무대 밖에서 끌어 온 소방 호스가 빠른 속도로 유리 상자에 물을 채웠다. 듀발로가 보여 주려는 것은 분명히 중국식 물고문 상자에서 탈출하는 묘기일 것이다. 이것은 해리 후디니의 창작품이며 그의 죽음과 함께 그 비밀도 사라졌다. 듀발로는 그것과 똑같지는 않더라도 그것에 뒤지지 않을 만큼 효과적인 탈출 기술을 멋있게 재발견한 것이다. 조수 한 명이, 위쪽이 열려 있고 앞에는 쇠창살이 달린 작은 강철 상자를 들어올려 물속에 넣었다. 듀발로는 트렁크만 입은 채 등장했다. 유리 상자의 뚜껑은 무거운 금속으로 되어 있었는데, 그 뚜껑에는 옛날 영국에서 청교도를 고문할 때 쓰던 차꼬의 양식을 본떠서 만든 두 개의 구멍이 나 있었다. 듀발로는 그 구멍에 발을 넣었고 발목 둘레를 차꼬에 단단히 고정시켰다. 이것은 도르래 장치에 의해 높이 들어올려졌다가 상자로 내려졌고 거꾸로 매달린 듀발로는 물에 완전히 잠겨 버렸다. 몇 개의 자물쇠가 신속하게 걸려 상자와 뚜껑을 한꺼번에 잠그고 열쇠는 관객석으로 던져졌다. 가림막용 천을 고문 상자 둘레에 두른 조수는 천 틈으로 유리 상자 안을 들여다보며 뭔가 잘못될 경우에 대비하여 소방용 도끼를 들고 서 있었다.

3분 동안 관객은 자기들 눈앞의 무대에 도사린 위험을 감지하면서, 조수의 얼굴을 살피며 그가 주시하고 있는 것이 무엇인지 그 단서를 읽어 내려고 꼼짝도 하지 않았다. 그 다음, 조수가 신호를 보내자 피아노 연주자가 도중에 연주를 멈추었고, 커튼이 좌우로 열렸다. 마지막으로 보았을 때 물속에서 거꾸로 매달려 두꺼운 유리 상자 속 쇠창살 안에서 미소 짓고 있던 듀발로는 상자 바깥의 무대 바닥에 앉아 있었다. 몸에서 물이 뚝뚝 떨어지는 가운데 그는 요란하게 꿀꺽거리는 소리를 내며 숨을 몰아쉬고 있었다. 상자는 불가사의하게도 잠긴 채였고 상자에 가득했던 물이 딱 그의 몸뚱이가 차지하고 있던 양만큼만 없어진 상태였다. 관객의 박수에는 안도의 마음이 담겨 있었다.

커튼이 닫히자 멀리니는 자리에서 일어나 자신의 공연을 준비하러 가야 한다며 양해를 구했다. 관객들은 일어나서 몸을 쭉 펴고 어슬렁거리며 담배를 피우거나 잡담을 나누었다. 개비건과 나는 로비로 가서는 복도 끝으로 걸어갔다. 경감은 손가락 관절로 연회장 문을 가볍게 두드렸다. 문이 빼꼼히 열리더니 말로이 형사가 내다보았다.

"심심해 죽을 지경입니다, 경감님." 그가 속삭였다. "아직 아무 일도 일어나지 않았나요?"

"그래. 하지만 자리를 지키고 있게. 멀리니가 아주 자신만만하게 구니 말이야."

"그 사람은 늘 그러지 않습니까?" 말로이는 이렇게 말하고 문을 닫았다.

우리가 돌아왔을 때, 나는 한 사내가 엘리베이터 앞에 서서 형사처럼 보이지 않으려고 안간힘을 쓰는 것을 보았다. 그는 우리에게 알은체하지 않았고 개비건 역시 그에게 주의를 기울이지 않았다. 경감은 옥상으로 나가는 문에 노크를 하고 그에 응하는 대답을 들었다. 브래디 형사의 목소리라는 것을 알 수 있었다.

"무대 뒤 출구는 어떻습니까?" 내가 물었다.

"분장실에서 곧장 연회장으로 통하는 무대 양옆의 문 외에 출구는 없소. 그리고 어쨌든 나는 무대 뒤에 두 사람을 배치해 놓았소. 멀리니가 모든 장소에 인원을 배치하라고 했거든. 무대 장치 뒤를 제외하고 말이오."

우리가 자리에 돌아오자 조명이 어두워졌다. 개비건 경감은 이제까지 주디가 있던 자리가 아직 비어 있는 것을 걱정스럽게 지켜보았다.

멀리니가 무대로 걸어 나왔다. 무대는 막대기 같은 다리가 달린 작은 테이블 두세 개를 제외하면 아무것도 없었다. 멀리니는 1903년 조제프 하르츠의 위대한 마술 '악마의 모자' 가 마술사의 죽음으로 완전히 잊힌 이후 누군가가 다시 되살릴 때가 되었다고 했다. 그는 다섯 번째 열에 앉아 있던 증권거래소의 회원에게서 접을 수 있는 오페라 모자를 빌리고 신중한 미소를 지으며 침착한 태도로 비어 있는 모자 속에서 다음과 같은 물건을 순서대로 끄집어내었다. 엄청나게 많은 실크 손수건, 샴페인 여섯 병, 와인 잔 열두 개, 모자 세 개는 족히 채울 수 있는 트럼프, 지옥의 에너지라도 받은 것인지 저절로 빛나는 탁상용 전기 램프, 새장에 든 카나리아, 금붕어가 헤엄치고 있는 큼지막한 어항이었다.[36☆] 그리고 마침내, 멀리니가 모자를 원래 주인에게 돌려주었을 때, 모자가 딱 소리를 내며 접히면서 어김없이 토끼가 나타났다.

개비건 경감은 의자에 뒤로 기대어 앉아 초조하게 손가락으로 무릎을 톡톡 두드렸다. 경감이 무엇을 기대했든 아무 일도 일어나지 않은 것이다. 무엇인가 불발된 것일까, 아니면 일어날 예정인 것일까? 아직 가능성이 있는 공연 두 개가 남아 있었다. 존스와 칭의 공연이었다.

미안한 일이지만 나는 맥스 홀든의 능수능란한 그림자극에 별로 주의를 기울이지 못했다. 주디가 앉아 있던 빈자리를 지켜보았고 또 워트러스에게 눈길을 주었다. 그는 흥분한 듯 마담 러푸르트에게 속삭이고 있었는데, 러푸르트는 선글라스를 쓴 채 무심하게 앉아 있었다. 공연을 지켜보고 있었을지도 모르지만, 몸만 그 자리에 있고 마음은 어딘가 다른 세계를 헤매고 있는 것 같았다. 표정을 읽을 수 없는 이 여자의 태도가 내 신경을 자꾸 긁었다.

데니스가 시끄럽게 떠들고 있는 동안에, 멀리니가 슬그머니 돌아와 자기 자리에 앉았다.

"존스의 복화술 공연은 이 데니스라는 녀석 때문에 좀 시시해 보이지 않겠소?" 개비건이 멀리니에게 물었다.

"존스는 오늘밤 뭔가 다른 것을 할 겁니다. 눈을 크게 뜨고 똑똑히 지켜보시오."

36☆ 전기 램프는 멀리니가 현대적으로 변용한 것이다. 하르츠는 불이 켜진 초가 들어 있는 등잔을 끄집어내었다. 원래 순서에 대한 기록은 호프만의 1925년과 1931년 판 『후기의 마술』에서 볼 수 있다.

멀리니의 말투가 마음에 들지 않았다. 차가운 전율이 등골을 오싹하게 했다. 그러니까—이제 그 일이 일어나려고 하는 것이다.

커튼이 열렸을 때 관객은 여전히 데니스의 마지막 말에 웃고 있었다. 그러나 검은 천으로 뒤덮인 황량한 무대에 존스가 걸어 나와 각광脚光 가까이에 꼼짝도 않고 멈춰 서서 조용해지기를 기다릴 때, 그의 얼굴에 떠오른 이상할 정도로 창백하고 엄숙한 표정을 보자, 알 수 없는 무엇인가가 관객들을 얼어붙게 만들었다.

그는 조용히 입을 열었다. 부드럽고 억양 없는 목소리가 그의 말에 담긴 드라마틱한 의미를 두드러지게 했다.

"신사 숙녀 여러분, 오늘 밤 저는 모든 마술 중에서도 가장 유명한—그렇지만 거의 볼 수 없었던— 마술을 보여드리려고 합니다. 지금까지 이 마술은 상연된 적이 극히 적습니다. 그 이유는 이 마술을 하기 위해서는 항상 절대적으로 완벽함을 기하지 않으면 안 된다는 멋진 이유가 있었기 때문입니다. 단 하나의 실수라도 저지르게 되면—결국, 이 마술을 한 거의 모든 마술사가 실수를 했습니다만—이 세상과 작별을 고하게 됩니다. 이것은 마술 중에서도 가장 위험한 마술입니다."

그의 대사는 마치 암기한 것처럼 어딘지 부자연스러웠으며, 말을 멈췄을 때 그에게서 드러나는 초조함이 각광을 넘어 관객석으로 전달되었다. 주의가 집중되면서 경직된 긴장감이 흘렀으며, 무관심을 나타내는 바스락거리는 소음들이 순식간에 사라졌다.

"육군 출신의 칼 스톰 대위님께서" 존스는 이야기를 이어 나갔다. "오늘 밤 저의 초대를 수락하여 이 자리에 오셨습니다. 좀 올라와 주시겠습니까, 대위님?"

연회장 반대편의 통로 쪽 좌석에서 제복을 입은 남자가 일어나 무대를 향해 걸어 나왔다. 한쪽 겨드랑이 밑에는 매끄럽고 기계적인 윤곽의 효과적이고도 치명적인 느낌이 드는 도구를 끼고 있었다. 관객들이 예의상으로 치는 박수에는 망설임과 불안감이 깃들어 있었다.

"저는 대위님에게 본인의 소장품 중 군용 라이플 세 자루를 임의대로 골라서 갖고 오십사 부탁드렸습니다. 그렇지요, 대위님?"

그 사내는 고개를 끄덕였다.

관객들 사이에서 흥분에 찬 술렁임이 보이지 않는 물결이 되어 넘실거렸다. 분명히 이들 중 많은 사람이 무슨 일이 일어날 것인지 짐작한 것이다.

존스는 조명을 마주하고 섰다. "지금부터 여러분 중 몇몇 신사분께서는 입회인이 되어 무대 위로 올라와서 저를 도와주셨으면 합니다. 어떤 분이라도 자원하신다면 대단히 환영합니다만 특히 총기에 대한 지식이 좀 있으신 분이면 좋겠습니다. 혹시 위험한 일이 생기더라도 저 자신에게만 해를 입힐 뿐이지 다른 분께는 절대로 해를 끼칠 수 없다는 사실을 덧붙여 알려 드려야겠지요."

평범한 관객 앞에서라면 존스는 위험하다는 티를 내거나 무기류를 보여 주기에 앞서 이러한 요청을 했을 것이다. 그러나 마술사와 그 친구들로 이루어진 관객 중에서는 조수로 자원하는 사람이 쉽게 나오는 법이다. 약간의 망설임이 있더니, 거의 동시에 연회장 곳곳에서 몇 명의 사람들이 일어섰기 때문에 존스는 손을 들어 그만하면 충분하다는 뜻을 알려야 했다. 무대 위에는 존스와 대위 옆으로 다섯 명의 남자들이 나와 있었다.

이들 중 두 사람은 바로 알아볼 수 있었다. 한 명은 쇼가 시작되기 전 개비건 경감과 함께 밖에서 보았던 형사였고, 다른 한 사람은 헤스 박사였다. 나는 이들이 존스의 지시에 따라 무대 왼편에 줄지어 서는 모습을 지켜보고 있었는데, 야회복을 입은 한 남자가 마지막으로 앞으로 나오더니 돌아섰다. 그는 워트러스였다. 나는 재빨리 주위를 둘러보았다. 개비건이 몸을 앞으로 숙이고 무대를 뚫어져라 노려보느라 내 시야를 가리고 있어서 마담 러푸르트를 볼 수 없었다. 주디는 여전히 사라진 채였다. 듀발로, 칭, 라클레어 부부는 아직 무대 뒤에 있을 것이다.

존스가 다시 말을 이었다. "대위님께서 직접 고르신 이 라이플들을 제가 점검하거나 손질할 기회가 있었는지 관객 여러분께 말씀해 주시겠습니까."

대위는 고개를 젓더니 연병장에서 말하듯 대답했다. "당신은 이 총들을 지금 처음 보는 겁니다."

"탄약을 갖고 오셨습니까?"

대위는 라이플을 테이블 위에 올려놓고 자기 코트 주머니에서 실탄 한 상자를 꺼냈다. 존스의 제안에 따라 대위는 상자를 뜯어 열고 총알을 테이블 위에 쏟아 수북하게 쌓아 올렸다.

존스는 테이블과 거리를 두고 떨어져서 입회인들에게 손짓을 했다. "이쪽으로 와서 총알을 검사해 주시겠습니까. 이것들이 순수한 총알이라는 데 충분히 만족하신다면 두 개를 골라 끝에다 세워 주세요. 다른 총알들과 멀리 떨어진 테이블 가장자리에요."

이 일이 끝나자 그는 질문했다. "누구 주머니칼을 갖고 계신 분 있습니까?"

내가 형사라고 알아보았던 사람이 칼을 꺼내서 건네주었다.

존스는 선택된 총알들을 가리켰다. "저 중에 하나를 골라주세요. 그리고 총알 끄트머리와 케이스에 선생님의 이니셜을 새겨 주세요."

남자가 그 말에 따르자, 개비건은 입을 비죽거리며 멀리니에게 말했다. "당신이 이런 일을 생각해 냈겠지, 제기랄. 나는 제대로 정신이 박혀 있으니 지금 그만두는 편이 좋을 것 같소."

"진정해요, 경감." 멀리니가 속삭였다. "이제 미끼를 물 참이니까."

존스가 워트러스와 헤스 박사에게 말했다. "두 분께서는 저 총들 중에서 하나를 선택해 주세요."

이들이 그의 말에 따라 하나씩 살펴보고 합의해서 한 자루를 골랐다.

"대위님 말고 이 총을 장전하는 방법을 아는 분이 계십니까? 선생님이신가요?"

그는 다섯 번째의 입회인을 바라보았다. 교수 타입으로 보이는 수줍어하는 남자로 두꺼운 안경을 쓰고 짧은 반다이크 수염을 기르고 있었다. 그는 뒤쪽에서 머뭇거리며 걸어 나와서는 조명을 뚫고 나오지 못할 만큼 낮은 목소리로 말했다. "네, 할 수 있을 것 같습니다."

"그러면 그 총을 받아서 왼쪽에 있는 총알을 장전해 주세요. 거기 테이블 위에 있는 겁니다."

그가 지시에 따르자, 존스는 테이블에서 만찬용의 하얀 접시를 집어 들더니 무대 뒤쪽 오른편에 있는 금속제 받침대에 놓았다.

"스톰 대위님, 그 총을 들고 저 접시를 쏴 주세요."

대위는 고개를 끄덕이고 총을 들어올렸다. 내 앞자리에 앉은 여자가 손가락으로 귀를 막는 모습이 보였다. 총이 발사되자 접시는 바닥에 떨어졌다. 작은 조각들이 비 오듯 쏟아져 바닥에서 후드득 소리를 냈다.

객석에서 몇몇 사람들이 자기도 모르는 사이에 헉하고 숨을 헐떡이는 듯한 기묘한 소리를 냈다.

존스는 긴장감을 그대로 유지해 나갔다. 그는 재빨리 표시가 된 총알을 쥐고는 차례로 입회인들 앞에서 총알을 보여주며 이니셜이 적혀 있는지를 확인시켰다. 존스는 조금 전 총을 장전했던 사람에게 총알을 건네주었고 스톰 대위가 총을 내밀자 그 사람은 노리쇠를 뒤로 당겨 사용한 탄피를 빼냈다. 그가 총을 다시 장전하자, 존스는 등을 돌려 무대를 가로질러 접시가 있던 곳으로 걸어가서는 청중을 마주 보고 섰다.

"제가 이제 보여드리려는 마술은, 그렇습니다, 위대한 총알 잡기 묘기입니다."

긴장된 그의 목소리에는 팽팽하게 당겨진 피아노 줄이 진동하는 듯한 울림이 느껴졌다. 존스가 효과를 고조시키려고 연기하는 것인지 죽음을 두려워하는 것인지 알 수 없었다.

"대위님, 준비되셨습니까?"

스톰이 고개를 끄덕였다.

"여러분이 보신 것처럼 임의로 선택되고 표시를 한 총알을 장전한 총으로 제 얼굴을 겨냥해 주십시오. 대위님이 총을 쏘면 그 총알을 이로 받아 내겠습니다. 대위님께서는 첫 방에 과녁 한가운

데를 맞힐 수 있으십니까?'

대위는 천천히 고개를 끄덕거렸다. "당신이 원한다면."

어디선가 여자가 낄낄 웃었다. 그 나사 풀린 웃음소리는 히스테리의 전조였다. 존스는 훌륭한 연기를 하고 있었던 것이다.

나는 주디가 무대 뒤에서 문을 열고 나와 어둠 속에서 자기 자리로 가는 모습을 보았다.

"부탁입니다. 조용히 해 주십시오." 존스가 주의를 주었다.

"모든 것이─아마도 제 목숨이겠지만─대위님의 조준에 달려 있습니다." 그는 손수건으로 이마를 닦더니 대위를 마주 보고 마치 쇼윈도의 마네킹처럼 미동도 없이 꼿꼿이 서 있었다.

"제가 '준비─조준'이라고 외치고, 이 손수건을 떨어뜨리면 쏘시는 겁니다. 아셨습니까?'

스톰 대위는 거의 눈에 안 띌 정도로 작게 고개를 끄덕이더니 얼굴을 찡그렸다.

손수건이 떨어졌다─그러나 곧바로 멈추었다. 존스가 아직 손수건 끝을 잡고 있었던 것이다. 이 행동은 청중들로부터 또 헉하는 소리를 끌어냈다.

존스는 팔을 양 옆구리에 바싹 붙이고 있었는데, 관객의 한숨 소리도 들리지 않는 것 같았다. 그는 턱을 치켜세우고 말했다.

"준비!'

대위는 라이플을 반쯤 들어올렸다. 멀리니는 이상하게도 살짝 뒤로 기대어 앉아서 입가에 기묘한 미소를 반쯤 떠올리고 있었다. 개비건 경감은 한 손을 코트 주머니에 넣고 팔을 구부려 언제라도 권총을 꺼낼 태세를 갖추고 있었다. 주디는 살짝 움직여 우리 쪽으로 힐끔 시선을 던졌다. 그녀는 눈은 검고 커다랬다.

"조준!"

대위의 어깨에 총이 얹혔다. 흐릿한 슬로모션 영화 속에서 유일하게 예리하고 깔끔한 동작이었다. 흔들림 없이 존스를 겨냥하고 있는 기다란 총신을 싸늘한 조명 빛이 환하게 내리 비추었다.

장내는 완전히 조용해졌고 숨소리도 들리지 않았다. 분필처럼 창백한 입회인들의 얼굴은 무대 뒤 검은 막에 뚫린 흰 구멍처럼 보였다. 워트러스는 불편한 듯 자꾸 발을 움직였다. 조명이 존스의 날카롭고 팽팽하게 긴장된 얼굴 위에서 축축한 빛을 발했다.

마침내, 끝없이 계속될 것만 같던 존스의 포즈에 변화가 일었다. 존스의 손가락이 펴지면서 손수건의 희끄무레한 그림자가 천천히 바닥에 떨어졌다.

손수건이 무대에 닿는 순간 라이플이 발사되었다!

총성이 아직도 내 귓속에서 울리고 있었다. 뒤로 넘어간 존스가 반쯤 몸을 뒤집기 시작했다. 무릎 위쪽의 몸뚱이가 뒤틀렸다. 다리가 꼭두각시 인형처럼 느슨하게 접히더니 얼굴을 바닥으로 향한 채 고꾸라졌다. 그리고 꼼짝하지 않았다.

그의 주위에 희미한 먼지 구름이 일었다.

일순간 아무도 움직이지 않았고 아무 소리도 들리지 않았다. 다음 순간 장내는 대소동에 휩싸였다.

"서두르시오, 경감." 멀리니가 외쳤지만 개비건은 이미 통로의 반을 지나 달리고 있었다.

내 머릿속에서는 자동 계산기가 바보처럼 덧셈을 하고 있었다. 다섯 명이었던 입회인이 지금은 네 명이었다!

그때 무대 뒤 왼쪽에서 굵은 목소리가 외쳤다. "오, 안 돼!"라는 외침과 동시에 주먹으로 뼈를 가격할 때 나는 소리가 들려왔다.

보이지 않던 입회인 남자가 무대 옆에서 튕겨져 무대로 굴러떨어졌다. 목소리를 듣고 알았지만, 잰슨 형사가 그 남자 뒤에서 뛰어나와 몸을 앞으로 날려 쓰러지려고 하는 남자의 무릎을 들이받았다. 그들은 함께 넘어졌고 주변은 아수라장으로 변했다.

"저자가 무대 옆으로 몰래 빠져나가려고 했습니다." 잰슨은 개비건이 각광을 뛰어넘어 오자 소리쳤다.

멀리니가 무대에 오르면서 말했다. "저자를 잡아요, 경감. 저자가 바로 범인이오!"

그 말과 함께, 무대 반대편에서 어떤 움직임이 주목을 끌었다.

미동조차 없던 존스의 몸뚱이가 빙글 돌더니 일어나 앉은 것이다! 관객들은 놀라서 모두 일어났다.

앞의 의자 등받이를 꽉 움켜잡고 있던 나의 손이 천천히 풀어지기 시작했다. 이제 모든 것이 끝났다. 팽팽한 긴장감도 사라지고 두방망이질하던 맥박도 잦아들었다―그런데 그때, 경감이 번쩍이는 수갑을 꺼내는 순간, 범인이 발을 휘둘러 경감의 사타구니를 걸어참과 동시에 잰슨의 턱을 강타하고는 앞으로 풀쩍 뛰어 각광 너머로 몸을 날렸다. 그리고 바닥에 착지하더니 무릎을 바닥에 댄 채 몸을 돌렸다. 그의 손에는 리볼버가 쥐여 있었다.

개비건도 권총을 꺼내 들었으나 쏘지 않았다. 그 사내가 귀에 거슬리는 목소리로 매우 진지하고 딱딱하게 말했다.

"누구든 움직이면 관객석에 총을 쏠 테다. 난 나갈 거야. 날 막겠다면 누군가 다치겠지. 농담이 아냐! 그 통로에서 비키라고!"

그자는 어깨 너머로 주위를 살피고 사람들을 향해 총을 휘두르면서 통로로 내려가기 시작했다. 그의 앞에 있던 사람들이 멀리 비켜섰다. 문으로 통하는 길이 마술처럼 곧장 열렸다. 중간에 한 여자가 가냘픈 비명을 지르고는 기절해서 통로로 굴러떨어졌다. 그자는 그 여자를 뛰어넘고 총을 위협적으로 움직이면서 계속 전진했다.

잰슨이 슬쩍 총을 드는 모습이 눈에 들어왔다. 개비건은 잰슨의 팔을 쳐서 내리게 한 다음 큰 소리로 지시했다.

"저자를 가게 내버려 둬! 모두들 자리에서 움직이지 마시오!"

그 사내는 문에 도착하자, 몸을 돌려 뒷걸음질 쳐서 나갔다.

"고맙군, 경감. 그럼 이만."

그자가 문에서 사라지고 등 뒤에서 문이 닫혔다. 바깥에서 테이블이 뒤집어지는 듯한 소리가 들렸다.

개비건이 외쳤다. "조용히, 모두들 꼼짝 말고 자리에 앉으시오. 출구는 모두 지키고 있고 엘리베이터는……,"

"탕!"

바깥 로비에서 총성이 들려왔다. 개비건과 형사 두 명이 부리나케 통로를 따라 달려갔다. 나는 나를 지나쳐 달려가는 멀리니의 뒤를 쫓았다. 경감의 지시에도 불구하고, 관객들은 의자를 넘어뜨리며 자리에서 일어나 놀란 표정으로 서성거렸다.

경감은 문에 몸을 던져 밖에서 문을 가로막고 놓여 있던 테이블을 밀고 문을 열었다. 바깥에는 엘리베이터 앞에서 본 형사가 쓰러져 있었고 그의 주변 카펫 위에 거무스름하게 젖은 얼룩이 보였다. 로비 양쪽의 문에서 다른 형사들이 총을 빼어 들고 다가왔다. 하지만 범인의 흔적은 보이지도 않았다.

"어디로 갔지?" 개비건은 미친 듯이 소리를 질렀다.

"누구 말입니까?" 말로이 형사가 물었다. 다른 쪽 문에서 나온 브래디는 멍하니 고개를 저었다.

휴대품 보관소의 카운터 아래에서 창백한 여자가 얼굴을 내밀자 그 여자를 보고 경감이 물었다.

"그놈을 보았소?"

그녀는 말없이 고개를 끄덕였다. 여자의 입이 움직였다.

"저는…… 네, 그 사람이 나와서…… 총 쏘는 것을 보았어요…… 그래서 저는 머리를 숙이고 숨었어요. 전 아무것도……,"

경감은 나머지 말을 듣지 않았다. 그는 한 번 휙 둘러보고는 텅 빈 로비를 샅샅이 조사했다. 휑한 로비는 숨을 만한 곳이 전혀 없었다.

나는 경감의 얼굴에 떠오른 경악의 표정과 내 뱃속에서 꿈틀거리던 공허한 느낌을 절대로 잊지 못할 것이다. 살인자가 또 해 낸 것이다! 그자는 모든 문을 지키고 있는 방에서 허공으로 사라져 버렸다!

멀리니는 재빨리 한 번 둘러보더니, 쓰러져 있는 사람 위로 몸을 굽혔다가 몸을 일으키고 엘리베이터 표시등을 응시했다. 그러더니 긴 다리로 성큼성큼 걸어가 벽에 붙은 상자에서 수화기를 잡아 당겼다.

"기계실!" 그는 외쳤다. "기계실! 경찰이오. 서두르시오! 2호기요. 2호기를 당장 23층으로 돌려보내시오. 엘리베이터를 멈추면 안됩니다! 절대 23층 위로는 보내지 마시오!"

다이얼의 바늘이 움직였다— 6, 5, 4······ 그러나 3과 2의 중간에서 멈추고 말았다. 잠깐 멈추더니 올라오기 시작했다.

"됐어!" 멀리니가 부르짖었다. "서두르시오, 경감. 문 양쪽에 대기하고 총을 쏠 준비를 하시오. 분명 거칠게 나올 테니."

우리는 벽에 몸을 납작하게 붙였다. 누군가 쓰러진 사람을 끌고 나간 바닥에는 축축한 얼룩의 긴 흔적이 남았다.

멀리니는 빠르고 낮은 어조로 말했다.

"유황 냄새가 조금도 나지 않는 것으로 보아, 그자가 도망친 장소는 한 군데뿐이오. 저 엘리베이터의 지붕이지. 엘리베이터가 22층이나 23층에 멈춰 서 있는 것을 보고 지붕으로 뛰어내린 것이오. 엘리베이터가 1층에 도착하면 2층으로 빠져나갈 생각으로."

엘리베이터의 층을 가리키는 바늘이 계속 움직였다······ 21······ 22······ 23······.

멀리니는 연필 끝을 엘리베이터 문의 중앙에 있는 작고 둥근 구멍에 끼워 넣었다. 그가 레버처럼 연필을 위로 올리자 문이 3센티미터 정도 움직였고 개비건이 문 뒤에 바짝 붙은 채로 문틈에 손가락을 넣어 활짝 열었다.

"좋아," 그는 음울하게 말했다. "총을 버려!"

그의 말이 침묵 속으로 사라졌다. 그러더니 마침내, 공기 중에 감돌던 긴장감이 스러지며 목소리가 들렸다. 언제나 그렇듯 침착했지만 이제 지치고 단조로운 말투는 전처럼 자신만만하지 않았다.

"항복이오, 경감. 당신이 이겼소."

리볼버가 둔중한 빛을 발하며 바닥으로 떨어져 빙글 돌더니 카펫 저편으로 굴러갔다. 뒤이어 안경과 가짜 반다이크 수염이 카펫 위에 떨어졌다.

그러고 나서 기름 묻은 두 손이 위로 올라가고 늘어지고 지친 표정이 군살 없는 회색빛 얼굴에 떠올랐다. 라이플을 장전했던 내성적인 입회인, 데이비드 듀발로가 빛 한가운데로 걸어 나왔다.

24

대단원

이 모든 공연은 공정한 것이다……
저글러가 항상 마지막에 고백하듯,
이런 것들은 초자연적인 행위가 아니라
능숙한 손재간과 영리한 전달 능력에 의해
수행되는 인간의 수법인 것이다.
헨리 딘, 『손 마술의 모든 기법, 또는 완벽한 속임수』

    타임스스퀘어를 둘러싸고 있는 오래된 빌딩들 가운데 하나의 꼭대기 층에는 숨겨진 문이 하나 있고 거기에는 이러한 문구가 붙어 있다. '마술 가게, 기적을 팝니다. A. 멀리니.' 그 문의 뒤에는 희한한 가게가 있다. 이 가게는 어쩐지 화려한 축제 같고 기이하며 극적이고 괴상하고 현란하면서 편안함을 모두 갖춘 곳이었다. 어디서나 볼 수 있는 윗면이 유리로 된 카운터, 한쪽 벽에 높이 치솟은 선반들, 금전등록기 등이 있긴 하지만, 평범함은 거기서 끝난다. 하얀 토끼 한 마리가 바닥 위를 깡충깡충 뛰어다니고 있으며 가게의 물건들은 이상하게 부조화를 이루는 것들로, 트럼프, 골무,

실크 손수건, 세 발 달린 테이블, 당구공, 석판, 리본, 꽃, 자명종 시계, 수정 구슬, 붉은색과 금색의 캐비닛과 상자, 새장, 어항, 여섯 개 정도 되는 이를 드러낸 종이찰흙 해골, 수천 권의 책들이었다. 오른편 벽에는, 편안해 보이는 긴 의자의 위에서부터 천장까지 마술사들의 사인이 담긴 사진 액자들이 걸려 있다. 그리고 선반의 제일 윗줄에서 밝은 색깔로 채색된 펀치와 주디 인형이 바보 같은 웃음을 띠고 내려다보고 있는 것이다.

듀발로를 체포한 다음 날 아침, 개비건 경감과 나는 그 긴 의자에 앉아 있었다. 멀리니는 카운터에 몸을 기댄 채, 유리 위에서 우아하게 몸을 뻗고 있는 거대한 검은 고양이 파우스투스 박사의 머리를 긁어 주고 있었다.

"헌터 형사는 어떻습니까?" 멀리니가 물었다.

헌터 형사는 전날 밤에 부상당한 사람이었다.

"아슬아슬했소." 개비건이 대답했다. "하지만 오늘 아침 보고에 따르면 회복될 거라고 하오."

"그럼 어젯밤 총격전 이후에 경찰 본부에서는 어땠습니까? 듀발로가 털어놓았소?"

"그렇소. 더 이상 빠져나갈 곳이 없다는 것을 알게 되자 많은 것을 털어놓았소. 희한한 것은 자신이 실패했다는 사실도 완전히 잊어버리고 게다가 자기가 우리를 속인 방법을 거의 자랑하다시피 이야기하더군."

"그 친구라면 그럴 거요. 병적으로 자존심이 강하니까. 그것이야말로 그 친구가 그토록 훌륭한 마술사가 된 이유이기도 하지. 나에게는 간단한 이론이 하나 있습니다—고객들에게는 비밀입니다만— 취미로서의 마술은 대다수 사람들의 열등감을 파고든다는 것입니다. 그리고 과잉 보상을 할수록 더 좋은 마술사가 된다는 거요. 파티에서 여흥으로 하는 마술조차도 은근한 우월감의 발로입니다. 당연히 잘못된 일이지만 우리 모두가 그것을 깨닫지 못합니다. 데이비드 듀발로는 깨닫지 못했습니다. 그는 자신이 경찰을 기만할 수 있을 만큼 똑똑하다고 생각함으로써 스스로를 속였습니다. 마술사가 자기 자신을 속이기 시작하면 파멸로 향하는 길에 들어서는 겁니다."

"그렇소." 개비건이 동의했다. "그것이 범죄자의 심리요. 대부분의 범죄자들은 자기가 너무나 똑똑하다고 생각하오. 듀발로는 바클레이 양이 당연히 자기편이라고 생각하고, 치마를 두른 존재 따위가 어떻게 자기를 거부할 수 있는지를 이해하지 못했소. 바클레이 양은 어젯밤 경찰 본부에 왔었소. 이 일로 상당히 상처받긴 했지만, 그녀는 금방 이겨낼 거요. 그녀는 듀발로를 내내 의심해 왔소. 이것으로 그녀의 몇 가지 행동이 설명되오."

멀리니는 고개를 끄덕였다. "하지만 직업적인 면에서, 듀발로의 자만심은 결정적인 자산이었습니다. 천하태평인 자신감과 관객을 질리게 한 허세가 몸에 배게 된 것입니다."

"그게 듀발로에게 얼마나 오래 남아 있을는지 모르겠군. 어젯밤 얻은 진술로 그는 교수형에 처해질 거요. 머리가 단순한 배심원이 듀발로가 내세울 게 뻔한 정상참작 사유에 속아 넘어가 그를 살려 보내지 않는 한."

"아, 그러면 경감은 동기를 아시는군? 꼭 듣고 싶소. 대개는 추측할 수 있지만 입증할 수 있는 세부 사항을 파고들 시간이 없었

소. 1935년 5월 마지막 주에 나온 신문들을 쭉 훑어보려고 했소
만."

"그랬다면 시간을 낭비했을 거요. 하지만 그 정보를 당신은 알
았지만 듀발로가 몰랐던 몇 가지 것들과 교환하고 싶소. 사실, 내
가 듣고 싶은 대답이 많이 있소." 개비건이 말했다.

"그럼 나는 어떻게 되는 겁니까?" 내가 항의했다. "두 사람은
모두 정보가 넘쳐나지만 난 폭발하기 직전입니다. 어서 이야기해
주세요."

멀리니는 허리를 굽혀 바닥에 있던 토끼를 집어 들었다. 그는 금
전등록기의 '비매품' 키를 치더니 서랍에서 당근 하나를 꺼내 토
끼의 반짝거리는 코앞에 내밀었다.

"아침밥이다, 피터." 그가 말했다. 그러고 나서 경감을 향해,
"로스가 또 다른 살인사건에 우리를 밀어 넣기 전에 설명해 주는
것이 좋겠습니다. 그 살인사건이라면 우리 둘 다 탐정 역할이 아닐
테니 말이오. 어떤 답부터 듣고 싶습니까?"

"어젯밤 총알 묘기가 무대에서 어떻게 연출된 건지 알고 싶소.
무대 위에 범인이 있고 그자가 총을 장전하면서 터무니없는 일을
저지르려 한다는 사실을 눈치챘으면서, 당신은 어째서 존스가 살
해되지 않을 거라고 생각한 거요? 그리고 실제로 왜 살해되지 않은
거요?"

"그 기회를 이용할 사람은 듀발로뿐이었기 때문이오. 카드 속
임수를 준비하고 그에게 같은 패 넉 장—모두 조커만—을 주었던
겁니다. 사격 트릭에 있어 최고로 꼽히는 스톰 대위에게는 존스의
머리 왼쪽 30센티미터 지점을 겨냥해 달라고 부탁해 두었소."

"그럴 줄 알았지! 어젯밤 존스가 사라진 것은 바로 당신이 꾸민 일이었군!"

멀리니는 고개를 끄덕였다. "인정합니다. 어제 오후 듀발로의 집에서 존스에게 이 메모를 몰래 건네주었지요."

멀리니는 접힌 종잇조각을 건네주었다. 거기에는 이렇게 적혀 있었다.

'자네가 내 말대로 해 준다면 자네와 내가 범인에게 덫을 놓을 수 있을 것 같네. 오늘 밤 자네가 할 일에 대해 내가 어떤 이야기를 하든 무조건 동의하게. 이곳을 떠날 때 미행하는 형사를 따돌리고 가게에서 나를 기다리게.'

"존스는 이번 쇼에서 보통 때와 같이 복화술을 하려고 계획했지만, 나는 그가 청링수의 유명한 묘기[37]를 할 예정이라고 말하면서 바꿔 버렸습니다. 복도 전등에 대해 당신이 물었기 때문에 듀발로는 라디오를 이용한 속임수가 들통 났다는 사실을 알게 되었고, 그래서 내가 제안한 최면술 계획이 영 마음에 들지 않았습니다. 절박한 심정이었겠지. 듀발로에게 총탄 묘기는 자기 목을 보존할 수 있는 안성맞춤의 기회였습니다. 그런데 그것은 그가 생각했던 것보다 훨씬 더 안성맞춤의 기회였던 겁니다. 듀발로는 자신의 탈의실에서 학자풍의 입회인으로 변장하고 중간 휴식 때 연회장으로

37☆ 청링수(윌리엄 엘스워스 로빈슨)는 1918년 런던의 우드엠파이어 극장에서 총탄 받기 묘기 중에 사망하였고 검시 심리에서 사고사라는 평결을 받았다. 논평가들 중에는 자살 또는 타살로도 보이는 확고한 증거를 제시한 적도 있지만 아직까지 해명되지 않았다. 이 묘기를 선보였던 10여 명의 공연자들 중 절반이 죽었고 나머지는 부상을 입었다. 현재 이 묘기를 하는 사람은 시어도어 안네만뿐이다.

들어가 존스의 공연에 자원하려고 준비했습니다. 무대 뒤에서 그는 서성거리고 있던 공연자들의 여러 친지들 중 한 사람인 양 지나갔습니다. 주디가 나의 소박한 덫을 하마터면 망쳐버릴 뻔했소. 그녀는 무슨 일이 일어나고 있는지 모르고 뒤발로를 찾으러 무대 뒤로 갔지만 그를 발견하지 못했습니다. 그가 범인이라고 소리를 지를까 봐 걱정했지만 다행히도 그녀는 어느 정도 뒤발로를 믿고 있었습니다. 자신의 가장 친한 친구가 살인자라는 사실은 언제나 믿기 어려운 일이니 말이오."

"지금 당장 분명하게 알고 싶은 것이 하나 있네." 내가 말했다. "어째서 뒤발로는 최면술에 동의한 거지? 그걸 하면 자신의 비밀이 들통 날지도 모르잖나?"

"아닐세." 멀리니가 설명했다. "자기가 최면술사이기 때문에 위장할 수 있으리라고 자신했던 걸세. 상대가 브레이너드 박사일지라도 말이네. 쉬운 일은 아니지만, 뒤발로라면 잘 해 낼 수 있었을 걸세. 엄청난 자기 확신이 그 친구를 몇 번의 위험한 상황에서 빠져나오게 했거든. 밀워키에서 생매장 묘기가 잘못됐을 때 그 친구는……,"

"그렇다면 존스가 뭔가 결정적인 것을 잊어버렸다던, 건망증에 걸린 용의자였던 건가?"

"맞소." 경감이 대답했다. "만약 멀리니의 정신분석학자 친구가 존스에게 최면을 걸었더라면 우리가 무엇을 알게 될지 뒤발로는 알고 있었소. 그것은……,"

"잠깐, 경감." 멀리니가 가로막았다. "로스에게 절정을 맛보게 하려면 클라이맥스부터 시작하면 안 되지. 차근차근 몰아가야 합니다."

나는 카운터에서 '최상품의 수정 구슬, 특별가 6달러 50센트'라는 라벨이 붙은 무거운 유리구슬을 위협하듯 집어 들었다.

개비건이 말했다. "알았소. 당신이 이야기를 맡아서 해요. 이야기하는 동안에, 어떻게 그 사실을 알았는지 알고 싶소. 난 아직도 뭐가 실마리였는지 모르겠소. 당신은 그때 그곳에 오기도 전이었 잖소. 타로가……,"

"또 절정으로 가는군." 멀리니가 말을 막았다. 그는 피터 래빗에게 당근을 하나 더 주었다.

"출발점에서부터 시작합시다. 사바트 살인사건부터 말이오. 거기서 가장 중요한 문제는 탈출에 대한 것이었소. 당신은 수르가트는 고려하지도 않으려 했고, 두 사람 모두 범인이 소파 밑에 숨어 있었다는 내 가설을 확실히 타당한 난점을 들어 매장시켰소. 어쨌든 앞서 인정했듯이 나도 소파 밑에서 아무 흔적도 찾지 못했소. 듀발로가 보여 준 끈을 이용한 속임수 외에는 방법이 없었소."

"젠장!" 나는 진심을 담아 외쳤다. 마술사를 절대로 믿지 말아야 한다는 사실 정도는 알고 있었고, 멀리니가 그래서는 안 된다고 단언했지만, 마지막에는 그가 그 아파트에서 탈출하는 새로운 방법을 제시해 줄 것도 반쯤은 기대했던 것이다. "하지만 듀발로의 설명이 맞다면," 내가 계속 말했다. "범인은 우리가 문을 부수고 들어갔을 때부터 경찰이 도착하기까지의 사이 어느 때에 빗장을 걸기 위해 아파트에 있었어야 했을 텐데. 듀발로는 그 조건에 맞지 않아."

"진정하게, 로스. 듀발로는 잠시 잊어 주게. 범인이 그곳에 틀림없이 있었다고 가정하고 그자의 입장에 서 보게. 자네가 범인인데 부엌문에서 잔재주를 부리는 일을 끝내지 못했다고 생각해 보게. 일단 처음에 자네는 두어 명의 증인을 데리고 그곳으로 가겠지. 다음으로 자네의 연극에 예기치 않은 요소가 끼어드는 것은 반갑지 않기 때문에 하트라는 이웃 남자가 전혀 도움이 되지 않는 참견을 하는 것은 전혀 달갑지 않겠지. 게다가 아직 아파트 안에도 들어가지도 않았는데 하트가 경찰에 전화를 건다면 자네는 분명히 반대했을 걸세. 그것뿐만이 아니라 자네는 그 상황에서 주도적으로 다른 사람들의 행동을 지시하고 통제하려고 하겠지. 그중에서도 가장 중요한 것은 자네가, 그것도 자네 혼자 다른 사람보다 먼저 부엌으로 가려고 혈안이 되었을 걸세. 그렇지 않은가?'

"그것 참 그럴듯하게 들리는군. 하지만 이 모든 일을 한 사람은 타로였단 말일세!'

멀리니가 비밀스럽게 미소 지었다.

"자네는 그에게 위험한 순간을 몇 차례 제공했네. 예를 들어 이미 경찰에 전화했다고 말한 것 같은 것. 경찰이 당장 들이닥칠지 모르는데 아직 부엌으로 가지도 못한 걸세. 그는 아직 살인자가 주변에 숨어 있을지 모른다며 위험한 상황이라는 것을 강조하기 위해, 혼자서 주위를 둘러볼 이유를 대기 위해 총을 꺼내 흔들어 댔지. 그때 자네가 천사라도 코를 들이밀지 않을 곳에 들어온 걸세. 그는 신속하게 머리를 굴려서 자네를 침실로 보냈네. 이 모든 것은 매우 시사적이었네. 타로야말로 모든 용의자 중에서 어떻게든 부엌문으로 가려고 한 유일한 남자였지."

"그런데 알리바이를 생각하면 타로는 범인이 될 가능성이 없지 않나." 대체 어떤 결론에 이를 것인지 궁금해 하며 내가 말했다.

"하지만, 그때까지 우리가 아는 한 타로는 공범일 수도 있었지. 실제로, 타로와 범인이 듀발로에게 누명을 씌우려 하는 것처럼 보였네. 지나치게 많은 단서가 전부 듀발로를 가리키고 있었지. 명함, 자물쇠 따개, 그리고 그 범행은 탈출 전문가가 아니면 안 될 것처럼 보인다는 사실까지."

"그렇소." 개비건이 끼어들었다. "지문을 남기지 않은 일, 택시에서 사라진 일, 사바트의 총을 갖고 있던 일, 잘못된 주소를 알려 준 일 등처럼 무례한 행동을 하던 때까지만 해도 나 역시 그렇게 생각했소. 그런 것은 전혀 말이 되지 않았소. 누군가에게 누명을 씌우려면 보통 자기 주변은 깨끗하게 해 두는 법이니까. 하지만 생각도 못한……,"

"그러고 나서," 멀리니는 급하게 끼어들었다. "그 계획은 제대로 뒤집혔네. 듀발로가 태연한 얼굴로 들어왔고 두 가지 일이 일어났기 때문이지. 그에게 불리한 증거가 모두 지나치게 뚜렷해서 미묘하게 수상쩍었다는 점과 명함이 듀발로가 아닌 타로와 관계가 있다는 것으로 판명되었다는 점이지. 그것은 서투른 짓이었네. 명함이 듀발로를 가리키고 있는 동안은 듀발로의 위치는 비교적 안전했지만 상황이 돌변해 그것이 내내 타로를 가리키고 있었다는 것으로 우리가 판단하자 듀발로로서는 난처하게 된 것이지."

"자네한테는 자기만의 비밀스러운 논리라도 있나?" 내가 항의했다. "제발 그런 역설의 비약을 조금만 늦춰 주게나. 쫓아갈 수가 없네."

멀리니는 토끼의 귀를 긁어 주었다. "물론 그 명함은 일부러 갖다 놓은 것이었지. 개비건 경감이 듀발로에게 그렇게 말했었는데 제대로 맞힌 것이었네. 만약 일부러 갖다 놓은 것이 아니라 있는 그대로의 단서였다면, 우리는 명함이 가리키는 사람, 즉 듀발로를 요령부득의 알짜배기 바보라고 생각했을 걸세. 하지만 범행 자체가 그것이 거짓임을 보여 주었지.

유일한 의문은 이것이었네. 범인이 듀발로에게 혐의를 씌우기 위해 명함을 일부러 놓아둔 것인지, 아니면 듀발로가 누군가에 의해 누명을 쓴 것처럼 보이려고 명함을 놓아둔 것인지 말이네. 듀발로는 자신이 누명을 썼다고 우리가 생각하기를 원했네. 그 신비로운 윌리엄스 씨에게서 걸려 왔다는 가짜 전화도 같은 목적으로 날조한 것이지. 경감이 뜻밖에도 진상에 가까이 다가와서 듀발로는 가슴이 철렁했네. 그는 경찰이 그만큼의 통찰력이 있을 거라고는 생각도 하지 못했거든."

"그자는 틀림없이 추리소설을 너무 많이 읽은 게야." 개비건이 중얼거렸다.

"그것뿐이 아니었네." 멀리니는 계속 말을 이었다. "듀발로는 경찰이 너무나 둔해서 자기가 누명을 쓰고 있다고 추론해 내지 못하는 게 아닐까 의심했지. 그는 가장 위험한 마술이라고도 할 수 있는 살인자의 역할을 하고 있었기에 지나치게 신중해졌네. 듀발로는 타로가 글씨를 쓴 흔적을 지운 명함을 사용했네—그 명함을 나중에 써먹기 위해 갖고 있는 것은 타로도 가능했겠지만 듀발로라면 간단한 일이었지. 지운 흔적은 상당히 뚜렷했지만 혹시 경찰이 그걸 보지 못했다면 듀발로가 지적했을 걸세. 그게 그가 실수한 부분이었네. 나는 명함이 절대로 듀발로와 연루된 것이 아니라는 사실을 깨닫자마자 듀발로가 일부러 놓아두었다고 확신했네. 만약 누군가 타로가 연루된 것으로 보이기를 바랐다면 듀발로가 아니라 타로의 명함을 남겨 놨을 걸세. 그렇게 에두른 단서를 남길 이유가 없지 않나."

경감이 말했다. "멀리니, 당신은 그처럼 과장되고 복잡한 추론 때문에 듀발로가 유죄라는 것을 알게 되었다고 말하려는 것은 아니겠지?"

"아니오. 하지만 그것 때문에 충분히 의심을 하게 됐소. 어쨌거나, 그 명함은 다음에 일어난 확연한 실수에 비하면 사소한 실수였을 뿐이오. 듀발로는 자신의 직업적 명성을 손상시키지 않으면서 자기가 그 아파트에서 탈출하는 일이 불가능하다는 사실을 입증하려고 했소. 나는 그가 정확하게 그 일을 해냈다는 사실 때문에 급격한 혼란에 빠졌소. 듀발로는 자기가 부엌문의 빗장을 건 사람일 수 없음을 증명함과 동시에 자기가 살인자라는 사실을 인정했던 것이오!"

"그가 무엇을 했다고!" 개비건은 깜짝 놀랐다.

"듀발로는 자기 자신을 완전히 드러냈습니다. 지나치게 많이 설명한 겁니다. 그가 알고 있다고 생각되는 것보다 더 많이 말이오. 듀발로는 열쇠구멍을 어떻게 틀어막을 수 있는지를 재현하기 위해 당신의 손수건을 빌렸소. 그런 다음 그는 손수건에 연필 자국을 냈습니다. 그런 자국이 사바트의 손수건에서 발견되었다는 이야기를 듣기 전에 말입니다!"[38☆]

38☆ 175~177쪽을 보라.

경감은 멍하니 앞을 바라보고 있었다. 그는 파란 눈동자가 튀어 나올 정도로 눈을 치뜨더니 으르렁거렸다. "이런 젠장!"

"하지만," 나는 궁금했다. "왜 연필 자국을 남긴 걸까? 범인이 연필의 지우개가 달린 부분으로 천을 열쇠구멍에 밀어 넣었더라면 나중에 손수건을 바꿔칠 필요도 없었을 텐데 말이야. 문에 빗장을 걸 필요도 없었어. 열쇠로 잠겨 있었으니까. 범인이 돌아오거나 조수를 보낼 필요도 전혀 없었을 텐데 말이야. 나한테는 이상하게 들리는데."

"물론, 그럴 걸세. 자네는 듀발로보다 단순하고 더 직설적인 사람이니까. 그 친구는 마술사라서 그의 간계는 우회적이라네. 그는 신비로운 것만 좋아하기 때문에 일급의 불가능한 것 정도로는 만족하지 못하는 걸세. 그는 일을 초대작으로 만들어야 했고 그것이 결국 부메랑이 되어 돌아왔지. 처음에는 견고하고 독창적인 아이디어로 시작했네. 두 건의 살인을 저지르고, 아무리 머리 나쁜 경찰이라도 이 두 건의 살인이 동일범에 의한 소행이라는 것을 확실히 알게 해 두는 거지. 그리고 그 중 한 건에 대해 흔들리지 않는 알리바이를 준비하는 걸세. 그런 방법을 쓴다면 어떤 연쇄 살인도 가능할 걸세. 그러려면 하나의 알리바이를 확실히 해 두어야 하지. 그의 알리바이가 그랬네. 타로가 살해될 때 경찰과 함께 있었으니까. 듀발로는 그것으로 만족했어야 했는데 그러지 않았어. 사바트의 살인에 대해서도 알리바이를 만들어 내려고 지나치게 공을 들인 걸세. 연필 자국이 있어서 찢어진 손수건을 바꿔칠 필요가 생겼고, 그것이 듀발로가 없었던 것이 분명했던 시간에 범인이 아파트에 돌아온 것을 증명하게 된 것이네."

"난 그게 이해가 안 되는걸." 내가 말했다. "만약 두 사람이 제대로 된 범인을 감옥에 넣은 것이라면, 그러니까 듀발로가 범인이라면 연필 자국이 증명하는 것은 살인자가 돌아왔다는 사실이 아니라 그에게 조수, 즉 타로가 있었다는 사실을 증명하는 거잖아. 그렇지만 그건 아닌데…… 난 도대체……."

"그래서 그 점에서," 멀리니가 말을 이었다. "나도 이해할 수가 없었지. 만약 이 두 사람이 공모한 것이라면, 도대체 어째서 타로는 듀발로에게, 그리고 듀발로는 타로에게 죄를 떠넘긴 것일까? 그건 확실히 팀워크로는 보이지 않았네. 살인자와 공범은 보통 따로따로 교수대에 오르기보다는 함께 교수대에 오르는 법이지. 한 가지 추론은 이들이 범행에 있어 동료였음이 분명하다고 말하고 있었고 다른 논리는 정확히 반대의 경우를 말하고 있었네. 우리가 처한 논리적인 혼란은 듀발로가 지금까지 탈출했던 마술의 결박만큼이나 어려운 것이었네. 그런데 그때," 멀리니는 양 손을 좌우로 벌리고 손가락을 펼쳤다. "전체 조각들이 내 면전에서 시끄럽게 소리를 내며 제대로 터진 걸세! 이해할 수 없는 행동을 하던 타로가 살해되고 그의 시체는 증거들로 완전히 둘러싸였지―살해 방법, 사바트의 가운 끈, 디 박사의 수정구, 『마도서』의 찢겨 나간 페이지, 무엇보다 시체의 자세―살인자는 단 한 명이라는 것을 뜻할 뿐인 증거들이네. 타로가 죽은 시간에 듀발로는 우리의 눈앞에서 우리와 이야기를 하며 끊임없이 혐의를 타로에게 떠넘기고 있었지! 그가 정말로 티베트인의 가장 멋진 마술을 배웠다고 가정하고 ―동시에 각각 다른 장소에 나타나는 것 말이지― 그리고 그의 분신이 배신한 공범을 제거하기 위해 타로를 죽였다는 것을 인정했다 하더라도, 여전히 타로의 모순된 행동을 설명할 필요가 있을 걸세. 다른 것보다 우선, 타로의 죽음은 우리에게 새로운 수수께끼를 안겨 주었네―변장 말일세. 새로운 뭔가가 발견될 때마다 제자리로 돌아왔지. 퇴행적인 우리의 움직임은 볼 만한 구경거리였네. 무심코 드러내는 실수에도 불구하고 역시 위대한 듀발로는 언제나 추적자들보다 훨씬 앞서 간 걸세."

"멀리니," 개비건이 참견을 하고 나섰다. "풍선을 부풀리는 것은 그쯤 해 두시오. 당신의 충격적인 논리가 풍선을 쪼아대기 시작하면 터져 버릴 테니 말이오."

"하지만, 경감, 그때는 풍선이 아니었소. 오히려 암벽에 가까웠소. 당신이라면 그것을 인정해야 할 거요." 멀리니가 반박했다.

나는 짜증을 내며 끼어들었다. "당신들은 내가 해답을 모르고 있다는 사실을 잊고 있군요. 빨리 말해 주게. 신경쇠약에 걸릴 지경이란 말일세."

멀리니는 평온한 어조로 이야기를 이어갔다.

"나는 무대 뒤에서 살짝 보았네. 모자 속에 숨어 있는 토끼의 모습을. 그런데도 듀발로는 여전히 나에게 계속 속임수를 쓰고 있었지. 수수께끼는 점점 깊어졌지만 마침내 우리는 한 가지 불가능한 것에 대한 해답을 얻었네. 조작된 라디오를 발견했고, 타로가 도착한 다음부터 눈이 오기 시작하기까지의 시간보다 더 일찍―분명히 30분은 더 일찍― 살인이 일어난 것을 알게 된 것일세. 그렇게 해서 눈 위에 발자국이 없는 이유도 알게 된 거지. 그렇지만 그게 뭔가 도움이 되었을까? 살인은 듀발로의 집에서 일어났고 듀발로는 그 라디오에 장난질을 칠 수 있는 최고의 기회를 가진 사람이었네. 그래서 듀발로가 눈이 내릴 것을 예상하지 못하고 열린 창문에 그 사다리를 걸쳐 둔 것이라고 나는 확신했지. 누가—탈출의 명수가 아닌 누군가가— 사다리를 타고 내려갔다고 우리가 생각하게 하기 위해서. 그것과 상관없이 그의 알리바이는 그 어느 때보다 철벽같았네. 30분 전인 10시 정각에 듀발로는 이미 사바트의 집에 도착했고 우리 눈앞에 명백히 나타났거든."

"그리고 라디오를 켠 사람은 존스로 밝혀졌소." 개비건이 역겹다는 듯이 덧붙였다.

"그렇소, 존스는 무대 뒤의 두 번째 조수인 것처럼 보였소. 다만 그 역할을 하기에는 부적합한 사람이었지. 철저한 바보가 아닌 다음에야 그가 듀발로의 부탁을 받고 그곳에 가서 전등 스위치를 누를 리가 없지. 자신의 복화술 능력이 현장에서 자신을 위험에 빠뜨릴 것을 알면서 말이야. 어떻든 간에, 시간과 공간의 문제가 있음에도 불구하고 나는 듀발로가 타로를 교살한 것이 틀림없다고 느꼈네. 그래서 내 자신에게 이런 질문을 던졌지. 듀발로는 존스가 이곳에 들러 적절한 순간에 정확히 전등 스위치를 켜도록 만들 수 있었을까, 존스가 자신이 자유의지와 상관없이 우연히 행동하고 있음을 알아차리지 못하게 하면서? 그러자, 답이 보였네. 대답은 예스였어."

멀리니는 심술궂은 미소를 지으며 개비건을 보며 말했다.

"이 대목에서 로스는 분연히 일어나 그 이야기는 워낙 진부하고 케케묵은 수법이라 그가 쓰고 싶어 몸이 근질거리는 소설에는 어울리지 않는 이야기라고 절규할 겁니다. 그에 대한 내 대답은, 그러한 비판이 사실이라면 왜 자네는 그것을 깨닫지 못하느냐는 거지. 우리는 그 수법에 대해 충분히 이야기를 나누었네. 수사를 진행하던 동안에도 그리고 지금, 바로 몇 분 전에도."

나는 냉담을 가장하여 분함을 숨기려 애썼으나 잘되지 않았다. "이런 젠장! 듀발로가 그에게 최면을 걸었군!"

"바로 맞혔네." 멀리니가 싱긋 웃었다. "그것이야말로 일어날 리 없는 우스꽝스러운 우연의 일치보다 더 개연성 있는 유일한 일이라네. 듀발로는 존스에게 최면술 실험을 해 보자고 설득하고 최면 상태에서 존스를 속인 걸세. 듀발로는 존스에게 정확히 10시 30분에 그 집으로 가서 전등을 켜도록 암시를 주고 깨어난 다음에는 최면에 걸렸었다는 사실을 전혀 기억하지 못하게 최면을 걸었네. 건망증에 걸린 용의자가 잊어버린 것이 바로 그것이었네. 그리고 그것이, 또 다른 최면에 의해 드러나리라는 사실을 듀발로가 알아차렸던 것이라네. 듀발로는 이 사실을 인정했소, 경감?"

"그렇소. 나는 듀발로가 그것을 자백했을 때, 그자가 약에 취한 게 아닐까 잠깐 동안 생각했소. 하지만 그때 소더만과 오코넬의 책[39]☆에서 그런 것에 대해서 읽었던 것이 생각났소. 이들은 한 가지 사건을 언급했는데, 그 사건에서는 젊은 남자 두 사람이 어떤 여자에게 최면을 걸어 성폭행을 했소. 그런 다음, 연상 작용을 통해 무슨 일이 일어났는지 잊어버리게 한 거요. 만약 그런 것이 가능하다면, 듀발로도 존스가 전등 스위치를 켜도록 만들 수 있었으리라고 짐작했소."

"계속 하게." 나는 재촉했다. "그 다음 장애물은 어떻게 넘어

---

[39]☆ 『현대 범죄 수사』, 펑크 & 와그널스, 1935, 31면.
최면술은 다른 용의자들은 할 수 없었지만 듀발로는 할 수 있었던 두 가지 일 중 하나였다. 13쪽을 보라.

가려고? 타로가 살해된 것에 대한 이야기가 아직 남아 있잖아."

멀리니는 카운터에서 내려와 토끼를 우리에 넣었다.

"알고 있네." 그가 말했다. "나를 초조하게 만든 것이 바로 그거였지. 듀발로는 이 사건의 전개 과정 어딘가에서 감쪽같은 속임수를 쓰고 있었어. 두 건의 살인은 마술이고, 그는 마술사였네. 만약 나의 추론이 맞다면, 우리는 그 어딘가에서 실수한 걸세. 토끼를 모자 속에 넣었을 때 마술사들 사이에서만 아는 기본동작이 있는데 그것을 간과한 거지. 나는 그 연필 자국으로 듀발로의 꼬리를 잡을 수 있었지만, 타로의 아파트에서는 찾고 있지 않았던 것이 아무것도 발견되지 않아서 그것은 뭔가 냄새가 난다고 생각했는데 너무나 막연해서 확실한 것은 아니었네. 좀 더 결정적인 것이 필요했지. 그래서 로스에게 내가 나타나기 전에 일어났던 일, 그때까지 말로만 전해 들었던 일을 아주 상세히 적게 했소, 경감. 효과가 있었지. 그 글에 단서가 나타났고 갑자기 모든 비밀 문과 비밀 스프링들이 적나라하게 드러났습니다. 듀발로가 카드로 쌓은 집은 허물어져서 마개를 열어 놓은 탄산수처럼 김이 새 버린 것이오. 하지만 그 증거가 배심원에게 통할지 여전히 확실하지 않았고, 당신들이 그것을 받아들일지 확신이 없어서 총탄 묘기라는 덫을 준비한 겁니다."

멀리니는 50센트 동전을 다시 꺼냈다. 그것이 그의 손 안에서 반짝거렸을 때, 나는 멀리니가 새로운 수법을 개발했음을 알았다. 그는 동전을 손가락 끝에 올려놓고 왼쪽 손바닥으로 튕겨 내면서 주먹을 꽉 쥐었다. 쥔 주먹을 향해 비밀스러운 손짓을 하더니 천천히 손을 벌리고 놀란 척을 하며 50센트어치의 잔돈을 쏟아냈다. 25센트 하나, 10센트 하나, 5센트짜리 두 개, 1센트짜리 다섯 개였다.

경감은 못 본 척했다. "그것은 나도 본 것이었소?" 그는 걱정스럽게 물었다.

"분명히 그럴 거요. 그것은 극히 평범한 동작으로 보통은 전혀 수상하지 않은 것이지만, 이 경우에는 확실한 가능성을 내포하고 있었소. 하트의 보고서에서는 이렇게 말하고 있습니다─그것도 두 번이나 언급했지요─'타로는 소맷단을 올리고 은제 손목시계를 힐끗 보았다.' [40☆]"

경감의 얼굴에 알겠다는 표정이 퍼져 가는 것을 보았으나 정작 나 자신은 아직 아무것도 감지할 수 없었다.

멀리니는 책장에서 책을 한 권 끄집어냈다.

"하트는 눈치채지 못하는군요, 경감. 이제 다 끝난 일이고 범인도 체포되었으니, 내가 마지막 한 가지 주술을 사용해서 저 친구가 이해할 수 있게 도와줘도 괜찮겠습니까?"

나는 개비건 경감이 그런 주제에 대한 언급을 듣고 미소 짓는 모습을 보게 되리라고는 전혀 기대하지 않았으나, 지금 경감은 그렇게 했다. "당신을 막을 방법은 도저히 찾지 못하겠군, 멀리니. 공갈 폭행이라는 방법 말고는 말이오."

"그 방법에 아무 이의도 없습니다." 나는 신랄하게 말했다.

멀리니는 빙긋 웃고 내 말을 못 들은 체했다. "우리는 예전에," 그는 책을 획획 넘기다가 귀퉁이를 접은 부분을 발견하고 말을 이었다. "이 책을 언급할 기회가 있었지. 이 책은 마담 다비드 넬의

40☆ 40쪽과 53쪽을 보라.

『티베트의 마법과 신비』라네. 여기에 '롤랑, 춤추는 시체'라는 제목이 붙은 부분이 있네." 그는 빠르게 읽기 시작했다.

의식을 집행하는 자는 어두운 방에 시체와 함께 홀로 감금된다. 시체를 되살리기 위해, 그는 시체 위에 엎드려 입과 입을 맞댄다. 그리고 시체를 팔로 감싸고 마음속으로 끊임없이 마법 주문을 반복하며 일체의 다른 생각을 버려야 한다.

얼마간의 시간이 지나면 시체는 움직이기 시작한다. 시체가 일어서서 달아나려고 할 때 마법사는 시체에 단단히 매달려 시체가 탈출하는 것을 막아야 한다. 시체는 마법사를 매단 채 껑충껑충 뛰어다니며 격렬하게 몸부림친다. 마법사는 시체에 단단히 매달려 입술을 시체의 입에 붙이고 마음속으로 끊임없이 마법 주문을 되풀이한다.

마침내 시체의 혀가 입에서 튀어나오면 결정적인 순간이 도래한 것이다. 그때 마법사가 자신의 이로 시체의 혀를 끊으면 시체는 바로 쓰러진다.

시체를 깨어나게 한 다음 그것을 제어하지 못한다는 것은 마법사의 죽음을 의미한다.

조심스럽게 건조시킨 혀는 승리를 거둔 '각파[41]★'에게 강력한 무기가 된다.

"그런데," 그는 책을 덮으며 덧붙였다. "뒤발로는 타로를 깨어

41★ 토착 종교의 주술사로, 마귀나 죽은 이의 영혼을 살려내는 데 강한 힘을 갖고 있다고 한다.

나게 한 뒤 시체를 제어하는 데 실패한 걸세!'

'세상에 이게 무슨 헛소리야!' 나는 마음속으로 외치고 얼굴을 찡그리며 말했다. "여러분 모두 착한 어린이가 된다면 위글리 아저씨가 교활한 비늘투성이 악어와 못된 늙은 늑대를 어떻게 골탕 먹였는지 전부 이야기해 줄게요.[42★] 도대체 무슨 소리인가!"

"더 해 보지 그러나, 실컷 웃으라고. 하지만 그게 실제로 일어난 일일세. 이 이야기가 알리바이 리스트를 옮아맸던 물에 젖은 매듭을 풀 수 있는 유일한 길이라네. 제시된 증거 때문에 범인이 두 사람—한 사람처럼 움직인 두 사람—이라고 추정했기에 딜레마에서 헤어날 수 없었던 걸세. 그렇지만 한 사람이 두 사람처럼 행동했다는 추정을 피할 이유가 없었네. 듀발로가 타로를 죽이고 다시 타로를 살려낸 걸세. 그다지 많은 승리를 거두지 못한 우리의 각파에게는 두 명의 공범이 있었지. 자신이 공범이었다는 사실을 깨닫지 못한 존스, 그리고 죽은 타로."

"맙소사, 좀비라니!" 나는 신음소리를 냈다.

"바로 맞았네." 멀리니는 책을 옆으로 치우고 카운터 위에 있던 호두 껍데기 세 개와 완두콩 한 개를 가지고 장난치고 있었다.

"듀발로가 타로로 가장했던 걸세. 그런데 난 왜 자네가 그걸 알지 못했는지 이해가 안 되는군, 로스. 자네는 다른 사람으로 가장하는 수법이, 최면술이나 비밀 문처럼 추리소설에서는 극도로 진부한 것이라는 사실을 알지 않나. 독자는 두 번째 장쯤에서 반 위글보텀 부인이 고등학교 때 연극부의 스타였다는 사실을 알게 되

42★ 하워드 게리스의 동화 『위질리 아저씨』를 인용한 것이다.

면, 나중에 수프 속에 흰 가루를 넣고 있는 붉은 수염의 남자가 그 부인이라는 것 정도는 바로 눈치챌 걸세. 하지만 이번 사건에서는 아마추어 배우가 한 명뿐이 아니었네. 용의자들 모두가 배우였고, 그들 대부분이 프로였지. 이것이 실제로 이들 모두 공통적으로 가진 한 가지였던 걸세. 다른 사람으로 가장하는 것은 이번 사건에서 곳곳에 드러나 있었네. 경감도 한 번 그런 가능성을 생각했지. 재너두 방송에서 타로의 목소리라고 여기던 것이 다른 사람의 목소리였다는 사실을 알았을 때 말일세. 잠깐이나마 경감은 진상의 꼬리를 잡았던 겁니다. 실제로 경감은 누군가가 타로인 척하고 있다고 외친 적이 있었소. 나중에 타로가 택시에서 모습을 감췄을 때, 택시 기사가 한두 블록 정도 동안은 타로인 척했지. 그리고 마지막으로, 나는 타로가 요가승의 미스터리에서 듀발로로 가장했었다고 말했었네. 이 반대도 가능한 셈이지. 게다가 듀발로야말로 타로의 역할을 연기할 수 있는 유일한 인물이었던 걸세![43] 다른 사람들은 모두 너무 키가 작거나 너무 뚱뚱하거나 너무 늙었거나 너무 젊거나 여자거나 아니면 타로와 같은 시간에 나타나거나 했지. 하지만 하트 자네가 나를 위해 적어 준 요약문 속 두 사람에 대한 묘사를 비교해 보게. 체구, 전반적인 얼굴 윤곽, 같은 눈 색깔, 머리카락 등 근본적인 특징이 두 사람 모두 똑같네. 이들의 차이점이라면 목소리와 옷차림 같은 표면적인 부분뿐인데 이런 것은 불빛이 침침한 방 안이라면 손쉽게 흉내 낼 수 있는 것들이지."

"그럼 우리가 살아 있는 타로를 전혀 보지 못했다는 건가?"

---

[43] 13쪽을 보라

멀리니는 고개를 끄덕였다.

"우리는 타로가 10시 전에 살해되었을 리가 없다고 결론을 내렸지. 타로는 그 시각보다 빨리 듀발로의 집에 갈 수 없다는 것이 그 이유였네. 우리가 틀렸던 걸세. 그는 거의 네 시간 전에 그 집에서 도착해서 듀발로에게 살해당했네. 듀발로는 워트러스 대령, 마담 러푸르트 그리고 자네 등 다른 사람들에게 보이기 위해 타로로 가장하여 그를 되살려 낸 걸세. 그렇게 함으로써 글자 그대로 동시에 두 장소에 있을 수 있었지. 내가 처음으로 이 생각을 떠올린 것은 내가 자네에게 요가승의 분신술 트릭에서 타로가 듀발로로 가장했었다는 이야기를 하고 있을 때였네. 우리의 모든 난제를 깨끗이 풀어줄 가설이 이 가정에 있다는 것이 점차로 분명해졌지."

그는 손가락을 꼽으며 요점을 이야기했다.

"첫째, 이처럼 모습을 바꿨기 때문에 듀발로에게는 사바트의 집에 나타나 빗장을 걸고 열쇠구멍 속의 손수건을 직접 바꿔칠 수 있는 기회가 주어졌네. 둘째, 이 때문에 타로가 지문을 찍으려고 하지 않았던 것이고 카드 트릭을 보여줄 때조차도 장갑을 절대로 벗지 않았던 이유가 설명이 되지. 그는 듀발로의 지문을 남기면서 돌아다닐 수 없었던 걸세. 셋째, 평상시라면 매스컴의 주목을 끌려고 하던 타로가 사바트의 집에서 나갈 때는 팔로 얼굴을 가리고 사진기자들을 좌우로 밀쳐낸 이유가 설명되네. 넷째, 이것으로 전등 소켓들 속에 동전이 들어 있던 이유가 설명이 되네—다른 사람으로 가장하고 있는 동안은 불빛이 적을수록 좋으니까. 게다가 듀발로 자신의 모습으로도 나타나야 했을 테니 말일세. 다섯 번째 요점은……,"

"잠깐." 내가 말을 끊었다. "'타로'가 범행 현장에 있던 동안에 듀발로가 사무실에서 혼자 윌리엄스를 기다리고 있었고, 형사가 와서 문을 노크하는 소리를 들었다고 말한 것은 어떻게 설명할건가?"

개비건이 대답했다. "그건 쉬운 일이오. 타로로 가장하고 있는동안 그는 내가 부하들에게 그곳으로 가라고 지시하는 소리를 들었던 거요."

"그리고 그것은" 멀리니가 덧붙였다. "'사무실에서 혼자 기다리고 있었다'는 그가 지어낸 이야기 중에서 유일하게 사실인 점이었을 걸세. 다섯 번째 요점은 타로의 방에서 발견한 콜드크림이 묻은 수건과 관련되어 있네. 타로라면 변장을 할 필요가 없으니까 콜드크림이 묻은 수건이 발견되지 않았겠지만 콜드크림이 묻은 수건이 있다는 것은 듀발로가 변장을 지웠다는 뜻이지. 여섯 번째는 그랜드 센트럴 역의 라커에 보관되어 있던 수수께끼의 슈트케이스라네. 그 속에는 필경 듀발로 자신의 옷이 들어 있었을 걸세. 그가 타로의 옷을 처분할 때 필요로 했겠지. 일곱 번째, 다른 사람 행세라는 것으로 타로가 가짜 주소를 남긴 이유가 설명되네─듀발로는자기가 그곳에 가기 전에 타로의 방이 경찰들로 어지럽혀지기를원치 않았을 걸세. 타로에서 듀발로로 완전히 변신하고 타로의 옷을 침실 주변에 흩어놓아야 했거든. 여덟 번째에 이르러서야 내가드디어 뭔가 건졌다는 것을 확신하게 되었네. 다른 사람으로 가장하는 행위라는 것으로 내가 끈질기게 던지던 질문의 답을 얻을 수있었지. 어째서 타로는 잰슨 형사에게서 도망치는 데 좀 더 평범하고 기본적인 수법을 사용하는 대신 생일 케이크처럼 화려한 방법으로 사라졌던 것인가? 택시에서 사라진 일은 실제로 효과가 있었네. 잰슨 형사가 헛된 추적을 계속 하도록 만들었고 듀발로에게 변신을 할 시간을 주었을 뿐 아니라 운 좋게도 사바트의 아파트로 돌아가서 우리에게 자신의 모습으로 나타날 시간까지 주었네. 타로가 행방불명 리스트에 오르기 전에 말이네. 그 멋진 마술을 꿰뚫어 보지 못했더라면 우리는 길고 긴 곁길에서 헤매고 있었을 걸세. 우리는 듀발로와 타로가 동시에 존재하고 소재가 확실하다고 굳게 믿었을 테지. 듀발로는 사바트의 아파트에, 그리고 타로는 택시 안에 있었다고. 그리고 마지막으로 아홉 번째, 왠지 타로는 자신이 죽을 것을 알고 있어서 터무니없는 이야기를 해도, 의심스러운 모습을 보여도 상관없다는 식으로 행동한다는 느낌을 전부터 죽 받았네."

경감이 말했다. "당신은 그 모든 것을 머릿속에 감춰 놓고서도 가짜 행세 이론에 대해 말하기를 꺼렸단 말이오?"

"지방검사로 하여금 기세 좋게 달려들게 할 만큼 정말로 구체적인 증거는 아무것도 없었기 때문이오. 그때까지는 논리 정연한 추리뿐이었소. 로스가 써 준 요약문으로 확신을 얻을 때까지는 내 자신도 믿을 수 없었소. 로스는 듀발로가 변장 수법을 썼음을 시사하는 징후를 세 가지 더 알려 주었소. 열 번째, 라클레어 부부가 현장에 등장한 순간, 타로가 얌전히 뒤로 물러나 부자연스러울 만큼 조용해졌다는 사실을 알아차렸소. 이들은 진짜 타로를 잘 알고 있었소. 그리고 열한 번째, 같은 이유에서 타로는 내가 온다는 말을 듣자마자 황급히 사바트의 아파트를 떠났소."

멀리니는 완두콩을 카운터에 올려놓고 호두 껍데기로 덮더니 손을 그 위에 내려놓았다. 미소를 지으며 손을 치우자 완두콩은 그대로 있었다—하지만 얄궂게도 호두 껍데기는 요술 세계의 어딘가로 사라져 버렸다.

"열두 번째는," 그는 이야기를 계속했다. "위대한 듀발로가 저지른 통탄스러울 만큼 얼빠진 실수에 있었소. 하트의 기록 속에서 타로가 은제 손목시계를 차고 있었다는 것을 읽었을 때, 나는 타로가 택시 기사를 사슬 달린 금시계로 매수했다는 사실이 생각났소. 몸차림에 대해서 빈틈을 보이지 않는 타로로서는 이상한 조합의 시계였소. 여기에다 타로의 시체에서든 그의 아파트에서든 그 어떤 곳에서도 타로의 손목시계가 발견된 적 없다는 사실과, 듀발로가 손목시계를 차고 있었다는 사실이 있었소. 듀발로가 타로의 옷과 사슬 달린 금시계 등 모든 것을 차려입은 그때, 자기 손목시계를 빼 놓는 것을 깜빡 잊은 것이 아닐까? 안경과 마찬가지로, 사람들은 그런 것들이 의류로 분류된다는 사실을 잊어버리는 경향이 있지.

열두 번째에 하나 더해서 불길한 열세 번째는, 타로의 아파트에서 내가 찾고 있던 것은 아니었지만……,"

"약장!" 내가 느닷없이 외치자 개비건은 깜짝 놀라 의심 많은 정신과 의사처럼 나를 뚫어지게 쳐다보았다. "그러니까 그게 그렇게 이상한 것이었군—타로는 살색 테이프는 많이 구비하고 있었지만 반창고는 하나도 없었어!"

멀리니가 싱긋 웃었다.

"맞네. 듀발로는 거기에서도 탄로가 난 거지. 그는 또다시 지나치게 솜씨를 부리려 했네. 반창고는 진짜로 필수적인 것이 아니었네. 두 가지 면에서 도움은 됐지만. 그것은 타로로 변장하는 데 도움이 됐지. 그리고 나중에 교살 때문에 타로가 너무 많이 변한 것이 아닌가 하는 사람들의 의심을 흐려 놓았지. 마술사가 관객이 고른 카드에 이니셜을 적게 하는 것과 같은 원리지. 듀발로는 타로가 죽은 직후 타로의 얼굴에 상처를 내고 반창고를 붙였네. 그런 다음 타로의 옷을 입고 똑같은 반창고를 자기 얼굴에 붙였지. 하지만 그 밑에는 아무 상처도 없었네."

"그리고 타로가 스스로 변장한 것이라고 우리는 생각했지만," 나는 흥분해서 말했다. "어쩔 수 없이 변장을 시킨 것이었군. 왜냐하면 타로의 야회복을 벗겨 입은 듀발로가 반 네스 소로에다가 속옷 차림의 타로를 남겨 두고, 나중에 우리가 발견할 수 있게 50번 가에 야회복을 남겨두는 일은 그다지 바람직하지 않았을 테니까. 이는 단지 누군가 다른 사람이 그의 야회복을 입었다는 것을 나타낼 뿐 아니라, 우리에게 브로드웨이의 멋쟁이 타로가 추운 겨울에 민망하게 속옷만 입고 도심을 가로질러 여행했다는 기괴한 인상을 남겼을 거야. 그래서 듀발로는 유진 타로에게 자신의 낡은 양복을 입히고(세탁소 표시는 떼고) 안경을 씌우고 수염을 붙여서 변장한 것처럼 보이게 만들었군. 빈틈없는 옷차림을 한 타로가 낡은 양복을 입은 채 죽어야 할 이유를 꾸며 대기 위해. 그리고 나서 듀발로는 램프를 부수고 디 박사의 수정구를 타로의 주머니에 넣고 『마도서』의 찢어진 조각을 시체 밑에 넣었어. 그리고 마루 위의 스탠드에는 전기를 켜 놓고 사바트 박사의 가운 끈을 타로의 목에 감고, 서재 문을 열어 놓은 채 사다리를 창문에 세웠어. 라디에이터를 전부 꺼서 시체의 경직이 훨씬 빠르게 진행되게 했지ㅡ 그런 다

음 듀발로는 워트러스 대령과 마담 러푸르트를 불러 모으고 부엌
문 공작을 마무리하기 위한 여정에 올랐어. 아예 사바트가 워트러
스 대령과 마담 러푸르트를 초대한 적이 없었던 게 아닐까 의심스
럽네. 그건 듀발로의 소행이었겠지. 그 총은 전날 밤 사바트 박사
를 목 졸라 죽였을 때 슬쩍한 것일 테고. 존스는 이미 최면에 걸려
지시를 받았고 라디오 조작도 준비되었어. 그렇지만 어떻게 듀발
로가 타로를 자신의 방으로 유인했을까? 그저 단순히 차라도 마시
자고 했을까?"

"그렇지는 않소." 개비건이 말했다. "그보다는 훨씬 확실한 방
법이었소. 동기와 관련 있는 것이었지. 당신은 그럴듯한 추측을 할
수 있다고 했지요, 멀리니. 어디 들어 봅시다."

"10만 달러입니다. 그것은 어쨌든 협박이었습니다. 나는 용의
자 중 어느 누구도 입막음용으로 그 정도의 많은 돈을 지불할 만큼
부유하지 않다고 말했지만 그 말을 하면서 불현듯 듀발로는 원하
기만 하면 그 돈을 손에 넣을 수 있었으리라는 사실을 깨달았습니
다. 자물쇠와 그것을 다루는 방법에 대한 그의 지식을 이용한다면,
그런 일은 식은 죽⋯⋯."

"그것이 분명하오." 개비건이 인정했다. "1936년 5월 10일, 미
국 연합 유류 회사의 금고에서 빳빳한 현금 10만 달러가 증발이라
도 한 것처럼 깨끗하게 사라졌소. 5월 10일은 일요일이었소. 토요
일 밤에는 돈이 제자리에 있었는데 월요일 아침에는 없었던 거요.
강제로 침입한 흔적도 전혀 없었고, 외부에서 침입할 경우, 그 돈
에 이르기까지는 여섯 개의 자물쇠가 걸린 문 말고도 금고의 문까
지 버티고 있었소. 회사 임원들은 반쯤 정신이 나갔소. 특히 회계

담당자는 즉시 신경쇠약에 걸리고 말았지. 나는 어젯밤에 이 조사를 담당하고 있는 반스 경감과 함께 이 사건을 검토해 봤소. 내부 소행이라고 판단한 회사의 임원들은 경찰의 상부에 손을 써서 반스에게 이 사건을 완벽한 비밀에 붙이라고 지시했소. 때문에 어떤 신문에도 이와 관련한 기사는 한 줄도 실리지 않았지. 직원들은 특별히 철저한 조사를 받았소. 그들이 심지어 거짓말 탐지기까지 동원하는 바람에 잔챙이 횡령범 두세 명이 마른하늘에 날벼락을 맞았소. 하지만 사라진 10만 달러에 대한 정보는? 아무것도 없었소! 보험회사의 조사원 한 사람이 그 회사에 고용되어 거의 6개월을 조사했지만 알아낸 것은 처음 시작했을 때와 전혀 달라진 것이 없었소. 듀발로는 그 주말에 시카고의 마제스틱 극장에서 저녁 내내 하는 이브닝쇼를 하고 있었소. 그는 토요일 밤 쇼가 끝난 후 비행기를 타고 이곳에 와서, 일요일 이른 아침에 도둑질을 한 다음 그 돈을 타로와 사바트에게 넘겼소. 그리고 시간에 맞춰 돌아가 그날 저녁 WGN에서 방송된 라디오 프로그램에 출연한 거요. 두 주 뒤에 모든 것이 안전하고 조용해 보이자 타로와 사바트는 각각 은행 계좌를 만들었소."

멀리니는 미소를 띤 채 고개를 끄덕였다.

"세부적인 것까지 신경을 쓰는 데이브의 성격에 대한 작은 예가 있소, 경감. 나는 그 방송이 기억납니다. 그는 여느 때와 다름없이 사기꾼과 사기 도박사들의 속임수를 밝히는 강의를 했소. 그 제목은 '잘못된 일을 하는 바른 길'이었습니다."

"그는 자기 주제를 알고 있었던 거요." 개비건이 말했다.

"듀발로는 1930년 파리에서 똑같은 곡예를 해서 처음으로 자신을 곤경에 빠뜨렸소. 그때는 그가 대단한 명성을 얻기 전이었고 완전히 빈털터리였던 시절이지. 듀발로는 어느 날 밤 그곳에서 은행 금고를 털은 것까지는 좋았는데 나가는 도중에 야간 경비원과 격투를 벌여야 했지. 그 경비원은 계단에서 굴러 떨어져 두개골이 골절되었소. 이 사건이 신문에 보도되었고, 당시 그 지역에서 함께 살고 있던 타로와 사바트는 이것저것 생각을 맞춰 본 끝에, 특히 두 사람이 빌려 준 돈을 듀발로가 갚는 것을 보고 냄새가 난다고 짐작한 거지. 어느 날 밤 타로와 사바트는 듀발로의 방에 숨어들어가 듀발로가 차마 은행에 넣지 못했던 현금을 발견했소. 듀발로는 그들과 돈을 나눠야 했지. 그리고 그들은 듀발로를 초조하게 만들었소. 2년 전 사바트는 자기 돈을 탕진하고 유럽에서 돌아와 타로를 찾았소. 그리고 다시 듀발로를 설득하기 시작했지. 그 둘은 듀발로에게 또 금고털이를 하도록 부추겼소. 두 사람은 그를 완전히 지배했소. 듀발로는 이제 명성을 얻었기 때문에 그것을 잃고 싶지 않았지. 조금이라도 발을 헛디딘다면, 강도 사건에 연루되었던 일이 조금이라도 새어 나간다면 탈출 묘기 전문가로서의 경력은 완전히 끝나는 것이었소. 이들의 입을 막기 위해 어쩔 수 없이, 그는 그 돈을 훔쳐서 그자들을 얌전하게 만들기에 충분하다고 생각될 만한 돈을 주었소. 사바트는 그 즉시 희귀본과 골동품을 사 모으기 시작했고 타로의 손 기술은 월스트리트 증권전문가의 손 기술에는 상대가 되지 않았소. 최근 몇 주 동안, 특히 사바트는 돈이 더 많이 필요했소. 그리고 타로로서도 거기에 반대할 이유가 없었지. 적어도 듀발로가 또 돈을 훔치면 자기에게도 돈이 떨어질 테니까. 둘은 듀발로가 순회공연을 마치고 돌아오자 바로 그를 설득했소. 듀발로는 버티다가 이미 많이 해 먹었으니 지옥에나 가 버리라고 했지. 하지만 사바트는 고약한 마음을 먹고 바클레이 양에게 말하겠다고 협박했소. 이것으로 일이 잘못돼 버린 거요. 사바트는 여간내기가 아니었기 때문에 더 많은 돈을 준다고 하더라도 입 다물고 있을 사람이 아니라는 것을 듀발로는 이제 깨달은 거지. 이를 해결하기 위해서는 살인 외에는 다른 방도가 없었소―게다가 그들 둘 다 죽여야 했지. 그 무렵 어느 날 저녁, 듀발로는 바클레이 양의 집에서, 그녀가 일 때문에 집으로 가지고 온 타로의 「범죄는 보상받지 않는다」의 대본을 읽게 되었소. 그리고 '경찰은 절대로 모를 거야'라는 시비조의 대사를 보고 라디오 조작을 생각해 낸 거요. 그 원고를 보았는데, 그림이 알아듣지 못한 대화 몇 가지는 훨씬 더 적절하게 어울리는 것이었소. 여기서부터 나머지 트릭은 마술사에게는 아무것도 아니었지. 타로는 그날 오후 듀발로를 보러 한달음에 달려 왔소. 듀발로가 훔친 돈을 주겠다고 말했기 때문이었소."

멀리니는 자기 뒤에 있는 선반에서 칵테일 셰이커를 꺼내어 가격표를 떼더니 우리에게 속이 비어 있다는 것을 확인시켰다. 어느새 그 잔에는 이미 마티니가 따라져 있었다.

"이것으로," 그가 말했다. "끝난 거군."

"아니, 그렇지 않아," 내가 이의를 제기했다. "어제 오후 서재에서 자네가 듀발로와 함께 열심히 숙덕거리던 작전 회의는 무엇이었지? 난 자네가 빨랫줄 도르래를 살펴보는 모습을 보았고 나무에 대해 언급하는 것을 들었네. 그래서 나는 자네가 그곳에서 탈출하는 일곱 번째 방법을 알아 낸 것으로 확신했다고."

멀리니는 빙긋 웃었다.

"그랬지. 듀발로를 위해서. 하지만 자네까지 속은 줄은 몰랐네. 나는 듀발로에게 일단 빨랫줄을 설치해서—창과 나무 사이의 도르래를 타고 끊임없이 돌아가는 평범한 물건이지— 범인은 그 빨랫줄을 잡고, 옛날 백화점에서 매장과 금고 사이에 돈 상자를 보냈던 방법처럼, 마당 위를 가로질러 저 나무가 있는 곳까지 간 것일지도 모른다고 말해 보았네. 그렇게 되면 범인은 줄을 잘라 끌어당긴 다음 옆집 마당으로 도망칠 수 있었을 거라고. 듀발로는 그 아이디어를 덥석 물었네. 이것은 그가 우리를 속이려고 의도했다가 눈 때문에 망쳐 버린 사다리 이론을 대체할 수 있는 좋은 이론이었으니까. 이것으로 내가 자기를 전혀 의심하지 않는다고 생각하게 되었지. 나는 그 점에 있어서는 그를 안심시켜야 했어. 안 그러면 존스까지 죽여야 할지 모른다고 생각할 수도 있었을 테니 말일세. 만족하나, 로스?"

"그러면 빨간 머리 미스 바클레이는," 내가 말했다. "그저 사건을 혼란시키는 역할에 불과했군. 그럼 라클레어 부부는—그래, 대체 어째서 이들은 그 시간에 사바트의 아파트에 나타났던 거지? 알고 있나?"

"그렇소." 개비건이 말했다. "나는 오늘 아침 한 시간 남짓 미진한 것들을 모아 보았소. 그리고 젤마와 이야기했지. 젤마는 여러 차례 사바트에게 전화를 걸어보았지만 전화를 받지 않아서 걱정하기 시작했소. 그 전날 밤에 대답이 없어서 사바트의 문을 두드리고 밖에서 욕을 퍼부었는데 약간 경솔한 짓이 아니었나 싶어서 조바심이 났다는군. 그에게 무슨 일이 생긴 모양이라고 생각했지. 젤마는 튜더시티 칵테일파티에서 알프레드보다 먼저 나왔는데 알프레드가 그녀를 쫓아와서 젤마가 정문에 막 들어섰을 때 따라잡았소. 두 사람은 아래층에서 작은 실랑이를 벌였고 알프레드는 그녀를 따라 올라갔소. 알프레드 말로는 그들 두 사람을 나란히 힐문할 생각이었다고 하오. 두 사람이 죽은 사바트를 발견했을 때, 젤마는 전날 밤 안쪽에서 들은 소리가 범인이 낸 것이 분명하다는 사실과 자기는 그야말로 알리바이가 전혀 없다는 사실을 깨달았소. 알프레드는 바로 젤마를 의심했고, 그래서 우리 앞에 섰을 때 안절부절못했던 거지."

"마담 러푸르트와 워트러스 대령은 어떻습니까?" 내가 물었다. "이들은 신뢰할 수 있는 사람들입니까, 아닙니까? 그 여자는 영매인가요 아니면 사기꾼인가요? 그리고 자네가 러푸르트 부인에게 질문하기 시작하자 기절한 척했던 배후에는 다른 무언가가 더 없었나, 멀리니?"

"그래, 좋은 질문일세. 마담 러푸르트는 시체가 누구인지 보고 상당히 큰 충격을 받았네. 그리고 내가 경찰과 손잡고 들쑤시고 다니는 것을 보고 또 한 번 충격을 받았지. 그 여자의 처녀 때 이름은 슈보보더였는데, 러푸르트는 만약 내가 자기를 알아본다면 경감이 자신의 과거를 조사해서 사바트와의 관계를 파헤쳐 내리라는 것을 알았네. 기절한 척했던 것은 내 질문을 막고 자신이 나아갈 방향을 계획할 수 있는 여유를 얻으려는 목적에서였지. 나를 피해 가지 않으면 곤경에 빠진다는 것을 알았던 걸세. 러푸르트의 영매 능력에 관해서라면, 나는 언젠가 한 번 그 여자의 공연을 본 적이 있네. 조만간 내가 그걸 해 보려고 하네.⁴⁴☆"

44☆ 멀리니는 자신이 생각했던 것보다 더 빨리 이 일을 했다. 우리는 나중에 『천장 위의 발자국』이라는 기이한 사건에서 워트러스 대령과 마담 러푸르트를 다시 만났다.

"그러면 수르가트를 소환하는 펜타클과, 듀발로가 이야기했던 밝은 조명 속에서의 공중 부양은 어떻게 된 건가? 듀발로가 꾸며낸 이야기인가—아니면 정말인가?"

"그것은 말일세," 멀리니는 귀신 이야기를 할 때나 어울릴 법한 목소리로 말했다. "우리가 절대로 알 수 없는 어떤 것이라네. 사바트 박사가 초자연적 신비주의의 불가사의한 비밀을, 또 그노시스 학의 미지의 수수께끼를 탐구했는지 우리는 절대로……,"

"허튼소리요." 개비건이 콧방귀를 뀌었다. "타로는—그러니까 듀발로 말이오— 거짓말을 했소. 듀발로는 그저 수수께끼를 더 난해하게 만들고 사회부 기자들을 즐겁게 하고 경찰을 화나게 만들기 위해 바닥에 펜타클을 그린 거요. 사바트가 허공에 떠올랐다는 이야기라면—듀발로는 자기가 워낙 똑똑해서 살인 사건으로 부차적인 이익을 얻어낼 수 있다고 생각했소. 그는 자기 공연에 써먹을 새로운 공중 부양 착시 트릭에 대한 계획을 갖고 있었소. 그는 자기가 사바트의 신비주의 기법의 계승자인 척하여 기자들에게 그 이야기를 퍼뜨릴 수 있다는 사실을 알고 있었소. 이승에 있는 사람은 아무도 그게 거짓임을 증명할 수 없다는 것도. 듀발로는 이런 두 건의 화려한 불가능 범죄라면 전국 신문의 일면에 대서특필될 것이고 자기의 사진도 실릴 것이라고—경찰의 벗으로서, 멍청한 경찰에게 어떻게 미지의 살인자가 사바트의 아파트에서 탈출했는지를 설명해 준 마술사로서— 예상한 거요. 그리고—이 정도면 일급 기삿거리 아니오, 아니오?"

"그렇습니다." 멀리니가 인정했다. "그리고 만약 존스가 어젯밤 무대 위에서 살해되었다면, 그리고 듀발로가 자신이 계획했던 대로, 무대 옆에서 숨어들어 입회인으로서 무대 위에 올랐을 때의 변장을 벗고 듀발로의 모습으로 나타났다면, 삼중 살인은 가장 극적인 인간 소실 묘기로 클라이맥스에 이르렀을 텐데 말이오. 그것은 신문 사회부 기자의 꿈이었을 테고 듀발로는 입석 손님까지 받는 두 달치 입장권을 모두 팔아 치웠을지도 모르지."

"그렇지." 개비건이 말했다. "그는 어떤 트릭이든 실수하지 않았소. 그렇지 않소?"

"그렇소. 하지만 두 가지는 불발이었지." 멀리니는 담배에 불을 붙이고 돌아서서 벽에 걸린 마리오네트의 줄을 조절하며 어깨 너머로 말했다. "그런데 말이오, 경감, 내가 조언한 예방 조치를 취하셨소?"

"물론이오." 개비건이 대답했다. "듀발로는 가장 감시가 엄중한 감방에 있소. 헤스 박사가 그를 벌거벗겨 철저하게 조사했지. 입, 머리카락, 발바닥, 그리고 신체의 어떤 구멍에도 자물쇠 따는 도구는 없었소. 옷은 우리가 보관하고 그에게는 다른 옷을 주었소. 듀발로의 감방 바깥에는 밤낮으로 등이 켜져 있고 경찰 두 명이 항상 지키고 있소. 그는 언젠가 뉴욕 교도소에서 탈출한 적이 있지만 이런 조건에서는 아니었지."

"꽤 빈틈없는 것처럼 들립니다만, 나라면 계속 지켜볼 거요. 그는 아주 약삭빠르니까 말이오. 마치…… 아! 깜빡 잊었군!"

멀리니는 날카롭게 손가락을 튕기고 휙 돌아서서 개비건을 마주 보았다. 그의 입에 매달려 있던 담배가 입을 열자 까딱거렸다.

"후디니는 특별히 어려운 공연을 할 때에는, 개구리를 먹는다거나 독을 마신다거나 유리나 돌을 삼키는 옛 축제 때의 흥행 공연자들에게서 배운 방법으로 자물쇠 여는 도구를 숨기곤 했소. 후디니는 자물쇠 여는 도구를 삼켰다가 필요할 때 토해 내었습니다. 영매들도 같은 방법으로 가짜 심령체를 숨겼다가 보여준다고 알려져……,"

"전화기 주시오!" 개비건 경감은 벽력처럼 고함을 질렀다. "그곳에 엑스레이 장비를 갖다 놓아야겠소. 그리고……,"

황급히, 그리고 맹렬하게 그는 스프링 7-3100번으로 다이얼을 돌렸다.

바깥 날씨는 포근했다. 조금 열려 있는 창문으로, 언제나 내 마음속에 먹먹한 설렘을 불러일으키는 소리가 들려왔다. 타임스스퀘어 주위에서 소용돌이치는 자동차들의 기침 소리와 덜컹거리는 소음 가운데에서 보다 높은 음조로 솟구치는, 신문팔이 소년들의 길게 끄는 외침이 들려왔다.

"호외요! 호외요! 호오―외에에!"

역자 해설

클레이튼 로슨(1906-1971)의 그레이트 멀리니 시리즈가 가지는 의미는 '밀실 추리소설 베스트 10' 이상의 것이다. 지금보다야 소박하지만 그 꿈의 화려함만큼은 오히려 지금을 능가하는 쇼비즈니스의 세계가 반영된 미국의 그야말로 '좋았던 시절'이 낙관주의에 싸인 채 오롯이 담겨 있다. 1930년대 후반에 접어들어 미국은 금주법과 대공황의 암울한 시대를 막 벗어나 황금빛 꿈에 싸여 있었다. 이 시기는 '스윙 시대'이기도 한데, 빅밴드와 대형 쇼 극장을 중심으로 한 공연 연예 산업이 화려하게 꽃핀 시기였다. 물론 뒷골목에서는 대실 해밋이나 레이먼드 챈들러의 탐정들이 지저분한 술집에서 싸구려 알코올 냄새를 맡으며 돌아다니고 있었지만 영화와 라디오, 각종 공연 문화는 화려하게 번창하여 대중의 상상력에 날개를 달아주었다.

이 작품은 이러한 쇼비즈니스의 일부였던 마술사들을 주인공으로 삼아 일반인들이 갖지 못한 탁월한 능력을 범죄의 트릭에 끌어들인 새로운 경향의 작품이라 하겠다. 따라서 애거서 크리스티, 밴다인, 엘러리 퀸 등 지식인 계급에 속한 탐정들이 우아하게 사건을 파헤치는 것과 달리, '전문가'들이 전문 기술을 발휘하여 매우 드라마틱한 환상의 세계를 창출한다. 사실 추리소설의 범죄는 공연

마술과 본질적으로 같다. 현실의 질서를 위협하는 비이성의 세계처럼 보이는 것이 알고 보면 몇 가지 단순한 속임수에 의해 만들어진 허상일 뿐이다. 마술 공연은 관객의 눈을 현혹시키는 수많은 현란한 미스디렉션들 속에 숨겨진 작은 트릭 몇 가지로 이루어진다. 하지만 그것을 행하기 위해서는 고된 훈련과 뛰어난 신체 능력이 필요하다.

이 작품이야말로 랜덜 개릿의 소설 제목대로 '마술사가 너무 많다'이지만 여기 나오는 마술사는 실제로는 두 가지 유형, 즉 직업적인 공연 마술사 그리고 사이비 과학으로 분류되는 심령학자 또는 심령술사로 나뉜다. 멀리니를 비롯해 듀발로, 타로, 칭웡푸 등은 마술이 속임수임을 잘 알고 있는 전자에 해당하고 사바트, 러푸르트, 워트러스 등은 끊임없이 거짓을 진실이라 주장하며 타인을 트릭으로 기만하는 후자에 해당한다. 달리 본다면, 전자는 현실에 발을 붙이고 있는 추리소설, 후자는 현실에서 탈출하고자 하는 공포 · 환상소설에 속하는 셈이다.

이러한 대립은 존 딕슨 카를 떠올리게 하지 않는가? 카의 작품들은 대개 이 두 가지가 공존하고 있다. 특히 직업 마술사가 나오는 『해골성』이나 신비주의를 활용한 『마녀의 은신처』, 『화형 법정』 등을 보면 알 수 있다. 탐정은 이성을 무기 삼아 공포와 환상을 깨뜨리는 역할을 한다.★ 그래서인지 카와 로슨은 매우 친했고 서로

★ 이런 면에서 셜록 홈스의 창시자 코넌 도일의 이야기는 아이러니하다. 이성의 대표자였던 그는 나중에 신비주의에 심취했다. 영국 시골 마을에서 어린 자매가 요정을 만났다고 주장한 사건을 진지하게 받아들여 이것이 사실이라고 주장하는 책을 쓰기도 했고, 위대한 마술사 후디니를 만나 죽음에서 부활할 수 있다고 설득하기도 했던 것이다. 그래서 후디니의 사후에 그의 부인은 코넌 도일 부부와 함께 후디니의 영혼을 부르는 의식을 행하기도 했다.

아이디어를 공유하기도 했다. 아무튼 소설에 등장하는 마술사들은 현란한 조명 속에서 타인을 속이고 그 위에 군림하는 데 익숙해졌기 때문에 현실과 비현실의 아슬아슬한 경계에서 걸어간다.

결국 여기 등장하는 모든 인물은 허세와 허상 속에 자신을 파묻어 버리고 있다. 그리고 그것을 즐기느냐 또는 그것에 매몰되어 버리느냐에 따라 인물들의 운명이 갈리는 것이다. 주인공 멀리니는 즐기는 쪽이다. 정신 사나운 요설과 허세로 개비건 경감을 자주 미치게 만들지만 자기 자신을 잃지 않고 굳건히 서 있다. 본질적으로 마술은 타인을 즐겁게 하는 속임수라는 사실을 잊지 않기 때문이다. 하지만 다른 이들은 도덕적으로 타락하거나 지나친 자만심에 스스로 속박되어 파괴되어 버린다. 결국 30년대 미국의 역동적이고 드라마틱한 표면 아래 자라나고 있던 썩은 뿌리가 이 작품 속에 상징적으로 드러나는 셈이다.

이제 추리소설이라는 장르의 관점에서 보자. 『모자에서 튀어나온 죽음』은 밀실 트릭으로 유명하지만 트릭 자체는 지금의 관점에서 그리 대단치 않아 보일 수 있다. 그보다는 마술사들이 심리적으로 그 트릭을 이용하는 방식과 그 트릭에 숨어 있는 마술사의 심리를 따라가는 과정이 더 흥미롭다. 게다가 마술사는 근본적으로 남에게 '보여주는 것'에 익숙하므로 매우 화려한 볼거리를 끊임없이 제공한다. 이러한 드라마틱한 액션과 플롯이야말로 이 작품의 진정한 재미이다. 또한 매력적인 멀리니와 다혈질의 개비건 경감, 다소 가볍고 얄미운 하트가 티격태격하며 벌이는 스크류볼 코미디도 독자를 즐겁게 한다. 이 작품도 결국 30년대 '스윙시대'의 산물이니까.

416

이제 작가와 작품에 대해 간단한 소개를 하겠다.

클레이튼 로슨은 작가이면서 편집자, 일러스트레이터, 마술사였다. 그는 미국 추리작가 협회(MWA)의 창립자였고 『엘러리 퀸 미스터리 매거진』의 편집자이기도 했다. 미국 추리작가 협회의 첫 슬로건인 '범죄는 충분히 대가를 치르지 않는다'를 만들었으며 1949년과 1967년 에드거 특별상을 수상했다. 『모자에서 튀어나온 죽음』(1938)은 멀리니 시리즈의 첫 작품이자 대표작이다. 멀리니 시리즈는 장편 네 편과 단편집 하나밖에 없으며 돈 디아볼로라는 역시 마술사 주인공의 단편들이 있다.

앞에서 언급했듯이 존 딕슨 카는 로슨과 매우 친한 사이였고 두 사람은 밀실 살인 트릭에 대해 즐겨 의논했다고 한다. 때로는 같은 아이디어를 가지고 각자 해결책을 고안했는데, 그 결과 카의 유명한 『파충류관의 살인He Wouldn't Kill Patience』이 나오게 되었다. 또한 전화 부스에서 사람이 사라지는 트릭을 가지고 카는 「런던 경시청의 크리스마스」를, 로슨은 단편 「지상에서 사라지다Off the face of the earth」(1949)를 썼다. 1988년 일본에서 간행된 밀실 트릭 패러디 단편집 『다섯 개의 관』에는 오리하라 이치의 데뷔작 「천외소실사건天外消失事件」이 실려 있는데, 이것은 바로 「지상에서 사라지다」의 일본 번역 제목인 「천외소실」을 빌려온 것이다. 로슨의 단편에서는 투시력을 가진 한 남자가 한 여성의 실종을 예고하고 실제로 그 여성이 실종되는 사건을 그리고 있다.

끝으로, 이 작품이 포함된 밀실 추리소설 베스트 목록을 소개하고자 한다. 이 목록들은 과거 '전설'로 전해지던 것이다. 그러나 이제 여기 제시된 작품 상당수가 국내에 소개되었으니 감회가 새롭다.

1981년 『불가능 범죄의 모든 것』이라는 앤솔로지에서 에드워드 D. 호크가 유명 작가와 비평가 17명에게 불가능 범죄를 다룬 최고의 작품에 대한 설문을 실시한 결과를 다음과 같이 순위대로 제시했다.

1. 존 딕슨 카 『세 개의 관The Three Coffins』, 1935

2. 헤이크 탤벗 『심연의 둘레Rim of the Pit』, 1944

3. 가스통 르루 『노란 방의 비밀The Mystery of the Yellow Room』, 1907

4. 존 딕슨 카 『구부러진 경첩The Crooked Hinge』, 1938

5. 카터 딕슨(존 딕슨 카의 다른 필명) 『유다의 창The Judas Window』, 1938

6. 이스라엘 장윌 『빅보우 미스터리The Big Bow Mystery』, 1892

7. 클레이튼 로슨 『모자에서 튀어나온 죽음Death from a Top Hat』, 1938

8. 엘러리 퀸 『중국 오렌지 미스터리The Chinese Orange Mystery』, 1934

9. H. H.홈스(앤서니 바우처의 다른 필명) 『9곱하기 9Nine Times Nine』, 1940

10. 카터 딕슨 『공작 깃털 살인사건The Peacock Feather Murders』, 1937

11. 엘러리 퀸 『킹은 죽었다The King is Dead』, 1952

12. 헬렌 매클로이 『어두운 거울 속에Through a Glass Darkly』, 1950

13. 카터 딕슨 『파충류관의 살인He Wouldn't Kill Patience』, 1944

14. 랜달 개릿 『마술사가 너무 많다Too Many Magicians』, 1967

15. 존 슬라덱, 『짙은 초록Invisible Green』, 1977

또한 존 딕슨 카의 전기 작가인 더글러스 그린이 선정한 '카 외의 작가 밀실 베스트'에도 이 작품은 5위에 랭크되어 있다. 이 리스트는 호크의 리스트와 매우 흡사하다.

1. 헤이크 탤벗 『심연의 둘레』
2. 헤이크 탤벗 『교수형 집행인의 조수The Hangman's Handyman』, 1942
3. H. H. 홈스 『9 곱하기 9』
4. 이스라엘 장월 『빅보우 미스터리』
5. 클레이튼 로슨 『모자에서 튀어나온 죽음』
6. 엘러리 퀸 『중국 오렌지 미스터리』
7. 빌 프론지니 『무차별 사격Scattershot』, 1982
8. 다윈 테일헷 『말하는 참새 살인사건The Talking Sparrow Murders』, 1934
9. 랜달 개릿 『마술사가 너무 많다』
10. 존 슬라덱 『짙은 초록』

장경현

편집 후기

편집부

2백 년 전 에드거 앨런 포에 의해 창시된 추리문학은 비약적인 발전을 거듭하여, 현대에 이르러 문학계뿐만 아니라 문화 전반에 많은 영향을 미치고 있다. 수수께끼 풀이의 퍼즐 미스터리라는 큰 뿌리에서 뻗어 나온 추리소설의 여러 하위 장르들이 추리문학이라는 큰 테두리 안에서 발전하고 있지만 이러한 큰 뿌리는 이미 1960년대에 이르러서 이미 고전 취급을 받기 시작했고, 코지 미스터리라는 장르의 형태로 그 뿌리를 면면히 유지해 오다가 1990년대 이후부터 재조명되어, 일본에서는 신본격 추리소설이라는 용어로 불리면서 고전의 향을 풍기는 퍼즐 미스터리가 다시 유행하기 시작했다.

황금기의 퍼즐 미스터리 작가로서는 역시 애거서 크리스티와 엘러리 퀸, 존 딕슨 카를 들 수 있는데, 존 딕슨 카는 퍼즐 미스터리에서도 독특한 취향을 고집했다. 퍼즐 미스터리에도 여러 하위 장르가 있지만 수수께끼 풀이의 플롯에 있어서 밀실 트릭만큼 독자들의 마음을 설레게 하는 주제도 없을 듯하다. 근대 추리소설의 여명을 알린 에드거 앨런 포의 「모르그가의 살인」 역시 군더더기 없는 훌륭한 밀실 미스터리이며, 코난 도일의 「얼룩 끈」, 이스라엘 장월의 『빅보우 미스터리』, 가스통 르루의 『노란 방의 비밀』 등

추리소설 대가들의 밀실에 대한 끊임없는 관심은 존 딕슨 카에 의해 밀실Locked Room School이라는 미스터리 하위 장르로서 자리매김하기에 이른다. 여기에 빼놓을 수 없는 작가가 한 명 있으니, 그가 바로 클레이튼 로슨이다. 밀실 트릭은 결국 합리적인 결말로 귀결되어야 하므로 밀실에 대한 수수께끼 풀이는 마술의 트릭을 벗기는 것과 유사하다. 따라서 밀실에 집착한 작가가 마술과 엮어 작품을 생각한 것도 결코 우연은 아닐 것이다. 게다가 그 작가의 본직이 마술사에 이르러서는 더욱 그렇다.

클레이튼 로슨은 존 딕슨 카와 같은 해인 1906년 8월 15일에 태어나 SF 잡지 『판타지 앤드 사이언스픽션』의 부편집장과 『트루 디텍티브 매거진』의 편집장을 거쳐 『엘러리 퀸 미스터리 매거진』에서 7년 동안 편집 주간을 지냈으며, 마술연구가로서도 명성을 떨쳤다. 그의 작품에 나오는 마술사 멀리니는 작가가 프로 마술사로서 무대에 설 때 실제 사용한 예명이기도 하다. 그림에 소질도 있어서 카드 마술의 일인자였던 휴가드의 명저 『The Expert Card Technique』(1904)에 4백 매에 가까운 삽화를 그리기도 했으며, 서문에서도 밝혔듯이 애거서 크리스티의 『오리엔트 특급 살인』의 미국판 첫 표지를 디자인하기도 했다.

추리소설 작가들의 이력을 보면 성직자나 의사처럼 특이한 경력이나 전문적인 직업군이 있지만 추리소설 작가로서 마술사만큼 미스터리와 밀접한 관계에 있는 직업도 없을 듯하다. 자신의 전문 분야를 자유롭게 구사하여 수수께끼 풀이를 한층 강조하고 있기 때문에 그의 작품들은 더욱 흥미롭다. 1938년에 발표된 『모자에서 튀어나온 죽음』의 등장인물들은 심령학자, 오컬티즘 연구가, 카드

왕, 영매, 탈출왕, 복화술사, 투시력의 명인 등 마술 분야의 모든 마술사들이 전부 등장한다. 이 방면의 대가들이 등장인물이기 때문에 살인사건이라는 특수성을 제외하면 특별히 기묘한 상황을 묘사하지 않더라도 이미 기괴한 사건에 빠져든 느낌을 준다.

작품 속에서도 심령현상과 마술에 대한 해설과 실례가 빈번하게 나와 사건과 어우러져 흥미를 돋운다. 탐정이 불가능 범죄를 수사하는 와중에도 카드나 동전으로 마술을 펼쳐 보이기 때문에 유쾌하기까지 하다. 또한 이 작품에서는 마술사 탐정 멀리니가 존 딕슨 카의 밀실 강의로 유명한 작품 『세 개의 관』에 나오는 밀실 강의에 빠뜨린 부분을 추가하여 강의를 한다.

밀실 트릭은 현재에도 몇몇 작가들이 면면히 도전하고 있지만, 이미 오래 전에 미스터리 평론가 하워드 헤이크래프트가 자신의 저서 『오락으로서의 살인Murder for Pleasure』에서 '밀실은 피하라. 오늘날 그것에 신기함과 흥미를 갖게 할 수 있는 사람은 천재밖에 없다'고 주의를 주고 있을 만큼 어려운 테마가 되었다. 본 작품이야말로 그런 밀실 트릭의 추리소설에서도 손꼽히는 작품이며 심리적인 허를 찌르는 밀실 트릭의 진수를 맛보게 한다. 이 작품은 단순히 훌륭한 밀실 트릭뿐 아니라 작가의 추리소설관도 엿볼 수 있는데 작품 초반에 화자인 하트가 '나는 왜 추리소설을 쓰지 않는가'라는 제목의 추리소설의 현황에 대해 쓴 글의 내용을 살펴보면 향후 추리소설이 나아갈 방향에 대해서 정확히 지적하고 있을 뿐 아니라 이 작품이 발표된 후 80년이나 지난 지금에도 공감할 수 있을 만큼 현대적이다. 그것과 연장선에서 작품 전반에 걸쳐 이 작품과 동시대에 발표된 유명 작품들에 대한 유쾌한 비아냥도 이 책을 읽는 재미 가운데 하나이다.(이 작품에서 멀리니가 비아냥거리는 유명 탐정들을 모두 맞혀 보시라!)

데뷔작을 발표한 다음 해에 『천장 위의 발자국The Footprints of Ceiling』을, 그 다음 해인 1940년에 『목 없는 여자The Headless Lady』를, 1942년에 『관 없는 사체No Coffin for the Corpse』를 발표하였다. 모두 그레이트 멀리니가 등장하는 작품으로 매 편마다 특색 있는 밀실 트릭을 보여 준다.

밀실 트릭의 대가라는 칭호를 얻은 존 딕슨 카와 함께 밀실 트릭으로 이름을 알린 클레이튼 로슨은 상대적으로 작품 수가 많지 않아 추리소설 독자들에게는 덜 알려진 측면이 없지 않지만 두 작가의 관계는 돈독했다. 수수께끼를 좋아한 두 작가의 면모를 보여 준 일화가 있다. 1948년에 두 사람이 엘러리 퀸의 서재에서 만나 자신들의 작품 구상에 대해 이야기를 나눈 적이 있는데 전화박스에 들어간 사람을 사라지게 하는 플롯을 생각한 존 딕슨 카가 좋은 트릭이 생각나지 않는다고 하자 클레이튼 로슨도 감시의 눈이 번뜩이고 있는 아파트에서 모든 가구와 세간이 사라지게 하는 플롯의 해결 방법을 생각해 낼 수 없다며 자신들이 구상하고 있는 작품에 대해 한담을 나누었다고 한다. 두 사람은 모두 상대방의 작품 구상에 대한 해결 방법을 생각해 내었고, 로슨은 그 해결 방법이 담긴 「Off the Face of the Earth」라는 중편을 그 다음 해에 발표하였다. 남긴 작품이 적다는 점은 추리소설 독자들에게 아쉬운 점이지만 밀실 미스터리 분야에 있어서 만큼은 확실한 족적을 남긴 작가로서 오랜 시간이 흐른 지금도 이 작품을 통하여 그의 존재를 명확히 하고 있다.

초판1쇄 발행 2012년 8월 28일

지은이 ｜ 클레이튼 로슨
옮긴이 ｜ 장경현
발행인 ｜ 박세진
편 집 ｜ 이도훈
교 정 ｜ 박은영, 윤숙영
표지디자인 ｜ 김세라
용 지 ｜ 두송지업
인 쇄 ｜ 대덕문화사
제 본 ｜ 자현제책사

펴낸곳 ｜ 피니스 아프리카에
출판등록 ｜ 2010년 10월 12일 제25100-2010-000041호
주소 ｜ 143-220 서울시 광진구 중곡동 639-9 동명빌딩 7층
전화 ｜ 02-3436-8813
팩스 ｜ 02-6442-8814
블로그 ｜ www.finisafricae.co.kr
메일 ｜ finisaf@naver.com